◆ 咸阳市2024年文艺精品创作资助项目 ◆

乡音浅唱

傅建华 ◎ 著

陕西新华出版 三秦出版社

图书在版编目（CIP）数据

乡音浅唱 / 傅建华著. -- 西安 : 三秦出版社,
2025. 4. -- ISBN 978-7-5518-3371-4

Ⅰ. I267

中国国家版本馆CIP数据核字第2025UV7374号

乡音浅唱

傅建华　著

出版发行	三秦出版社
社　　址	西安市雁塔区曲江新区登高路1388号
电　　话	(029) 81205236
邮政编码	710061
印　　刷	固安兰星球彩色印刷有限公司
开　　本	787mm×1092mm　1/16
印　　张	27.25
字　　数	320千字
版　　次	2025年4月第1版
印　　次	2025年4月第1次印刷
印　　数	1—3000
标准书号	ISBN 978-7-5518-3371-4
定　　价	88.00元

网　　址	http://www.sqcbs.cn

傅建华作《乡音浅唱》，我被征服了

文/阎　纲

建华先生委托白孝平先生看我，让我给他题写书名《乡音浅唱》。我立马想起他两年前的一篇散文，《我爱不释手的〈感恩春天〉》。

接着在《乡音浅唱》里随手拿出一篇《秋天，在村庄陪着月亮打坐》，没想到也是篇绝妙好文，便情不自禁地阅读又朗读。

他用了"通感"的技法，激起我全部感觉。抽象幻化为具象，可触可摸，具象化为灵感，灵感飘然而至，融入灵魂。

还有《乾陵赋》，经营推敲的句子，丽辞妙句夺人眼球。"无字碑，素面沐风，千古谁谙？"他却说出"字"来！

几番细读，我被征服了。

《乡音浅唱》非"浅唱"，作者故作谦虚状也！

我又经过几番圈点，充当文抄公，足金的含金量，原作原汁原味，呈送建华先生交卷，呈送读者共享。

一、《感恩春天》

春天,是一只鸟叼来的。

……

鸟儿用羽毛孵化新生的季节,鸟儿的鸣叫开始返青了。

……

田埂上的迎春花枝,在冬天像蜷缩一团、被废弃的钢丝。突然有一天,迎春花坚硬的虬枝擎出一两只黄铜色的小喇叭,吹奏着春曲。

北方人习惯在祖先的坟茔上栽植迎春花,一到春天,一座座坟墓便灿烂成一座座小金山。我猜想,贫穷的祖先曾经在漫长的冬天饱受寒冷,儿孙们是用迎春花让祖先的灵魂最先感知春天。

春天,像接生婆一样,把初绽的新芽、萌生的嫩绿、微露的初红,迎接在春天的产床上。粉嫩的、鹅黄的、嫣红的"胖娃娃"探首露脚,一下子齐嘟嘟地钻出地面,爬上枝丫。新的生命在春天破土而出,天地间充盈生命的活力!

春天是凡·高,在天地间画满向暖的丹青;春天是女娲,给人间创造出鲜活的生命!

……

春天来了,枝干像母腹一样鼓起无数的芽胚。这些芽胚多是褐色和赭红色的,像临盆时渗出殷殷的血。树木也在用新芽的诞生昭示世人,新的生命是母亲诞生的血肉!

二、《秋天，在村庄陪着月亮打坐》，还有《乾陵赋》

八月，回农村，种菜，劈柴……过有灵魂的日子。

一树秋色，似在问我，是重出田园，还是归隐田舍？

有风入户，像过滤了的水，清凉、明净，裹着草味，带着果香，呡一口，能咬出汁来。

我开始懊悔，几十年城市的风，喧阗、浑浊、没有养料，像塞钝的刀刃，一寸寸剔削了我灵魂里的钙质。

我站在院子，一边沉思，一边补钙。

……

一缕久违的旱烟味，带着熟悉的黄土气息，约我走进村道。

一棵槐树，戳在村子中间，枝浓叶密。树上曾拴过半块犁铧，敲击过生产队召集出工的铃声，敲击过比树叶还薄的日子。

……

回到小院，一些旧事，醇烈如酒，一饮就醉。

……

堂兄拎一笼梨，邻居送一筐李子，满得能流淌出来。过分的谦让、推辞，被视为城里人的圆滑。今年，市场上水果价格不菲。他们像不吝啬汗水，不吝啬力气一样，从来不吝啬厚道。他们有时也计较，和日月计较阴晴圆缺，和风雨计较猛疾温良，甚至和城里刻薄的人计较克两毫厘。今天，他们用亲手栽种的甘甜，和我这个回村居住的人兑换乡情。

望着他们镶了月光一样澄澈的眸子，我不知道，我多年被名利碾薄的灵魂，是否能兜住这乡情的重量？

蛐蛐声、蝉声，开始酝酿暮色。

一弦浅月，明亮亮的，像在村子里见过的火镰，只是镀成了银色。火镰划击燧石的火星，溅满了天空。

我端把小凳子，坐在院子里，陪着月光打坐。

……

月亮属于村庄，只有村庄静谧的，宽厚的院子，才能摊开洁净的月光。

在城市，我像一条在市侩喧嚣的浊流里力不可支的鱼，回到村庄，终于游进了月光的水流。

陪着月亮打坐，我被世俗累弯了的骨头，被月光一块一块扶起；我被虚荣搓疼了的肌肉，被月光一寸一寸熨帖。

陪着月亮打坐，月光漂洗我的灵魂。

还有《乾陵赋》。先不论他对乾陵的铺陈有无新意，只就他面对无字碑所述说的（有字的）话，那文采之飞扬、辞藻之丰美，就够我享用而目不暇接。

阎纲：中国著名文艺评论家，著名作家。

功　夫

邹　冰

　　我一直认为，我对乾县的印象停留在 17 岁之前，那时候积累下对故乡的人文以及乡土风情的认识一直停留在一九八〇年初。

　　因此，我不知道五峰山是乾县最高的山峰，只知道乾陵在梁山之上，那里应该是乾县的最高峰。我记住的只是 17 岁之前的片段，因此，对乾县的理解，是片段，是碎片化的，并不是全部。

　　我对故乡乾县的了解源于傅建华的文章。看老傅的文章，我有时候恍惚，容易跳出跳进。我 17 岁以后天南海北地跑，乾县只是我的出生地。在我的潜意识里总认为，故乡一直在那儿，每天都在变化。

　　也许离开故乡的人都有这种日新月异的感觉。

　　老傅却不同，他一直在乾县从未离开，他每天要在司空见惯的固有的生活里发现不同，激发艺术灵感，这有点难，必须要有一双不同常人的眼睛，这需要功夫。

　　你想，在一个地方待久了，熟悉了，就容易视觉、审美疲劳。我发现，老傅在鸡零狗碎的日常生活里，在四平八稳一成不变的景色里寻求不同，且艺术创造力长久不衰，可见傅兄功夫了得。

老傅是诗人，写诗的人语言精练，独特，且具有跳跃的艺术直觉，因此，老傅的散文、随笔，大都很短且灵动，这与他写诗的经历有关。

我看到的傅建华不少的文章里，大多篇幅短小，显得干练精短，篇章的意象大都藏匿于内敛的白描之中。冷峻、内敛、睿智，是他文章的特点。他的文章如同关中人的性格——冷峻、执拗、硬气。他笔下的故乡乾县是一杯乡村自酿的烈酒，刺嗓穿肠，荡漾胸间，卓尔不群。

为文真诚，匍匐乡间瓦舍田垄，这样的感受真挚感人。看罢老傅精选的文章就知道他是挽起袖子，脱掉鞋袜，手心吐一口唾沫，猫腰撅腚认真撰写关于故乡的山水、故乡的人文，故乡的生活。我想，他撰写这些文章的时候，一定是烧一壶水，煮一壶陕青，燃一根烟，案前置一盅老酒，用干一场农活的劲头，来完成他这本文集的编辑与整理。因此，他笔下的人物冷峻、敦厚、生猛而接地气，这与他严谨的为文态度有关。

精短干练，意象藏拙于字里行间让文章有宽度和厚度。《乡音浅唱》不很厚的一本书，却盛着四十余篇关于乾县人文题材的散文，可见篇幅之精短，作家之冷静。正因为追求精短干练，《清明节，燃一盏心灯》字数很少，却真实抓人。

人生的路上，亲人相伴；人生的拐角，亲人离去。没有依依挥别，没有款款回眸。亲人，走得撕心裂肺，走得肝肠寸断。

亲人走了，一座大山轰然倒塌！一方土地遽然倾斜！

悠悠白云，兔游苍天，目可追而不可留。缕缕清风，牵衣拂袖，手可抚而不可搁。

慈容在心，梦中相伴。

善言在耳，时时萦怀。

祭奠，是永久的缅怀，是清明节的焚香裂纸。

清明节祭祖的画面扑面而来。老傅把散文放在熟悉的环境里，意象却藏在清明节这个大节气里，意向深远，在文章里显得那么妥帖自然。

《乾陵短章》里对乾陵有精彩的描述。"乾陵，依山为陵，这座山，就是位于乾县的梁山。梁山，是大自然的奇迹，渲染着生命的壮美，蕴藉着岁月的深邃。"文尾却道出人生的理解。"无字碑，是挺拔的叹号。武则天用她的文治武功，在历史的额头上画出了一笔浓墨重彩的惊叹。一如亭亭玉立的女皇，鹤立帝王群中。一只飞凤的翅翼，让群龙鳞甲剥落。无字碑，是历史的留白。空白并不是缺憾，反而让人回味，让人猜想。无字碑，能读出恢宏，读出豁达，读出千顷碧波，十万大山！春天，读无字碑，能读出满目桃红，给灵魂染色；秋天，读无字碑，能读出漫天芦花，给生命留白。"这样精彩的白描手法，让短章有厚重的感觉，显得沉甸甸，有深度。

文字精准，语言极具张力，让文章具有跳跃的韵律。老傅善写骈文，与他诗人的积淀有关，一首《乾陵赋》荡气回肠。

"巍巍梁山，汤汤漠水，天枢在乾，地德含章。高丘翘逸于平畴，兀峰秀出于深壑。巨石厚积，三峰鼎峙。掬漠水以缱终南，携龟城以邀长安。顶覆苍柏，问九崚大唐几旬，林栖鹰隼，咨五峰凤鸟安在？"说的是乾县的历史与光荣。

"乾陵巨冢，蚌含珠藏。颙望其山，披霞沐光。"说的是当下，精准的文字，诗的语言，让文章显得极具张力，有节奏，读起来上口，回味起来有滋味。

乾陵是乾县人抹不去的印记，乾陵在各路文人笔下的雄姿各有千秋。老傅在乾县，他笔下的乾陵每个季节的景致不一样，与他独具慧眼的观察功夫有关。一篇《春谒乾陵》，便有不同的观察："近处，远处，沟沟坎坎，峁峁梁梁，跌宕起伏。这些沟坎峁梁在乾陵脚下臣服，它们一个个拱起嶙峋的脊骨，簇拥着，匍匐着躬身觐见乾陵。……两帝一陵一世界，三山一景一美人。其实还有水，漠水贯其西，泔河环其东。流水不息，濯洗着岁月。水流中梁山的倒影，一如从前，一如久远的洪荒时代。一丝一缕的水流，如时间的摆针，只在某个节点敲出声响。漠谷河不舍昼夜地流淌，流水叩击驮载着两个帝王的梁山，激荡起历史的回音。"作家白描手法运用娴熟，读来亲切自然。笔下的乾陵前有因后有果，熟悉的场景历历在目，那抹对故土的热爱在近处、眼前，不在天边。

"疲马恋旧秣，羁禽思故栖。"孟郊《鸦路溪行，呈陆中丞》里的羁禽，也在作家的散文里又呈现出不一样的秦音，老傅的文中语言自带韵律，锵金鸣玉。"噗哒噗哒"的风匣，"你猜我为了啥"，"走路一阵风"的方言俚语。支锅盘灶，犁耙耕磨。清晨颤颤巍巍的扁担，一勺一勺缸里舀出的豆腐脑，案板上一层一层叠放的麻花，连襟、老汉叔，那些生活化的关中方言在文中不时跳将出来，让久违的文字充满乾县泥土的芬芳。

内敛、藏拙、意象深远发散，让文章极具魅力。作家在他的《又想起了父亲》文章里将对父亲的思念用内敛藏拙的办法进行处理，是老傅另外一种能力，也是另一种功夫的体现。老傅在《又想起了父亲》一文中，这样铺叙。

想起他胡子拉碴的脸，想起他拄着拐杖颤巍巍的步履，想起他半夜撕裂喉咙的咳嗽……父亲的影子异常真切，如同他活着般真切。白天晚上，只要闭上眼睛，脑海里就有他的影子。可是睁开眼睛寻找他，眼前却只有悠悠白云，漆漆夜色。

"为什么只有闭上眼睛才能看到父亲？这就是天人相隔吗？"

"想起父亲，我一次又一次抚摸悬挂在墙上的木犁。木犁上有泥土的味道，有父亲汗水的味道。父亲用它犁开了一道岁月带血的口子，种进了他的汗水，种进了他的希冀，甚至种进了他的生命。"

文章里对父亲的思念没有直接叙述，而是联想到挂在墙上的木犁，犁开一道一道的带血的口子，这口子却是一枚闪光的奖章，挂在乡间那个很冷的冬天。

不管是写乾县的山水还是写乾县的人，在作家的笔下，似乎有一种自豪与喜悦，这也许与作家对故土的热爱太深的缘故，因此，他笔下的故乡显得极具诗意，充满活力。作家在《我是乾县人》一文里深情描述：

我一直认为，乾县是兼具雄性的阳刚和母性的温柔的。这一切，都钳印在梁山宫风尘掩埋的车辙里，镌刻在乾陵的石碑上。

盘桓于乾县上空的王者之气，向世人昭示着帝王的威仪。在灼灼的阳光之下，乾县的树木都站立出乾陵翁仲的雄姿。乾县的弦板腔，那是扯破嗓子地吼。它的朴拙，它的粗犷，它的激昂，宣泄着乾县人硕健的阳刚。

乾县的风，扑面而来，它聚拢着、缠绕着。黄昏的火烧云过后，一轮新月洒下柔光粼粼。这时，街头的豆腐脑缸里如脂如膏，嫩得像少女水灵灵的脸蛋。浇汤挂面柔丝千缕，在油汪汪的汤里摆动着柔情万种，这一切，都是母性的温柔在迁延。

我曾怀着朝觐的心情，走进乾县的深邃。走近老子、庄子、杜甫、林则徐，走近杨奂、范紫东。我乾县人的乡音，他们一定耳熟能详。也因为他们，我行走的姿态，都透着轩昂，透着自信，透着乾县人一脉相承的底气！

……

乾县，有63万人。他们平凡着，也伟大着。他们每天都放大自己的灵魂，也放大着"我是乾县人"的声音！

我无意打开乾县曾经的晨钟暮鼓，城头斜阳，小巷细雨，那些乾州归时貌，乡音似故乡的旷远，已经浸润在高楼林立，机器轰鸣音符里，成了一曲古今交融，健步前行的旋律。

"乾县，肥沃的土地上，生命的种子每天都在萌芽。"

……

乾县婉约的空气里，生命的绿色，每天都在勃发。

……

"也许乾县还有不尽如人意的地方，让你诟病，但你的履历上永远都是'我是乾县人'。"

乾县是每一个生于斯，长于斯的乾县人的胎记，是乾县人紧握大地，向上挺拔的根须。

乡愁，既是地理上的想念，也有文化上的熏染。作家的故乡在乾县，距离西安很远，也很近，他解答我思念故乡的那抹乡愁经常在我的脑海里凝结萦绕，终究炼成吸引人深思的深邃留恋。

作家对故土的热爱在乾县，在广袤的山川大山，农屋茅舍，在那些国人集体思乡之情中。

余光中说过："如果乡愁只有纯粹的距离而没有沧桑，这种乡愁是单薄的。"

是的，乾县很远，也很近。我心里滚烫，目光依旧深邃，刀刻斧凿的记忆停留在傅建华关于乾县的一本大作里。

有时候想，老傅在别人不太留意的地方深耕，别人看表面他看内核，他的文章多从内心出发，然后自然升华。他的作品接地气，具有独特的乾县印记。

也是的，文如其人，老傅表面木讷，内心却燃烧着一团火，他的文章亦如他的为人，朴实无华却充满激情。乾县的山，乾县的水，乾县的沟壑纵横，乾县的人文情怀在他的笔下活灵活现。

老傅轻易不开口，开口便是经典、便是哲理、便是精华。他踏实做人，认真作文，在乾县的一亩三分地里耕耘，自然收获如乾陵脚下的红高粱，红彤彤火红一片。

近日，与老傅相约去蓝田县采风，发现他另外一种功夫。平素讷言，但若开口必成诗，疑似李白在场，一开口便是经典，便是前瞻，便是轰隆隆的未来。

睿智与低调，谦逊与力量，务实与坚韧，这些词语在脑袋中乱晃，终归想不出更好的词语来形容。也许是老傅功夫深厚的缘故吧。

傅建华笔下的乾县是席慕容眼中"一种模糊的怅惘"，是三毛"梦中的橄榄树"，是余光中眼中"小小的邮票"，是莫言笔下"家乡的红高粱"。

也许是鲁迅笔下被遮蔽的情感与真相，也许是《故乡》中的虚与实。也许是鲁迅在创作《故乡》时，采用虚实结合的手法，隐去了许多真实的人物和事件吧。故乡是一个人永远的情思，无论岁月如何变迁，它依旧萦绕在人的心底最深处——鲁迅在《朝花夕拾》中就这样写道。

读老傅的书，我经常回忆起儿时在故乡所吃的豆腐脑、豌豆、大水柿、热蒸馍。

忽然想起鲁迅《朝花夕拾·小引》的名言："凡这些，都是极其鲜美可口的；都曾是使我思乡的蛊惑。后来，我在久别之后尝到了，也不过如此；唯独在记忆上，还有旧来的意味存留。他们也许要哄骗我一生，使我时时反顾。"

2023 年 10 月 17 日

邹冰：著名军旅作家，曾任《西北军事文学》编辑、《陕西人防》杂志主编。

"坚毅豪壮"的传神写照

——傅建华散文管窥

南生桥

近读傅建华先生一组散文,启发有之,共鸣有之,感喟有之。

《父亲》涉笔永恒题材,却未落入俗套。寥寥1400字中的一幅幅剪影,叠加出一个刚毅伟岸的父亲形象。

父亲首先承受了亲人的深重苦难。祖父去世后,廉价的棺材装不下他颀长的遗躯,"只好把棺材的后档拆开,钉上装粮食的斗",才得以安葬;"我三岁时,我母亲罹难去世。她为了贴补家用,在漆黑的夜晚逮蝎子,掉进一座枯井里"。

为了一家人的生计,除拉长工、打短工之外,"父亲把自己卖了两次壮丁,他不惜生命,给我们家换了两斗粮食"。以命换钱卖了壮丁,却时刻牵挂亲人。"逃跑回家时,被开枪射击,身上中了两弹",在枪口下创造出死里逃生的奇迹。在庄稼地里,"父亲撒麦种的身姿,永远定格在我的记忆里。他光着膀子,挽着裤腿干活的时候,身上的两个弹痕,是盛开得最灿烂的生命之花"！到了"晚年患有腿疾，但他仍然用拐杖支撑完自己一条笔直的人生轨迹"。在身后"我遗传了他的基因：犟脾气……直性子……好心肠"。

无须辞费赞许，就听听余光中对《背影》的评说吧："短短千把字的小品里，作者便流了4次眼泪，也未免太多了一点。"对"一个20岁的大男孩"动不动就哭鼻子很不以为意，并认为"今日的少年应该多读一点坚毅豪壮的作品"（《余光中散文选集》第3辑152页）。他要少年多读的"坚毅豪壮的作品"，就是《父亲》这样的刚毅篇！

《祭奠黄土》的三层意旨与《父亲》有叠加之处。第一层"我祭奠祖先"："捧读黄土就是捧读祖先。黄土，是祖先生命的寄托，是祖先灵魂向下扎根，生命向上托起庄稼的底座！"第二层"清明节，我祭奠父亲"："他一生对黄土地付出得太多，回报却极少。这就是他的哲学，只要沾上黄土，心里就踏实。年复一年，日复一日，他都在黄土地里重复他的哲学命题。"第三层"清明节，我祭奠母亲"："我血管里没有流淌母亲的记忆，却汹涌着对母亲的思念！……母亲死于一次意外，准确地说，母亲是被贫穷扼杀的。"给亲人留下的是铭刻终生的锥心之痛，昭示人间的是农家妇女的悲惨命运。

黄土下掩埋着看不见的祖先、生身的父母。祭奠祖先就是祭奠黄土，祭奠父亲就是祭奠黄土，祭奠母亲就是祭奠黄土。他们来自黄土，复归黄土。黄土永恒，祖先父母永恒。

《感恩野菜》却含笑带泪，繁复了些。先是对野菜的礼赞："野菜，不择土壤，田埂上，麦田间，或独居一隅，或旁逸斜出，独占一方春色。野菜，不媚不妖，自然成趣，如不施粉黛的村姑，绰约着巧夺天工的万种风情。野菜，味道鲜美，焯水凉拌，蒸成麦饭，鲜嫩的春天的味道，萦绕颊齿，几日不绝。"

这是审美。野菜之所以美，是因为实用的善："那时的野菜，不是生活的点缀，而是每天的主粮；不是生活的插曲，而是生命的主旋律，喂养了我童年的野菜，依然在我体内蓬勃着生机……"

再是熟悉的菜名带来的亲切。"苃苃菜"应是我们那儿说的地儿菜，官名应是荠菜，这是一种分布广泛的常见野菜，初中语文就有张洁的《挖荠菜》；"麦苹儿""羊蹄蒹"则无疑是我们那儿说的麦花品、羊蹄蒹。"勺勺菜"未曾听闻。至于"王胖子"，由其"不但味苦，而且有毒，是断不可食用的"看来，正是我们那儿说的"王八奴"或"王不留"。作者发出的预警："漂亮的容颜和华美的言辞，不可尽信。说不准它生命的叶脉里，蕴藉着极毒的汁液。"倒不无警醒之意。我们的农家祖辈大概未受过植物学专门训练，对这些野菜的命名也不一定精准。至于从锅底铲下的"浸浸"，按其质地应是愚以为的"筋筋"。"这是迄今我舌尖上记忆最深的美味，是我味蕾开出的最灿烂的花朵。"君道不孤，此道美食我直到现在都爱吃。

有趣的是那位"每逢开仗，必自称'长官'"者，后来居然从军"还真当上了小官"。至于"往坑里投小铲子"的游戏，"运气不佳的，往往会把一晌的成果输得殆尽，回去受到父母的责骂"。这就像野菜的味道，有点苦涩。

亲切、有趣、苦涩之后，言归正传。"那时，偶尔吃一次面条,几乎全是野菜,很少的面条,像几条游鱼,在绿色的波浪中游弋。""祖母每次都给我带着菜团子,那是用野菜和麸皮做的馒头。""晚饭是一碗野菜汤,我晚上的梦,却是热腾腾的面条和雪白的馒头!"一日三餐,野菜当家,普救众生,功德无量——这才是野菜的价值、意义。

"我感恩野菜,它喂养了我的童年。我感恩野菜,它在我的生命里,栽种了一片绿。这片绿,葱茏着我以后的人生。"古人云:"咬得菜根,百事可做。"套用《红灯记》的一句台词:"有了这碗野菜垫底,什么样的艰难都能对付!"

困顿时期,与野菜同样厥功至伟的还有被称为野菜"正规军"的苜蓿。它虽为牲口的饲草,却实实在在救了不知多少农人的性命!

《我是乾县人》和《芦苇情》一扫描一特写,一写意一工笔,一背景一人物,相互生发,两相辉映。"谁不说俺家乡好",前者从乾县的山:"当你登峰临顶,极目远眺的时候,也许会从肺叶扇出一声'我是乾县人'的呐喊,透出乾县人的底气和豪迈。"乾县的水:"人在河边走,胸生万里云。当你徜徉在乾县的这些河岸水径,你的喉管会从生命的底部涌动一股暖流,迸出'我是乾县人'的感慨。"以及好畤村、梁山宫、乾陵、清凉山这些文物古迹;弦板腔、豆腐脑、浇汤挂面这些地方名吃;老子、庄子、杜甫、林则徐和杨奂、范紫东这些客旅、本土的古圣先贤;广州、上海、北京以至天南海北这些广阔地域(前几年听陕西戏曲广播,有一次一位远在斯里兰卡打工的乾县梁村后生,打回越洋电话和广播电台互动)。"乾县是每一个生于斯,长于斯的乾县人的胎记,是乾县人紧握大地，向上挺拔的根须。"而这些"向上挺拔"的众多的"我是乾县人"中的一位，便是《芦苇情》的主人公刘小峰。

这位颇富传奇色彩的乾县人世居陆陌村。此村因"汉代陆贾置田"而得名，文脉绵长，近代有一家两代连出3位举人，远近闻名。但刘小峰却未延续文脉，他的人生三部曲别有一番风景。

少年颠簸记：10岁时自制弓弩伤小友，闯了祸赤脚60里找父亲；16岁"借"父粮票30斤，与发小为学武功闯少林。

爱情保卫战：17岁辍学在家当车工，18岁"飞车"相亲被订婚，19岁接班进厂下车间，到年底领奖巧遇意中人，20岁"痴情"6次"反围剿"，24岁得偿所愿娶回心上人。

深圳创业区：25岁兴办石头加工厂，29岁只身南下闯深圳，35岁自购车床加夜班，几年后丽达公司牌挂门，在异乡不忘故乡山和水，几千万治污观光园面貌新。

三部曲的旋律奏鸣出刘小峰性格的三个突出特点。

一、心灵手巧。"手工制作的技艺，似有天授，极具慧根。八岁时，他做的弹弓，精巧别致，是一件美轮美奂的工艺品；他做的木头手枪，以假乱真。"辍学后父亲让他在家学车工，没想到他"是做车工的巨人，零部件加工，他一学就会，做了二十多年车工的父亲，十分惊诧儿子在这方面的天分"。进厂当工人上班的第一天，师傅让他"试着操作的时候，他娴熟的动作，精准的操作，让师傅瞠目结舌，这简直是一次机加工技艺表演"。技术精湛使他日后在深圳白天上班、晚上加班有了坚实的技术底子。

二、愈挫愈勇。这是他"与生俱来的天性"，不达目的，誓不罢休。千里跋涉少林寺学武功他愈挫愈勇；狂追心上人、6次

"反围剿"；只身南下闯天下，他愈挫愈勇。就连娶亲路上车爆胎他也愈挫愈勇，滚着已爆的轮胎一路小跑10华里到南坊镇将其补好。

三、不甘平庸。浑身闯劲的他从来都"不安分"，只因为有一个充满活力、不甘平庸的灵魂。事见上文。

全文以芦苇为象征和线索结构全篇。虽然帕斯卡尔说过："人只不过是一根芦苇，是自然界最脆弱的东西。"但这根芦苇却会思想，于是又变得最为坚强；《伊索寓言》里的芦苇面对强风因为伏身忍耐而得救，未如硬扛的橄榄树被吹折，但它也仅止于全身远害（《芦苇和橄榄树》）；陆陌的"芦苇，独守一方水域，筛风弄月，瘦瘦的筋骨把生命的光芒一次次挑亮，把岁月的空灵飘飞于沟壑之外的高度"。"刘小峰是一根芦苇，自然、朴实、顽强、极具生命的张力"。陆陌的芦苇，非同小可！

看来《神童诗》说的"万般皆下品，唯有读书高"，北宋赵恒说的"书中自有黄金屋……书中自有颜如玉"亦非尽然。有道是"请君暂上凌烟阁，若个书生万户侯"？话虽如此，两种人生道路的内核和实质却是一致的："烈马出骐骥，奋斗才成功。"

朱熹就《诗经》的《秦风·无衣》说过："雍州土厚水深，其民厚重质直，无郑卫骄惰浮靡之习。以善导之，则易以兴起而笃于仁义；以猛驱之，则其强毅果敢之资，亦足以强兵力农而成富强之业。"作者笔下的诸多乾县人同然是雍州人的缩影，北方人的缩影，又何尝不是中华民族的缩影？正是由于秉具这种阳刚之气、崇高之美的亿万苍生的不懈努力、英勇奋斗，中华民族的伟大复兴才势不可挡，志在必成。

一方水土养一方人，也孕育着一方作家的文字风韵。近代学者刘师培撰有《南北文学不同论》，法国作家和批评家史达尔夫人也指出地域文化对文学风格存在影响。傅先生的此组散文也体现出这一特点。他的文字也像笔下的人物、事一样极具"厚重""雄浑""凛然"的"精神和风骨"，这不但在以上所引片段中可窥斑见豹，更多地见之于其余的"全豹"。限于篇幅不再赘述，读者诸君自会明鉴。

2021年5月12日

南生桥：咸阳师院副教授、作家。

目　录

我是乾县人 …………………………………… 001

也说乾县古城 ………………………………… 006

五峰山 ………………………………………… 014

大唐小镇，聆听历史的跫音 ………………… 017

乾县城墙公园漫记 …………………………… 021

小镇怀古 ……………………………………… 025

春满乾州 ……………………………………… 030

春雪舞乾州 …………………………………… 034

灯火乾州 ……………………………………… 037

油菜花香醉乾州 ……………………………… 039

乾州是秋天的调色板 ………………………… 041

乾县八景 ……………………………………… 045

暮游响石潭 …………………………………… 049

漆水河龙塘口游记 …………………………………… 053

立春 ………………………………………………………… 058

春天，在漠西一朵杏花里打开 …………………………… 060

秋天，在村庄陪着月亮打坐 ……………………………… 063

冬天组章 …………………………………………………… 067

乾陵是一座山 ……………………………………………… 071

春谒乾陵 …………………………………………………… 073

乾陵短章 …………………………………………………… 080

乾陵十二景 ………………………………………………… 084

历史烟云中的无字碑 ……………………………………… 091

乾陵，一座烙着红色印记的山 …………………………… 094

农业农村工作者赞 ………………………………………… 098

乾州访古（一） …………………………………………… 100

乾州访古（二） …………………………………………… 105

乾州访古（三） …………………………………………… 108

乾州访古（四） …………………………………………… 111

乾县豆腐脑轶事 …………………………………………… 115

乾县豆腐脑的前世今生 …………………………………… 118

乾县浆水面的传说 ………………………………………… 123

乾州全席 …………………………………………………… 126

感恩春天 …………………………………………………… 133

热爱春天 …………………………………………………… 136

感恩野菜 …………………………………………………… 138

又见人间烟火气 …………………………………………… 143

春夏之交的雨 ……………………………………………… 146

想起一场暴雨 ……………………………………………… 148

八月短章 …………………………………………………… 152

乾州柿红，一地丹秋 ……………………………………… 156

渭北的柿子红了 …………………………………………… 158

落叶的启示 ………………………………………………… 161

麦收时节 …………………………………………………… 165

父亲 ………………………………………………………… 168

父亲的旱烟锅 ……………………………………………… 172

祭奠黄土 …………………………………………………… 175

又想起了父亲 ……………………………………………… 179

家乡的记忆 ………………………………………………… 182

清明节，燃一盏心灯 ……………………………………… 185

七夕，念你如昔 …………………………………………… 187

寒衣节，点燃一堆纸火 …………………………………… 189

清明节随感 ………………………………………………… 191

篇名	页码
窗外的麻雀	193
踏雪而来，围炉煮茶	196
风从九峻来	199
办好有温度的文学艺术平台	202
蓝田三题	204
河滩会组章	208
相约黎明	214
荷风吟诗，山岚流文	218
东注泔村公园游记	221
国庆节短想	227
教师节，送你一枝丹桂	229
《过年》短章二则	233
跳出农门	235
一位老兵	240
寄语高考学子	242
西安是一架古琴	244
国庆寄语	247
元旦寄语（一）	249
元旦寄语（二）	251
元旦寄语（三）	253

元旦寄语（四） ……………………………… 255

元旦寄语（五） ……………………………… 257

元旦献词 …………………………………… 259

说年 ………………………………………… 261

春节寄语 …………………………………… 263

端午节的一粒诗 …………………………… 265

一路追光 …………………………………… 267

校场演兵，谁驭坦克驰 …………………… 320

芦苇情 ……………………………………… 326

烈火柔情——记乾县救火英雄祝宇 …… 346

太极张建德 ………………………………… 350

乾县麝业冠天下 …………………………… 361

荒沟沟变成花果山 ………………………… 369

笔濡砚穿，书法大成 ……………………… 374

丹青妙手，画海宏涛 ……………………… 377

李成书法终有所成 ………………………… 380

满架蔷薇一院香 …………………………… 383

岁月的馈赠 ………………………………… 387

乾陵赋 ……………………………………… 390

灵源镇赋 …………………………………… 392

薛录镇赋 …………………………………………………… 394

泾渭湿地赋 ………………………………………………… 396

王乐镇聚饮小记 …………………………………………… 398

古杨赋 ……………………………………………………… 400

大秦文萃四岁集会记 ……………………………………… 402

《大秦文学》周岁赋 ……………………………………… 404

元宵节赋 …………………………………………………… 406

我是乾县人

一个乾县人，身处异域他乡，当人问及来处，会从胸腔里放鸽子似的放飞几个字——"我是乾县人"。

清晨，站在乾县的旷野里，空气像刚从冰柜里捞出来似的，那种清新，那种馥郁，那种甘醇，只要是身在乾县的人，不美美地吸上几口，是无法过瘾的。

放眼望去，南面的秦岭蜿蜒迤逦，北面的五峰山巍峨高兀。秦岭是中国地标性山脉，横亘1600多千米。在乾县，唯一能和秦岭对望的，就是五峰山。

五峰山，像黄土台塬上一个朴实的关中汉子。不媚不俗，不艳不妖，但它的厚重、它的雄浑、它的凛然，氤氲在山的肌骨里、褶皱里。那些衰草枯茎，不是五峰山。

五峰山，朝云出岫，一抹曙光晕染五峰对峙的叠嶂峰峦；夕阳映晖，万鸟啁啾云蒸霞蔚的旖旎风光。走进五峰山，浮躁的心境会化作山涧的清幽，灵魂里会丰茂出山的厚重和坚毅。

五峰山，一座雄性的山。

与五峰山对应的山就是乾陵了，她把女性的温柔浪漫到了极致。关中平原的芳草纤花，铺了一张柔软的床，乾陵如笑如寐。一袭苍紫的旗袍，掩着丰腴的双乳，给古老的乾县增添了无限的妩媚。

五峰山，乾陵。一阳一阴，一刚一柔，戳在乾县的大地上，演绎着乾县人的精神和风骨。

山的风采，有的突兀，有的平坦；有的威仪，有的孤耸；有的呼啸，有的静穆。山的品质，有的是石头，有的是泥土。

乾县还有很多山，石牛山，清凉山，凤鸣山……

每一座山形态迥异，高矮有别，但每一座山都是一部辞典，都写满了乾县人的睿智和虚怀若谷。

这些山，当你登峰临顶，极目远眺的时候，也许会从肺叶扇出一声"我是乾县人"的呐喊，透出乾县人的底气和豪迈。

如果说，山是乾县人的精神风骨，河就是乾县人流动的风景。

乾县的河流主要有四条，泔河、漠谷河、漆水河、肖河。

肖河已经干涸，而其他河流，或深或浅，或断或续，源源流淌着一个灵魂的诉说。这些河流，我不问来处，也不问归路，只知道她依偎着我脚下乾县的土地，留下了一片旖旎风光。

每一条河都是一道风景。都有别具一格的激情奔涌和精彩纷呈的生命渊源。

漆水河，溢满春色，是一条春天的河。它发源于麟游县，尽管在乾县有些地方已经断流，但她缱绻的浪漫，摇曳的蓬勃，都卓尔成永恒。

羊毛湾，波光粼粼，美得像透亮的翡翠，香艳得像贵妃的浴盆。堤岸的垂柳，如湖岸浅唱的音符，跃动着优美的旋律，旋律中一帘绿色的瀑布在流淌，张挂起一面面春意盎然的旗帜。

她永驻的春色是乾县人心灵葱茏的律动。

泔河，或细流涓涓，或波逐浪掀。它一往无前的张力，诠释着生命的浩瀚与坚韧。

泔河发源于永寿县的罐罐沟脑，它是大自然的巨手，携着一罐沸水，倾注给黄土地的激情。

泔河，是夏天的河。

河岸树木葳蕤，茂密蔽天。河水里经年不息地燃烧的激情，让岸边的黄土地都在拔节。

秋天的河，是漠谷河。它虽发源于永寿县，于武功县入漆水，但她的流程基本上都在乾县，是乾县的母亲河。

漠谷河曾经碧波荡漾，瀑流飞挂。明代《乾州志》载："西十里，有石崖数丈，壁立嶙峋，水流下，势如瀑布。"

今天的漠谷河，除乾陵水库，大北沟水库依然圈养着千年溪水的精灵，大部分已经苍老成河岸斑驳的峭壁。

漠谷河，荆棘、蒿草遮掩的沟沟壑壑，芦苇、茅蓬摇荡的白絮，像秋天一个龙钟的老人，蹒跚着历史厚重的步履，河床是岁月留下一道锈迹斑驳的足痕。

肖河，流水年华已成为记忆，她像冬天，把一串串浪花封存起来，沧海桑田，随着时令粲然着季节的迷离。

人在河边走，胸生万里云。当你徜徉在乾县的这些河岸水径，你的喉管会从生命的底部涌动一股暖流，迸出"我是乾县人"的感慨。

在乾县，我抚摸一砖一瓦，一石一沙，都能听到岁月的回音，历史的啸叫。

我曾逡巡于好畤村的田野里，在田埂上长出的草茎上寻找历史的印记，从一片枯黄的叶脉里打开岁月的纹理。四千多年前的往事，从乾县的沃土里勃然拱出一段不朽的传奇。

华夏民族的始祖轩辕，把目光定格在乾县这方古老的土地上，设坛祭天。这是随遇而至的巧合，还是这块厚重土地的必然？

我一直认为，乾县是兼具雄性的阳刚和母性的温柔的。这一切，都钳印在梁山宫风尘掩埋的车辙里，镌刻在乾陵的石碑上。

盘桓于乾县上空的王者之气，向世人昭示着帝王的威仪。在灼灼的阳光之下，乾县的树木都站立出乾陵翁仲的雄姿。乾县的弦板腔，那是扯破嗓子地吼。它的朴拙、它的粗犷、它的激昂，宣泄着乾县人硕健的阳刚。

乾县的风，扑面而来，它聚拢着、缠绕着。黄昏的火烧云过后，一轮新月洒下柔光粼粼。这时，街头的豆腐脑缸里如脂如膏，嫩得像少女水灵灵的脸蛋。浇汤挂面柔丝千缕，在油汪汪的汤里摆动着柔情万种，这一切，都是母性的温柔在迁延。

我曾怀着朝觐的心情，走进乾县的深邃。走近老子、庄子、杜甫、林则徐；走近杨奂、范紫东。我乾县人的乡音，他们一定耳熟能详。也因为他们，我行走的姿态，都透着轩昂、透着自信、透着乾县人一脉相承的底气！

我曾经在广州街头，听见过乾县人叫卖苹果、酥梨的呐喊。那种散发着乾县乡土气息的声音，是那么高亢、那么锋利、那么富有穿透力！

这样的声音，同样在上海，在北京，在天南海北，都撕云裂帛般地传递着"我是乾县人"的豪迈。

站在清凉山，我看到了很多坟茔。有的墓碑赫然，有的一堆荒冢，不铭一字。我环目四顾，乾县大地上有三座帝王陵寝，埋葬了四个皇帝。而清凉山这些本土的逝者，仰卧的姿态并不比任何帝王逊色。

乾县，有63万人。他们平凡着，也伟大着。他们每天都放大自己的灵魂，也放大着"我是乾县人"的声音！

我无意打开乾县曾经的晨钟暮鼓，城头斜阳，小巷细雨。那些乾州旧时貌，乡音似故乡的旷远，已经浸润在高楼林立，机器轰鸣的音符里，成了一曲古今交融，健步前行的旋律。

乾县，肥沃的土地上，生命的种子每天都在萌芽。

乾县，婉约的空气里，生命的绿色，每天都在勃发。

也许乾县还有不尽如人意的地方，让你诟病，但你的履历上永远都印刻着"我是乾县人"。

乾县是每一个生于斯，长于斯的乾县人的胎记，是乾县人紧握大地，向上挺拔的根须。

2018年11月

发表于"乾县发布""乾县宣传""乾县文旅""乾县招商""学习强国"等。

也说乾县古城

"今人不见古时月，今月曾经照古人。"乾县古城是一根岁月弹奏的弦，是一排民族站立着的背影。

一

乾县古城，以龟形而著，因帝陵而彰。

这只老乌龟，从一千二百多年前慢悠悠地爬来，他经历过尘飞烟绕、马嘶刀啸、血染城墙的悲壮，也体味过风销雨蚀、日炙月冷，体肤凌剡的疼痛。但他依然是乾县这个躯体里的蜿蜒的血脉，抽搐在隐隐约约的岁月里；他依然像一位披发跛足的老人，蹒跚在影影绰绰的时光里。

日月如刀，雕刻着历史；风雨如箭，射落了多少王朝。乾县古城的一角还在，却已凋残成一把折尺，度量着1000多年的腥风血雨，度量着乾县的流金岁月。

二

公元 684 年，对唐王朝来说，是风雨如晦的一年，此前一年的腊月 27 日，唐高宗李治去世了，留下一个盛世江山。

此时，长安皇宫的屋顶上，呼啸着凛冽的北风，似乎也在为一个年近 56 岁的帝王送葬，这位帝王就是唐高宗李治。浩浩荡荡的送葬队伍，逶迤百里，行至今乾县的梁山，把一位帝王的尊贵之躯和权倾朝野的威仪，埋葬在苍松翠柏掩映的石窟里。

同年，为了侍奉这位帝王，好畤县县城举城搬迁，徙至梁山脚下三公里处的今乾县县城。这座县城是奉武则天之命搬迁的，是为一位帝王蕙后的荣耀搬迁的。

这座矗立在漠谷河东岸的城池，取名"奉天"。和一座帝王陵墓朝云暮雨，晨晖夕月。

这一座城，站立成了千年的回眸，拴挂着岁月的风铃。

三

公元 705 年冬，中国历史上唯一的女皇帝武则天崩逝。

阴云蔽日，寒风号野，这位 82 岁的老妪之躯，从东都洛阳搬至长安。公元 706 年 5 月，又辗转梁山，与李治同穴共眠。

梁山，是一座女性的山脉，她的双乳峰丰腴坚挺，媚云惹月。这座山是为武则天而生的，它在数万年前的地质变迁中，把地核的能量聚变、喷薄，形成了黄土横亘绵延中独特的石山。万年等一回，等到了武则天，美艳绝伦的武则天，与这座妩媚无双的山脉浑然一体，相得益彰。

公元780年，朝廷采纳了桑道茂的谏言，扩建奉天城，由原5里扩建成周10里之巨。京城的卫戍部队和奉天城的民众，运石夯土，用血汗把一粒粒黄土黏结成一座厚实的城垣，用孱弱的生命托起了一道壮丽的风景。

乾县古城，筑以龟形，取义有三：一是龟寿绵长，象征着帝王的威仪和灵魂不灭；二是龟有驱邪避灾之说；三是龟在五行中属水，帝陵风水的要义便是背山临水。

四

乾县古城是一只巨大的乌龟。远古的传说中，一只乌龟背顶着天，一只乌龟驮着大地。可以想见乌龟的神奇和在宇宙中的主宰地位。乾县古城这只乌龟，踽踽行走了三年，历史进入公元783年，大唐王朝遭遇了灭顶之灾。

长安城阴云骤起，疾风如飚，朱泚叛军的斧钺，挥向了大唐王朝的根基。唐德宗爱江山，也爱美人，他只能带着身边的嫔妃和一千名禁卫军，向另一个能让大唐王朝落座的城邑逃遁，他把目光选定在奉天城里。于是奉天城成了当时的大唐王都，成了运筹帷幄、决策天下的皇城。

长安的阴云尾随而至，"无边落木萧萧下"，旷野的树木在秋末冬初的寒风中嘶鸣着，把一片片落叶抛向空中，又轻轻地甩下。朱泚叛军，沿着古丝绸之路向西挺进，朱泚觊觎大唐江山，梦想君临天下。他似乎看到了嫔妃如云、颐使天下的浩浩天威，他要把奉天城和偏安一隅的唐王朝连根拔起。奉天城面临着一场兵燹之灾。

数千名叛军凶猛攻城，奉天城危在旦夕。

奉天城应该记住一个人物，历史上应该大书一笔这个人物，这个人就是浑瑊。他站在奉天的城头上，像一座迎风的巨石，像一尊挺拔的丰碑，像奉天城的一面旗帜。他率领禁军，同叛军殊死搏杀，奉天城的民众也决然地加入战斗的序列。

奉天城成了"绞肉机"，龟城东北一隅的护城河，河水被喷涌的血流激起了翻滚的浪花。

奉天保卫战旷日持久，持续了40多天，奉天城依然巍峨，依然高耸，依然显露着绝代风华。大唐王朝在这里坚持了半年之久，奉天县也得以冠名赤县（归京都直辖）而彪炳史册，闻名遐迩。

五

"明月几时有"，无须把酒，也不问苍天。奉天城的城垛上悬挂着一轮明朝的圆月，城墙在明月下凋蚀，城土在厉风中剥落。城墙下横七竖八地散落着城墙上的砖砾，乾州城面颊上的脂粉似乎脱落殆尽，风韵不再。

明代对乾州城进行了三次大规模的修葺，乾州城又容光焕发，绰约在岁月的烟雨里。

这时，又一场灾难向乾州城逼近。

李自成，这个放羊娃出身的"暴发户"，他出生时，母亲梦见一黄衣人入室，给他取名"黄来儿"。李自成不想要这个黄色的"黄"，他想要皇帝的"皇"，他要让大明江山改名易主。他急需一位上知天文、下晓地理的谋臣掌握他的大舵。同样，乾州城俘获了他的目光，乾州城一个叫宋企郊的人，站立在他的视野里。宋企郊原为大明王朝的进士，当时的进士举国上下寥寥无几，他因学识和品行任扬州府法院院长（推官）。当时他正在乾州城为母守丧。

李自成挥师城下，要把宋企郊纳为麾下。宋企郊坚辞不受，李自成以屠城为要挟。宋企郊为了乾州城百姓免遭涂炭，为了乾州龟城免受刀割剑戮，屈从了李自成。他用自己忍辱负重，把名字镌刻进乾州城的每一个缝隙里。

六

一股清风，掠起了历史长河的一圈圈涟漪。清王朝大厦最后的一块砖将要坍塌的时候，清军和秦陇复汉军在乾州城又一次血肉碰撞。退守乾州城的 2 万名秦陇复汉军与号称 20 万大军的清军，兵戈相向。时间同样是秋末冬初，乾州城的萧萧落木，变成了射向清军的子弹，秦陇复汉军的火炮在乾州城划出了一道道长虹。

乾州城的隆隆炮声，成了清王朝倾圮的礼炮，末代皇帝溥仪，在炮声中向历史递交了辞呈。但乾州保卫战仍在进行，最后以议和终结。乾州城经历了炮火的洗礼，依然峥嵘在岁月的风烟里。

七

乾州城像岁月摆钟的一根指针，摇摆着历史，摇摆着时光，每一个时间节点都有可以触摸的辉煌和凄美的风景。它在温柔而刺骨的时光里，长成了一寸寸岁月的边缘。它把兵匪灾祸拒于城外，它像一只巨大的花盆，把祥和、温馨移植在自己的土壤里。

这一方土壤里，有茂林修竹，有芳花芊草。这里交集的历史和人文，让每一个生长在乾州城里的人，从胸膛里喷发出一缕向暖的春光。乾州城像一位位贤者和仁者的骨骼，收割着从城墙垂直而下的梵音；乾州城也像一袭印满岁月雕饰的长衫，抖擞着令人拍案叫绝的华丽的时光。

这里，曾经有一位负责古乾县地方政事的县令杜闲，他勤政爱民，廉洁奉公。因为他，中国历史上著名的诗人杜甫幼年的身姿，也成了这座城的一道亮丽风景。

"关西夫子"杨奂返老还乡后，在乾州城创办了紫阳书院（即后来的乾阳书院）。这个胸怀家国的老头子，硬是用他的八斗才华、满腹经纶办成了陕西省最早的书院，办成了省内外学子趋之若鹜的知名学府。文庙现存的三棵古柏，虬枝绿叶，拂来的风依然摇荡着那久远的琅琅读书声。

北城门，这只翘首北望的乌龟，曾经目睹过林则徐西去伊犁，在这里与长子依依惜别。林则徐的一首送别长诗，成了他对乾州城最珍贵的馈赠。

乾县城是历史的一个破折号，为乾县城做着注释；也是一个省略号，在历史的风烟中，把城里的一些人、一些事隐隐地淡去。

八

城墙上的一只鸟正在叫醒着乾州城的黎明，而岁月的风刀霜剑却在这个城墙的脸庞上剜出了一颗颗雀斑，让它越来越风韵不再，华容顿失。

"文化大革命"，是历史的一个拐点，也是乾州城墙的一个拐点。乾州城墙大部分被毁，成了一声在历史的长风中无望的喟叹，成了在时光中蓦然坠落的遗憾。

但是，我们还有不遗憾的……

被称为"东方莎翁"的范紫东先生，创作的剧本汗牛充栋，他同样也是一位伟大的历史学家，在历史的废墟中拨冗见著，对传承乾县的历史，乾县古城墙的文化，起到了里程碑的作用。

还应该提到的一个人，张汉先生。他穷其一生，研究乾县的历史文化，撰史修志。他原是一乡村民办教师，因学识渊博，被调去修志，从而与民办教师转正擦肩而过，只能用每月微薄的几百元维持家用。他埋头在浩瀚的典籍里，不问风华，不问雪月，更不问自己的功名利禄。他修撰的乾县史籍，让古城墙依然屹立在乾县人的记忆里。城墙上生长的草木，会时时掠过他的名字。

乾县城墙还与一个人的名字相伴，他就是退休干部赵秦波先生，他对乾县历史、对古城墙文化，不是人云亦云，更不旧调重弹。他时常用他的脚去丈量这一段废墟上的岁月，用他的手在时光的瓦砾中捡拾遗贝。他收集的奉天古城铭文砖形成的长达50余米的拓片长卷，传承了古城的千年遗韵。他还在旷野，在深壑，剥去岁月堆积的厚壤，探寻黄土掩埋的乾县历史文化遗迹，他的考证文章，不是空穴来风，而是一个时代、一段历史真迹的拓片。

还有很多人，我们不知道他们的名字，但历史会记住他们，他们修筑、保护古城墙的手印，成了这座古城墙上最绚烂的花朵。

时间的目光正沿着古城墙向上攀爬，停留在一棵茂盛生长的小树枝头。一座新兴的公园正在古城墙之侧，摇曳着绿色，绽放着花红，为这座古老的城墙穿上了霓裳羽衣。乾州古城墙正在把他的绝代风华向四围铺开。

愿乾州古城墙不再坍塌，不再荒芜！

2018年7月发表于"大秦文学""乾县发布""乾县宣传""乾县文旅"等。

五峰山

没有哪个乾县人，心里不戳着一座山。这座山就是五峰山！

当你离家远行，蓦然回眸，五峰山像依依惜别的长者，庄严地为你壮行。

当你久居异乡，魂萦故乡，悠然横亘眼前的是五峰山。

当你异地而归，踏上故土，赫然入目的还是五峰山。

外边的山，不乏名山奇峰，但都没有五峰山亲切。五峰山像父亲的肩膀，站上去，心就会向下扎根！

五峰山怪石嶙峋，树生峰巅，水漱山涧，鸟歌密林。山虽不大，不险，不奇。却葱茏，挺拔，高峻。

五峰山，每一寸肌骨都露着俊秀。

春天，纤草凝翠，野芳劲发，漫山遍野的绿，漫山遍野的红，宣泄着山的奔放，山的蓬勃；柔嫩的枝条如风舞秀发，袅袅娜娜，招展山的柔情；野杏花、山桃花，这里一团，那里一簇，盈盈盛开，绯红一片，热热闹闹，轰轰烈烈，奔放着山的热烈。

夏天，先是灿若白雪的槐花，密密匝匝，铺天盖地，摇响一串串铃铛。刺槐，这个黄土地特有的树种，用强劲的生命力，在热烈的夏天写满山的素洁。槐花谢了,浓荫满山。一层层的绿,一波波的绿,簇拥着、奔腾着,在山峦上鼓起波涛。山,翩然飞舞绿色的蝴蝶,律动绿色的蓬勃。刺槐,用一支支虬笔,写满山峦茂盛的张力。

五峰山,每一根枝权都长满传奇。

相传商纣王曾在五峰山狩猎,见一石甚奇,便命人搬石下山。不料此石埋于地下,深达五尺。破山掘石之际,五只凤凰冲天飞起,遗矢冯市,向西南振翅而去,栖于岐山。后来凤鸣岐山,周武王伐纣,奠定了周王朝基业。相传商朝的灭亡,和纣王在五峰山掘石有关。

另有唐高宗陵墓选址,在五峰山挖出凤凰一说。

据古志记载,五峰山上有灵湫,祷雨多应。山上现在仍有洋人房、石炕、凤凰窝等遗迹。据《民国·乾县新志》记载,"外国人伏天多避暑于此"。

五峰山,每一株禾苗,都踮起脚尖,挺举生命的茁壮。

一方水土养一方人。峰阳人,抑或所有的乾县人,匆匆成霓虹里的行色,淳朴如山岚里的古木。在岁月的流年里,对着五峰山,日沐朝晖,夜染月华,用朝圣的汗水撑起生命的长篙。乾县人,向着高过五峰山的坐标攀登,人生的跋涉与徜徉,缀满青春的枝头。乾县人,灵魂里从五峰山采撷的绿荫,映掩生命中的一池山水。

五峰山,向上葳蕤着生命的苍翠,向下延伸着灵魂的深邃。

乾县人,眺望一次五峰山,就是一次灵魂的修行,就会给心中植一片绿,栽一座伟岸,增加一点人生的高度。乾县人,胸中永远有一座山,每一次行走,都走出轩昂!

五峰山,是乾县人心中的地标。它每天都在提醒乾县人:生命的意义,就是挺举山一样的脊梁,就是每天都向上拔节!

2020 年 8 月 8 日

大唐小镇，聆听历史的跫音

乾陵像他的墓主人一样，妩媚成睡美人。

睡美人娇躯绰约，风姿曼妙，沿梁山逶迤而下。丰腴婀娜的体态上，簇簇鲜花、茵茵芳草，点缀着她的一袭丽装。一座新兴的小镇，灿若珠玑，在她的裙袂上熠熠生辉。

步入大唐小镇，夺人眼球的便是阳关广场。骆驼、胡人、飞天侍女，一段历史在这里尘封，一段岁月在这里驻足。凝息聆听，历史的足音潮水般拍击心堤。那"西出阳关无故人"的漫漫远旅，那"春风不度玉门关"的绿消黄衰，那"千里黄云白日曛"的旷远孤寂。一支支驼队，在千里大漠，在风卷黄沙中跋涉。阳关广场，像一把烙铁，把历史的往事焊接在乾陵脚下的这块沃土上，给丝绸之路竖起一座巨碑。那古朴高峻的阳关城楼，如丝绸之路一面高扬的旌幡，让岁月的过往魂兮归来。

广场上的游人，如果你从长安来、从敦煌来、从西域来、你就会丈量一段历史的长度，踱步一段岁月的履痕，任驼铃萦耳，风沙袭襟。在你人生旅行的坐标上，标记一个无法消弭的印记。

唐诗里坊，她的名字就会勾起唐诗的记忆，巍峨的石牌坊，是一座唐诗之门，进入唐诗里坊，你就会染一身诗的旖旎，就会飞扬诗的神采。

花烛街，灯笼高悬。铺天盖地的灯笼，悬挂着一个民族喜悦的目光和肥硕的日子。一盏灯笼，一支火烛，一个太阳。入夜，火黄色的火焰跳动起伏，把灯笼上的诗，用火光吟诵。火光的声音是最明亮的天籁，它诵读的唐诗穿透云翳。千万盏灯笼，像上古人类的燧火，消弭了灵魂茹毛饮血的愚昧。

在花烛街，我多想把目光放在灯笼的火红里，借唐诗的一双慧眼，看大千世界，看芸芸众生。我的心，从此永远沐浴诗的光芒。

旌鼓街，十万旌旗十万鼓。"壮岁旌旗拥万夫"的壮烈，在街衢猎猎飘扬。蓝天下，旌旗把自己氤氲成一片云朵，漂染成一朵流霞。旗帜是精神的标杆，是信念的坐标。漫漫华夏史，源远五千年，煌煌画卷里，民族的精神大纛，风采了多少青春韶华，鲜艳了多少热血岁月。中华民族，豪迈着坚韧，行走出比旗帜更威严的阵列。

旌鼓街的旗帜，只是高擎一个时代的壮丽，但她的精神，却昂起民族不朽的头颅。

排列两行的鼓，是战鼓，是乐鼓，无须考究。一个"唐"字，把一段历史镌刻上鼓面，每一次敲击，都是诉说，都是回音，一千多年前的盛唐，正踩着历史的鼓点，在唐诗里坊显露斑斓，和不远处的乾陵对望，向两个帝王诉说心音。

来到凤玫街，你会卸下一身的厚重。那飞红流翠的炫目，会愉悦你从历史深邃处走来的灵魂。盎然的春意，似锦的繁花，像你洞开一个如诗如画的境地。一朵朵姹紫嫣红的玫瑰花，向太阳借来了最鲜艳的色彩。红的红得热烈，红得奔放；粉的粉得娇嫩，粉得柔情；黄的黄得灿烂，黄得金贵。一朵朵花挺举着热情，花瓣像蝶翼打开。在唐诗里坊，花朵像唐代美女般娇羞灿烂，明媚着春天的光芒。

每一朵花都有自己的"用武之处"，如果在唐朝，玫瑰花一定是美女云鬟折翠簪红的饰品，是杨玉环浴池中的浮香。在这座虚拟的唐城里，一街流香，会勾起多少女子纤手弄红，螓首倚翠？

花街的东端，有一凤凰池，虽不是弱水三千，一池清波，却极其澄澈，极其潋滟。夹岸的假山叠石，桃红柳绿，古榭香汀，足以系一叶心灵之舟。约二三同好，泛舟棹水，像唐代的诗人一样，举樽对月，披发行吟，击节高歌，把世俗之浊，濯洗于一泓浅流，何其快哉！

乾坤广场，不是唐朝的低吟浅唱，不是唐朝的霓裳羽衣。而是盛唐的金戈铁马，千里驱驰。这里，清角吹寒，血染黄沙；这里，旌旗猎猎，刀剑如虹；这里，天高日远，鹰飞云卷。

站在这里，也许是蓝天丽日，闲云飞鸟；也许是细雨如丝，凉风沁肤。但那威严的军阵，会在你眼前化为晨曦里的一场雾。迷雾中，杀声震耳，血伴夕阳，让人身临其境。虽然你不能俯身捡拾锈迹斑斑的箭镞。但这一幅波澜壮阔的唐朝军阵，足以让你感悟唐朝的军威远播，将士的豪气干云。尽管这一切已经旷远，但华夏民族的英勇威武，剑胆侠骨，会让你感慨万千，激动不已。

暮色如烟，广场上游人影影绰绰，他们在等待一场灯光水影秀，静寂的夜晚，星斗满天，灯火阑珊，在如影如幻的水雾里，多少颗不眠的心，在大唐小镇梦回大唐，聆听历史的跫音。

2018 年 5 月 6 日

乾县城墙公园漫记

乾县，是一座城。

一座洗染着岁月铅华，透逸着帝王威仪的城。

城北遗存的城墙，已是断壁残垣，像一位耄耋老人沧桑的脸。每一道褶皱里，都折叠着当年高耸入云，固若金汤的雄姿，雕梁画栋，旌旗猎猎地璀璨。

城墙，已被时光印制成一页台历，翻过去，我把目光切换在城下。晨风含香，画剪倩影，一朵朵含笑的红，一抹抹滴翠的绿，晕染着初夏的曦光，莹润着草尖的晨露。公园，像婀娜娉婷的少女，衣袂翩翩，巧笑嫣然，舞动着一季的旖旎、清凉。

我沿着公园的小路踽踽前行，走进一幅浓墨重彩的丹青。初夏的早晨，微寒袭面。可是，那浓浓的绿、莹莹的蓝、灼灼的红，争先恐后地扑面而来。热烈得让人睁不开眼眸。

入口处，有一弧形的长廊，与不远处残缺的城墙相望。长廊如一弯残月，它是唐时明月拓印的斑驳；围廊似一根箭弦，正把公园新植的绿，射上凋残的城墙。

公园依城而建，居高望去，如一把倒置的琵琶。园中的小径，如一根根琴弦。行走其中，一缕琴音萦绕耳际，淡淡的古韵撩拨你乡音里的情愫，沁润你乡情里的柔软。

沿着园中小径，我或纵目望城，或举首观树，或俯身赏花。我能听见风的呼吸和历史对话，能看见浩瀚的绿和花厮拥。

公园里的树，碧枝凝翠，这些移栽的新绿，依古城滋长，每一个枝丫都宣泄着新生的张力，每一片叶都透射着生命的澎湃。

这里的树有银杏、复叶槭、石楠、五角枫、七叶树……这些树，姿态各异，却都轻挽流云，凌空劲舞罗衫。这些树，绿得酣畅，绿得昂扬。这里，风都是绿的流韵，鸟鸣都是绿的音符。

屹立一千多年的城墙，在岁月中风蚀成一架骨骼，但它可以触摸的辉煌，依然飘扬着历史长风中的大纛。今天城下的百顷树木，就是一面面绿色的旗帜，把时代的光芒，飘扬成城墙新的色彩。

这里的花，牡丹、芍药、碧桃、樱花，雍容华贵，惊世骇俗的美，已和春天一同老去。花托上的残红，凝结成岁月枝头的老年斑。在绿色的风中，讲述着香艳逼人的过往。

夏天是新的，温煦的风是新的。

鸢尾花像倒映在绿色湖光中蓝色的星星，像铺满一地蓝色的眼睛，微风中，凝碧的波痕向远处荡去。

白的滨菊，黄的金鸡菊，红的锦带，绚丽、雅洁、芬芳。一丛丛、一簇簇、一片片，写意成一幅幅绚烂壮丽的图画。花朵婆娑生姿，翩跹摇曳，在乾州古城墙旁深邃丰腴的沃土里，曼妙着梦幻般的旖旎风光。

五月的公园，最灿烂的是月季花。苏东坡曾赞美它："唯有此花开不厌,一年常占四时春。"它亭亭玉立,把一朵嫣红挺举枝头,层层叠叠地向外舒张。花开时节,每月一开一阖,生命燃放的火焰,熄灭枝头,又是一次涅槃,崭新的芬芳又会倏然开放,氤氲一地斑斓。大片的月季花,像熊熊的火焰,燃烧着乾县五月的豪情!

在公园里行走,你仿佛置身诗里、画里。伸开双臂,葱茏的诗句会从指缝滑落,丹青卷轴会在眼前铺开。

逡巡公园、石趣竹韵、朝晖夕月,都会牵着你的目光,在城墙这个历史的拐角,感受时光,感受眼前的繁华和记忆中的永恒。

伫立公园,远看,是一幅浓淡相宜的水墨;近看,是一幅意境隽永的蜡染。

公园中央,一尊按剑肃立的轩辕雕像,深邃的目光里,透射着华夏民族的凛凛正气和铮铮铁骨。四千多年前,他和乾县的一次邂逅,为这方水土烙下了永恒的印记,开启了人类礼祀的纪元。

雕像旁龙柏匝地,苍翠葱郁,像弥漫着柔软的雾霭,蒸腾着轻盈的烟岚。轩辕黄帝,正从这袅袅冉冉的烟雾中,款款走来。

公园里,锻炼的市民络绎不绝。一支阵容庞大的健走队列,伴着雄壮悦耳的音乐,健步生风,呼啸而至,队列和远处的城墙平行。这又是一座城墙,乾县人民用昂扬的精神筑起的城墙。

轩辕雕像东侧,一条长廊直指古城。它像一条长长的时空隧道,让人走进岁月深处。

城墙站立起一个历史的剖面,裸露着一段历史风骨,在这里掬一把土，就能栽植乾县人的自豪。

沿城墙排列的一幅幅石雕，有庄子、范紫东，弦板腔、蛟龙转鼓……

在这里，能触碰乾县历史的每一条褶皱，能听见乾县历史的每一声呐喊。乾县漫长的岁月长河，在这里汇聚，波澜壮阔的时光洪流，一次次漫上乾县人的心堤。

我突然觉得，乾县的城墙，像一把烙铁，把逝去的过往，焊接在乾县的今天；像一本书的书脊，打开它，乾县古往今来的光芒，纷呈异彩。

乾县北门，是乾县公园最恢宏的景观。从这里走出去的乾县人，衣襟上，都浓郁着花香；灵魂里，都葳蕤着蓬勃！

2018年5月8日

小镇怀古

久居长安，浸染在十三朝古都的深邃与沧桑里，常常被它氤氲的历史气息所陶醉，耳边时常会萦回唐朝诗人卢照邻《咏长安》的诗句："皇灵帝气瑞弥空，片片祥云处处宫；朗月寒星披汉瓦，疏风密雨裹唐风。"

但当我回到故乡乾州，一样被它的厚重、被它的古远、被它弥漫的历史文化气息所震撼，并为之久久萦怀，惊叹不已。五一节前，从博客上看到家乡乾县大唐小镇起航运营，颇有点"漫卷诗书喜欲狂"的感觉。乾县也有了一个承载历史厚重、人文古远的文化小镇，再也不用羡慕礼泉同事每逢周末"走，去我家乡吃小吃去"的炫耀，我也可以呼朋唤友地说："走，去我们乾县逛小镇去。"

适逢"五一"假期，我慕名来到了古朴典雅的大唐小镇。站在乾坤广场上，浮云当空，凉风拂面。初夏的五月，花香弥漫，天空辽远。在这乾州大地的一隅，北望巍峨高耸的乾陵，东眺斑驳沧桑的乾州古城墙，乾州波澜壮阔的历史画轴，铺陈眼际。

远古时期，轩辕黄帝西去崆峒山问道，曾在这里礼祀苍天，使乾州的历史上溯到四千多年以前。作为炎黄子孙，每当提及此事，我心中无不荡漾作为一个乾州人的自豪。

在乾州这条历史沉淀的河床上，古公亶父曾逾越梁山，南迁西岐；老子曾倒骑青牛，巡礼问道；庄子曾历经数载，著书立说。这些历史的先哲，在乾州这块如诗如画的厚壤上，留下了炳耀史册的足痕。

乾州，更是唐代的历史拐点，这里不仅是三个唐代帝王的栖身之地，乾州古城墙，是唐代历史堆砌的城堡。它筑于唐代，其形如龟，演绎着唐代历史的传奇与经典。唐德宗曾在这里居住半年之久，唐僖宗也曾在乾州盘桓日久。乾州城，可谓唐朝的宫阙！折射的历史光芒令人眼花缭乱、炫目幻彩。

在这个唐代历史如此浓烈的古城之侧，建造一座镌刻着唐代印记的文化小镇，真是恰到好处。站在乾坤广场上，望着悍勇的骑马将军，衣袂飘然，执戟握剑，绝尘疆场。望着六十四名旗手，旌旗在握，猎猎飘舞，眼前一幕唐代将士驰骋大漠，收复安西四镇令人慑魂裂胆的战争场面，历历在目。这是一幅唐朝的军阵图，是一部唐朝的战争史，是一本令人可歌可泣的历史画卷。站在乾坤广场上，我闭目凝思，大漠孤烟、长河落日、狼烟四起、血染残阳的一幕如影如幻，令人唏嘘，令人感叹。乾坤广场是一部历史的教科书，昭示游人的是一个站立的历史化石。

唐诗里坊，我行进在一首首唐诗的意境里，从灵魂里蓬勃生长出一句句荡气回肠的唐诗名句。樱花大道，灿烂着游人的脸庞，欢愉着姑娘的眼眸。灿烂多姿的樱花，如一堆火，如一片霞，它恣意地在这里燃烧，燃烧着唐诗的热烈，唐诗的奔放。

从樱花大道踽踽前行，我无意抖落衣襟上樱花的馥郁，步入灯笼高悬的另一条街衢，这里的灯笼如云，如霞，烂漫了一方天空。灯笼上的唐诗，如珠似玑，在灯笼的光芒里，诵读着令人心旷神怡的锦绣诗篇。在这里，你的心灵会拓印上火红的底色，会生长出一簇簇炽烈的诗。唐朝，是诗的国度，唐诗是唐朝的符号，是唐朝的标识。这里的千万盏灯笼，把一个辉煌的大唐照耀得光彩迷离，诗意盎然。绰绰灯影里，我似乎看见了唐太宗、唐高宗、唐玄宗，一个个唐代帝王，身边嫔妃如云，她们皓面如花，纤腰如带，手执灯笼，在长安街轻歌曼舞。灯笼把霓裳羽衣映照得光彩焕然。此刻，我仿佛着一身唐衣，打马归来，站在唐人的阵列里，挑灯读诗，看柳翠花红，满街流香。

灯笼街，一盏灯笼就是一盏唐朝的目光，站在雕梁画栋，飞檐翘角的屋檐上，回望五花马、千金裘，绿蚁酒、夜归人。一盏灯笼就是一弯唐朝的月亮，卧在屋脊上，洒下一地诗歌锻打的金箔。

拐进另一条街，一面面鼓卓立两侧，俨然鼓的军阵，鼓面上的"唐"字，粲然入目，显得威风八面，气势如虹。这一面面鼓，曾经敲出了一个大唐江山，敲出了一个大唐盛世。在那风卷云度的时代，多少人为了一个大唐，疆场赴命，挥戈搏杀，战袍血染，把铮铮侠骨凝成了一面面鼓。敲击这些战鼓，你能听到战马嘶鸣，你能听到将士饮血，你能听到梦回连营的角鼓，你能听到历史俯身前冲的呐喊。站在鼓前，我奋力敲击，一声唐音，如虹贯日，余音不绝。

这里有树，有花，有草，有水。这里的树，是"晴川历历汉阳树";这里的花,是"云想衣裳花想容";这里的草,是"离离原上草";这里的水,是"半江瑟瑟半江红"。树的伟岸,站立在小镇的葱茏里,仿佛大唐的拐杖,扶起了一个盛世江山;花的馥郁,是大唐的霓裳羽衣,舞动着大唐的壮丽和多姿;草的葳蕤,从大唐的底部葱茏生长,铺了一地大唐茂密的词语;水的柔情,把大唐的风韵柔美到了极致。这一泓春水里,有唐代诗人击桴而歌,有唐代丽人浣肤濯肌,有唐代村妇捣衣声细。大唐小镇树是诗,花是诗,草是诗,水也是诗。在这里,我顿时诗意蓬勃,诗意昂扬,诗意激荡。

最后,我来到了阳关广场,站在一座浮雕下,一匹骆驼,几个胡人和汉人正在用丝绸交易,我环目四顾,骆驼浮雕比比皆是,一座座巨型的骆驼巍然矗立。这些骆驼从丝绸古道而来,抖落了满身的沙尘,向游人诉说一段过往,诉说一段传奇,诉说华夏民族不远万里,开拓丝绸之路的煌煌伟业。在这以丝绸之路为主题的广场上,我思想里的琴弦被一枚流沙拨动,被一串驼铃弹响。乾州不正是丝绸之路的驿站吗?那个风烟浸濡的年代,正是这些胡人,这些骆驼,就在这一方广袤的天宇下跋涉,驻足。乾州是丝绸之路的一个剖面,在这里让你清晰地看到那一段历史的印痕。阳关城楼,不再是"西出阳关无故人"。这里故人云集,都在揽一撮历史的风沙,来栽植自己的民族豪情。

望着不远处的乾州古城墙,已经斑驳成残垣断壁,他像一位饱经沧桑的历史老人,诉说着乾州的历史,乾州的辉煌。而这座大唐小镇,像这位沧桑老人的子孙,把一幅历史的长卷奉送给这里的每一位游人。

暮色氤氲，大唐小镇在如梦如幻的烟岚里，像笼上一层薄纱，显得神秘莫测，这是一座唐砖砌筑的王朝，这是大唐的骨骼开出的花朵。

我驱车东去，返身长安，我不知道，我的两行车辙，能不能给唐长安城和大唐小镇画上等号。

2018 年 5 月以笔名"何勋"参加大唐小镇征文，获一等奖。

春满乾州

今年的春天，不是田野里"草色遥看近却无"的朦胧，也不是"无边光景一时新"的蓬勃。很多人的春天，先是在心中描摹出来的。

庚子新春，当冬天把季节向春天交接的时候，一场突如其来的疫情，倒春寒似的，迟滞了春天的脚步。

尽管乍暖还寒，春天依然萌动着。在一抹抹暖阳里，春天热乎乎地钻出来了。阳台上，已能触摸到春天了。

当正月甫去，乾州人的春天，已经从心窝里勃然萌发了。

一双双眼眸，从窗棂里透射出去，巡行在无垠的旷野里，放飞在广袤的蓝天下。

被疫情禁锢的心，在古老乾州的山山水水之间徐徐打开。

五峰山、清凉山、石牛山朗润了。山上的小草，拳头一样从地里举出来，像呼啸的、磅礴的绿色森林，势不可挡。一棵棵鲜嫩的芽尖，巨大的穿透力像钢针一样，刺穿板结的土地，亮出生命绿色的旗帜！

有什么能阻挡春天的萌发呢？

羊毛湾、大白沟、漠谷河的水清柔了。水里奔流的欢畅，宣泄的愉悦，像琴弦，被春天的素手弹拨成乐章。一朵朵晶莹的水花，就是一个个音符，演奏着春天的交响。河水穿岩越涧，漱石击岸，亮出生命嘹亮的喉咙。

有什么能阻止春天的歌唱呢？

冬天的鸟，站在煦暖的光斑里，晾晒被寒冷打湿的羽毛。它一会儿用爪子梳理羽毛，一会儿扑腾着身子，抖动翅膀。

这是向春天飞翔的前奏！

一个多月的疫情，人们把自己关在屋子里。春天来了，人们把身上的棉衣晾晒在阳台上。这个冬天的皮囊，也和冬天一样，被阳光炙烤寒冷和阴晦。然后，我们乾州人，向着充满希望，充满阳光的春天放飞！

道路边、田野里、土地的裂缝里冒出星星点点的新绿。仿佛婴儿攥紧的拳头，宣告着所有蛰伏的生命都将破茧而出。

乾州的大地上，最先亮出自己光芒的，是田边涧畔的迎春花，它们像春天的眼睛，眸子里闪着金灿灿的光，明晃晃地睁着，亮着。它们更像一串串金色的鞭炮，甩出一声声金色的巨响，迎接又一个崭新的春天。

是的，春天是响亮的！

乾陵环山路上，河堤上，公路上，柳枝敲打时光的声音，是那么清晰。"拂堤杨柳醉春烟"，曾经被寒风捆绑的柳丝，挣脱了冰冷的羁缚，像一个个娇媚的乾州女子，用她柔柔的衣袖，挽着清风，系着春色。细柳垂下的绿色瀑布，在风中摇曳着天籁般的春曲。

花是春天的主角，花是乾县人在大地上摊开的心情。山坡上，堤岸上，小路边，最先点亮春天的，是一簇簇野花。当寒意还在午夜徘徊，一些萌生的心事还在踟蹰不前，许多野花竟然拱出地面。野豆荚花、堇菜、角堇，红的、紫的、黄的，鲜艳夺目，瑰丽多姿。姹紫嫣红的花朵，犹如无数彩色的蝴蝶，张开翅膀，在空中翩然舞动。

油菜花，是乾州大地上最浪漫的色彩。虽然花期未至，一朵紧挨一朵的花蕾，正酝酿着蜂飞蝶舞的兴致。过几日，漫山遍野的油菜花开了，那铺天盖地的金黄色，会上演"满地尽是黄金甲"的壮观与震撼！

手持彩练起舞的乾州人，才是真正意义上的王者归来！

没有什么能够阻挡春天，疫情也罢，困难也罢，都将被漫山遍野的春汛淹没。

几天过去，春天就会长出翅膀，那些像蝴蝶一样的杏花、桃花、梨花，就会飞满乾县的山川平原。一片片粉的霞、白的云、红的火，恣意流淌、恣意燃烧。那些娇艳的花朵，粉妆玉琢，齿白唇红，是一个个光彩照人的红粉佳人，用火热的语言，呐喊出乾县大地最嘹亮的声音。

乾县城，是一座洗染着岁月铅华的城。这座城，经历了一千多年的风雨，更加春意盎然。

春天来了，乾县城里晨风含着嫩草的清香，乾县人的脸上晕染着初春的曦光。

公园，广场，街道上的树，每一个枝丫都被春风叫醒，都孕育着新生的芽苞，新生的叶子就像婴儿一样，将用她绿色的手，揽一缕缕春光。

这是为春天助阵的手，它攥紧的春色正洒满乾州。

春天是新的，温煦的风是新的，鲜艳的阳光是新的。一千多年的城墙，在春天的新生中，像一个沧桑的岁月老人。她凸起的骨骼，透出坚韧的倔强和挺拔，在历史长风中，见证着又一个春天。

春天来了，古老的乾州生机盎然。疫情正在遁去，乾州人正甩开臂膀，向着春天，向着鲜花一样繁荣的事业，大踏步地走去。

2020 年 3 月 6 日

春雪舞乾州

四季轮回，冬暮春至。过了立春，今天已是雨水节气了。

前天晚上，银雪飞花，伴着乾州城春节里璀璨斑斓的灯火，点缀着新一年簇新的时光。

这是一场春天的雪，一场满天飘洒的春天礼花。

"白雪却嫌春色晚，故穿庭树作飞花。"

这一场雪，携着春天的气息，沁出春天的味道。她轻扬，温柔，明净，仿佛春天款款轻盈的脚步，在空中舒缓挪动。

乾州的山山峁峁、沟沟坎坎、沃野河流，一瓣雪花就是一张撕去冬天的封签，就是一只春天走来的脚印。

这一场雪，是春天烂漫花朵的彩排，把花的姿态，高挂云天；把花的暗香，氤氲大地。在这场雪里，春天正在苏醒的每一缕春色，必将长成破茧而出的美丽。

乾州的原野、山岭、公园，在雪的润泽里，蛰伏地下的新芽，正沿着雪花拓印的图案，拱出地面。

这一场雪，是春天举起的一面面旗帜。在空中，在屋檐，在树枝上，雪用一身素洁的丽色，把湿漉漉的情怀向春天集结，挺起迎接春天的生命亮相。

乾州城街道上的树木，抖落冬天的疲惫，逸出斜枝盈握雪花，伸出一串串春天昭示天下的告白。

昨天，漫天雪飞。站在皑皑的白雪里，举头枝上雪染，低头雪落成水，心里便生长了几许温暖。

春雪飘落时，像蟾宫桂花树上飞落的玉叶，碎琼乱玉，飘飘洒洒。它在微风中飘逸着，舞蹈着，追逐嬉戏着。像鹅毛，像柳絮，像少女甜美的梦。它纷纷扬扬，柔情脉脉。它飘落在水中，便融化成一种柔情；飘落在原野，就厚积成一种圣洁；飘落在乾州人心田，便滋生出一种蓬勃生长的豪迈。

春雪，虽然没有春雨的温润，却不再寒冷，不再凛冽，不再浸人肌骨。不由令人多了赏雪的情趣和欢愉。

雪中的县城，银楼琼阁，显得那么素净、雅致。一栋栋高楼撑起雪的屏幕，雪有了衬托，有了对比，好像每一瓣雪花都在投影里放大了，异常清晰，异常柔美。落雪中，袅袅升腾着一层朦胧的烟霭，如诗如画。

雪中的乾陵，山峦和松柏撑起了一个粉妆玉砌的世界。被雪染白了的山峦，为这座帝王陵园平添了几分圣洁与肃穆。

雪染乾陵，雪封了一段历史，雪藏了两个王朝。皑皑白雪像洁白的底色，风姿绰约的女皇轻舒广袖，从深埋的历史中走出。

雪中，在乾陵漫步，历史的况味直扑心底。历史就是一场素净的雪，即使贵若帝王，也不过是雪掩冰封的土堆。

历史就是一场雪，雪覆之下的山峦、大地，一样白茫茫一片。揭开这层雪，有的苍黛，有的嫣红，有的黝黑，各有风华。

雪花纷飞的乾陵，多了几分神秘。无字碑、六十一蕃臣、翁仲……在飞雪中斑驳迷离，如影如幻。这一块块石头雕凿的历史，仿佛在岁月中复活，走出了王朝的威仪。

雪中乾陵的那一抹白，谁又能说得清它的含义？

同样，走进瓦子岗，高岭的燥风和春雪的湿润正在摩擦，冬天的余寒和春天的初温执戟搏杀。千古一帝秦始皇乘风驭雪，从一道山梁上策马而来。马鞭甩出的脆响，溅起漫天飞雪。梁山宫遗址封土堆，秦始皇戳在乾州土地上的这枚印章，依然浸润着历史的风雪。

一场飞雪舞，乾州春意生。雪花带着春天的消息，挂在五峰山的树枝上，拴在了漆水河的石林上，印在古城墙的夯土上。飞雪舞春，银装素裹，一幅寥廓壮丽的图画在乾州展开。

田野里，春雪像锋利的犁铧，正在剖开肥沃的土地。雨水时节的农谚说"麦子洗洗脸，一垄添一碗"。春雪，正铺开丰收的希望。

雨水时节的雪，不像冬天的冰雪，落地沙沙作响，而是弹着春曲，嘭嘭有声。你听，这分明是泥土下春天的胎动。

雪后初霁，旭日渗出殷红，一个蓬勃的春天就会诞生。

2022 年 2 月 18 日

灯火乾州

乾州古城，依梁山而襟漠水，携五峰而眺秦岭。历史底蕴，时代华章，书写小城故事。

乾州，连着通衢大道，连着秀山丽水。走进乾州，一路烟柳画桥，一路芳花芊草，一路流光飞红。看今日乾州，金簪玉髻，绰约生姿。

万家灯火，萦绕着这座历史悠久的古城，水墨画卷里的人间仙境，时代的光华与深厚的底蕴交相辉映。灯火乾州，古韵悠悠。

一座血脉里喷涌着文化的城，一座历史的骨骼撑起的城，一座摆渡灵魂的城，一座向着阳光，向着春天奔跑的城。

原乾州鼓楼建于元至正二十四年（1364），比西安鼓楼早16年。

雕梁画栋，鎏金溢彩的鼓楼，历史与现实碰撞的火光，如梦似幻。华灯闪烁，星斗斑斓，辉映一座城的光彩。

乾州古城，建于唐代，状似龟形。城北门外有一石牛，人称"神牛"，"神牛拉龟城"的传说广为流传。时逢辛丑牛年，劲牛奋蹄，拽着这座千年古城，向着辉煌的目标远行。

夜来，万盏灯火与星辰对语。倚窗，满目闪烁溢出帘外的对白。

一弯新月，在古城墙上勾兑粼粼清辉，欢乐的稚童，撑一艘月亮船，游弋在家乡温馨的小河。

擎起灯火，为南去的归雁指航。一行灯影，在夜色里叫醒春天。

乾州城的车流人潮，绚烂夺目的可是轩辕祀天的灯盏？粼粼而来的可是秦皇出巡的车辇？袅娜娉婷的可是唐朝的霓裳羽衣？不！这是古城新姿丽影的灼灼其华！

夜色朗朗，清风低回。遥听足音款款入怀，一路华灯，照亮乾州人的归途。

良宵似水，火树银花，书写一城的草木春秋。趁灯火正艳，再饮一杯清辉，为新的启航壮行。

灯火，正在点亮新的起点；春色，炫出乾州人猎猎的袖风。乾州人，昂首阔步，迈向新的征途。

　　此文为应《乾县发布》之邀，为一组摄影照片配的文字。

油菜花香醉乾州

三月，乾州大地不再矜持，不再缄默。伸手就能碰触岁月的柔软，时光的温情。阳光，打开了冬天雪藏了的往事，乾州大地用各种颜色，给岁月捧出了一条彩锦。

柳笛，生命的哨音划过五峰山、漠谷河。苍山含黛，秀水凝碧。一座座山岭，像乳房一样饱满；一块块田畴，像罗裙一样靓丽。春姑娘款步轻盈，妩媚生姿。

当杏花谢了残红，桃花粉面红颊的时候，油菜花闪烁的色彩，在乾陵脚下，漆水河两岸，烫醒了三月醉春的眼睛。

漆水河龙塘沟，激流出涧，奔流不羁。河水出了龙塘沟，放慢了脚步，缓缓地，悠悠地，向南流去。河岸西边，是层层叠叠的梯田。一梯一梯的油菜，花开正艳。

油菜花不同于其他花朵，主干上一枝一枝斜出，一枝一枝挺举。每一枝上一团，一簇的油菜花拥挤着，推搡着，举起黄灿灿的喜悦，发出黄灿灿的笑声。微风轻拂，油菜花像抖动的黄绸，在台塬上舞出千万条黄练。一梯一梯的油菜花，像一张张黄色的宣纸，写满乾州人的金色年华，一层层举过头顶，举向蓝天。

漠漠田畴上，大片的油菜花无比辽阔，无比壮观。

浩瀚的黄色一望无际，像金色的方阵，向天边，向山峦，向水湄行进。这种色彩比任何色彩都浩大，都热烈。这种色彩，能让人从心底生出喜悦。这浩瀚的金色波涛，能荡涤挖油菜根充饥那个年代留在心中的阴霾。

油菜开花的季节，大片大片的金黄，是乾州人铺在乡村金灿灿的梦；台塬上一梯一梯的油菜花，是乾州人登上幸福殿堂的金台阶；而那伸出的一行、一道，则是乾州人阔步前行的金光大道。

勤劳善良的乾州人，把岁月淡定成金黄，在时光烁金般的炙烤里，扛起金色的梦想，浇铸了一座又一座金子般的丰碑！

田野里一畦一垄的油菜花，是大自然佩戴在乾州大地上的勋章。

乾州人，在流金岁月里，张开了金色的翅膀。

2020年3月26日

乾州是秋天的调色板

五峰山，像一块巨大的墨锭，在乾州这一方砚台里研磨岁月。春天，研出晕染大地的满野翠绿；夏天，研出描摹山水的一地斑斓。

立秋过后，砚台里的秋色越研越浓了。

黄色，是秋天的主色调。是岁月用翠绿的柔情，火红的热烈，为一个季节兑换的金子。

五峰山浓密的槐树，公园的银杏，叶子一丝、一缕、一片，慢慢地涂上了黄色。树叶，是跋涉了春夏之旅泛黄的信札，在乾州大地传递季节更迭的消息。

泔河两岸的梨树，黄澄澄的梨子在浓密的枝叶间探头探脑，像岁月枝头怀胎十月诞生的胖娃娃。胖娃娃在绿里透黄的产床上扭动着黄色的肢体，在微风中发出金灿灿的笑声。

乾州大地体态丰腴，一袭华装，招展着摄人心魄的美艳。酥梨，是挂在乾州大地胸肌上的金坠子。

谷子，弯下金色的头颅，向养育自己的大地致敬，向濡润自己的汗水致敬。当秋风扯去了谷子头上最后一丝绿绦，谷子便慢慢成熟了，开始垂下饱满而谦卑的头颅。但是，它的灵魂却越来越挺直，它把一粒粒饱满的金子，捧给岁月，捧给金色年华。

田野里，那些密密匝匝，沉甸甸的谷穗，编织成一枚枚金色的勋章，别在乾州大地的衣襟上，昭示着一岁的丰稔。

梁山宫遗址封土堆上，葳蕤的野草越来越褪色，越来越抵近帝王的颜色。茅草柔软得像纤细的钓丝，在风中匍匐着垂钓出一尾历史的章节。

千古一帝秦始皇，在瓦屋山上衣袂当风，按剑伫立。他远眺秦岭，近览沟壑，身边高岭如奔，眼底秋芜似涛。他被眼前的秋色陶醉，兴致勃勃地指点江山，仰天长啸。

庄陵，乾陵，靖陵，从历史深处拱出的野草，招展着泛黄的旗子。像是招展着泛黄的历史，招展着皇家的威仪。

红色，是秋天最热烈的色彩。

高粱，是九月的温情。乾陵脚下的红高粱，红如彤云，艳若落霞。像一把把烧红的火，热烈奔放，燃烧着一片红色的火海。

簇拥乾陵的红高粱，狂放桀骜的一抹红色，宛如一代女皇傲立历史丛林卓然不群的风姿。

山坡上，一树树苹果红了。红得热烈，红得耀眼，红得润心。苹果的光芒一下子点亮了山坡，点亮了平原，点亮一个甜美的季节。

一树一树苹果，为秋天酝酿一场盛大的庆典。苹果挂起一盏一盏红灯笼，把一枝枝红艳艳的喜悦举上蓝天。

乾州北部，广袤的田畴里，陡峭的山坡上，兀出的田埂上，会突然走出一棵、一行的柿子树。

柿子树钢筋一样的枝干，像举着自己坚硬的肋骨。枝干上柿子由青变黄，由黄变红，在岁月中一点点褪去青涩，长成了红彤彤的喜悦和自信。

一树柿子，就是一树晶莹剔透的红宝石，装扮着乾州大地的雍容华贵。

秋天的色系里，绿色依然是最生动的颜色。秋天的绿色，有秋苗盈握春天的浅绿，有常青树眷留夏天的墨绿，有草木告别秋天的苍绿。这些绿，让乾州的秋天充溢着生命的活力。

最壮观的绿色是玉米地，它依然绿意盎然，像层层叠叠的海浪，像起起伏伏的山峦。玉米成熟时的绿是最悦目的绿，绿里含黛，绿里泛金。这是成熟的绿，厚重的绿。这种在汗水里淬火的绿，才是纯粹的绿，才有资格在季节的边缘挥舞自己的旌旗。在这无边无垠绿色的浩瀚里，能听到乾州人激昂的呐喊！

秋天里，乾州最丰润的色彩是水。今年雨水丰沛，泔河、漆水河、漠谷河流水汹涌，绵延不绝。水映秋色，河流两岸的五彩斑斓，静美在奔泻的一弯清流里。

羊毛湾水库、大白沟水库、老鸹嘴水库，如镶嵌在乾州大地上的蓝宝石，熠熠夺目。水光潋滟的一泓湖水，像一个巨大的盆子，把天空的湛蓝，倾盆托出。水蓝得透彻，蓝得深邃，蓝得恬雅。微风吹拂，湖水荡着细细的涟漪，像抖动的绢帛，像少女水盈盈的眸子。

乾陵水库，已干涸多年，库底易为桑田，今年竟水满外溢。

这里新蓄的水，黄澄澄的，是流经大地漂染的肤色。"沧浪之水清兮，可以濯我缨；沧浪之水浊兮，可以濯我足。"浑浊的水，终究会沉淀。沉淀，就能摒弃泥沙，就有一池深潭。飘浮的灵魂注定是污浊的。乾陵水库用一湾水，昭示乾州人朴实内敛的品质。

春有百花秋有月。秋天的月亮皎洁，明净。圆时如玉盘悬空，缺时如银钩高挂，都把一抹银色镀上乾州的山岭，沟壑、树木、田畴。柔软的亮光，犹如指尖弹拨的虚音，犹如心底流淌的童真。月光里，揉进了乾州游子暖暖的回眸。

乾州的明月，卧在乾陵乳峰上，挂在黉学门中学的古柏上。圆圆的银盘，端一盘岁月的光华；弯弯的弦月，酌一杯历史的清辉。

乾州大地，五彩斑斓的景象，像一幅浓墨重彩的卷轴，在广袤的大地铺开。

乾州大地，是一块调色板，乾州人手握画笔，每天都在着色，才晕染出这壮美的秋色，描绘出这秀丽的山河。

2023 年 10 月 26 日

乾县八景

一、乾陵戴帽

乾陵主峰海拔 1047 米，上接天宇，下沉厚壤，突兀高耸，遗世独立。丰姿绰约的山峰，晴空之下，沐日揽风，可见松柏涌涛，可闻鸟鸣啁啾。天将雨时，云雾迷蒙，浮云若斗似笠，远远望去，犹如头戴一顶絮帽。这一自然景观被当地人津津乐道，誉为"乾州八景"之首。且有"乾陵戴帽，长工睡觉"的谚语。雨中的乾陵，更是云缠雾绕，气象万千，堪比仙境。

二、汉宫流泉

汉宫即甘泉宫，位于乾县注泔镇。地属台塬，参差有致，北望五峰叠翠，东眺九嵕如黛。古时曾有泉水汩汩涌出，清澈明净，甘甜如饴，柔美缱绻，潺潺撩拨心弦。秦始皇巡游至此，建甘泉宫。《史记·秦始皇本纪》载："始皇十年，迎太后于雍，而入咸阳，复居甘泉官。"后汉宫倾圮，甘泉枯竭，今遗址犹存。

三、五峰叠翠

五峰，即五峰山，位于乾县北鄣，以五峰并峙而得名。巍峨崇峻，多姿多娇。五座山峰，直入云霄，或迤逦如奔，或绝壁似削。山上林密草丰，春来万木吐翠，百花争妍；夏日佳木繁茂，林荫如海；秋季层林尽染，色彩斑斓。

《乾州方志》曾载："上有灵湫，祷雨多应。"今有宝泉寺、洋人房、石炕、凤凰窝等十二处景观，是旅游、休闲、避暑的佳境。

四、双乳凌烟

双乳，即乾陵双乳峰，因东西对峙，浑圆似乳而得名。乾陵比邻漠谷河，水润山秀，山映水绿。漠谷河曾流水潺潺，碧波荡漾，并有瀑流飞挂，潭涧溅玉。司马相如在《封禅颂》中记载漠谷河"濯濯之麟，游彼灵畤"。

当漠谷河水汽凝结成雾，沿沟壑弥漫，顺黄巢沟袅袅而上，正好缭绕于两乳峰之间。两峰云缠雾绕，氤氲缥缈，宛如仙境。双乳凌烟为乾陵独具魅力的自然奇观。

五、石马开道

乾陵司马道，亦称神道。道旁竖有石马、鸵鸟、翁仲、无字碑、石狮、六十一宾王等120多尊精美石雕，被誉为"唐代露天石雕艺术博物馆"。这些石雕，石马列前，作昂首奋蹄，振翼欲飞状。其他石雕左右分列，形态各具，延展千米，蔚为壮观。

司马道沐千年风雨，石雕上斑驳的苔藓，浸润着岁月的洗礼，见证着帝陵的寂寞与繁华。

六、金龙锁关

位于临平镇西北漆水河龙塘沟段。沟之两岸，峰峦虎踞，巉岩起势，控水扼幽。此处据险夷之地界，扼山谷之咽喉，为南出之天关，系北进之要隘，自古属兵家常争之地。

此地沟岸狭窄，漆水河水流至此，水湍浪逐，如金龙探首，咆哮云天，一跃而出。水出关后，地势平缓，一泻千里，逶迤向南。现渡槽飞架其上，如云横龙舞，为金龙锁关又添一飞龙奇观。

七、龙岩古寺

位于临平镇龙塘沟西岸，北倚耧山，东环漆水，寺庙雄居山腰。其侧山势峥嵘，嶙峋陡峭，山腰处巨石翼然凸出，如游龙翘首，故称"龙岩"。寺庙为唐德宗所建，已逾千年。时青砖金顶，画栋雕梁，禅钟时鸣，香火不绝。今虽旧迹难觅，却有群山环拱，千姿百态；渡槽东西横亘，凌空飞架；山涧奇石如林，形态各异；河水斗折蛇行，蜿蜒流淌。四时景象焕然，游人不绝。

八、响石名潭

位于注泔镇胡罗村西，系泔河一水流奇观。有龙潭、神潭、鬼潭、白马分鬃、一线天等十二景。河底有潭，深不可测。水流至此成瀑，如素绢长挂，似蛟龙飞跃。水击石响，訇然作声，数里可闻。且大小潭甚多，潭声或如虎啸山野，或似龙吟水中；或如急鼓频敲，或似丝竹管弦。鸣水合奏，宛若天籁。兼岸树汀花，景色十分迷人。

古时漠谷河亦有一潭，与此同名，称西响石潭。建乾陵水库时埋于坝下，已无迹可寻。

此文为应乾陵管理处之邀而作，现置于乾陵旅游路东侧。

暮游响石潭

一个下午，时近傍晚，与文友赴响石潭游览。

沿一条土路西行，沺河蜿蜒绵长，横亘南北。伫立沟岸，起伏跌宕的渭北台塬撕开了一个巨大的壑口。

我们沿山坡小路下沟。对岸和身旁的土涧壁立嶙峋，裸露着大地的肌肉、骨骼和脏腑。黄土地自内而外的质朴、浑厚一览无余。

我突然明白，黄土高原上这么多的深壑土涧，就是向世人展示它表里如一的本色。也在提醒世人，只有默默地向下沉淀，才能向上托起生命，滋养生命！

沟坡上一坎一畦的梨花正白，给这沟坎披上银装，挂上素缟。这里的梨花比平原上更多出了情趣，它层次分明，错落有致。仿佛从沟底响石潭水的素洁里掏出白练，一层一层传递上来。

每个生命都有自己的色彩，梨花以洁白粲然于世，正像火焰中的炽白，才是一团火中最猛烈的部分。台湾诗人余光中在一篇散文中写的"秀逸皎白，艳不可近、纯不可渎"恰是梨花的写照。这一层层素洁，才是生命的底色，是在纷纷红尘中漂染人的灵魂。

沟坎上绿色的嫩草一簇一簇，绿得铮亮，绿得耀眼。给白色的梨花镶上了一个绿色的框子。

一沟秀色，像春天的火焰，顿时点燃了文友的热情；也像钓竿，从心窝里钓出了文友的欢愉。他们先是对沟长啸，继而纵声高歌。喊声，歌声破云裂霭，在沟底和山坡上回荡。罗慧拿着话筒，往来穿梭，递给歌者。她像小路这根琴弦上的琴键，弹拨出曼妙之音。

被称作山路十八弯的连续弯道，一弯一景。

有一弯，野草匝地，野花灼灼。婆婆纳、地黄、紫花地丁，或蓝、或紫、或黄，斑驳绚丽，姿态纷呈。每一朵花都不娇不艳，却极靓丽，极昂扬。它们不事张扬，用自己的绽放让春天多了一种色彩。

有一弯，仅有几株酸枣树，荆棘逸出，针芒戟天。它还没有吐芽绽叶，虬枝上的刺或直指，或斜出。它像一具遗落一隅的骨架，绿色的肌肉已被严寒剔削，但它野性的张力能让人生出坚强！

有一弯，仅是一面土崖，站立的黄土扑面而来。手摸土崖，能触摸到大地的骨血。按住黄土，大地的脉搏能敲出人的心跳。

山路十八弯，每一弯都是一张弓，把响石潭的春天射向人间。

下了坡，脚下越来越松软，越熨帖。软绵绵的水草匍匐在脚下，铺了一条绿毡。

有的地方，枯黄的茅草和嫩芽相间。秋天的衣袍，做了小草春天的征衣。

一条小溪，穿行在春绿秋黄之间，蜿蜒成一条飘带，肆意蹁跹。

小溪清丽得如一位妙龄女子，一身柔情，清澈甘冽，轻盈潺潺，亲昵着大地的肌肤，流淌在青石绿草之间，慰藉着深沟的寂寥，一生守洁，淙淙不息。

因为小溪，这一条沟壑多了深邃，少了苍白肤浅。这条沟发源于永寿县的罐罐沟垴，坐在溪边的青草上，想着那个罐罐的馈赠，真想斟上一壶老酒，与罐罐沟垴推杯换盏，一醉方休。

循水而下，土涧渐渐苍黛，石头堆砌的沟岸赫然入目。大自然真是神奇至极，倏然之间用石头对接黄土，难怪黄土地坚韧无比，它的骨骼是石头做的。

好景难觅。经过一段土坡迂回，便是久负盛名的响石潭了。

响石潭石头参差跌宕，陡然而下。舒缓处积水成潭，碧波荡漾。不远处又如断崖，跌宕起伏，连绵不绝。流水至此，一起一落，如练如瀑，跃身入潭。

这凝碧泛玉的潭水，消融了溪水一路跋涉的困倦，把记忆中的山路崎岖，悬崖陡峭，枯藤缠绕，化作幽谷中的一潭深沉。

响石潭是石头搭起的舞台。小溪一路奔波，从青石台一跃而下，如鸟翔蝶飞，亮翅展翼，张扬起生命最轻盈的姿态。

响石潭是一曲交响，水击石响，涓涓有声。舒缓处如丝如弦，婉转清悠，如歌女手抚琵琶，曼舞轻歌。跌宕处似钟似鼓，豪迈激昂，似猛士击节长歌，雄浑磅礴。

响石潭是绝峰之巅的一次搏杀。金戈啸风，万马嘶鸣，沙场点兵，喊声惊天。

在响石潭，你瞬间会蒸腾出无尽的勇气，灵魂会经受一次激昂的捶打。它会伴随你走过坎坷，穿越黑暗，抵达心之所向。

暮色苍茫，我们登坡而返。

罗慧邀我们至一农舍，农舍有一土窑洞，深达数丈。罗慧递笔展纸，让我挥毫写字。推辞再三，写了"响石鸣禅"四字。是啊！响石潭流水一波三折，击石有声。那訇然作响的，不正是参悟人生的佛语禅音！

夜色已浓，文友们激情难抑，不忍离去，在灯光下载歌载舞。

归途中，响石潭的水流声不绝于耳，在暗夜里滚滚长啸！

2021年4月8日

漆水河龙塘口游记

前几天的一个午后,张勇打来电话,正与白孝平、王雁如驱车从礼泉来乾。晤面后,遂往漆水河龙塘口驶去。

车子迎着丽日,沿107省道西行。时已入秋,阳光依然炙热。透过车玻璃的阳光,像被过滤了似的,愈是纯净,愈是白炽。阳光中那些虚伪的修饰,均被阻隔在车窗之外,随风逝去。

探目窗外,秋天在田野上奔跑。

路旁的垂柳,一条条柔枝瀑布般倾泻而下,将黄未黄的秋叶,轻拂在阳光漂染的秋晕里。柳枝,是春天的拂尘,拭去冬天的锈迹,让嫩绿的生机勃然而生。此刻,柳枝则是秋天的扫帚,为一季硕果打扫庭宇。

挂满枝头的果实像挂在树枝上的风铃,摇曳着一颗颗饱满的丰腴。套着纸袋子的苹果,像襁褓中的婴儿探手探足,红扑扑的笑脸破茧欲出。

车行周城时,邀了李俊凯。多了一个人,车上便多了一份欢乐,多了一声诗音。

沿着村庄小路行驶,路两边的玉米依然绿意婆娑,像漆水河伸出的两条长袖，用水的柔情迎迓寻幽览胜的游人。

龙塘口到了，漆水河流经麟游、永寿、乾县，由此出峪，注入关中平原。龙塘口水急浪凶，奇石林立，"金龙锁关""龙岩古寺"，乾州八景中，此处独占其二。

临沟伫立，举头，一座渡槽凌空飞架，横亘东西；俯首，一泓清流穿涧漱石，蜿蜒南去。这两条水流，一上一下，纵横交错，好像素笔描画的两条坐标轴。在这个坐标系里，漆水河如乾州的一条血脉，曲折绵延。

一排山峦陡然而立，龙塘口，如重峦叠嶂凌空劈开的一个豁口。两岸山崖耸立，奇石嶙峋。西岸山崖更是如削如凿，危石壁立。青黛色的石头或如硕柱，擎天独立；或如浓云，翻卷飞逸；或如巨兽，怒目探首；或如翔鸟，一翼斜出。这些形态万千的石头罅隙间，碧绿的藤蔓垂挂成绦，丛生的灌木一团一簇，在嵯峨的山崖间拴挂着生命的纤索。

东岸山势稍缓，满山翁郁荫翳的草木铺满山坡，与湛蓝辽阔的天空，缥缈的几缕流云相携相挽。山坡上多为灌木，枝叶苍翠，有的匍匐，有的卓立。漫山遍野的草木，宛如摇荡的轻纱帷幔，给山峦笼上了一层绿色茵茵的细烟。

繁茂的绿茵，仿佛从山顶倾泻而下的绿色波涛。人行山下，绿色从头顶贯入体内，丰茂出蓬勃的生机。

举首游目之间，急湍击石，石遏急湍之声从沟底袭来。如疾马奋蹄，似响鼓频敲，像飓风穿林，訇訇然、呼呼然、潺潺然，萦耳不绝。

沟底水流汹涌、掀浪涌波，呼啸着、奔涌着，一泻而去。水中巉石如林，或依崖兀出，或出水独立，或状如卧牛拱背，或形似啼鸡引颈。水的柔韧与石的坚挺互相撞击，相互接纳，宣讲着至柔至刚的哲学。

此处水中石立，山崖石挺，一尊尊，一座座含章天挺的姿态，峻秀出如林的石阵。难怪不少人不辞路远，来这里赏石林，观流水，给心灵里栽植一枚坚挺，让生命在急流中挺立。

溯水北去，水流渐缓。山路虽不宽，不平。却也遍布沙砾，莹莹熠熠，点点闪烁。

路上游人不绝。一老者农人装饰，年逾古稀，肩上蓝色布带斜挎着一部手机，神情悠然，不疾不徐。我邀请老人为我们拍照留影，老人憨憨一笑，说他不谙此道。我调整好角度，选定位置，让老人按键拍摄。老人欣然应允，用力一按，满脸释然，依旧憨态可掬。在我们的致谢声中眉头凝笑，沿着河道施施而行。

打开照片，右侧的人只有半壁江山，且所有人均被提到半空，脚下流水潺湲，呈飘飘欲仙之态。人家是八仙过海，我们这张照片是四个半人过河。

老人可能很少给别人照相，想着他拍照后怡然自得的神情，我握着留有他手指温度的手机，像握着他老茧堆叠的手，突然有被烙疼的感觉。

迎面走来一少女，手执花伞，体态婀娜，轻移莲步。此时阳光已不猛烈，照在身上稍有温煦之感。本想请少女拍照，看着她把自己隔在阳光之外，怕被她的矫情蜇刺，心中不免悚然。

大概是白孝平喊了一声，少女一脸灿烂，眸子明亮得如身边飞溅的水珠。她接过手机，像花木兰一般排兵布阵，吆喝着我们按嘱站立，声音甜润得像山岩上野蜂巢淌出的蜜。

漆水河，依偎过大山健硕的丰肌，缠绕过芊草绵绵的柔情，流淌着它的雄浑与妩媚。正如这水湄河畔的老农与少女，挺秀出乾县人的厚朴与浪漫。

游人最多的是一道河湾。河水东折南回，这一折一回，卸下了汹涌之势，消去了磅礴之力。水面平静，水流舒缓，像一条透亮的蓝丝带，荡漾着阳光筛下的粼粼的金光。

河中多石，有的逸出水面，有的掩于水中。游人在河中嬉水，有的以石作舟，骑于石上，作奋楫飞棹之状；有的躬身摸石，单手探入河中，好像掀开水质的书页，打捞浸透光阴的文字。

我们也择一僻处，在水边捡拾石子。偶尔一枚入眼，便认真地清洗，搓磨，收入囊中。

捡石的乐趣，在于联想。我觅得一石，赭墨色，如鸡卵大小。上有两道白痕纵贯石身，似中国长江、黄河两大水系。便在手掌中揉搓，石子竟油润润地沁出光华，仿佛有了灵性一般。

王雁如捡石最多，她是礼泉县花海诗社社长，慧眼识诗，一定是掂出了石头里底蕴深厚的诗句。

白孝平是小说作家，他捡的石头圆润，饱满。像他的小说，充盈着跌宕的情节和丰富的内涵。

张勇曾在政府部门履职，刚退居二线，看惯了政坛风云，阅尽了人情世故。小小石子，难入法眼，便轻跛细步，逡巡水岸，李俊凯胸中自有澎湃的诗潮，且龙塘口距家不远，便淡看这细流小溪。偶得一石，旋又抛入河里，泛起水中如诗的涟漪。

山岚缭绕，暮色渐浓。我们依依惜别龙塘口，顺流而返。

回眸之间，漆水河蜿蜒如带，千折百回。舒缓处，河水静若深潭，波澜不惊，是河水的驿站；奔流处，河水波逐浪掀，一泻千里，是河水的疆场。正是这河水的一疾一缓，一张一弛，才有了河水一路的风景，才有了河水一往无前的张力。

这也像人生，生命需要奔放与热烈，也需要淡定与从容。生命中的波澜与平静，都是人生最曼妙的风景。

龙塘口，就是一道人生的风景！

2023 年 9 月 8 日

立春

今天立春，乾州迎来了2022年春天的第一缕晨曦。

立春，是二十四节气的第一个节气。岁序更新，律回春渐。尽管冬天的冷冽还没有褪尽，但大地复苏，乾州已响起了春天的跫然足音。

"立春"，是一个转折，是新旧交替的标志。

清晨，窗外传来的鸟鸣，是那么清脆，那么柔软，那么生机盎然！这肯定是一只雄鸟，声音里透着阳刚，透着穿透云霭的张力，透着新生的强劲与雄壮。

这声音，和寒冷的冬天诀别，和一切空寂、冷漠、萧条诀别，和封闭的、僵固的、毫无生机的一切诀别！

诀别的刀锋割断枯萎、穿透封冰、撬开地幔，用刀锋似的声音宣告世界，又一个冬天消亡了。

这是春天的第一声鸣叫，是春天的序曲，是春天的前奏。

乾陵，在季节交替中，枕在时光宁静的臂弯，揉触着开始复苏的体肤，抖擞出一身王者归来的豪迈。山峰，树木格外清越，格外空冥。沉寂的王朝在静谧中清浅娴雅，清韵幽幽，在季节的更迭中开始蒸腾温软，寻觅千枝万叶。

大唐走过的山脉，一个个翁仲沿着山坡向下延伸，像走过大唐雄健的队列，像大唐余韵的一串省略号。

乾州大地，在春天的第一缕风中醒来，睁开惺忪黛霭的眼睫，揉醒了崭新的早晨。五峰山、石牛山、清凉山在晨风中摇曳枝丫。她春天的羽翎，袅然轻掠。这些乾州大地的翅膀，开始梳理羽毛，蓄势腾飞。

阳光越来越饱满，越来越温煦，越来越明艳。天空的蓝一点点加深，一点点浓郁。淡淡的云，轻盈飘逸，像一只只柔嫩的小手，正一点一点擦拭冬天的锈迹。

千村万户的炊烟，伸出乾州挂面的柔软，伸出浇汤面滚烫的热情，把乾州人走进春天的渴望，写满天宇。

背阴处残存的积雪，还支撑着冬天最后的阴冷。但春天无法遏止的暖意，把冬天的铠甲一点一点剿杀成碎片，剿杀成水滴。

乾州的县城、村庄、旷野里的那些杨柳，那些古槐，那些皂角树，虽然冷衫一袭，伫立街道、村野，依旧守着年华更迭的岁寒。但已不再装扮垂暮荒芜的岁月，是从地心里举出一只只温暖的手臂，迎接春天，拥抱春天。

从荒芜到新绿，生生息息的岁月轮回是大自然的哲学，也是宇宙的哲学。

立春，这个时令的节气就是一位资深的哲学家，他将引领乾州向着三月柳帘的馨暖青翠，一路行走。

2022年2月4日发表于《乾州非遗文化》

春天，在漠西一朵杏花里打开

杏花，是春天开得较早的花。

邻居家院子里有一棵杏树，我总是从它的花开，知道春天的繁茂的。"一段好春藏不住，粉墙斜露杏花梢。"那一枝探出墙的粉红，举起一枚春天的火炬，正在点燃漫山遍野的春讯。而要看杏花，看春天在千万朵杏花里翘首探脑，还是去漠西看杏林。

出乾县城西行，漠谷河大桥凌空飞架。桥头一片杏林，绚丽纷呈，已夺人眼目了。它仿佛一片霞，镀在漠谷桥的西岸，给人一种霞落桥头，曼妙生姿的感觉。

这是一面旗帜，引领你步入漠西杏林繁花似锦的旗帜。

过了漠谷桥，一片一片的杏花，扑面而来。红的，粉的杏花，热烈着，弥漫着。夹杂在浓绿色的麦田里，它是春天的潮水，一浪拍着一浪的春色，涌动在乾县的大地上。车子行驶在107省道上，两边田畔的杏花，画廊一样徐徐打开。

有的杏树，一片接着一片。灿烂灼人的杏花，弥漫成一片花海，行进成一座花的方阵。这时，你的心灵会被无边无际，浩瀚无垠的花潮拍打，春天的壮阔，也从心里滋生出来。

有的杏树，一树卓立，有的三五成群；还有的杏树，一片过去，是一片麦田，麦田过去，又是一片杏树。看上去，好像烂漫的杏花在舞蹈，在跳跃。

是的，这粉色娇艳的花朵，把春天打扮成妩媚的俏丽佳人，正跳跃在乾县的田野上。

在漠西看杏花，最热闹的是宇村水库的岸边。

今春少雨，水库已经见底。褐色的泥沼里，枯草的断茎似箭矛一样，倔强地挺拔着。这恰好和夹岸的杏花形成反差。放旷与浪漫，僵固与鲜活，演绎着大自然的神奇。水库东岸，是一大片的杏林。地势高低错落，杏树也参差起伏。这里是乡间旷野，路转溪头。杏树，劲杆虬枝，苍劲的身躯紧握大地，伴着晨风夕月，把一朵朵杏花举上头顶，挂满衣襟。一树树的杏花，开出一片清风朗月般的清明澄净，开出一片疏疏朗朗的水墨丹青。

"绿杨烟外晓寒轻，红杏枝头春意闹。"一朵朵杏花，密密麻麻，色淡香幽。一朵杏花，藏着一个春天，乾县的春天，正在漠西的杏花里打开。

杏花是浪漫的，一朵一朵，眨着迷人的眼睛。它看着你，撩拨着你被冬天禁锢的春心。

杏花是温柔的，它酥酥软软，缠缠绵绵，花瓣落在你的发梢上、衣襟上，像柔丝千缕的杏花雨。它是温情的彩笔，正在你的心田里描摹春色。

漠西的杏花，像春天的一滴水，把波澜壮阔的春天，正在乾县大地上洇开。

归程中，一路杏花相伴，香溢十里。行至漠谷桥，俯瞰蜿蜒曲折的漠谷河，这条古称沮水的河流，逶迤南北，幽谷逸林，从沟壑深处升腾起一声旷远深邃的悠悠古韵。

现在的漠谷河，虽然多处断流干涸，但它曾经流淌的风姿，依然风韵犹存。河岸依稀可见的杏花，如星斗闪烁。

漠谷河畔，至今留存着古公亶父、老子、庄子、秦始皇、唐高祖等传说故事，历历可数。我想，漠西的杏花，古亦有之。这些古代先哲和帝王，当年驻足漠谷河畔，恰逢杏花正艳，岂不临花兴叹，感慨万千！

今天，人们漫步漠谷河畔，无数杏花编织的乾县春色，令人陶醉。同样，漠谷河浓郁的历史文化气息，也让人心旌摇荡，心生自豪。

应"乾县发布"约稿，发表于2020年3月15日。

秋天，在村庄陪着月亮打坐

一

八月，回农村，种菜，劈柴……过有灵魂的日子。

二

一树秋色，似在问我，是重出田园，还是归隐田舍？

树上的鸟鸣，一声长，一声短；一声急如爆豆，一声缓似逆水。这是老家留守的乡音，正在拷问我，是秦腔还是京戏？

有风入户，像过滤了的水，清凉、明净，裹着草味、带着果香，吮一口，能咬出汁来。

我开始懊悔，几十年城市的风，喧嚣、浑浊、没有养料，像塞钝的刀刃，一寸寸剔削了我灵魂里的钙质。

我站在院子，一边沉思，一边补钙。

三

树荫匝地，摊开了一院秋凉。

蝉鸣树杪，扯出了童年的柳笛，拽出了牧羊的哨音。"知一一，知一一"的叫声，像蒸笼排气的鸣响。我体内的乡情，此刻，已经煮沸，呼啸着从蝉鸣里夺路而出。

一棵树，一面墙，一片瓦，门外村道的一声脚步，都是一阕乡音。

四

一缕久违的旱烟味，带着熟悉的黄土气息，约我走进村道。

一棵槐树，戳在村子中间，枝浓叶密。树上曾拴过半块犁铧，敲击过生产队召集出工的铃声，敲击过比树叶还薄的日子。

铧去声杳，粗壮的树枝上，拴挂犁铧的勒痕，隆起一层褐色的结痂，一道岁月的伤疤。

树下，几个老人围一小桌，"吧嗒"着旱烟锅，在玩掀花花。天、地、虎、牛，小桌上站立着纸的王国。

几个老人，把纸牌拾起、放下，正在搬运遗漏的时光。

我掏出烟盒，每人敬了一根香烟。一老人摇晃着旱烟锅说："你那个，没劲，尝尝这个。"

我接过递来的旱烟锅，此时，如果拒绝，就显得生分了，就显得不是村子人了。

我小心翼翼地咂了一口旱烟，浓烈的烟味呛进五脏六腑，我连声咳嗽。

我的肺，已经习惯纤细的、炮制的烟草的矫情，习惯了单薄的纸和虚伪的硬壳包装的柔软。而对家乡的，黄土地丰茂出的原始的、雄性的味道有了本能的排斥。

树荫下，憨厚的、苍老的汉子，用宽厚的方言稀释了我喉咙里旱烟的辛辣。

五

回到小院，一些旧事，醇烈如酒，一饮就醉。

院子里，有孵化我的羽毛，有潦草的炊烟，有我离开后风干的一地月光……

六

白天，村庄人家的大门，或开或掩，从不关着。邻居用一把锄，盛一碟盐，从不说借字，憨憨地笑，诙谐地谑，是彼此的契约。

堂兄拎一笼梨，邻居送一筐李子，满得能流淌出来。过分的谦让、推辞，被视为城里人的圆滑。今年，市场上水果价格不菲。他们像不吝啬汗水，不吝啬力气一样，从来不吝啬厚道。他们有时也计较，和日月计较阴晴圆缺，和风雨计较猛疾温良，甚至和城里刻薄的人计较克两毫厘。今天，他们用亲手栽种的甘甜，和我这个回村居住的人兑换乡情。

望着他们镶了月光一样澄澈的眸子，我不知道，我多年被名利碾薄的灵魂，是否能兜住这乡情的重量？

七

蛐蛐声，蝉声，开始酝酿暮色。

一弦浅月，明亮亮的，像在村子里见过的火镰，只是镀成了银色。火镰划击燧石的火星，溅满了天空。

我端把小凳子，坐在院子里，陪着月光打坐。

院子草木的叶子，在月光里揉洗。叶子在一波一波如水的月光里，颜色被洗得变浅、变淡、变黄。发黄，才是资本。黄色的叶子像一部辞典，解读蛐蛐朗诵的词条，批阅蝉鸣的韵脚。发黄的叶子像一页页贝叶经，在枝头为轮回的生命超度。

秋天是春天的背面。一面写着生长，一面写着成熟。秋天斑驳的色彩，只是生命换了一种色调。

八

月亮属于村庄，只有村庄静谧的，宽厚的院子，才能摊开洁净的月光。

在城市，我像一条在市侩喧嚣的浊流里力不可支的鱼，回到村庄，终于游进了月光的水流。

陪着月亮打坐，我被世俗累弯了的骨头，被月光一块一块扶起；我被虚荣搓疼了的肌肉，被月光一寸一寸熨帖。

陪着月亮打坐，月光漂洗我的灵魂。

此文于2023年10月，发表于《咸阳作家通讯》杂志。

冬天组章

一、落叶

关中平原，冬天才是落叶的季节。

秋风扫落叶，扫去的只是衰竭的、瘠薄的叶子。真正铺天盖地的落叶，波澜壮阔的落叶，是从冬天开始的。

季节是树木的裁判，它用风的哨音，吹奏着树木一程一程的接力。

春天分娩的嫩叶，让每一个枝丫都浸润着新绿。碧枝凝翠，每一张叶片都澎湃着生命的活力。整个世界被绿漂染着，风是绿的翅膀，鸟鸣是绿的宣言。枝丫如弓，把叶子绿色的箭镞射向蓝色的天宇。

夏天，叶绿如黛。辽阔的平芜，绿色似砥，磨砺着拔节的日子。叶子里蹿出了一抹抹嫣红，如红色的锦鲤在绿色的波涛里跳跃。绿叶，映衬了花的炽烈，是托举花朵的底座，是花朵燃烧的薪柴。

秋天，叶子生命的征衣在岁月的洗涤中渐渐失色。黄色，是生命最温柔的色彩，是生命谢幕扯出漫天的布幔。一树一树泛黄的叶子，向世界举起生命黄色的幡旆，为季节的轮回超度。

有些树，如梧桐树、枫树，会在秋天落叶。那一片片叶子，是秋天的信札，给冬天传递一场浩大的落叶，即将启程。

冬天，纷纷扬扬的落叶，是季节与生长告别的辞呈，与蛰伏盈握的手掌。生命一起一落，一落一起，是大自然的哲学。"无边落木萧萧下"，只有冬天才配拥有这般壮阔。寒风呼呼，落叶簌簌，是季节的声音，是冬天的声音。

冬天，当万物需要覆盖的时候，树木却脱光了自己，等待一场浩瀚的、洁白的洗礼！

岁月如卷。冬天，落叶翻阅着一个簇新的章节。

二、柿子

渭北的田埂上、沟坡上，枯草、落叶，荒芜着冬日的凄凉。倏忽间，会遇到一株、一排的柿子树。

柿子树树干皴裂，黧黑，纹理清晰，像一本线装书籍，记录着岁月的沧桑。树上枝干或直立，或斜逸。直立的如坚硬的箭镞，遒劲有力，锋芒刺天；斜逸的似粗糙的手指，骨节分明，指点江山。树枝的表皮上刻印着密密麻麻的皱纹，如同岁月的褶皱。

静寂的旷野，在寒风中，柿子树劲干挺立，虬枝伸张，像一尊尊雕像，像凝固在天空中的一幅水墨简笔画。

柿子树的枝条上，缀满了红灯笼似的柿子，像蔚蓝的天幕上涂上的一抹丹红，一只只、一串串柿子，在寒风中依偎着，灿烂着，异常耀眼。像一团团火焰，温暖着冬天，炙烤着冬天。

每个冬天，总会有柿子树把一树的丹红留给冬天，也总会有更多的柿子树把几枚柿子高挂枝头。这些柿子，或者是在一个被世界遗忘的角落，抑或是主人对飞鸟善意的馈赠。总之，在寒风呼啸中，在白雪飘飞中，鲜红的柿子，如几滴血，给失色的冬天输血，让人们感受到生命的坚强与温暖。

三、田野

冬天的田野是冷寂的。

冷寂不是单调，而是生命的冷静与肃穆。它不逊于春天的缤纷，夏天的热烈，秋天的丰盈。

小麦，是冬天田野里的主角。一块块麦田，是给大自然摊开的一张大书桌。你看，条播的麦苗，从黄土里拱出一行行，一排排碧绿，如一支饱蘸浓墨的巨笔，在黄色的宣纸上挥写的行书。这些灵动活泼，极具生命张力的行书，上下有度，层次分明，跃动着绿色的动感和韵律。而撒播的麦苗，绿色簇簇，万头攒动，不拘一格，极像一幅气势磅礴的狂草书法。

麦苗的这些行书和草书，是冬天这位雪鬓霜鬟的书法巨擘的杰作。

冬天的田野，最能引人思考的是黄土地。秋收后翻耕过的黄土地，没有庄稼，寸草未生。一行行层层叠叠的黄土，被锋利的犁铧剖开后闪着亮色，像一层层波浪涌过沙滩，拍打着拂过田畴的寒风。这一层层黄土，宁静、粗犷，袒露着大地的肌骨，刻印着岁月的痕迹，沉淀着滋养生命的厚重与力量。

田坎上、山坡上、田间小路边，一丛丛枯黄的茅草、蒿子，在风中摇曳。它们是冬天田野里最柔软，最生动的风景。风来了，它们把身体紧贴黄土；风走了，它们又挺起身姿。它们在生命的最后一个季节，用身体温暖根蘖。即使被风雪撕成碎片，也会匍匐在地，为春天降生的嫩草铺一张产床。

冬天的田野是寒冷的，但也不乏温暖。站在冬天的田野里，能感受到大地的温度，能聆听到大地内心的声音。

发表于 2023 年 12 月 22 日《文化艺术报》。

乾陵是一座山

　　山不在高，有"帝"则名。梁山作为一座山，不高、不险、不绵延横亘，籍籍无名了数万年。自从埋了两个皇帝，想不出名都不行了，一下子声名大噪，闻名遐迩。

　　从此，梁山也就成了大唐坚挺的骨骼，成了大唐妩媚的丰肌，也改名称为"乾陵"了。

　　其实，乾陵就是一座山。在苍茫而又辽阔的关中大地上，梁山兀自卓立，朝晖夕月。她的一尊青石、一泓溪流、一杆虬枝、一缕流霞，都和山浑然成趣，是梁山举起自己的旗帜。

　　梁山作为一座山，植根于山涧崖隙的往事太多。栖息于枝头的鸟鸣，啼叫的旷远与清悠，不仅仅是两个帝王的吟唱。

　　轩辕、老子、庄子、秦始皇，这些历史上的重量级人物，或登峦逸兴，或驻足揽胜。他们燧石划亮的天空，远比墓冢烁烁的磷火灿烂。

　　李治是公元683年卒于东都洛阳的，终年五十六岁。"苍生虽善，吾命危笃。天地神祇，若延吾一两月之命，得还长安，死亦无恨！"这个皇帝其死也哀，他没有向天再借五百年的豪气干云，只是不想客死异乡。

翌年，梁山的高石垒岩，苍松翠柏，成了高宗皇帝最后的归宿。

李治和武则天葬于梁山，梁山便藉此风光不少。皇亲国胄礼祀朝拜，文人墨客探古访幽，不是为一座山，而是为一个陵。

山，毕竟是山。她高耸着，挺拔着，不卑不亢，不媚不娇，永远屹立。不管是尊为帝王，还是俗如凡夫，她都会接纳。葬于梁山的人，不分贵贱，她同样把他们收敛成枯骨残骸。

梁山是一道风景，她移栽在人们瞳孔里的，永远是一座山！

2020年8月1日

春谒乾陵

一

甫入三月,冬意未央。田野仍旧黄褐斑杂,像铺了一张宣纸,等待春天柔嫩的笔尖描摹新绿。

陪朋友访谒乾陵,驱车北上。车子抬起头颅,一路爬坡。难怪高宗与武则天因山为陵,把生前的尊贵交给了一座山。梁山把陵墓举起到世人仰视的高度,举起了雄睨天下的霸气。

近处,远处,沟沟坎坎,峁峁梁梁,跌宕起伏。这些沟坎峁梁在乾陵脚下臣伏,它们一个个拱起嶙峋的脊骨,簇拥着,匍匐着躬身觐见乾陵。

朋友来自安康,对乾陵心仪已久,望着巍峨的主峰,妩媚的乳峰,盛唐气象已从心底拱出。阳光温煦柔软,像羽毛一样掠过树枝,栖在山崖上,巉石上。无数阳光的羽毛编织成太阳的翅膀,在山峦上,田畴上孵化春天。

季节可以复活,可以重生,而幽闭地宫的死者,任他贵为天子,任他卧银覆金,只能用一堆土石戳上封印。唯一不同的,这个封印依然显赫，在一千三百年后依然有人凭吊。

两帝一陵一世界，三山一景一美人。

其实还有水，漠水贯其西，泔河环其东。流水不息，濯洗着岁月。水流中梁山的倒影，一如从前，一如久远的洪荒时代。一丝一缕的水流，如时间的摆针，只在某个节点敲出声响。漠谷河不舍昼夜地流淌，流水叩击驮载着两个帝王的梁山，激荡起历史的回音。

二

抬眼望去，梁山主峰拔地千尺，兀立嶙峋，如苍龙昂首；侧峰云缠雾绕，曼妙妩媚，似浴女的双乳。

也许，只有灵秀无双的梁山，才能安放美艳绝伦的武则天。

朋友与我讨论梁山成为两个帝王寿陵的偶然与必然之际，一块浮云给乾陵投下了阴影，仿佛给这座巨冢覆上了黑纱。

公元683年，高宗李治驾崩于洛阳。可是高宗临终前曾有过喟叹："天地神祇，若延吾一两月之命，得还长安，死亦无恨。"可能因为长安附近有他父亲的昭陵，有他祖父的献陵，他不想在异域他乡拱一座孤坟独冢。

好在这一叹，成全了乾陵。好在武则天力排众议，了却了李治"得还长安"的心愿。

也许，这就是历史。在无数个巧合中，有了闻名于世的乾陵。

也许，这就是宿命。酷似美人仰卧的梁山，注定与中国历史上唯一的女皇相遇。

三

走近乾陵，也就抵近了大唐。

司马神道的一块块青石，是一页页打开的唐书。两排气势恢宏的石雕，列队从唐书中走出。

一排青松挺拔高耸，枝叶苍黛，伫立在石雕身后。

居前的石雕是一对华表，状如石柱，庄严肃穆，是皇权的象征。

华表古称"谤木"，是朝廷的意见箱。高宗和武则天执政时期，广开言路，政治清明。华表像两支向天而立的巨大毛笔，在天幕上书写高宗与武则天的文治武功。

华表北侧是两匹翼马，昂首敛翼，气宇轩昂。

在帝陵石雕中，乾陵翼马为首创，这会不会和武则天驯狮子骢有关？武则天当时芳龄十四，一番宏论语惊四座，名留青史。但这也把武氏的霸气和凶悍暴露无遗，让自己受了 12 年的冷落。帝疏月淡，衾寒枕冷的岁月，她只能敛翼待飞。

曹操是"烈士暮年，壮心不已。"武则天可谓是女帝归土，豪情未泯。这两匹神骏，蓄势待发，大有驰骋万里，翱翔九霄之势。"鸷鸟将击，卑飞敛翼；猛兽将搏，弭耳俯伏。"雄踞乾陵的翼马，不正是武则天一生飞必冲天的写照。

与翼马相邻的是一对浮雕鸵鸟。据《旧唐书》记载，高宗永徽元年吐火罗（今阿富汗）曾向唐朝赠送鸵鸟。

具有讽刺意味的是，这个举国罕有的西域贡品，雕之于石，佐证其国力强盛，万国来朝。一千多年以后，却被当地农民做了水井的辘轳桩，在鸵鸟身上凿孔，插入辘轳轴杆，做汲水之用。19世纪50年代，专家修复乾陵石雕，发现少了记载中的鸵鸟，才在农户家中找到。石雕上水泥修复的瘢痕，是一个伤疤，隐约着岁月之痛。

往上走，石人、石马和翁仲侍立两侧。石人已残缺不全，石马威武健硕。翁仲着文官衣冠，仗剑伫立，尽显唐代崇文尚武之风。虽然它们历经千年，威风依旧。

皇帝走的路叫"御道"，通往已故皇帝墓室的路叫"神道"。

宽阔的神道，像一条长长的时光隧道。松柏浓密的枝叶筛下一缕缕光影，在石雕上移动，旋转。好像幻灯片似的，把一尊尊石雕从旷远推移出来。

游人由此而上，脚下腾起唐朝的尘烟。漫步历史，石人牵的马突然脱缰，驰骋大漠，蹄染残阳；翁仲手持的剑顷刻出鞘，呼啸星云，锋刃饮血。

是谁，创下了这大唐霸业？

神道所指的，是神。这征战的马，仗剑的武士，不也是神吗？

四

快到坡顶，青砖高垒的朱雀门遗址赫然入目。这里已封存的夯土，如沉睡的大唐，每一粒尘埃都缱绻着昔日的辉煌。

其下是两块巨碑，西侧是高宗皇帝的述圣纪碑。碑文由武则天撰文，中宗李显书写。三个皇帝成就的这一通石碑，举世鲜有。

而游客驻足最多的，是东侧的无字碑。

无字碑为什么无字？这是考古专家和历史学家讨论的问题，没有必要妄加揣测。

也许，没有被历史的墨迹玷污，没有被文字的刀刃割裂，石头本真的皮囊才是孵化历史最真实的胎衣。

你看，高宗的《述圣纪碑》，由七部分组成，象征着日、月、金、木、水、火、土，寓意高宗的功绩像七曜一样永存世间。碑文五千字，饰以金粉。今天，金粉已脱落殆尽。

无字碑，碑身如剑，直指苍穹。其上蟠龙盘绕，升龙腾跃，仿佛诉说着昔日的辉煌与荣耀。碑座刻有狮马图，其马屈蹄俯首，温顺可爱；雄狮昂首怒目，威严霸气。

无字碑，无字胜有字。它的空白，像一张铺展开，尚未描绘的宣纸，给人无尽的想象与思考。

站在无字碑前，仿佛能听见历史的低吟岁月的呢喃。每个人都可能在这里竖立的空白里，聆听到属于自己的历史回响。

公元705年，八十二岁的武则天撒手人寰，她留给世人的，仅仅是一座空碑吗？

不！日月经天，朗照在空空的石碑上，不正是一个"曌"字？一座空碑，能承载多少次日月？又能勾画出多少江山？这座碑，把一代女皇的胸襟展现得淋漓尽致。

五

再往上，东西两侧分列着六十一尊宾王石像。

碧树掩映下的乾陵，是一个石头的王国，正在举行万国来朝的礼仪。

唐朝开明大度，国力强盛，吸引了四野八荒朝贺的目光。据《唐六典》记载，向唐帝国朝贡的累计多达三百国，甚至远在今俄罗斯东北堪察加半岛的流鬼国也遣使入朝。

六十一尊石像，已石断身残，头颅不在。但它们不舍晨昏，不辞风雨，在乾陵侍立了一千三百余年。雕像大小与真人相仿，宽带束腰，双手前拱。每个石人后背皆刻有国籍、官职和姓名。因日蚀风琢，字已模糊难辨。

我和朋友坐在石像旁的石凳上，西边，沟壑纵横，隆起的山峁像岛屿般在空蒙的云雾间悬浮。深壑土涧波浪一样，一簇簇从天边奔涌而至。岁月如刀，黄土高原被水流切割得支离破碎。

眼前的石像，头颅也被切割了，但这个方阵，依然用残缺的躯体，诉说着过往。

曾经的大唐，是世界文化的中心。突厥人、波斯人、罗马人、新罗人……在那个风烟浸濡的年代，就在乾陵脚下这一方广袤的天宇下跋涉，驻足。乾陵是丝绸之路的一个地标，一段历史的印痕清晰地从这里延伸。

乾陵的一砖一瓦，一像一石，是一个时代的馈赠，是岁月的枝蔓上盛开的花朵。

六

登上台阶，两只巨型石狮雄踞于前，遥望秦岭。

石狮一雄一雌，对着不远处的阡陌红尘，春观芳乱，秋看落黄，望断了多少个黄昏？

这一对石狮，是历史遗落的一双羽翼，驮载着乾陵，飞翔着大唐的雄姿。

往上去，坡陡林密，游人往来不绝。我们把目光投上去，与一座王朝栖憩的山峦对望。

归途中，朋友在石雕上剥下了一块青苔。我没有询问他采撷青苔的用意，但我知道，从岁月深处盈出的纤绿，比任何丰茂的大树都要苍翠！

2023 年 3 月 21 日

乾陵短章

乾陵，依山为陵。这座山，就是位于乾县的梁山。梁山，是大自然的奇迹，渲染着生命的壮美，蕴藉着岁月的深邃。

一、睡美人

山的伟岸峻挺，静谧柔婉，阔大与幽微的交融，肃穆与灵动的结合，赋演出一个妩媚的生命标本，闵逸出一座女性的图腾。一代女皇的神韵，被大自然雕琢成一座山。婀娜的娇躯，在岁月的眠床上，睡得这般端庄、优雅。在朝霞辉映成绮的红晕里，在烟雨的迷蒙里美艳着。

梁山不大，有着北方山的厚重雄浑，更具江南山岭的玲珑娟秀，如一个光华灼人的睡美人。春天，花锦草秀，梁山一袭五彩长裙曳地，妖娆着大唐女子的千娇百媚；夏天，绿肥红瘦。梁山一身衣袂端庄典雅，招展着大唐生活的雍容华贵；秋天，堆锦叠翠。梁山龙袍织金绣银，挺立着大唐宫阙的富丽堂皇。岁月褪色，天宇苍老。梁山皓月临空，黛眉轻舒。莫不是在梦里重见久违的大唐？

二、司马道

皇帝走的路叫"御道",通往已故皇帝墓室的路叫"神道"。宽阔的神道,像一条长长的时光隧道。松柏浓密的枝叶筛下一缕缕光影,在石雕上移动、旋转,幻灯片似的,把一尊尊石雕从旷远推移出来。踏上这古老而又悠长的石径,我的镫镫足音敲响了历史的回声。漫步司马道,石人牵的马突然脱缰,驰骋大漠,蹄染残阳;翁仲手持的剑顷刻出鞘,呼啸星云,锋刃饮血。

大周朝的历史,在青石板上续写了千年。一块块石板,是历史摊开的书页。

山顶上,一个王朝拓印在岩石上的尊贵与辉煌,一股清风舔舐过岁月的痛楚与结痂,一枝叶脉里吟咏的故事与传说,正沿着司马道向秦岭,向渭水铺天盖地地奔泻。

司马道两旁的翼马、鸵鸟、牵马石人、仗剑翁仲,与游人对望,与时光对望。站立着一个个历史的背影。这些石雕,是千里驱驰的金戈铁马,是鼓角铮鸣里的血染黄沙,是旌旗所指的刀剑如虹……

一尊雕像,站立着一个历史的瞬间;两行雕像,撑开了两排岁月的长廊。行走其间,仿佛走进了历史的庄稼地,青禾般的石雕发出拔节的脆响。我手抚石雕,石雕上青苔斑斑。原来,历史并没有凝固,它滋生的嫩芽已长出茵茵纤绿。

司马道,是一个王朝预留的走进历史的豁口。

三、无字碑

　　司马道最上端是两块巨碑，西侧是高宗皇帝的述圣纪碑。碑文由武则天撰文，中宗李显书写。三个皇帝成就的这一通石碑，举世鲜有。

　　游客驻足最多的，是东侧的无字碑。

　　无字碑为什么无字？一千多年来众说纷纭，莫衷一是。也许，没有被历史的墨迹玷污，没有被文字的刀刃割裂，石头本真的皮囊才是孵化历史最真实的胎衣。

　　高宗皇帝的《述圣纪碑》，碑文洋洋洒洒五千字，且饰以金粉。今天，不但金粉脱落殆尽，就连镌入石碑的文字，也没有了横竖撇捺，空留青石几块。

　　反观无字碑，碑顶八条螭龙，鳞甲鲜明，错落缠绕。碑身当时无字，后世却不断有人题刻其上。就连已经绝迹的女真文字、契丹文字也赫然石碑。巍巍无字碑，历经唐、宋、金、元、明、清多个朝代，镌刻了许多文字。真、草、隶、篆、行五体皆备。无字碑，堪称一部多朝代撰写的石质巨书。

　　岁月是无情的裁判。有字的变成无字，无字的变得有字。时光的手指，才是捻动历史的圣手。这一座无字碑，是一个站立的，昭示游人的哲学化石。斜阳染红了石碑，渗出了大唐的血液。走进无字碑，石碑无言，我亦无言。游客仰面，阅读无字的书。无字，才能读出历史，读出宫闱之争，读出女人的柔情铁骨，读出宫廷的风谲云诡。

　　读无字碑，是心有灵犀的阅读。石碑皴裂的缝隙里，文字如萤火飞舞，如星斗闪烁。

无字碑，如一个婉约内敛的女子。不施粉黛，不染铅华，却尽显风流！

无字碑，是大唐史书的书脊。一个女人纤纤玉手装订的书脊，在历史的书橱里光华夺目。

无字碑，是挺拔的叹号。武则天用她的文治武功，在历史的额头上画出了一笔浓墨重彩的惊叹。一如亭亭玉立的女皇，鹤立帝王群中。一只飞凤的翅翼，让群龙鳞甲剥落。

无字碑，是历史的留白。空白并不是缺憾，反而让人回味，让人猜想。无字碑，能读出恢宏，读出豁达，读出千顷碧波，十万大山！春天，读无字碑，能读出满目桃红，给灵魂染色；秋天，读无字碑，能读出漫天芦花，给生命留白。

发表于2023年7月28日《西安日报》

乾陵十二景

一、美人仰卧

峰如美人醉晚晴,
倩躯仰面卧翠坪。
自从梁山埋武媚,
敢向天下夸娉婷。

唐高宗李治与女皇武则天合葬梁山,取名乾陵。梁山主峰高耸,南二峰东西对峙,浑圆似乳。

远观乾陵,如美人仰卧,体态婀娜,曼妙多姿,故有"睡美人"之称。乾陵奇特的山形与墓主人天人合一,相得益彰。这一人文与自然和谐的奇观驰名中外,举世无双,令人叹为观止。

二、乾陵戴帽

问仙无须觅蓬岛,
且看乾陵戴絮帽。
云裁高峰如仙隐,
一天疏雨作宸毫。

乾陵主峰海拔1047米，突兀高耸，下沉厚壤，上接天宇，遗世独立。丰姿绰约的乾陵主峰，晴空之下，沐日揽风，天将雨时，云缠雾绕。行云若斗似笠，远远望去，犹如给乾陵戴上了一顶绵软的絮帽。这一自然景观一直被当地人津津乐道，誉为"乾州八景"之一。且有"乾陵戴帽，长工睡觉"的谚语，乾陵曾是科技不发达时乾州人预测天气的参照。

三、双乳凌烟

双岫烟岚轻似纱，

丰乳半笼著芳华。

高临百仞夸姿容，

误作仙女乘浮槎。

乾陵依梁山为陵，梁山有三峰，北峰最高，南二峰较低，东西对峙，因其浑圆似乳，亦称乳峰。乾陵比邻漠谷河，这一山一水，水润山秀，山映水绿。

漠谷河从前流水潺潺，碧波荡漾，并有瀑流飞挂，潭涧溅玉。司马相如在《封禅颂》中记载漠谷河"濯濯之麟，游彼灵畤"。因为漠河低洼潮湿，水汽容易凝结成雾，雾沿沟壑弥漫，顺黄巢沟袅袅而上，正好缭绕于两乳峰之间。此时雾如纱如缦，氤氲缥缈，宛如仙境，而两乳峰则像在温泉中沐浴的仙女，影影绰绰，亦真亦幻。

这种雾，气象学上称为山坡雾，此雾须空气潮湿稳定，山坡坡度较小才能形成。故双乳凌烟为难得一见的奇特景观。

四、石马开道

翼马奋蹄开神道，

石刻千载风未凋。

欲知帝王恢宏事，

试来乾陵看石雕。

乾陵两乳峰之间通向献殿的御道称石马道，道旁竖有华表、石马（翼马）、鸵鸟、翁仲、述圣纪碑、无字碑、石狮、六十一宾王等120多尊精美石雕，被誉为"唐代露天石雕艺术博物馆"。

这些石雕，石马列前，作昂首奋蹄，振翼欲飞状。其他石雕左右分列，形态各具，延展千米，蔚为壮观。

这些石雕，沐千年风雨，见证了岁月沧桑。石雕上斑驳的苔藓，浸润着风雨的洗礼，装扮着守护帝陵的寂寞与繁华。

五、无字述圣

如磐空碑风著痕，

无字亦能述圣君。

游人仰面读女皇，

功过自在世人心。

无字碑是武则天的墓碑，高7.53米，重98.9吨。是用一块完整的巨石雕琢而成的，是中国历代群碑中的巨制。给人以凝重厚实、浑然一体的美感。碑额未题碑名，碑首雕刻了八条螭龙，鳞甲分明，筋骨裸露，静中寓动，生机勃勃。碑的两侧有升龙图，各有一条腾空飞舞的巨龙，线刻而成，龙腾若翔，栩栩如生。

碑座阳面还有线刻的狮马图（或称狮马相斗图），其马屈蹄俯首，温顺可爱；雄狮则昂首怒目，十分威严。

碑上还有许多花草纹饰，线条精细流畅，这座无字碑历来闻名遐迩。

无字碑无字，历来众说纷纭，莫衷一是。千古之谜，还待世人探究。

六、宾王来朝

蕃汉疆域本一盘，

大唐安西有于阗。

宾王身随二帝在，

千年拱手不思还。

在乾陵朱雀门外的东西两侧，有两组石人群像，西侧32尊，东侧29尊，这61尊石像称六十一蕃臣像，也称宾王像。它们与真人身高相仿，装束却各不相同。有袍服束腰的、有翻领紧袖的、有披发左衽的，但全部双足并立，两手前拱，整齐恭敬地排列于陵前，而他们的头却已不知去向。

乾陵六十一宾王体现的正是唐朝对外开放和民族之间的大团结，同时也体现了我们中华民族"协和万邦"的世界观。这一景象正是王维诗中所描绘的"九天阊阖开宫殿，万国衣冠拜冕旒"的真实写照。

七、黄巢遗沟

当年起兵胆气豪，

挥师卅万掘山坳。

巍然乾陵常无恙，

满沟野菊笑黄巢。

黄巢沟位于乾陵西侧，西贯漠谷河，东接乾陵，松柏掩映，梯田纵横，是和乾陵融为一体的自然景观。相传，唐朝末年天下大乱，黄巢曾经动用40万大军盗掘乾陵。他们把半座梁山都快铲平了，但是依然没找到墓道口，只好无功而返。如今，在乾陵主峰西侧，有一条40多米深的山沟，传为当年黄巢盗墓所为，被称作"黄巢沟"。它见证了乾陵地宫幽秘，千年无恙的传奇。

黄巢沟春天野芳缤纷，蜂蝶衔香，秋天柿摇丹霞，红醉山涧。游人及此，既可揽自然之胜，又可探历史之幽。

八、石狮守陵

圆目利爪如狻猊，

蹲坐千载身不弃。

不恋山林慑虎豹，

心存大唐守二帝。

乾陵陵园规模宏大，建筑雄伟富丽。陵园仿唐都长安城的格局营建，分为皇城、宫城和外郭城。文献记载，乾陵陵园"周八十里"，原有城垣两重，内城置四门，东曰青龙门，南曰朱雀门，西曰白虎门，北曰玄武门。城内有献殿、偏房、回廊、阙楼、下宫，还有狄仁杰等60朝臣像祠堂等辉煌建筑群多处。守护乾陵诸门的石狮，开帝王陵墓踞狮之先河，且狮子不分雌雄，形态各异，绝不雷同，是乾陵独具特色的景观。

昔日乾陵的绣闼雕甍虽已坍圮，然石雕犹存，旧迹可觅。雄踞东、西、南门旧址和诸陪葬墓的石狮，守望千年，见证着昔日乾陵陵园规模的宏大与繁华。

九、柏城冬雪

乾陵古称柏城，《资治通鉴》载："漠谷道险狭，恐为贼所邀。不若自乾陵北过，附柏城而行。"近年来，乾陵广植柏树，陵区翠柏掩映，郁郁葱葱。

当冬天降雪，乾陵白雪皑皑，银装素裹。苍柏雪压枝头，翠盖笼烟，碧枝萦缟，满山遍野柏舞银雪的壮美奇观磅礴着无限生机。

十、华表擎天

位于东西阙楼之间的华表，卓然挺立，如柱擎天。显露着庄严肃穆的神圣气氛！

乾陵华表由两块完整的巨石雕琢而成，基座、柱身、顶座浑然一体。高8米，直径1.12米，由双层方形基座、覆盆莲花柱座、八棱形柱身、仰盆莲花顶座及圆石五部分组成。柱身刻着象征吉祥的石榴花纹，底座和顶座选择莲花装饰，顶座上刻着一颗晶莹剔透的水珠，寓意天降甘霖，风调雨顺。

乾陵华表不仅做工精美，也代表着唐、周两代君王广开言路，政绩清明，更表达了君王对国泰民安的祈愿。

十一、玄武群雕

玄武门为乾陵北门，现存土阙和石虎、仗马多尊石雕。虽残缺不全，但仍俨然列阵，屹然成群。

经考古发现，玄武石雕群从北向南依次为三对石仗马及牵马石人、一对石虎及驯虎人、一对石雕动物及牵控人。其石虎为唐帝王陵中罕见的石雕。

玄武群雕反映了乾陵昔日的规模宏大和四门的威严之势。

十二、鹊台望渭

乾陵依山为陵，四周修筑围墙，城垣四面各开一门，四门外各有土阙一对。南门鹊台位于乾陵台阶路外一公里处，曾建有阙楼，非常壮观，是乾陵的第一道门阙。

乾陵头枕渭北高原，脚蹬渭河，泔河环其东，漠水绕其西，整个山麓林木葱茏，古柏参天，古代堪舆家认为，乾陵是帝王陵寝中举世罕有的风水宝地。

鹊台上的阙楼虽已坍圮，但这千余年的封土堆却依然仰观日月经天，俯瞰江河行地，北倚乾陵，南望渭水，见证着岁月的沧桑。

此文与李瑞辉合著，为摄影作品配文。其中乾陵八景照片及文字在全国摄影大赛中获二等奖，一等奖空缺。

历史烟云中的无字碑

武则天的无字碑为什么无字,这是一千多年来莫衷一是的话题。

历史有好几张面孔,真实的历史、史书的历史、演绎的历史,口耳相传的历史等。每一种历史,都是一张截然不同的面孔。

给一个人画像,一千个人会画出一千张模样,当然,总有一张最接近本真。

让我们推开无字碑这个厚重的历史之门,走进旷远深邃的年代。

武则天的一生,位高权重,光鲜照人。她的晚年,却遭遇了神龙政变。

此时,武则天已是垂暮之躯,身为一国之君,心力难济,便把朝政事务交给张易之、张昌宗两兄弟打理。

张家兄弟大权在握,恃宠骄横,结党营私,卖官鬻爵,干了不少无法无天的事。但有武则天这棵大树罩着,凡是弹劾他二人的官员,都被革职查办。这些大臣不是丢了乌纱帽,就是丧命黄泉。

宰相张柬之等朝臣担心二张觊觎江山社稷，谋权政变，便先下手为强，于神龙元年（705）发动神龙之变，在洛阳紫微城杀死了张昌宗和张易之，并包围了集仙殿，逼武则天退位，迎立太子李显当了皇帝。

同年十一月，武则天在上阳宫病逝。这一年，武则天82岁。历史，又重新续写大唐王朝的荣耀。

武则天去世后，以皇后的身份归葬乾陵。

据《资治通鉴》载，当时有一个叫严善思的给事中就极力反对。他说："乾陵玄宫，以石为门，铁锢其缝，今启其门，必须镌凿。神明之道，体尚幽玄，动众加功，恐多惊黩。况合葬非古，汉时诸陵，皇后多不合陵。魏、晋以降，始有合者。望于乾陵之傍更择吉地为陵，若神道有知，幽涂自当通会；若其无知，合之何益？"

站在历史的河堤，在浩瀚奔泻的波涛声中，也许还能听出岁月的汩汩之声。

再说说无字碑，现在的说法主要有三，一是武则天认为自己功高齐天，难以用文字表述。二是人之将死，其心也善，武则天认为自己过大于功，无须镌字。三是武则天虚怀若谷，功过自待后人评说。

无字碑，就是一面镜子，它无字的镜面，折射着唐朝的一段历史，叙说着一段惊心动魄的往事。

历史是极具戏剧性的，李显的定陵也立了一座无字碑，其规模和形制和乾陵无字碑相仿。据富平县志记载，这块石碑于1967

被砸，并做成72条碾子，以10元一条的价格出售。

所幸的是，乾州人不缺碾子，无字碑得以保存下来。

我们应该感谢无字碑。因其无字，才多了众说纷纭，多了扑朔迷离。因为有了各种猜想，各种传说，才使得乾陵这两个帝王合葬的墓冢，更加弥漫着历史的烟云。

2020年9月19日

乾陵，一座烙着红色印记的山

乾陵是一对夫妻，两个皇帝的合葬墓，也是历史上唯一的女皇陵寝。乾陵的每一缕风，都弹唱着历史的弦音，每一声鸟鸣，都啼响着一个王朝的啸叫。

乾陵同样也弥漫过革命斗争的硝烟，同样也凿进了共产党人奋斗的足迹。

1911年10月10日，辛亥革命在武昌爆发。全国最早响应辛亥革命的两个省，南有湖南，北有陕西。

武昌起义后第十二天，即10月22日，西安就爆发了响应辛亥革命的"西安起义"。起义军称"秦陇复汉军"，陕西各州县泉涌风发，纷纷响应。清王朝为了镇压革命起义，调集甘肃清军分两路入陕。其中一路由升允率部从甘肃平凉直扑长武。

秦陇复汉军西出长安迎敌，与甘肃清军在长武冉店桥对阵。双方激战数日，后敌援兵袭来，敌我力量顿成悬殊，复汉军腹背受敌，虽奋力迎战，但伤亡惨重。复汉军尸陈沟壑，惨不忍睹。这场战事之后，当地老百姓称冉店桥为"人垫桥"。可见冉店桥战役之惨烈，亘古罕见。

冉店桥战役后，升允率甘肃清军大队人马长驱直入。复汉军在永寿境内蒿店、监军镇等地堵截防御均遭失败。彬县、永寿相继被升允所率甘肃清军占据。

同年12月18日，复汉军退至乾州城，关闭城门，全力防守。

乾州，成了西安重要的防线，面对来势凶猛的清军，乾州军民同仇敌忾，英勇抗敌。双方曾在乾陵脚下，乾陵乳峰南坡，展开过两次激烈的战役。甘肃清军以骑兵居多，复汉军占据乾陵南坡，居高临下，枪弹齐发，给清军以重创。

乾州守卫战，旷日持久，历时百日，最后以胜利告终，在中国近代史上写下了厚重的一笔。乾陵，曾经作为中国民主革命的战场，嵌入了复汉军推翻帝制，争取共和的英勇身影，染上了革命党人殷红的鲜血。

正因为乾州守卫战的英勇斗争，乾县的民主思潮和革命气氛相对浓烈。1926年8月20日晚，乾县第一个党组织——乾县特别支部，在县城上家巷上官克勤家成立，红色的火苗，在乾县大地上熠熠闪耀！

乾县早期的共产党员张含辉、王炳南、严念先、上官克勤等人，常常利用暑假和农闲，邀同学、同乡游览乾陵，在登陵览胜之际，传播共产主义思想。共产党人的豪情和信念，在乾陵之巅升腾。

解放战争时期，中共乾县工委书记上官克勤积极为前线将士筹集枪支弹药和医疗用品。

1946年秋的一个深夜，他只身来到乾陵，把筹集到的短枪和子弹藏在了黄巢沟人迹罕至的草丛里。月黑风高，深草没膝，不远处野狼的叫声令人毛骨悚然。上官克勤手持一把镰刀，从容镇定，一个共产党人舍生忘死的激情在乾陵脚下的深壑土涧里燃烧。

后来，他又把这些枪支弹药转移到李家堡村的亲戚家里，辗转送往前线。

最能为乾陵染上鲜红色彩的，是解放战争时的一段往事。

1991年，时任南州军区司令员的傅全有将军来乾陵参观。登上乾陵，傅将军若有所思地说："这个地方这么熟悉，我好像来过。"沉思片刻，傅将军感慨万千地说："1949年在乾县的阻击战，指挥部就设在乾陵主峰上。"

傅将军说的是1949年5月，解放军第一野战军在彭德怀率领下，发起的解放大西北的战役。国民党胡宗南、青海马步芳、宁夏马鸿逵联合反扑，进攻乾县，谋夺咸阳。一野三军于6月11日在乾县关头、秋家山、阳峪岭、铁佛寺、注泔一线摆开长蛇阵，阻击敌军。乾陵主峰四野开阔，登高望远，成了一野三军运筹帷幄，决胜战役的指挥部。傅全有将军当时是二十七团的连长，亲历了这次战役。

这次保卫战分多个战场阻敌，其中最为激烈的当属注泔镇东注泔村之役。当时的马家军骑兵从五峰山一路狂奔，由北向南长驱直入。马家军曾在1936年10月重创过红四方面军组建的西路军，此时更是跃马挥刀，骄横跋扈。解放军以村南高岭的自然壕沟为掩体，居高临下，轻重火力全开，击退了马家军七次进攻。马家军数千人被打得人仰马翻，溃不成军。

还有阳峪岭战役,极为惨烈,解放军 14 名将士牺牲,他们的尸骸就地掩埋。这些年轻的生命,用他们的英灵,永远守卫着乾县这方热土。站在乾陵顶上,远望阳峪岭烈士陵园,心中的缅怀之情和浩然之气油然而生。

"青山愁似故人面,初日明如烈士心。"乾陵脚下,苍山如画,流水如歌。这里曾经燃烧的革命之火,洒下的青春热血,已经蓬勃着绿色的生机,绽放着艳丽的花朵。这些生命的壮丽与芬芳,每天都用生命的坚贞与顽强启迪着我们!

乾陵在中国近代史和革命战争年代,是对敌斗争的堡垒。乾陵坚硬的石头,筑起了抵御敌人的铜墙铁壁,乾陵也见证了仁人志士和共产党人豪气干云的战斗场景。

当我们漫步乾陵,捡拾岁月的记忆,欣赏文物里沉淀的灿烂文化,享受岁月静好的时候,我们还能依稀听见乾州守卫战呼啸的枪弹,听见早期共产党人激昂的呐喊,听见解放战争隆隆的枪炮声。

乾陵,深邃的岁月印痕,是一个王朝渐行渐远的背影,依然能看见他的雍容华贵和气势恢宏。已经熄灭的战争烽烟,蛰伏的岁月风云,也同样放射出璀璨的光芒!

2021 年,咸阳市文化系统举办红色主题演讲竞赛,此文系应邀为乾陵管理处撰写的讲演稿。

农业农村工作者赞

国以民为本,民以食为天。

天底下,人类因农业而生存,文明因农业而恒久。

从洪荒岁月,到播种耕耘。农业带来了人与自然的和谐,带来了社会的进步与文明。

乾州大地,春长夏茂,秋收冬藏,高山田畴绿色的旗帜,张扬着大地永恒的青春!

春天,一片绿色的锦缎从五峰山下铺开,摇曳着生命最蓬勃的色彩;夏天,斑斓的鲜花装点泔河两岸,绽放的馥郁让一个季节热烈奔放;秋天,金色的丰收缀满乾陵南北,写意一幅荡人魂魄的丹青。

大棚蔬菜,让季节不再萎靡;特种养殖,奔跑着新农人诗意的符号;硕果满枝,垂挂着庄稼人舒心的笑靥……

美丽乡村,文明村镇,生态农业……一个新农村振兴的热潮正在乾州大地兴起。

农村,正在营造着一个人间幸福乐园。"青山绿水映村庄,芬芳田野飘牧歌。"温馨、甜美的农家生活,是一幅幅迷人的乡村风情画。

一分耕耘，一分收获。农村的变化，是农民勤劳致富结出的硕果，也是党的富民政策开出的鲜花，更是农业农村工作者辛勤汗水的浇灌。

乾县农业农村局，心系三农，情注乡村，用政策引领农业，用爱心服务农村，用技术帮扶农民。村舍院落，他们送政策入户；田间地头，他们送技术下乡。乾县的沟壑平原，留下了他们的履痕，乾县的山崌河流，回荡着他们的声音。

他们，为农业传递薪火！

他们，为农业披荆斩棘！

他们，为农业高擎大纛！

我曾在一粒晨露里，诵读过他们的汗滴；我曾在一缕月光里，翻阅过他们的目光。农业农村工作者，是唤醒黎明的人，是送走黑夜的人。他们为农业和农村的发展，点亮了一把圣火。

站在葱翠的五峰山上，迎着东方拂晓的红日，目送月光摇落的背影。伴着金鸡的又一声啼鸣，一个丰硕的季节在乾县大地铺开。山上的树，向我们献上一条条彩带；路边的花，向我们绽放一片片向暖的心情；田中的果，向我们捧出一声声殷实的问候。而我，要把这个季节金色的丰收，铸成一枚闪光的勋章，献给辛勤装扮乾县大地的农业农村工作者！

此文系为乾县农业农村局举办的"农牧杯"征文汇编作的序

乾州访古（一）

一、河里范村

在灵源镇河里范村，倚泔河岸边，有一古村落遗址，是新石器时代先民居住的地方。

去年秋天的一个下午，我们几位文友去河里范村，抚摸远古的风吹皱的历史褶痕。

阳光洒在地上，像铺了一张橘黄的宣纸，乾县从岁月深处走来的阡陌沃野，像一个个鲜活的象形文字，恣意挥洒出一幅苍劲典雅的历史卷轴。

在乾州这条岁月沉淀的河床上，有太多的历史遗贝。我们穿过佛留村，玄奘诵经礼佛的梵音直击耳鼓。

当我们还在木鱼声里谛听唐朝经卷的时候，一条暗印似的丝绸之路横亘眼际。我们的思绪又被一枚流沙拨动，被一串驼铃弹响。

河里范村不大，一排排大瓦房，是关中平原典型的现代民居。它的蓝砖红瓦，像蹲着一排殷实健硕的关中汉子。但它的骨骷和面庞，无疑是古人结草为庐的拓本。

河里范村北面，有一深约两丈的土壕，是黄土地切开的一道口子。关中大地上，这样的土壕随处可见，它是大地衣襟上的口袋，每个土壕里都装着历史，装着黄土地掏心掏肺的馈赠。

走进土壕，就走进了仰韶文化的历史博物馆。印着不同花纹的陶片，在阳光下熠熠灼目，俯身可拾。

土壕厚墙一样的土壁，刀劈斧削一样直立。它是黄土地的剖面，把黄土几千年、几万年的蕴藏，一览无余地展露出来。它更像一幅长卷，几千年前古代人用智慧装帧的卷轴。

土壁上的彩陶残片，有的微露一斑，依稀可见；有的摇摇欲坠，展露无遗。这些陶器残片，色彩艳丽，形态各异。有的其形如筒，有的状如鼎。

土壁上有两处土壤呈灰褐色，是典型的考古学上的"灰坑"，古人掩埋垃圾和遗弃物的遗存。

很显然，这里是一个古人类生活的村落。

据《中国文物报》等媒体报道，2005年3月5日，陕西省考古研究院、咸阳市文物考古研究院对河里范遗址进行了勘探和抢救性发掘，发现的遗址范围达440多平方米，古人类活动时期为仰韶文化早、晚期和龙山时代早期三个时期。

这说明，古人类在河里范村遗址活动了4000多年。这个遗址，最近的，距今也4000多年了。

我们同行的，都捡拾了几枚陶器残片。我们把4000多年前的物件捧在手里，阅读被岁月尘封的往事。

此时，我突然想起一首诗，1960年郭沫若先生在半坡遗址参观考察写的一首诗："彩陶形制美，画纹亦多殊。或则呈人面，或则呈双鱼。农耕既普及，人群已聚居。护壕深二丈，其广亦相如。奈何遗址中，独不见文书。"

郭沫若所遗憾的，半坡遗址彩陶文化，没有留下文字。

河里范遗址，也没有发现文字。

郭老先生对古遗址的文字如此企盼，应该和世界上很多学者对"文明古国"的争议有关。按照雅斯贝尔的定义：文字、金属冶炼术（青铜、铁）、城市、宗教礼仪，是文明的标志。读余秋雨的书，他还提到了瓷器。所以，外国人认为中国的文明史是3500年前，从甲骨文开始的，而不是我们说的"五千年文明史"。

我们的五千年是从轩辕开始的，也是《史记》记事的开端，黄帝便被称为人文始祖。

乾县，几乎是和中国文化同步的。轩辕黄帝在乾县祭天，是载入《史记》，有史可考的。

轩辕在乾县的三个月，会不会到过河里范遗址？毕竟那时候人烟稀少，河里范距好畤村约10公里，黄帝考察民情，足之所至，也未尝不可。

河里范遗址遗存很多，期待有人从中找到文字。

一阵秋风掠过。风是历史的演奏家，也是古老的朗诵家，它在仰韶的玄黄釉彩里吹奏长歌，在河里范遗址里朗读历史。

历史，不是随便拍卖的古董，而是一盏几千年前先民脂膏点燃的灯。我们用手掌抚摸这块土地，依然能触摸到古人智慧的温暖！

二、好畤村

四月，好畤村的田野，葱茏的绿融进大地的肌肤。浩瀚的、溟蒙的，层层叠叠的、蓬蓬勃勃的绿，铺陈着，甚至呼啸着。

这块田地，用绿色的辽阔，绿色的壮美，写意成绿意内敛的水墨。树，擎起绿色的旌幡，把一片片叶子摇曳成古韵悠远的风铃。

约四千七百年前，在这里的另一种绿色里，身材硕大的轩辕，筑坛祭天。

坛，就是土台子。轩辕黄帝曾寻真访隐，登崆峒山，问道广成子，归途中，经今乾县境。

黄帝来到古乾州，登梁山环目四顾，五峰叠翠，秦岭堆秀，广陌凝碧，长天鸟骛。

那时的乾县大地，到处都是茂密的森林，浩瀚无垠的树木互相簇拥着、搀扶着。有的劲杆挺拔，有的斜枝逸出，有的匍匐匝地，有的依树缠绕。

黄帝逡巡其中，天空树木的枝条筛下一绺一绺光束。鸟儿表演似的，或欢跃枝头，或啁啾呢喃。树木缄默不语，哲人似的立着。挂满的苔丝像哲人的髯须，显露着树木的古老沧桑。树上的清露在晨曦里如噙着一颗颗金丹，沥下的每一颗，都渗进脚下不老的土壤。

黄帝触景生情，忆起广成子"必静必清"的道家之言，心室豁然洞开。

轩辕在这里祭天，住了三个月，这里曾留下了他祀天祈福的颂词，这里曾嵌进了他漫步乡野的足迹。

乾州田野正在吐穗的麦子，都在从轩辕的足痕里向上拔节。

广成子活了1200岁，是道教始祖。《庄子》一书里，多处写及广成子。

古乾县的物丰木秀，古乾县的山形地貌，成就了人文始祖的对天长揖，焚香祭拜。成就了中国礼祀文化的旗帜从乾县古老的大地升起。

古人的天，就是自然。黄帝在乾州祭天，已经把崇尚自然的思想，凿进乾州人的记忆里。

田埂上，一只蝴蝶翻阅野花的花蕊，像在翻阅一部典籍。乾州土壤里拱出的草，就是一枚书写历史的笔尖。

乾州的春天，叠印着湮远年代的春天。

黄帝不仅给乾州留下了一炉香，五千多年来，乾州人的灵魂，都在那一樽香炉里淬火。

黄帝还给乾州留下了一座城。

约2300年后，秦孝公从栎阳迁都咸阳后，在这里置县。乾县历史上的第一个县治是以黄帝祭天取名的。

乾县叫好畤，远比乾县好，以天命名，比以陵命名，大气多了。

黄帝留下的，不仅仅是足迹，还有历史的背影。从那只香炉里放飞的，不仅仅是一缕缕青烟，还有乾县人灵魂的火凤凰！

2020年2月25日

乾州访古（二）

今年是农历辛丑牛年，想起了老子骑青牛来今乾县柳村的故事。

老子是道家学派的重要创始人，他所著的《道德经》流传了两千余年，深深地影响了华夏文明，是中华民族文化的智慧经典。

柳村，位于梁山镇漠谷河北岸。当年，老子曾探寻轩辕黄帝的足迹，来到过柳村。因老子姓李名耳，柳村以前曾叫李游村，后改名柳村。

我们曾去过柳村十多次，柳村的神奇是难以尽述的。

柳村的土地呈斜坡状，一览无余地向漠谷河倾斜。地上的庄稼，柿子树、皂角树、桐树摇绿涌翠，在这块倾斜的土地上似向前奔跑，似在追逐昔日漠谷河岸的神奇。

河岸上有一棵皂角树，相传为老子栽植。老子当年曾在此结庐为舍，修道悟道，青牛就系在皂角树上。不过老子亲手栽种的那棵，早已枯腐，现存的这棵，是从老树的根部新生的，距今已一千多年了。

皂角树旁边，有一座小庙，是现代人建的，当地人称蝎子庙。我们去过多次，一直庙门紧锁，寺寂人空。当地人称，此庙东边曾有一座戏楼，每年夏夜，戏楼会有戏剧演出。当管弦乐起，皂角树上便有蝎子首尾相牵，垂挂成链，赏剧听乐。当曲终剧罢，蝎子便遁无形迹。当地人认为这些蝎子已非凡间俗物，便建庙立寺，香火供奉。

蝎子庙，也许是柳村人的一种精神期许，一种文化参悟。世间万物，一棵树、一朵花、一撮土，都有自己骨子里的慧根和佛性。这不正和老子道法自然的思想如出一辙？拜佛，不一定要追寻著名的佛家禅院，对自然万物的虔诚、呵护，就是对自己灵魂的救赎。

这棵皂角树的神奇，还在于它从不结皂角。据说只在1960年结了一次皂角，且仅有三棵。结果天下大旱，正好历时三年。

皂角树中间已经空腐，只留下半边树皮支撑着树冠。站在树洞里，赭墨色的树皮内层嶙峋参差，像一条条裸露的脉络。脉络舔舐着地上凸起的根，滋润着大树澎湃的绿心。

一千多年了，皂角树一腔汪洋沸腾的热血，一腔对绿意锲而不舍的追求，绿色的念头一萌芽便汹涌喷薄。尽管它只有半壁残躯，却在贫瘠苍白的泥土里强悍地挺立着，栉风千载，沐雨千载。

秋天，皂角树叶落无声。枯黄的叶子依偎树根，用它失血的皮囊温暖大树对流年的期许；春天，老杆上嫩绿的叶子像发髻上的翠玉簪子，在疏朗的风里簪出自己的一抹靓色；夏天，疏疏密密的叶片像青铜编钟，发出的声音清清朗朗，高低有致，把自己的歌唱向天际。它生长，生长，哪怕残躯欲坠，绝不放弃生长。这，正像这柳村，贫瘠也罢、丰稔也罢，那一排排屋舍，总是伸出飞翔的屋檐，拥抱漠谷河南来的暖色。

柳村的麦场里，有几个不大的麦草垛，一年过七旬的老者背着柴火。看见我们，他放下背篓，热情地和我们打招呼。当得知我们要去漠谷河看看，便执意要为我们当向导。

他领着我们沿一条土坡前行，夕阳，把他的弓背映成了一条虹。

2017 年 7 月 14 日晚，古老的皂角树却没有躲过一场大风。第二天，摄影家李瑞辉先生邀我去看那棵树。

皂角树半截身子戳在空中，树身的折裂处，竟如山峰的剪影。倒下的半截树身匍匐在地，叶子已被阳光炙烤得枯黄，流淌着一地泛黄的故事。

这棵树根部长出的几棵树，又在枝头重启风雨。枝叶上摇曳的丽色，是老树为新树请出的佛光。

幼树，必将长成巨木！

2020 年 2 月 26 日

乾州访古（三）

好畤村

据载，好畤村为轩辕祭天旧址。

好畤村的旷野上，田畴漠漠，树茂禾盛。阳光下，树木、柴垛、茂盛的庄稼，像点燃一支支红烛，燃烧着一个旺盛的季节，点亮了这一域人期许丰稔的心灯。

我双手合十，在这块圣灵之地踽踽而行。村庄升腾的炊烟，树上翘楚的枝头，像一个布道者在这里布设了一个虚拟的道场。

据《史记》载，轩辕黄帝曾在这里设坛祭天。

畤，《说文解字》注为"天地五帝所基址祭地也"，《康熙字典》解释为："畤，止也。言神灵之所依止也。"

秦孝公十二年置县时，曾置好畤县，治城就在好畤村一带。据清代《乾州志稿》载，在好畤村曾发现一块"横书"好畤旧址"石刻"。

看来，轩辕在此祭天，应不是虚言。中国皇帝祭天，始于轩辕，止于袁世凯。1914年12月，袁世凯在天坛举行了中国历史上最后一次祭天。此后，民国政府终止了祭天典礼，绵延四千多年的国家祭祀制度终结了。

轩辕开了历代帝王祭天之先河，历朝皇帝很少有不祭天的。但祭天，均在山上或都城南设坛祭祀。轩辕曾在王屋山祭过天，当时他已打败了炎帝，与之结为联盟。他认为王屋山是炎黄联盟区域最高的山。古人认为天帝在天宫，山高离天近。

好畤村地势平坦，轩辕为什么在此地祭天呢？我曾无数次在这里探寻答案。我在阡陌沃野里掬一抔土，黄土冰冷的面孔莫衷一是；我从田埂上拔一枚衰草，衰草蓬乱的根须拎不起历史的厚重。

我又从史籍中寻找，《史记·封禅书》中记载："雍东有好畤"，"自古以雍州积高，神明之隩，故立畤郊上帝，诸神祠皆聚云。盖黄帝时尝用事，虽晚周亦郊焉。"又载："黄帝郊雍上帝，宿三月。"唐代魏王李泰在《括地志》中载："好畤有轩辕殿，秦灵公作。"北宋欧阳忞在《舆地广记》卷第十五记有："次几好畤县，祭天之所，曰畤。"这些典籍明确记载了黄帝在现今乾县祭天的史实，均未说明黄帝缘何祭天。

就算黄帝在今乾县祭天，祭天之所是不是在好畤村？该村村名是不是源于好畤县旧址？

轩辕黄帝在今乾县的任何一个地方祭天，县名为好畤均无不可。就像永寿县有一个好畤河村，我曾探寻过它与皇帝祭天的关系。永寿县曾归于乾县，漆水河原名为好畤河，该村依漆水河，故取名好畤河村。

一般认为，黄帝在今乾县祭天是从崆峒山问道归来，途经今

乾州访古（三）

乾县。崆峒山上的广成子是道教始祖，活了一千二百岁。黄帝向他问道，他并没有回答。黄帝时隔三个月又去问道，终于得偿所愿。

实际上中国境内有三座崆峒山。甘肃平凉为北崆峒、河南汝州为中崆峒、广东阳春为南崆峒。很多学者认为黄帝问道的崆峒山是河南汝州的崆峒山。那么，黄帝崆峒山问道就到不了今乾县。

也有学者持不同观点，《史记·五帝本纪》称黄帝"西至于崆峒"，《史记·太史公自序》称"黄帝至崆峒，登鸡头山"，而鸡头山、千头山、笄头山正是平凉崆峒山之别称。

黄帝曾在今乾县祭天，似无可置疑。但好畤村是不是黄帝祭天之所？黄帝什么时候在这里祭天？为什么在这里祭天？

我沿着好畤村阡陌小径，寻觅历史的遗迹，我仿佛听见祭祀的礼乐之音从时空穿云裂帛般传来。按照声音的指引，我寻找它的方向，宏大的场景疏影浮动，赫然在目。

我继续行走，感叹一路上历史的剪影飞驰而逝。这时，绚烂的霞虹牵手夕阳，土坎上野花盛开的声音盈耳不绝。青史漫漫，在乾州演绎了多少传奇？浩浩古今，在乾州遗留了多少明珠玮宝？我拂去眼前轻风飘来的飞尘，继续寻找岁月之旅的痕迹。

2020 年 2 月 27 日

乾州访古（四）

去年深秋的一天，我们一行五人驱车出城，在无垠的旷野里探寻乾州的悠悠古韵。

沿312国道北行，车窗掠过一座座村庄、一幢幢房屋、一排排树木、一片片麦田。色彩迥异，层次分明的乾州郊野，在车窗里装帧成一本画册。杨树的叶片绿里泛黄，用生命盈握一杆杆虬枝，把余生张挂成一面面旗帜。瓦子岗、乾陵，一些历史遗存矗立在秋风里，演绎着乾州历史向现代延伸。

一、吴山寺

梁山镇有一座吴山，山岭起伏、绵延不绝。山坡下有一寺庙，叫吴山寺。

周王朝的末代君主，姓姬，名延，公元前314年即位，后世称他为周赧王。

周赧王在位时，曾率兵来到吴山，因长途奔袭，将士饥渴难耐。时吴山林密草丰，荒无人迹。周赧王便命士兵掘井，也许是乾州之地异常神奇，士兵掘地不过几尺，便有清流汩汩溢出。后来，这口井便被称为御井。

我曾经拜谒过这口井，现在已成枯井，但它沁渗的神奇，浸染的历史仍潺潺有声，不绝于耳。

隋代，一高僧在此修寺建庙，取名吴山寺。元代重修，立一碑石，记载了元太祖曾在此参禅，且颁布寺庙地四十亩免征皇粮的诏书。

我们来到吴山寺，却寺门紧锁。

此时，阳光穿过层云，用一束束光叩问着院墙高筑的深寺，金箔似的光，洒在寺院高耸葱郁的古柏上，枝叶摇曳着一种破碎的辉煌。

斜阳下的吴山，层层叠叠的山岭向外铺展，像被秋风翻开的书页。

我们隔着寺门，一一读着赧王井、吴山寺，读着黄土地一样泛黄的历史。

面对这座名寺古刹，我们神情肃穆，心中的木鱼敲出阵阵梵音。一股历史的清流从我们眼前泛起，这激荡着乾州人文的水流，汹涌成一条湍急的历史河流，奔腾不息。

当我们登上吴山，吴山坚挺的土梁真像一本书的书脊，翻开了乾州古往今来的岁月。

二、瓦子岗

走进梁山的瓦子岗，能听见秦朝战马的啸叫，能看见秦朝车辇碾起的烟尘。

苍绿的麦苗，没有秋天的萧疏与萎靡，而是像春天一样蓬勃，像夏天一样饱满。麦苗的叶子在这个单调的季节里，互相推搡，像兵马俑一样熙攘成绿色的兵阵，铺排成绿色丝帛。

丝帛上站立着一座土丘，站立着一个不朽的大秦。

一座土丘，埋藏着一个秦朝宫阙，埋藏着一堆历史瓦砾，埋藏着一段岁月过往。

土堆不大，伫立其侧，却能看见2000多年前的大秦王朝搀扶起一座金碧辉煌的行宫。行宫前的土坎上，秦始皇指点着乾州的山峁沃野。

乾州这块沃土，秦时应是风光旖旎。千古一帝的秦始皇，竟留下多处行宫，当年曾不惜乘辇远至，一览为快！

据《史记》记载，当年秦始皇在今乾县梁山宫一带巡游的时候，丞相李斯也曾从附近经过。秦始皇对李斯人马众多，前呼后拥的显赫气势大为不悦。李斯得知后，出行便轻车简从。秦始皇从李斯的前倨后恭的变化里，怀疑自己身边有李斯的耳目，便把和自己一块去梁山宫的近臣都杀了。

此时，站在梁山宫遗址上，我茫然四顾。我依稀看到了秦王扫六合的无数兵将，正手举兵戈，赴死疆场。那蓄满"血不流干，死不休战"的蓬勃意气，在瓦子岗的枯草上已凝结成霜。古老的梁山宫，已灰飞烟灭，而这里弥散的王者之气，却是那么真实，那么触手可及……

在梁山宫，在瓦子岗，我触摸到的不是杀戮，而是天下一统的大秦，触摸到大秦求变图存的章节。我听到大秦的声音，听到身处乾州，踏遍三秦，旅途万里也无法消弭的大秦的声音。这种声音，有漠谷河的清泉迤逦，有梁山宫的黄钟大吕，更有山岳崩裂，深谷弥合，烨烨雷电，百川沸腾。

这声音里，你会听到大秦的铮铮浩歌，会听到秦人的热血沸腾，会听到这块土地上新芽拱出地层的破裂。

为士，则争为砥柱；为国，则霸凌四方。这就是大秦，就是我们奋发图强建设的强国。

梁山宫这个历史土堆，两千多年风雨不凋，本色不改。这土堆上的棘草，戟芒刺天，穿越稠密的寒风，经久弥坚。

瓦子岗上，梁山宫坍圮的瓦片俯身可拾，我们每人都手捧一块残缺的瓦砾。这些瓦砾，不知是否还能拼接一个完整的大秦？

2021 年 2 月 28 日

乾县豆腐脑轶事

乾县豆腐脑缸子，像一个不倒翁，屹立成岁月的记忆。缸子外面缠裹的老土布上的釉色，锈着古老的岁月，锈着乾县人的乡音。

乾县豆腐脑缸子，像一个饱经沧桑的老者，讲述着岁月过往，讲述着人生百味。

乾县豆腐脑，能品咂出乾县人的智慧。

乾县街道偶尔还能看到那种古老的豆腐脑缸子，它是乾县人匠心雕琢的艺术瑰宝。

这种缸子大都是乾县人自己烧制的。它用漠谷河富家河（玉皇洞一带）沟涧上的红黏土烧制，这种土烧的瓦缸子，无异味，不渗漏。

新缸子使用前，要经过一番精心打磨和包装。先是用面汤浸泡三遍，每遍三天三夜，目的是让黏稠的面汤渗进缸子细微的缝隙，增加缸子的密实度。接着再用泡豆子的水浸泡七天，独特的豆香味就会浸润进缸子的"骨髓"里。

泡好的缸子在太阳下晒干后，就要精雕细琢了。先用上等的手工布在缸子里外反复摩擦，直到擦得光滑如镜为止。然后，在缸子外边涂一层熟菜油。晒干后，选碾过头遍的小麦秸，沿缸子外面密密麻麻地摆上一圈，再用手工布缠绕至密不透风。这样的缸子，就像一个保温的热水瓶一样，豆腐脑放进去一天，舀出来还是热乎乎的。

至此，豆腐脑缸子的工序才算完成了，这个待嫁的姑娘，做好了最后一次梳妆打扮，才可以走出闺房，成为一个准新娘。

舀豆腐脑的大勺子，或者叫铲子，是黄铜做的。豆腐脑舀在大勺子上，就像一块洁白的润玉放在金箔上。看一眼，都会口舌生津，香得情不自禁了。

调豆腐脑的小勺子，须用柳木做成。其他木头会和醋里的醋酸发生化学反应，析出淡淡的异味。

好的豆腐脑，用的水也很讲究。这种水以"硬水"为佳，硬水中富含钙、镁、锌、钠等微量元素。做出来的豆腐脑筋道，翻之不烂，搅之不散，且对人体有益。

乾县做豆腐脑的人，在漫长的实践中，甄选出最适宜做豆腐脑的水是漠谷河的泉水。这种水清澈甘洌，晶莹剔透，做出来的豆腐脑当属极品。

其次是兴国寺里的井水。兴国寺有一眼甜水井，公元783年，朱泚叛乱，唐德宗皇帝避难住在乾州县城，就饮用这个井水，这口井后被称为"御井"。当时，兴国寺规模之宏、地位之崇、礼遇之高、僧众之多、香火之盛，举国鲜有。

还有雨水，做出的豆腐脑也很筋道。每逢下雨，做豆腐脑家的屋檐下，盆罗缸列，甚是壮观。

1963年3月21日，时任国务院副总理兼外长的陈毅，来乾陵为各国驻华使节出游选点时，在乾县县委机关食堂用餐，食用了刘甲子用兴国寺井水做的豆腐脑。陈毅副总理对此赞不绝口，回北京后还屡屡提及，使乾县豆腐脑誉满京华。

没有乾县独特的水，做不出地道的乾县豆腐脑。相传清朝时期，乾州县令是一个勤政爱民的好官。他是广东人，他看到漠谷河的杏个小味酸，就在回广东探亲时，把当地的杏树的枝条带回乾州。嫁接的杏树，杏如鸡卵，甘甜味美，乾县人便把这种杏叫广杏。

这个县令特别喜欢吃乾县豆腐脑，他很想把这种美味带回故土，就学会了豆腐脑的做法。回广东后，他本想大显身手，让家乡人品尝世间少有的美味。怎料做出的豆腐脑又稀又软，这个县令怕坏了乾县豆腐脑的名声，连声叹息自己学艺不精。

乾县豆腐脑是久负盛名的地方小吃，是舌尖上的传奇。

一碗豆腐脑捧在手里，碗里几勺折叠的豆腐脑，泗着红艳艳的油泼辣子，极像盛开的花朵。

吃一碗乾县豆腐脑，灵魂里会绽放了春天的芬芳！

2021年4月26日

乾县豆腐脑的前世今生

乾县城新的一天，是从一碗豆腐脑开始的。

清晨，当黉学门中学三棵古柏上的鸟鸣叫醒乾县城的薄明，豆腐脑摊主的吆喝声和淡淡的豆香，便弥漫在乾县城的大街小巷。

"豆腐脑，热乎乎的豆腐脑！"

乾县人早上吃豆腐脑，多以上班族为主。他们围着豆腐脑摊子，或坐或站，一手拈着蒸馍，一手捧着小瓷碗。如脂如膏的豆腐脑上，鲜红的油泼辣子汪成一洼一洼赤潭。小勺子在瓷碗里搅动着，舀起一块块镶着红玛瑙的润玉。人，便在这玉的浸润里精神焕发，顷刻间红霞染腮，神采飞扬。

乾县豆腐脑忠实的拥趸和资深的食客，多是在晚上吃豆腐脑。

当华灯初上，乾县城的街灯流光溢彩的时候，喜欢吃豆腐脑的乾县人，便悠着方步，哼着小曲，向自己心仪的豆腐脑摊子踱去。

这时候，一天的繁忙被淡淡的夜色消磨了，吃豆腐脑，便成了一天中最惬意的事情。他们不急不躁，悠闲地坐在豆腐脑缸子旁的小凳子上，目不转睛地瞅着摊主从缸里舀豆腐脑。

那豆腐脑缸子是瓷缸子，很多已有了年份。外面缠裹的生布浸染了岁月的底色，吮吸了日月的光华，泛着油渍斑驳的釉色。它是一尊历史的化石，蹲在街衢的一角，用一肚子的酸甜苦辣，诉说着生活的味道。

摊主手里拿着小铜铲，上下翻飞，三五下就舀了多半碗豆腐脑。那豆腐脑韫玉一般雪白剔透，冰肌玉骨。清澈通透得如一潭秋水，波光潋滟，空灵澄明，盈盈的光泽如伊人剪水的眸子。看着这一缸羊脂玉般的豆腐脑，便会想起荀子的"玉在山而草木润，渊生珠而崖不枯"。人的心灵也仿佛被玉化了，温润了许多。

最精彩的是调豆腐脑，银色的小勺子像起舞的蝴蝶，如展翅的春燕，在盐、醋、蒜汁、辣子之间，一飞一掠，轻盈翩翩。银色的勺子像在月光下淘洗影子，指尖上的芭蕾是生活最极致的绽放。

这时候，食客们吃得很慢，勺在唇边，"嗞噜"一吮，先是在舌尖上搅动、品咂，然后慢慢吞咽。咽下豆腐脑，腹中的一股浊气冲喉而出。食客便微闭双目，那种如醉如仙的感觉，立刻沁到骨髓，弥漫全身。

朦胧的灯光下，食客吃完一碗、两碗豆腐脑，仍余兴未尽，不忍卒去。便围着豆腐脑摊子，谈论些豆腐脑的轶事。

乾县豆腐脑历史悠久，人们谈论最多的，还是以当代居多。在人民公社时期，有个师姓人，家在陈家巷，深得豆腐脑真传。

他挑着豆腐脑担子，一头是豆腐脑缸，一头是调料盒。所过之处，香气氤氲，经久不绝。当时的豆腐脑一碗五分钱，吃的人早早就等着，当他的担子悠悠地闪出一头，人群便一下子躁动起来，把他围得水泄不通。

20世纪80年代，出了两个站立成丰碑的人物，一个是新泰巷的刘甲子，另一个是钟楼巷的雷天保。他们的豆腐脑已经成为传说，成为乾县豆腐脑的名片。

当时卖豆腐脑是在南大街的农贸市场，时间在每天下午，约有七八家摊主。刘甲子和雷天保摊前排成长龙，他们拿起勺子一刻不停，一直到卖完为止。其他卖家只能等他们卖完了，生意才会开张。

味觉是搅动肝肠的记忆，胃脉里流淌的人间烟火，是岁月里永恒的风景。上了年纪的乾县人，胃里至今仍蠕动着刘甲子的豆腐脑，他们的口头禅是："再也没有吃过刘甲子那样的豆腐脑了。"

乾县豆腐脑独树一帜，名满遐迩，得益于乾县的一方水土，也得益于豆腐脑悠长的渊源。

有一种说法，清朝雍正年间，武将年羹尧性情残暴，却是一个美食家，山珍海味吃腻了，变着花样取乐自己的味蕾。掌管饮食的头目，便为他在全国各地遍访名厨。他打听到乾州有一个擅长做豆腐脑的人，便命人带来做豆腐脑，年羹尧不吃则已，一吃香得五脏翻作六腑，口舌生津，涎水打湿了衣袍。他便让这个农民留下，专做豆腐脑。

那么，乾县豆腐脑源于何时？还有一段凄美的传说。

在武则天为高宗李治修建乾陵时，当时的乾县县城有个姓陈的能工巧匠，他只有二十出头，泥瓦工手艺却鲜有人及。

他为乾陵粉刷墓室，早出晚归，十分辛苦。一天晚上回家，年轻貌美的妻子为他端了一盆洗脸水，盛上一碗热气腾腾的豆浆，让他换了衣服，洗完脸吃饭。他干了一天活，饥渴难耐，端起豆浆就喝，不料，头上一块粉刷墙壁的石膏坠入碗中。

妻子见异物入碗，便关切地要把自己的一碗让给丈夫喝。陈姓小伙也心疼妻子，端着豆浆喝个不停。喝到碗底，那一块石膏和豆浆便结之成团。这一团十分筋道光滑，触之不散，搅之不烂。小伙大着胆子一尝，入口即化，酥而柔香。

小伙子便把这个发现告诉了妻子。妻子若有所思地说，如果有稍大一点的石膏，放入烧开的豆浆，不知会是什么样子？

说者无意，听者有心。第二天，小伙子干活的时候，便把一块石膏偷偷地藏进衣兜里带回了家。

不巧的是，他藏石膏的事，被人发觉并告了密。他刚回家，便有一伙官兵破门而入，把他抓走了。

朝廷以偷盗皇陵之物论罪，要对他开刀问斩，并在乾陵行刑。

他的妻子呼天抢地，又无可奈何。忽然想起那一块石膏，便连夜做了一锅豆浆，把石膏置入浆中。结果，豆浆就变成了豆腐脑，且美味异常。

天不亮，妻子挑着豆腐脑赶往刑场，行刑时，武则天亲自监斩，当刽子手挥起大刀的时候，妻子哭喊着："刀下留人！"捧着一碗豆腐脑递给了武则天，并说明了事情的来龙去脉。

武则天尝了一口豆腐脑，香得粉腮绽花，凤颜大悦，下令放了小伙子，并命他夫妻二人为御厨，专为朝廷做豆腐脑。

  乾县豆腐脑，吃的是历史，品的是生活。那沉在缸子里的，洁白如脂，沉积着时光浅静，岁月静好；浮在碗里的，则是生活的味道，酸、甜、咸、辣，五味杂陈，历久弥香！

2020 年 12 月 5 日

乾县浆水面的传说

浆水面是乾县的夏令美食。当酷暑难耐时，吃一碗浆水面，一股酸爽、清凉的感觉就会直透肺腑，让人顿生凉爽，酷热消退。

一碗浆水面，有童年的味道，有家乡的记忆，是每年夏天乾县人浓浓的乡情。

浆水面的起源传说纷纭，作为历史底蕴十分丰厚的乾县，浆水面有着独特的历史渊源。

公元783年，大唐王朝遭遇了朱泚之乱。朱泚叛军攻入长安，唐德宗仓皇出逃。他带着身边的嫔妃和一千多名禁卫军一路向西，躲进了奉天县城（现在的乾县县城）。

十月八日，朱泚入主宣政殿登基称帝，定国号为大秦。

一国难容二主。朱泚不想让唐德宗偏安一隅，率叛军沿着古丝绸之路向西挺进，朱泚要把唐王朝连根拔起。奉天城面临着一场兵燹之灾。

数千名叛军凶猛攻城，奉天城军民同仇敌忾，与叛军殊死搏杀。

奉天城保卫战异常激烈，叛军援兵增至数万人，多次攻上城墙。守城军民用血肉筑起盾牌，多次把叛军拒于城外。

一天中午，李二嫂正在家中做饭。她捞出锅里的面条，刚把芹菜叶下入面汤锅，召集军民守城的铜锣急促地响个不停。

叛军又攻城了，李二嫂看见锅底余火正旺，急忙端起锅放在院子，就冲出家门，加入守城的战斗中。

战斗持续了两天，护城河尸体漂浮，河水被鲜血染成赤红，守城战又取得了一次胜利。

李二嫂疲惫不堪地回到家中，她又饿又渴，准备生火做饭。

李二嫂揭开锅盖，一股淡淡的、酸酸的香味扑面而来。时令虽已初秋，连续运送石块、伤员，已使李二嫂又热又累。她急忙盛了一碗面汤一饮而尽。

经过发酵的面汤香味盈颊，清凉透心。李二嫂喜不自胜，急忙把那天捞出来的面条加热，放进面汤里。

这时，守城将军浑瑊顾不上休息，挨家挨户探望守城作战的军民，正好走进李二嫂家。

浑瑊生于736年，小时候就善于骑马射箭，跟随老爸打仗的时候非常勇猛。

安禄山造反以后，浑瑊先后跟随李光弼、郭子仪几乎全程参与了平叛的战斗。

唐代宗初年吐蕃大举入侵，浑瑊在邠州、奉天一带多次击败吐蕃军队，并作为兵马使长期在长武城驻守。

朱泚之乱，浑瑊正在京城。当时德宗出逃，几天后浑瑊投奔了奉天的德宗，并作为主将守卫奉天。当时局势非常危险，叛军几次差点攻进奉天，浑瑊拼死打退了叛军的进攻。也就是在德宗皇帝最危险最艰苦的时候，浑瑊陪德宗皇帝成功地保住了奉天。

李二嫂看见浑瑊将军，顿生钦佩之心，急忙把手中的面递给他。

浑瑊走进李二嫂家院子，就嗅到了异常的香味。这时，捧面在手，乳白的汤汁，细若游鱼的面条令他馋涎欲滴。他一口面条下肚，连声称赞，急不可耐地一口气连面带汤一扫而光。

浑瑊一生出将入相，走南闯北，却从没有吃过这么美味的面条。他一边回味着酸中带香，凉透心肺的面条，一边急切地询问这叫什么面？

李二嫂望着浑瑊将军，脱口说道："将帅面。"

浑瑊把乾县方言的"帅"听成了"水"字，连声说道：浆水面好吃！浆水面好吃！

李二嫂便把这种面取名浆水面。

浆水面不但是乾县人夏天的消暑美食，也是乾县人勇敢，智慧的见证！

2022 年 7 月 3 日

乾州全席

琴棋书画诗酒花，柴米油盐酱醋茶。

从皇室贵胄，到贩夫走卒，绵延几千年的饮食文化，是生命最朴素的本真。历史，不过是一碗浓浓的人间烟火。

乾州全席，是乾州人屋顶的一缕炊烟，是乾州人胃里反刍的哲学。

民间小吃，多以单一的菜品传世，而乾州全席是一个菜系，一个组合。全席宴上香味弥漫的菜肴，是乾州人的生命图腾；席上杂列的碗碟，是乾州人回眸岁月，企盼生活放大的瞳孔。

乾州人素来把吃丰盛的馐馔叫"坐席""吃席"。多年以前，逢年过节也难得吃一回乾州全席，只有在亲戚族人的婚丧宴上才能大快朵颐一次。

一、"五凤楼"

乾州全席的烹饪技艺以"焯""炒""烩""蒸"为主，这是乾州人乃至陕菜最典型的烹饪手法。中国菜肴在烹饪中有许多流派。在清代形成了鲁、川、粤、苏四大菜系；后来，闽、浙、湘、徽等地方菜也逐渐出名，形成了中国的"八大菜系"。陕菜虽未列其中，但栽植在秦人碗钵里的味道，永远是这一方人舌尖上最绚烂的绽放。

乾州人过红白喜事，早餐便是名闻遐迩的"乾州酸汤面"。"乾州水席"是酸汤面的前奏，几个小巧玲珑，精致至极的青花瓷小碟子，小山似的隆起着豆芽、菠菜、鸡扒豆腐、胡萝卜丝、猪头肉、凉拌小肠等水菜。这些水菜，豆腐粉妆玉砌，菠菜涌翡叠翠，胡萝卜泛红溢丹……一盘盘水菜如晨光中盈盈郁郁的花草，似月影绰绰下的绿瓦飞甍，像林野湖泊间卓立的鸟雀……一碟一盏，就是一个世界，就是一个故事，向你轻轻地，低回婉转地诉说着岁月的烟火。

"乾州水席"可丰可俭，丰盛时九个小碟，叫"九魁水席"，节俭时仅有四个水菜，稍多的有五个水菜加一碟酱辣子。这些凉拌菜只是乾州浇汤面的佐菜，算不上饕餮大餐。沸腾的大铁锅里盛出炙热的浇汤面，佐一口凉爽水菜，齿唇间咀嚼着乾州人的智慧。

二、"十三花"

乾州全席在很长一段时间已经程式化了，它和"山东孔府宴""洛阳水席"一样，成为一个品牌，成为乾州从舌尖上翻阅的最奢华的组章。

乾州全席由凉菜、热菜、汤、蒸碗四部分组成。凉菜有菠菜、胡萝卜、豆芽、莲菜；热菜有豆腐、粉条、白菜、红焖肉、大杂烩；汤有黄花酸菜汤；蒸碗有"烧肉""肘子""蒸鸡肉""小酥肉""甜米"等。

根据数量和品种的不同，乾州全席分为"十三花""九碗席""五凤楼"等。

"十三花"共六个凉菜，五个蒸碗，一个杂烩，一个汤。十三在中国是吉祥数字，佛教传入中国宗派为十三宗，代表功德圆满。另外十三还是帝王之数，皇帝腰带的玉枚十三枚，象征着皇权。

"九碗席"三个凉菜，三个热菜，三个蒸碗。"九"起于一，极于九，寓意天长地久。古人认为，九者，阳之数，道之纲纪也。

"五凤楼"是在大杂烩上架一个蜂蜜肉蒸碗，全席共五个蒸碗。五凤楼取意于皇宫。宫城正门上有崇楼五座，以游廊相连，东西各有一座阙亭，形如雁翅，俗称"五凤楼"。也有说得名于乾县的五峰山。五峰山也叫五凤山，据传很早的时候，乾县气候温润，植被丰茂，五峰山更是奇秀峻卓。玉皇大帝的七个女儿，一位嫁给了董永，另一位嫁给了牛郎。其他五位仙女分别是金凤、银凤、玉凤、彩凤和翠凤。她们迷恋人间，便相约下凡，竟被五峰山美景陶醉，乐不思归。玉皇大帝知道后，龙颜大怒，派二郎神捉拿她们。她们誓死不归，头触山岩，化作五只凤凰，永驻山头。这座山便称五凤山。

三、"乾州水席——九碗席"

乾州全席起源于何时，有待考证。简单地说源自宫廷宴，恐怕把宫廷宴平民化。现存的《大清会典》《国朝宫史》等国家典籍记载，宫廷宴仅筹备宴会，烹制佳肴所需要的原料，专门颁旨征调。食材源源不断地从水陆运送入宫。蒙古草原上的羊群，涉清水河驱赶进京城；新疆哈密瓜经过长达四个多月风沙中的颠簸呈进皇宫；关外的关东鸭、野鸡爪、狍鹿等越过天下第一关而到达京城；裹着明黄锦缎、系着大红绣带的福建、广东的金丝官燕，顺着大运河直上京都，到通州码头转抵京城；镇江鲥鱼、苏州糟鹅、金陵板鸭、金华火腿、常熟皮蛋、西湖龙井、信阳毛尖等各地名产，也沿着驿路贡抵京城。

清代王室爱吃富春江的鲫鱼，从杭州到北京的驿道，每30里挖一个水塘，每年产鲫鱼季节（春末夏初），塘边竖起旗杆，晚上点着灯笼，等候日夜兼程的贡鱼濡湿保鲜，动用快马3000多匹，民夫数千人专送。真是"金樽美酒千人血，桌上佳肴万姓膏"！

乾州全席这些简单的菜肴，恐怕很难入皇帝的尊口吧！

但乾州全席却有宫廷宴的元素。

在唐朝，宫廷菜品是唐朝以前最丰富的。因为唐朝的对外开放和第二次丝绸之路的开通，莴苣、菠菜等蔬菜引入中国，域外的菜系也相继流入。

唐朝的宫廷宴主要分为炙品、脍品、脯品、羹品等。在制作工艺上有蒸、煮、烙、烧、煎、炸。

而乾州全席菜品的核心是蒸碗，蒸碗源于何时，众说纷纭，和陕西有关的蒸碗是隋末唐初的药圣孙思邈发明的。

相传大药师孙思邈在秦岭南坡悬壶济世，采药十八年。有一年瘟疫暴发，为了治病救人，药师把山民打的猎物与当归、肉桂在石臼里捣成粉末，将野猪肉、野羊肉切为块状与黄花、水耳、干笋、香菇等一起盛进小黑碗置入笼屉蒸。蒸气郁香四溢，风送十里。

正在南山领兵防务的李世民恰好经过，他闻香下马，吃了药师的蒸碗赞不绝口，便把这一美味带入宫中。

到了唐德宗时期，发生了泾原兵变。叛军攻陷长安，唐德宗仓皇出逃至奉天（今乾县），并被叛军围困。被困期间，唐德宗的御膳也仅仅只有两斛糙米，没有任何下饭的菜蔬。奉天城解围后，附近村民杀猪宰羊送给皇上，以示庆贺。德宗命御厨在北门外护城河边架起一百口大铁锅，做了十天蒸碗，称百锅宴，分发给守城军民。宫廷蒸碗，此后便在乾州广为流传。

有了蒸碗，乾州全席便有了灵魂，蒸碗撑起了乾州全席的半壁江山。

在漫长的岁月延绵中，乾州人逐渐丰富了乾州全席的内容。乾州全席也拓印了乾州的地域印痕，贴上了乾州标签。

乾州全席的所有菜品，几乎都是本地菜。在水运不发达的时代，鱼虾这些水产几乎上不了乾州人的餐桌。大烩菜、酸汤里偶尔用到的鱿鱼、海参，也是耐贮的水产干品。

到了明代，辣椒传入中国，清道光年间才普遍栽种。乾州人用辣椒做成酱辣子，乾州全席便多了一道地方名吃。热乎乎的蒸馍夹上蒸碗条子肉和酱辣子，香辣爽口，酥而不腻，简直是绝配。

乾州人用自己的智慧，就地取材，在物资匮乏的年代，千余年来，在自己的餐桌上，栽植了一枝灿烂的奇葩。

乾州全席的菜肴数量多为奇数，五凤楼、九魁席、十三花等。有时也有六碟或八碟的宴席，但往往是三荤三素，三荤五素奇数的组合。在《易经》中，奇数称为天，偶数称为地。极具智慧的乾州人，奇数在全席中的运用，暗合了民以食为天的朴素生命观。

据《全唐志》载："膳分三类，上为文宴，中为诗宴，下为韵宴。"乾州全席用料考究，荤素搭配，取材方便，是文、诗、韵相得益彰的地方菜系，长期以来名播遐迩，广为流传。

乾州全席荤素搭配，营养均衡，酸甜咸辣，味道俱全。特别是黄花菜汤，佐以粉丝、鸡蛋饼、葱花。如琼浆玉液，那种楚楚的酸，撩拨着舌尖上的味蕾，直抵骨髓。在吃荤嚼腥之际喝一口酸汤，油腻顿消，腥味全无。古老的乾州人称得上烹饪专家，营养大师。

但是，乾州全席真正的传承大都是民间厨师，随着老一代的厨师逐渐减少，年轻的厨师又热衷于川菜、湘菜等的学习，加之蒸碗须提前煮肉、蒸肉，制作费时费工，正宗的乾州全席已不多见了。

在旅游业方兴未艾的今天，陕西大荔的"九品十三花"、澄城县的"三八席"、潼关的"八大碗"不断发扬光大，品尝者趋之若鹜，络绎不绝。

好在位于乾县县城仿唐街的乾州全席店，老板史军先生几十年来致力于乾州全席的传承创新，他遍访民间厨师，赴山东等地考察外地全席宴，在挖掘乾州全席精粹的同时，推陈出新，使乾州全席依然闪耀着昔日的辉煌！

乾州全席是乾州人舌尖上的记忆，是乾州人牵肠挂肚的乡情。

愿乾州人的记忆历久弥新，乾州人的乡情越来越浓。

2021 年 9 月 1 日

感恩春天

春天，是一只鸟叼来的。

突然有一天，窗外枝丫上传来的一声鸟鸣，声音里透着清丽、高亢。这声音交织着春天的复苏和温煦，像熨斗一样熨烫着寒冷堆积的褶皱。

鸟儿用羽毛孵化新生的季节，鸟儿的鸣叫开始返青了。

春天是新生，是复活。当你涉足郊野，冬天僵硬的泥土突然酥软了，足之所及的蓬松，会瞬间融化心中的冬天。

凝眸俯视，泥土被撬起一粒微尘，裂开一条罅隙。毛茸茸的嫩芽胆怯地、娇羞地探头探脑。草色轻烟，若有若无的绿色，像朦胧的春梦，像缥缈的烟岚，影影绰绰地撩拨你的眼眸。

田埂上的迎春花枝，在冬天像蜷缩一团，被废弃的钢丝。突然有一天，迎春花坚硬的虬枝擎出一两只黄铜色的小喇叭，吹奏着春曲。

北方人习惯在祖先的坟茔上栽植迎春花，一到春天，一座座坟墓便灿烂成一座座小金山。我猜想，贫穷的祖先曾经在漫长的冬天饱受寒冷，儿孙们是用迎春花让祖先的灵魂最先感知春天。

春天，像接生婆一样，把初绽的新芽、萌生的嫩绿、微露的初红，迎接在春天的产床上。粉嫩的、鹅黄的、嫣红的"胖娃娃"探首露脚，一下子齐嘟嘟地钻出地面，爬上枝丫。新的生命在春天破土而出，天地间充盈生命的活力！

春天是凡·高，在天地间画满向暖的丹青；春天是女娲，给人间创造出鲜活的生命！

秋天落叶后，叶柄下便孕育新的芽胚。它在枝干的母腹里怀胎一个冬天。树木虽然褪去了叶子，在寒冷中，它伸出斜枝，把自己怀里的孕芽伸向暖日；它奋力向下扎根，用根须抱出地火温暖枝头的生命。

春天来了，枝干像母腹一样鼓起无数的芽胚。这些芽胚多是褐色和赭红色的，像临盆时渗出殷殷的血。树木也在用新芽的诞生昭示世人，新的生命是母亲诞生的血肉！

绿色，是春天的主角，大地的每一条皱纹里，都贮满了绿色的记忆。春天来了，这些记忆复活了，返青了。一个个身穿浅绿、翠绿、粉绿裙衫的嫩芽，挽着手，并着肩，拥拥挤挤，推推搡搡，彩排一幕绿色主题的情景剧。

绿色，是生命的底色，充盈着生命的丰沛与顽强。它是姹紫嫣红的鲜花的底座，是累累硕果的襁褓。沿着绿叶的脉络，一定能寻找到它托举鲜花和硕果的磅礴力量和殷殷目光。

有些树，是未叶先花。如杏树，它初涉人世的姿态便是绽放芬芳。"绿杨烟外晓寒轻，红杏枝头春意闹。"一朵杏花，藏着一个春天。密密麻麻的杏花，铺排开广袤无垠的春色。

红颜弹指老。不几日，刹那芳华便香消玉殒，飘落一地残红。但它用生命绽放的那一抹粉红，给春天镀上了久违的亮色。生命虽短，极致的绽放却能灼热从寒冷中走出的灵魂。

杏花生命的意义在于孕育果实。繁花散尽，毛茸茸的青杏缀满枝头，小鼓槌一样敲出春天的跫音。

杏，是杏花的涅槃！

生命的每一次诞生和凋零，是用一种生命交换另一种生命，是用一种生命延续另一种生命。伟大的生命交换与迁延，才有了生命的永恒与繁荣。

时届清明，岁月的笔着色愈浓愈艳，笔势更疾更劲。挥毫之处，绘出丹霞、染成翠锦、舞起素缟、铺开金箔，一笔一笔描摹出满满的春色。

油菜花、桃花、梨花、田坎上五颜六色的野花，像纹在大地肌肤上的刺青，叫醒了大地骨骼里的色彩。黄的尊贵，红的妩媚，白的浪漫。秀出了生命的健硕与活力。

一草一木，一叶一花，发于春，荣于春。从春天里诞生的生命，一天天茁壮，一天天葳蕤，丰茂出生命的茁壮与挺拔。

这就像我们自己，站在春天的沃野里舒枝展叶，绽放妖娆。是因为我们的生命在春天的阳光里淬火出芬芳，生命的丽色被春天漂染出翠绿。

"谁言寸草心，报得三春晖。"我们应该感恩生命里所有的春天！

发表于2022年4月7日《西安日报》

热爱春天

春天,是触手可及的。

最先对春天的感知,不是视角,而是触角。在乍暖还寒的春的萌动里,在一抹抹暖阳里,春天热乎乎地钻出来了。

山朗润了,水清柔了。冬天板结的心情,在阳光里洇开。飞在冬天的鸟,站在煦暖的光斑里,晾晒被寒冷打湿的羽毛。

身上的棉衣,显得臃肿、累赘。这个冬天的皮囊,也和冬天一样,被收藏进季节的奁箱里。

路上、田埂上,秋天覆盖的枯草,依然匍匐在季节的边沿,它是冬天不忍褪去的衣袍。可是,枯草的罅隙里,一只只嫩茸茸的草尖,闪着绿色的光芒,倔强地挺起鲜活的头颅,像广袤天幕间耀眼的星斗,更像一把把绿色的火炬,点燃漫山遍野的春色。

时序更替,季节轮回,本不该厚此薄彼。可是,当你呼吸一口泛青的春风,你会像被恋人热吻一样,从灵魂到骨头,感到舒心的熨帖。

在春天,柳枝敲打时光的声音,是那么清晰。"拂堤杨柳醉春烟",从冬天十字架上挣脱的柳丝,是一条条纤细的精灵,婀婀娜娜，袅袅婷婷，曼妙多姿，像一个个娇媚的江南女子，用她柔柔的衣袖，挽着清风，系着春色。细柳垂下的绿色瀑布，在风中摇曳着天籁般的春曲。

春天是个急性子，你刚感到一丝暖意，她突然就热烈起来，奔放起来。她灿烂的节奏，让你猝不及防。

花是春天的主角，三月的花事是最烂漫的春色。山坡上、堤岸上、小路边，最先点亮春天的，是一簇簇野花。当寒意还在午夜徘徊，一些萌生的心事还在踟蹰不前，许多野花竟然拱出地面。野豆荚花、堇菜、角堇，红的、紫的、黄的，鲜艳夺目，瑰丽多姿。姹紫嫣红的花朵，犹如无数彩色的蝴蝶，张开翅膀，在空中翩然舞动。

野花，虽不像美若仙子的绰约佳丽，但她是不施粉黛的小家碧玉。正因这灿若星汉的野花，空气中都有了鲜艳的颜色。

春天已长出翅膀，那些像蝴蝶一样的杏花、桃花、梨花，已经飞满你的花园。一片片粉的霞、白的云、红的火，恣意流淌，恣意燃烧。那些娇艳的花朵，粉妆玉琢、齿白唇红，是一个个光彩照人的红粉佳人，用火热的语言，撩拨着你的春心。

春天是季节的扉页，当你捧读时光，最先映入眼眸的，便是这无与伦比的春色。春天是充满活力，极具张力的。也许，时光的卷轴会翻到另一页。但是，春天播种的希望，会结出硕果；春天的幼芽，会生长成巨木。

我热爱春天！

发表于 2023 年 3 月《阳光报》

感恩野菜

春天,是绿色的季节。扑面而来的绿,蓬蓬勃勃,绿得浩瀚,绿得溟蒙。

春天,是挖野菜的季节,一棵棵嫩茸茸的生命,破土而出,舒展着稚嫩的枝叶。翠绿的,苍绿的,黛绿的野菜,像透明的水晶,如晶莹的翡翠,恣意生长,摇曳成姿。

野菜,不择土壤,田埂上,麦田间,或独居一隅,或旁逸斜出,独占一方春色。野菜,不媚不妖,自然成趣,如不施粉黛的村姑,绰约着巧夺天工的万种风情。野菜,味道鲜美,焯水凉拌,蒸成麦饭,鲜嫩的春天的味道,萦绕颊齿,几日不绝。

每到春天,那些匍匐在我童年和少年时挖野菜记忆,就会突然站立起来。

那时的野菜,不是生活的点缀,而是每天的主粮;不是生活的插曲,而是生命的主旋律,喂养了我童年的野菜,依然在我体内蓬勃着生机……

那是20世纪60年代,每逢周末,我们都会去挖野菜。

村子西边是大片的麦田,走出村庄,眼睛里就注满了绿色。

那时的田野，没有现在这样丰腴。树很少，无垠如砥的田畴，瘦得只剩下单调的麦子。

我和小伙伴，提着草笼，侦察兵似的，低着头、弯着腰、踟蹰前行。麦苗箭镞似的叶子，翘指长天，似要刺破饥饿的流云！

我们在浓绿的麦苗间，寻找"苨苨菜""麦苹儿""羊蹄蒹"……

野菜纤细的叶子，像蝴蝶折叠的翅翼。有一种叫"勺勺菜"的野菜，叶柄像小勺子，它每天都舀着雨露和日月的精华，是野菜中的极品。单看它向四围伸出的叶，极像一只只婴儿粉嫩的手，争先恐后地挺举着，仿佛要抓一把风填饱自己！

还有一种野草，叶片肥厚，绿如宝石，盈盈娉婷，像风韵绰约的贵妃，我们都叫它"王胖子"。这种草，极易和野菜混淆。它不但味苦，而且有毒，是断不可食用的。在我孩童时，就有了一种预警：漂亮的容颜和华美的言辞，不可尽信。说不准它生命的叶脉里，蕴藏着极毒的汁液。

村子周围的野菜，已被洗劫一空。我们会去很远的地方，与邻村挖野菜的孩子不期而遇。

田与田之间，并无鲜明的楚河汉界。但双方常以"逾界""侵犯"为借口开仗。开仗的形式，是双方相距百米之外，以土块互掷。

我们村有一个孩子，个子稍高，每逢开仗，必自称"长官"。指挥我们或集中兵力，万弹齐发；或兵出两翼，合围包抄。这位长官后来从军，还真当上了小官，他是从麦田里走出的士兵，野菜漂染了他的军装。

开仗，只是一种形式，一种游戏，是童真的骨髓里生长出的天趣，借着野菜的贫乏疯狂了童年。

而草笼里的野菜，则是实实在在的生活。那时候每天都吃野菜，麦子大都缴了公粮，生产队一年分给每人几十斤粮食。人们胃里没有粮食，只能生吃野菜。

我一直喜欢吃面条，这既是陕西人嗜食面条的习惯，更是童年时心灵里滋生的，渴求面条的嫩芽，不断生长。

那时，偶尔吃一次面条，几乎全是野菜，很少的面条，像几条游鱼，在绿色的波浪中游弋。

我清晰地记得，春天，我家老屋院子的阳光亮得耀眼，晒在身上暖融融的。每逢吃面条，我都把碗举在阳光下，像受洗的基督教徒一样虔诚。我总是用筷子把面条从野菜中拣出，挑在顶端，像阅读圣经。我常是先吃野菜，给胃留着足够的希望和向往，然后，才慢慢品咂面条鲜美绝伦的味道。这时，祖母总会把她碗里的面条捞给我。少不更事的我，望着祖母颧骨凸起，泛着菜色的脸，没有读懂她不吃面条的深意。

挖野菜的路上，有一棵大椿树，树上常有成群的乌鸦聒噪。我们经过时，总会念一首童谣："黑老鸹，白脖项，顿顿吃饭骂婆娘。"乌鸦骂婆娘的含意我一直不懂，大概是那个时候，婆娘给它吃的，只有野菜吧。我对乌鸦没有好感，那个年代，人尚不能饱食，你就将就着吧！

我们挖野菜的时候，还会玩一种游戏。在麦田里挖一小坑，我们站在距坑十米以外，依次往坑里投小铲子。没有投中的，须输给赢家一把野菜。运气不佳的，往往会把一晌的成果输得殆尽，回去受到父母的责骂。后来，我一直不喜欢赌博，我害怕输掉滋养我生命的绿色！

有时候，我会跟着祖母她们去挖野菜，那大概是中国最后一群裹小脚的女人。她们个个都是做女红的好手，一只只小脚，在酥软的田野上，嵌进深深的坑，像一枚枚钉子，钉补着饥饿土地。

祖母每次都给我带着菜团子，那是用野菜和麸皮做的馒头。因为吃野菜不耐饥，小孩子又好动，我常常吃过饭不久，肚子就像鸡打鸣似的叫。菜团子虽算不上美食，却让我肚子里那只"鸡"，不乱喊乱叫。

下午挖野菜，往往是踏着暮色回家。

天渐渐黯淡了，暮色升腾，太阳的余晖，点亮了村庄枯瘦的屋脊。炊烟升起，慢慢洇成了苍茫的黑色。

晚饭是一碗野菜汤，我晚上的梦，却是热腾腾的面条和雪白的馒头！

记得一次吃罢早饭，父亲带着我去邻居大妈家串门。她家正在吃早饭，大妈很热情，把舀完饭的锅底铲出来，倒上拌野菜的汁子给我吃。这种锅底，我们叫它"浸浸"，是玉米面粉的沉淀物。大概是我家做的糁子一直比较稀，没有这种"浸浸"。

这是迄今我舌尖上记忆最深的美味，是我味蕾开出的最灿烂的花朵。后来，我在吃过不少的饕餮大餐中，一直没有寻找到

"浸浸"的味觉。

大概只有在野菜里浸泡的食物，才会在记忆里扎根。就像那个年代的野菜，虽然难以下咽，但它却在荒芜的胃里长出一抹绿色。我童年的野菜，是我生命的养料。

我感恩野菜，它喂养了我的童年。我感恩野菜，它在我的生命里，栽种了一片绿。这片绿，葱茏着我以后的人生。

发表于 2021 年第 3 期《陕西人防》杂志

又见人间烟火气

2022年1月20日，是二十四节气中最后一个节气——大寒。

大寒是冬天的尾巴，过了大寒，律回春渐，新元肇启，春天就近了。春色就会越来越浓，一幅饱蘸生命繁华的画卷就会在乾县大地徐徐展开。

这一天，县城解封，人们推开因疫情关闭的门扉，走进街市，走进广场，走进公园……挺拔的街树楼宇，亲切的流云柔风，温馨的乡情乡音，又升腾起乾县的人间烟火。

乾县，又回归生机，回归繁华；回归童稚的天真无邪，回归老人的睿智哲思；回归女性的丽影倩姿，回归男人的倜傥刚毅；回归爱眸流盼，回归温情相挽；回归商肆的人语喧哗，回归饭店的香气弥漫。

这是一场盛大的回归，一场波澜壮阔的回归。是从乾县人心田里绰约怒放的回归花朵，是从乾县人胸膛里喷薄而出的回归之歌。

回归是对抗疫胜利的礼赞，是乾县人间烟火气的盛装亮相。

人生最至繁至简的，最闲适惬意的，最律动生命真谛的，是一缕或浓或淡的烟火气。

乾县的烟火气，是平凡生活的柴米油盐，是店铺里热气腾腾的豆浆油条，是红泥火炉的把酒言欢，是商铺超市的人影绰绰，是街巷市井的嘈杂喧闹……

烟火气，人间最绵长的滋味。充满烟火气的生活，才是最诗意的生活……

"暖暖远人村，依依墟里烟。"才是实实在在的生活，谁不缱绻这从生命的根须里挺拔出来的人间烟火？

乾县城的大街小巷，行人抖落居家日久的疲惫，眉宇间透出喜悦，透出轩昂，透出自然的熠熠光晕。

他们或街巷踱步，或行色匆匆，或商店购物，或广场健身。牵着小孩的、扶着老人的、夹着公文包的、拎着货物袋的，熙熙攘攘的人群，都走出了乾县人的端庄大气，走出了乾县人的矫健英挺，走出了乾县人的步履铿锵。

行人，是城市的灵魂。五颜六色的身影，把乾县的大街小巷弹拨成悦耳动听的琴弦。

豆腐脑、浇汤面，熟悉的味道又盈香扑面，这些移栽在乾县人骨骼里的记忆，又茂盛葱茏起来了。

饭馆里，淳朴的乡音如一壶历久弥新的陈年老酒，经过居家日子的发酵，更加浓烈，更加醇香。几个久未谋面的好友，其乐融融的一家人，围桌而坐、推杯换盏、把酒言欢。浓浓的乡音、乡情、乡味，是家乡人心灵的约会，情感的碰撞……

县城广场，各有特色。有拓印历史底片的鼓楼，有浓缩乾县文化的浮雕，有奋蹄跋涉的耕牛，有一飞冲天的翼马。这些乾县的人文符号，每天都和乾县人朝夕相伴，融化成乾县人的精神图腾。

广场里，脚步声、吆喝声、乐曲声、鸟鸣声，合奏一曲跌宕起伏的交响乐；跑步、跳舞、打羽毛球、打太极拳，一个个矫健的身姿，跃动着城市擂鼓一样的脉搏。

公园里，冬天的树木露出瘦骨嶙峋的筋骨，却依然不屈不挠地随风摇曳，点缀着公园的冬日丽景。

雪花，也挣脱禁锢似的，纷纷扬扬，飘飘洒洒。用唐时明月的洁白，抚摸古城墙的每一寸肌肤。雪花，是岁月弹奏的花絮，在冬天的园林里，将涅槃成五彩的蝶翼。几杆绿的彩笔，为将要来临的春天描摹底色。

游人或健身，或散步。他们的目光掠过古城墙的斑驳，沿着历史的墙垣向上攀爬，抵达花开的方向。

经历了居家的日子，乾县人更懂得，享受生活，创造生活，用自己最适合的方法烹饪生活，才是最温馨的人间烟火。

应"乾县发布"之邀而作，发表于 2022 年 1 月 23 日。

春夏之交的雨

一连几日的阴云，终于洒下了一场雨。

这是春夏之交的雨，时疾时缓，时粗时细，消融了春节以来燥心的日子。

雨，时而密密蒙蒙，纤纤细细；时而淅淅沥沥，滴滴答答。这是春雨和夏雨的交融，是春天挥毫丹青未干的墨迹，是夏天眉凝旖旎的初妆。

春之将去，一场雨为它把盏相送。从杨柳泛绿，孕在芽苞里的波动，化作雨润春红的轻声细语。这场雨的舒缓细微，便是对青葱岁月的柔情万种，是春雨涅槃的交接和谢幕。

夏之将至，一场雨为它接风洗尘。不久，荷立亭亭的泥塘，就会有雨的涟漪。这场雨的如注如倾，便是对热烈狂放的魂牵梦绕，是夏雨庄严的回归和呐喊。

这场雨，春天已成为故事，夏天便成了风景！

雨，先是细柔，继而迅猛。细柔时，一丝一缕，如烟如雾。笼着树，绕着花，一幅烟雨江南的写意图。迅猛时，雨滴如豆，连绵不断。落在树上，花上，路上，溅起雨雾，射出水花，演唱一曲雨击水响的奏鸣曲。

五一节后，这稠密的雨，打湿了街头的风景，沿着五月的旋律，把无限春色倾进辽阔的田野，把村庄的檐铃，摇响成湿漉漉的乡音。

雨淹没了四月，让四月的春情，四月的繁华，蛰伏成记忆；让春天所有的芳华，在一场雨中老去。

追身而来的夏天，在一场雨的羊水里分娩。

午后，几声响雷从天宇滚过，这是夏天诞生的第一声啼哭，是用初夏稚嫩的嗓子吼出夏天激昂的宣言。

雨过天晴，胖嘟嘟的夏天便像《葫芦小金刚》里的火娃，口吐烈焰，威猛无比。

雨顺着阳光的轨迹，阳光的韵脚，描摹阳光明媚的风景。

这是春天的雨，更是夏天的雨。季节轮回的脚步，正如这春夏之交的雨，在细雨如针的脚窝里，砸进了一粒粒如豆的雨滴。

2020年5月9日

想起一场暴雨

郑州的一场暴雨，积水成灾，危及生命。由此，我想起了小时候经历的一场暴雨。

那一年夏天，麦子熟了。一枝枝麦穗举着黄灿灿的丰收，举着庄稼人沉甸甸的希望。

晚上，父亲盛一盆水，在院子里磨镰刀。盆子里凫着一颗月亮，父亲蘸着月光，一连几夜不厌其烦地磨。每年割麦子前，父亲都把磨镰作为一种仪式。他喜欢这种仪式，他从磨镰石上发出的"哧啦"声里，能听出麦苗出土，生长，吐穗的声音。他要把生锈的日子，磨成锃亮的麦粒。

那时我上小学，一天午后，我正要去学校。晴朗的天空忽然阴云骤起，闪电如一条鞭子，抽响啪啪的雷声。须臾，狂风暴雨挟着冰雹倾泻而下，噼里啪啦的声音砸在屋顶，砸在院子浓密的泡桐叶子上。

院子顷刻间积满了冰雹和雨水，残叶断枝狼藉一地。

风裹着雨，雨挟着冰雹，下了很长时间。

父亲站在屋檐下，焦灼地望着天空，望着滚落的冰雹和如帘的水瀑。檐水箭镞一样射在台阶下面，水花溅湿了父亲的裤子。父亲却木然得像一尊石雕，依旧痴痴地望着院墙上面狭长的天空，望着倾倒而下的冰雹。父亲想把这些冰雹串成念珠，向上天祈祷！

冰雹停了，雨还在下着。父亲上了发条似的冲出门，向村外跑去。

怔了一会，我拿起家里仅有的一把油纸伞，去追父亲。

泥泞的街道上，雨水汇成了一条小溪。我跟跄地来到村口，村口两丈深的城壕灌满了水。水浑浊成泥浆，上面浮着树枝、树叶，还有粗壮的木头。一只死了的大肥猪肚子圆得像抱着大皮球，浮在水面上。

城壕岸边，是无际的麦田。经历了一场雨雹之劫的麦子，像被碾子碾过一样，平展展地躺着。麦田，犹如厮杀过后的战场，十万黄甲之士陈尸于野。麦秸秆或横或竖，向下沥的雨滴如断戟残戈在滴血。

偶尔有一枝斜倚的麦子，麦穗低垂，向那些殉难的麦子鞠躬超度。

麦田边人越来越多，七八十岁的老人被搀扶着，执拗地来到田边。人们脸色凝重，哀怨之声夹杂着啜泣之声，弥漫在村口，他们肃立着，向殉难的麦子凭吊。

麦子是一年一度庄稼人的图腾，就这样毫无预兆，猝不及防地毁于天灾，毁于一场突如其来的冰雹。肃立的乡民不仅是向麦子凭吊，他们每个人都计算着往后的日子，他们也是向自己将要挨饿的胃凭吊，向屋顶缺少麦香味的炊烟凭吊。

时至今日，我再也没有见过那么虔诚的凭吊，从自己的肠胃里掏出来的真真切切的凭吊。

其实，冰雹和水灾、地震造成的灾难是一样的。水灾、地震，可能会瞬间夺去生命，毁灭房屋。冰雹造成的粮食歉收或绝收，是用刀子慢慢刈割生命的葳蕤，让生命逐渐枯萎。

我们路过的尘世，灾难是虚掩着的陷阱，谁也无法预料哪一步是生命的坠落。

第二天上学途中，经过邻村的麦田。那些麦子却整整齐齐地挺立着，麦穗上的麦芒钢针似的发亮。真是应了那句俗语："白雨不过犁沟。"咫尺之隔，连畔种地的另一块麦田，却幸免于难。

灾难究竟是择地而生，还是无的放矢？恐怕谁也说不准。可是，灾难是无处不在的，暴雨、干旱、地震、车祸就像悬在头顶达摩克利斯之剑，谁也不知道系这根剑的马鬃什么时候断裂。

过后的几天，学校组织学生去受灾的几个村扫麦粒。农民把倒伏的麦子割掉，地上便露出被水浸过的白胖胖的麦粒。我们手执笤帚，小心翼翼地扫那些散落一地的麦粒。很多麦粒已嵌入泥土，无法悉数归仓了。

一次，我回头之际，发现我们身后有两个年过七旬的老妪在捡麦粒。因为年迈力衰，她们只能瘫坐在麦茬地里，一点点地向前挪动。两人的裤子已被泥土涂成白色，锋利的麦茬刺了不少小洞。两人神情专注，甚至仔细地在泥土的缝隙，麦秸的断茎和枯叶里寻找麦粒。她们几乎不放过一颗麦粒，两根手指像镊子一样颤巍巍地把嵌进泥土的麦粒夹出来。

我看见她们每举起一颗麦粒，就像捧着一本《圣经》，阅读麦粒的目光虔诚至极。相较于我们这些少不更事的孩童，也许，她们最懂得麦子对于生命的意义，最懂得灾难对于生命的残酷。

当年的油纸伞，已经折叠了潮湿的岁月，那一场雨，已经无数次被阳光勾兑成岁月静好。可是，那麦田边村民的哀怨，那捡麦粒的手指，常常在故乡的青纱帐里返青，长出荆棘似的麦芒，戳疼我的记忆。

在灾难面前，人的生命是无奈甚至脆弱的。祈祷上帝，让灾难远离生命！

2020 年 8 月 2 日

八月短章

一

八月已经过半，时已立秋，季节像老驴拉磨一样依然在夏天徘徊。

阳光锋利的箭矢，是执拗地守护七月，还是成捆地为九月的叶子熨烫金边？

二

八月的绿色，可能是季节最后的蓬勃。依然绿得葱茏，绿得浩瀚，绿得波澜壮阔。小草、庄稼、树木，积蓄最后的力量，摇曳生命的底色。

只有这种经历了风雨洗礼、岁月磨砺的绿，才是季节的剑客，才有资格对峙八月阳光的锋芒。

春天诞生了绿。那种嫩黄的绿只是绿的襁褓，绿的婴儿。八月的绿纹理和叶脉通体染绿，才是绿色的王者。它用生命的狂放，生命的热烈，生命的担当昭示着绿色的哲理。

路边的车前草。青蒿、艾草，田埂上的野枸杞、马尾草，只有渺小的绿、细碎的绿。但它补缀着绿色，接续着绿色，是季节的绵延和铺排。正是它们无处不在地捧出一粒绿，一抹绿，亮出生命的蓬勃，才让人在燥热的枯萎中灵魂返青。

三

今年的八月，是熟透了的七月，是燃烧正旺的七月。

立秋不是翕动凉风的折扇，倒像一把火钳子，添加了几块薪炭，捅旺了夏天的火苗。

即使是最热的中午，田野里仍有劳作的农民。他们有的戴一顶泛黑的草帽，有的干脆光着膀子。

阳光在他们脸上、脖颈上、肩膀上、隆起的胸肌上，涂上了一层黑里透红的色彩。他们是庄稼地里一尊尊铜像，难怪他们无视阳光锋利的鞭子一波一波地抽打。

铜像被炙烤没有汗水，他们身上却汗流如柱，像滂沱大雨中矗立的山峰。

汗水顺着他们的脸、脖子，汇集在胸腔的低凹处，汪成了一条河。他们用这条河流摆渡城市，摆渡空调房里的人。

四

热量都有一个出口，就像蒸笼里的热气到了饱和就会寻找罅隙，带着哨音夺路而出。树上的鸣蝉和水里的响蛙是夏天的出口，是夏天热气呼啸的哨音。

八月，蝉的声音饱满而热烈，像舞台上年富力强的歌唱家。

不！蝉绝对是一流的演说家，它从不在低暗处发牢骚，也不拉群结伙地说三道四。"知了！知了！"这至死不易的主题，是蝉们在地下沉思了十几年，对生命参悟的禅音。

夜晚，一池柔柔的碧水里，青蛙跃上荷叶，对着闪烁的星斗引颈高歌。清风徐来，流萤点点，荷塘里流淌的清幽和一片蛙声，顺着银线一样的月光向上攀爬。

农家小院里，有蘸着月光磨镰刀的声音，这声音不但要收割丰收，还要收割炎热。

五

一个季节的诞生总会有反复，就像春天有倒春寒，秋天有秋老虎。八月是夏天和秋天博弈的棋盘，厮杀的战场。夏秋更迭，季节交替，风乍起，雨又至，日又烈，几番风雨洗涤浮世烟嚣，几轮骄阳朗照滚滚红尘……

季节把一路走来的七月打捞出来，放在八月的蝉鸣里烘焙。因为秋天拒绝生涩，拒绝稚嫩。秋天的讲堂太博大、太精深，只适宜行走的灵魂宣讲成熟。

骄阳无惧，百炼成钢。

八月需要一场躁动，需要浅薄的思想和檐下的镰刀一起擦拭迟钝的锈迹。

然而玉米是一群智者，它们集体走向成熟。玉米总把花穗举过头顶，抵近太阳，像举起一面面迎接阳光的旗帜。八月的玉米花穗已经风干，已经被阳光漂染成金灿灿的太阳。无垠的玉米地里，亿万颗玉米花穗的太阳随风摆动，光芒照在农人黄铜般的脸上。

挂满硕果的树枝，田野里的谷子，越来越沉，越来越挨近秋的额头。

时已八月，弹指一挥间，岁月又给生命涂上了一道年轮。经过了八月阳光的捶打，人也会像庄稼一样逐渐成熟，逐渐丰硕。

让我们张开双臂去迎接秋天，秋之静美像金色的蝴蝶，一定能舞出我们内心的丰盈，灵魂的高贵！

发表于2022年9月1日《西安日报》

乾州柿红，一地丹秋

春天的一抹嫩绿，氤氲枝头，怀揣着一个火红的季节，把夏天火热的情愫，凝结成满树的硕果。

四季轮回，春华秋实。乾州的山山峁峁、沟沟坎坎，一颗颗红柿，在岁月的寂静中，笑脸回眸、灿若丹阳。一片片火红的柿叶，把生命的底色，高扬起鲜艳的旗帜。

秋天，柿子和叶子一片通红。这是在岁月里打磨的软软的光，照进乾州静谧的村庄，村庄里老槐树上的鸟鸣，都闪烁着红色的浅唱。

七月流火，七月的骄阳就是一颗硕大的柿子。蒹葭苍苍，白露为霜。十月的柿子，就是一树的太阳，五峰山下，芊草正软，漠谷河里，秋水鸣弦。漫山遍野的太阳，燃烧着乾州人的豪情。

一枚柿子，在秋天的碧空下，在粗壮的枝干上，独自悬挂，它是从底部的根须里睁开的一只回望春天的眼睛。

秋风渐冷，秋风如刺，扎进岁月的褶皱。一颗颗柿子，流露出落日的表情，虽然已心许月亮，仍把最后的一抹嫣红，摇曳成生命最灿烂的姿态。

在树上，淋雨听风；摘下来，称斤论两。庄稼人炙热的情怀，却有称不完的重量。

自从离开枝头，就在农家院落摊开，像铺开一地的笑脸，把一只蝶的念想，嵌进一盘光碟，听远方咀嚼快乐的声音。

把一颗颗柿子，装进箱子，就像装进一只只红色的蝴蝶，它没有被岁月打湿的花翅，一定会在远方飞翔。

老妪在柿子旁守望，在一只只红色的蝴蝶旁守望。心中飞出的蝴蝶，正飞向春天的花蕊。

稀薄的暮色里，柿子树苍劲的枝干，把挂在晚霞中的鸟鸣，孵化成一轮落日。今夜，乾州的大美山水，能听见多少颗火红柿子的心跳。

乾州的柿子红了，邀你赏秋！

此文系应邀为一组照片配的文字，发表于"乾县发布"。

渭北的柿子红了

十月的旷野,枝疏、叶朗,满眼飞黄。

秋天熟了。从播到收,酿了一季的收成,黄里透红,醉得村庄的炊烟东倒西扭。

谷子、糜子、荞麦,低头清点行囊里的碎金子。麦苗已经破土,举着闪亮的绿针,在铺满落叶的暖床上,为春天缝制新衣。

渭北台塬,梯田如阶。正把季节书写的章节,一级一级地举起、传递,交给太阳批阅。

太阳眨着灼热的眼睛,挥舞柿子树的丹笔。在房前屋后,点一点红韵;在田头地畔,抹几笔红线。一抹抹、一道道、一点点红,或直或曲,或浓或淡,在梯田呈出的章节上,批注多汁的韵脚。

走近柿子树,像走近了一团团火焰。秋天就是一根火柴,在村口点了一堆火。火,便从农舍的窗棂,屋顶上的烟囱递出去,沿着村庄的路边,向田野奔跑、跳跃,一直燃烧到西山的云霞。

柿子,如一只只火球在晃动,摇曳着耀眼的红。柿子的红,是从外而内透彻的红,是勾兑秋天失色的天空的红,是为火红的日子淬火的红。

柿子初红时，坚硬而苦涩，难以嚼食。树梢偶有熟透的，颜色鲜艳，常招来鸟儿啄食。鸟儿叼一口鲜红，衔向远方。鸣叫声里，弥漫着红彤彤的甘甜。农人也常常会折几枝带果的树枝，挂在自家院子的墙壁上。一个冬天，做的梦都是火红的温暖。

田野里，清风带着果香，吮一口，能咬出汁来。田埂上，荻草皑皑，随风起伏，在波涛中打捞柿子树的倒影。一簇簇荻草，是季节的留白，衬托得柿子更加鲜艳，更加娇红。

柿子树春天发芽，长出宽大、厚实的叶片，像手掌，只为捧出一树果红。浅夏绽花，花分四瓣，呈淡黄色，状如酒坛，只为酿出一季甘甜。为了心中的红，柿子树身披铠甲，抵御寒冷；枝骨打结，敲击风暴。极像作务柿子树的农人，皮肤皲裂，关节凸起，却怀一腔赤心，捧出一季一季的丰腴与甜蜜。

摘柿子，是流淌的艺术。男子站于树杈，摘星星一样摘下一颗颗柿子。女人手持中间绑着布的两根短棍，左右腾挪，前后移动，像捕捉红蝴蝶一样，用布接住男子抛下的柿子。一抛一接，如行云流水，配合默契。有时间，男子哼几句小调，女人回几声戏谑，柿子染红的笑声溢出树梢。

摘下的柿子，堆放地头，摊开一地火红的时光。分拣，装箱，快递出去。红彤彤的柿子，给城里人的生活盖上了一枚枚渭北秋天的印章。

农村人摘柿子，从不把柿子摘干净，在树的最高处，总会留下几颗，待鸟儿啄食。这是农人对风调雨顺的感恩，对大自然的回馈。

几颗鲜红的柿子，一直会挂到冬天。冬天，季节开始沉淀，在寥廓，深邃的天幕间，几颗柿子，如红色的铃铛，摇曳着岁月的火红和甘甜。

2024 年 8 月 19 日

落叶的启示

秋天，是从一片落叶开始的。

春天，枝干凝绿，新叶吐翠。满野的树木，如绿色攀爬的梯子。一个个绿莹莹，嫩茸茸的芳芽，如精灵般爬上去，在天际间展叶绽绿，把一个新生的季节，徐徐打开。

到了秋天，北方的大地开始染黄铺金，用华丽的色彩为季节兑换丰稔。玉米，迎风挺立，如举起一杆金笔，书写一季的丰硕；谷子、糜子、大豆，低头浅笑，用金色的铃铛摇曳岁月的回响；田埂上的茅草、苇荻随风起伏，似一条条抖动的金色锦缎。树木的叶子，也开始由黛转黄，好像树枝的巢窠孵化的小鸟，羽毛逐渐丰满，然后凌空一跃，翩然飞翔。

时光入秋，各种形状，各种颜色的叶子，按不同树种次第飘落。落叶，有黄色的，有红色的，有褐色的，有风干成浅绿色的。一片片，如秋天放飞出斑斓的蝴蝶，在天空，在山峦，在旷野，在街衢，翩跹起舞。落叶忽而盘旋，忽而低飞，忽而轻轻坠地。轻盈的身姿在空中掠过，划出了一道道季节多彩的印痕。

走近深秋的树木，站立旷野，邂逅满眼的飞红流金，在色彩纷呈的流韵里，感受岁月深处的时光静美。人会忽然被落叶感动，产生无限的遐思与联想。

法国作家加缪说过："秋是第二个春，此时，每一片叶子都是一朵鲜花。"落叶或黄或红，或青或黛，飘然落下，犹如多彩多姿的花瓣，炫出一抹凄美而又浪漫的风景。五彩斑斓的落叶，挂在枝头，如一树灿烂的繁花；舞在空中，像天女撒下的万朵花瓣；落在地上，似满野盛开的绚丽花朵。

落叶如花，虽然转瞬即逝，但它的浪漫，它的律动，会成为一个季节永恒的记忆，会在人们的心池里溅起层层叠叠的涟漪。

落叶生长一季，曾经傲立枝头，目穷碧霄。鲜嫩时，新芽如一支支彩笔，为春姑娘点唇画眉，为天空晕染春色；蓬勃时，绿叶似一把把巨伞，为大地撑一片绿荫，为鸟蝉搭一座舞台。绿意磅礴的叶子，宛如生命的旗帜，在阳光下熠熠闪光，在风中猎猎作响。但春天的雨淋，夏天阳光的炙烤，秋天大风的撕扯，让树叶一天天衰老，一天天枯竭。"秋风扫八荒，陌上撒金黄。"曾经光鲜的叶子，曾经汹涌的叶子，只能随风飘零，漫撒空中，最后让大地托住。

落叶飘落的时候，拼出生命全部的力量，亮出粲然的翅翼，划出优美的痕迹。它用色彩渲染天空，用飞舞灵动天空。落叶，是盛装谢幕，是华丽转身。它用深深浅浅的颜色、曼妙优雅的姿态，缤纷了岁月、唯美了秋天。它用生命的最后一跃，像流星一样，划出亮光，给世界留下自己最后的价值与美丽。落叶是生命的强者，它用最后的飘落，为生命画上了绚烂的句号，给世人增添一抹生动的色彩。

落叶，是时序更替，是新老交接。落叶，让人悲秋，让人伤感。它告诉世人，时光荏苒，岁月匆匆，生命中很多美好的瞬间来不及盈握便悄然消失。一片落叶，就是一次生命的轮回，从绿到黄，到飘落，完成了生命的整个旅程。落叶，如一曲离别的挽歌，吟唱着生命的短暂与美好；落叶，如一张寄出的信笺，传递生命的珍贵与价值。它在告诉世人，当生命旺盛时，就要尽情地绽放自己，用宽大的叶片拥抱蓝天，笑挽云霓。生命一岁一荣，一岁一枯，不负时光，不负韶华，才是生命的真谛。

秋天的落叶，也在告诉我们生命的无常。叶子从萌芽到生长，直到落下，既经历了丽日和风，也经受疾雨冷霜。犹如我们的人生，从新生婴儿到鹤发老人，有顺遂与辉煌，也会遭遇失败和挫折。只要我们内心坚定，抱紧枝头，即使一朝衰老落地，也会像落叶一样，成为簪在大地上一枚金黄的勋章。

叶子，从芽苞里生长出来，就从树枝里伸展出脉络，高挂起生命的征帆。它纵横叶面的脉络，撑开手掌一样的叶片。晴天，摊开一束阳光，把明媚贮进心房；雨天，捧起几粒雨滴，用湿润滋养根须。叶子生长的时候，叶面朝上，承接雨露，沐浴阳光。叶背朝下，把叶脉伸进叶柄，伸进枝干，伸进大地，为自己的生长汲取养料。

树木为了滋养枝叶，把根须努力向下伸展。它的根须虽然柔软，却锲而不舍地伸进土地，伸进瓦砾，伸进沙石，从地下掘出水分，刨出养料，输送给每一片叶子。叶子在生长季，是大地喂养了它。大地从心脏里掏出血液，从骨髓里掏出养料，让叶子在枝头抬头挺胸，茁壮成长。

叶片飘落时，它会在空中翻转身躯，把叶面俯向大地，拥抱大地。你看田野里、公园里，哪一片叶子不是叶背朝天，亮出从大地里挺起的骨骼？

落叶在生命的最后一刻，心存感恩，用自己贴近太阳的一面，转身扑向大地，坚贴大地，亲吻大地，温暖大地，报答大地的养育之恩。落叶虽然已经凋落，但它们将把自己还给大地，融入泥土，用自己的牺牲和奉献滋养大地。

站在树下，看枝头红衰绿减，落叶满天，无须发出"自古逢秋悲寂寥"的喟叹。每一片落叶，都是生命的礼赞，都是生命的箴言。

它即使匍匐在地，也是隔着一个季节的彼岸，向春天发出邀约。即使冬天来了，它俯身在地，也要向寒冷射出一支支暖芒。

发表于 2024 年 10 月 23 日《西安日报》

麦收时节

初夏的风，顺着季节的脉络，吹黄了麦子。

收割机，收割了田野金色的风景，也收割了村庄瞬间的繁华。

从种庄稼不再是农民的唯一选择开始，农村就变得越来越萧条了。几百人的村庄，街道上、田地里，能看到的就是稀稀拉拉的十几个人，且大都是六十岁以上的中老年人。

但收麦子的那几天，村子确实热闹了许多。

有些在城里打工的年轻人，父母在家里种了几亩麦子。每到麦收时节，他们就会像候鸟一样，飞回村庄，飞向麦子。只一两天工夫，收割机收完麦子，他们都不用换洗炫目的白衬衣，便抖动雪白的羽毛，飞向城市。

有些在县城和集镇做小生意的，生意还无法支撑他们完全融入城镇，农村的土地对他们来说就像鸡肋一样弃之可惜。他们一边在城镇奋力打拼，一边在农村种几亩庄稼积累逃离农村的资本。种庄稼不是他们的主业，他们往往每年只种一茬麦子。秋种夏收，麦子在田野里舒枝展叶，拔节孕穗。他们在小店铺或地摊称斤论两，量尺度寸。

收割完麦子，他们用商人的精明计算盈亏。一亩麦子，种子、化肥、灌溉、打药、收割，每亩地投资不少于700元。今年麦子丰收了，每亩地产1000斤小麦。粮商在地头收购，按每斤1.35元计算，每亩地盈利650元。五亩地一料下来，能收入四千多块钱。这些钱对于他们算是微薄的收入，但在没有完全融入城镇之际，家里种几亩小麦，他们心里踏实。职场和商场都有风险，他们知道，万一一脚踩空，承接他们的，还有厚实的土地。

还有些五六十岁以上的人，有的在县城或更远的城市工作，有的早年投身商海，已经成为城市新贵。他们小时候就种过麦子，父亲的摇耧声，已经植入他们生命的土地。一粒麦子落地的声音，会在他们的灵魂訇然作响。

他们的兄弟，或者族人、亲戚都耕种着麦子。麦子的味道是家乡的味道，是父母的味道。每一粒麦子里都栖居着故乡，栖居着童年。这些人生命的版图可以纵横捭阖，灵魂的版图只有一粒麦子。

麦收季节，他们很多人会踏上故土，捧起一枝麦穗吮吸久违的故乡。

他们自己并没有庄稼地，回家，是他们麦收时节的一种仪式。过去回老家，他们帮兄弟、族人、亲戚收麦子、碾场……现在这些被收割机取代了，他们只是走走，看看，用家乡的麦黄搓擦灵魂中城市的锈斑。

麦子收割完了，金色的麦浪变成了退潮后的沙滩。麦秸的断茎，匍匐的秸秆，像沙滩上的沙砾和残留的漂浮物。

村庄又归于平静。

村口大树下，是村庄最有生机的地方，几个老汉老婆在玩掀花花。苍老的声音时而嬉笑，时而争执……

故乡的麦子收割完了，故乡也瘦得像褪去麦粒的麦糠。支撑故乡的，就是村口树下的几位老人。

就是他们，用一粒粒饱满的麦子供养城市，也把自己饱满的儿女送进城市。进城的农民子女，吃着自己种的麦子，在脚手架上、物流搬运、垃圾清运中干着城市最重、最脏、收入最低微的工作。

麦子一茬茬的收割，便有了村庄烟火的延续。麦子，也是城市最饱满，最明亮的灯火。

2022 年 7 月 25 日

父亲

一

朋友圈铺天盖地的诗文，大喇叭似的提醒我父亲节到了。尽管这是美国人的节日，是由美国华盛顿州斯波坎的布鲁斯·多德夫人倡导的，目的是纪念自己劳累而死的父亲威廉·斯马特。不管这个父亲节是"洋节"还是"土节"，父亲这两个字眼，却像一把剪刀的两个刀刃，剪开我的胸腔，刺痛着我的心脏。

父亲，已经成了锥心的记忆！

父亲，已经成了屹立的墓碑！

父亲，已经成了梦呓的呼喊！

父亲，已经成了灵魂的神祇！

二

父亲的童年，生活在大户人家，我一直不明白，他为什么没有读书。他聪睿的葳蕤，被那个时代刈割了。但他灵魂透射的光芒，足以让最炫目的色彩黯然。

父亲的童年和少年没有照片，我常常从邻人的谈资中，揣摩父亲的伟俊，父亲的倜傥。

三

由于家族的变故，父亲家道中落，他过早地罹受了苦难。祖父去世的时候，已经家徒四壁。埋葬祖父廉价的棺椁，无法装殓祖父伟岸颀长的遗躯，只好把棺材的后档拆开，钉上装粮食的斗，安葬了祖父。

那一年，父亲二十三岁，大叔父十三岁，二叔父只有三岁。

父亲驮起了生活，驮起了苦难，驮起了他赡养母亲，抚育弟弟的责任。

在那个十旱九灾的年代，父亲用他的血，浇灌着贫瘠的日子！

在那个兵荒马乱的年代，父亲拆开他的肋骨，做了一扇守护我们家的门栅。

四

父亲，几乎承受了人世间所有的苦难。

我三岁时，我母亲罹难去世。她为了贴补家用，在漆黑的夜晚逮蝎子，掉进一座枯井里。我诅咒天下所有的枯井，诅咒天下所有的蝎子！

无知的我，对母爱的理解很懵懂。可是父亲却饱尝了孤独，苦难的鞭笞。

白天，父亲把自己交给了太阳，交给了劳作。

夜晚，黑色的魔障却无情地吞噬着父亲灵魂里生长的寂寞，蹂躏着父亲情感萌发的芽孢。

小时候，我看见过父亲半夜蹲在土炕上，吧嗒着旱烟锅。他是在燃烧自己灵魂的孤寂啊！

我也看见过父亲常常木然地凝望，他是把自己雕琢成一尊冰冷的雕像。

五

生长庄稼的土地，也生长谎言。父亲如牛负重，换来的只是一家人朝不保夕的碗里的糟糠。

为了一家人的生计，父亲拉长工，打短工。

但是，穷日子是一个无底的深洞，靠父亲拼死的苦作，靠父亲的血肉是无法填满的！

父亲把自己卖了两次壮丁，他不惜生命，给我们家换了两斗粮食。

父亲注定是当不了将军的，在国民党部队里，他牵挂他的母亲，牵挂他的弟弟，牵挂他的儿子。

父亲逃跑回家时，被开枪射击，身上中了三弹。

在甘肃华池县的一块土地上，有父亲殷红的血。我想，那地方现在一定盛开着一朵鲜艳绝伦的花。那是父亲顽强生命的绽放，是父亲生命的旗帜在飘扬！

六

父亲活下来是一个奇迹！

抑或是父亲的使命没有完成，黄土地也不忍少了父亲这道风景。

如果庄稼地是考场，父亲一定是状元，如果拿汗水评功论赏，父亲一定佩戴最夺目的勋章。

父亲撒麦种的身姿，永远定格在我的记忆里。他光着膀子，挽着裤腿干活的时候，身上的两个弹痕，是盛开得最灿烂的生命之花！

父亲晚年患有腿疾，但他仍然用拐杖支撑完自己一条笔直的人生轨迹。

父亲走了，却给我遗传了他的基因。

父亲给我遗传了一副犟脾气，我像他一样，不顺心的事，不靠谱的人，顿时瞋目相向，詈辞斥之，背后不会耍心眼，使绊子。

父亲给我遗传了一个直性子，我像他一样，不会逢迎，不会谄媚，活得坦然，活得率真。

父亲给我遗传了一副好心肠，我像他一样，刚毅的外壳藏着柔软的心，不敢见血腥，连一只鸡都不敢杀。

父亲虽然走了，我是他的涅槃，我行走的姿态，是父亲留给这个世界的一面旗帜！

2018 年 6 月 18 日

父亲的旱烟锅

父亲去世很多年了,他住过的老屋,墙壁上挂着一杆旱烟锅。烟锅头是黄铜的,布满了烟渍锈蚀的斑痕,像父亲熬过的斑驳岁月。烟锅杆是野枸杞枝条做的,如父亲常年劳作的手指,关节凸起。烟锅嘴已经破损,石头的断裂处有一小孔,烟油结了一圈黑色的痂,似父亲被生活熬干了血液的血管。

在我的记忆里,父亲不干活的时候,常叼着旱烟锅。即使不点火,也叼在嘴里。那是父亲的生活寡淡无味,他用一杆旱烟锅调剂生活的味道。

父亲是从旧社会过来的,做过长工,卖过壮丁。旱烟锅,就像他忽明忽暗的人生。灭了,是生活被苦难湮灭;亮了,是生命又一次涅槃,灵魂的圣火又去燃烧苦难!

父亲是非常勤劳的人,不干活就会憋出病来。每天天没亮的时候,父亲就蹲在土炕上抽旱烟。黎明,是父亲的旱烟锅点亮的。大地睡着,太阳睡着,父亲的一盏烟火,把自己的骨头烧红了,把自己的血液烧沸了,然后,奔向田野……

晚上,父亲睡得很晚,又蹲在土炕上抽旱烟。夜很深了,他吧嗒吧嗒抽旱烟的声音，烟锅在炕沿上磕烟灰的声音，常会给冷寂的夜晚增添一缕暖意。暗夜里，他要用一锅烟火，为生命燃烧火焰，为生活请出佛光。

烟锅里如柴的烟沫像父亲脸上杂乱的纹理。烟锅里的烟沫，被手指挤压，蜷缩成一团。父亲，却被生活挤压，被命运挤压。父亲一生卖过三次壮丁，一次随部队经甘肃省华池县时，他夺路而逃，被追赶的国民党官兵开枪射击，身上中了三弹。父亲拉长工的时候，一个人耕种了地主十多亩田地，累得腿经常发疼，晚年只能坐在轮椅上移动。

父亲的旱烟锅，煮的是生活。冬天，他曾把旱烟锅别在腰带上，徒步七十多公里，赤脚涉过泛着冰碴的泾河，去泾阳买棉花，为一家人做棉衣。夏天，他把旱烟锅搭在肩膀上，推起载着麦子的独轮车，去兴平偿还青黄不接时借的玉米。

父亲也用旱烟锅，煮他的灵魂。他的灵魂，总想用身体覆盖土地的贫瘠和生活的荒芜。他的脉络，每天都像麦苗一样拔节，可他的一生，贫穷得像一根秕谷。

父亲的烟锅，也煮过喜悦。那是每年麦子上场的时候，父亲碾完麦秸，光着膀子用木锨扬麦子。微风吹拂，麦粒和糟糠在风中分离开来，黄灿灿的麦粒落地成堆。父亲扬完麦子，坐在麦粒堆旁，拿出旱烟锅，装上旱烟，慢悠悠地用火柴点着。他吧嗒一口旱烟，就把烟雾吐向麦粒堆。父亲望着麦粒堆上缭绕的烟雾，脸上沟壑般的褶皱竟然舒展开来。可能是父亲大半辈子饱受饥饿，想借旱烟锅燃烧的浓烟升腾麦粒堆的高度。

父亲的烟锅，煮的旱烟。其实，他很想用烟锅煮一场雨，或漫天的大雪。那时候，庄稼因天旱少雨而歉收，父亲竟埋怨自己旱烟锅把天上的云烧干了，烧得没有一滴雨了。庄稼需要浇灌，日子需要浇灌，父亲也需要浇灌啊！父亲身上唯一湿润的地方，就是汗水，就是生活的苦楚。旱烟锅，就是排解苦水的出口。

  父亲走了，留下了一杆旱烟锅。

  现在很少有人抽旱烟了，那个年代的味道，太呛！

2024 年 10 月 23 日发表于《文化艺术报》

祭奠黄土

一

临近清明，天气突然变得阴郁了。忽而黛云布天，像一幅黑幔，张挂着愁绪；忽而冷风掠地，撩过树梢弹一曲伤心；忽而细雨扑面，凝在腮边如蚕心的冷泪。

清明节，真是一个让人黯然神伤，追思祭奠的日子。

我想把文字燃成烛火，寄托我的追思。我相信，每一个虔诚的文字都能燃烧，都是直抵灵魂的火焰。

我祭奠祖先！

我的祖先早已仙逝，可是，当我走进黄土地，就走进他们的灵魂。阳光的钉子装帧的黄土地封面上，伟岸的树，绚丽的花，就是他们的肖像。封面背后，是他们砸进黄土地的脚印，是他们辛劳的重重叠叠的足迹。

他们的坟茔，荒草深锁，像岁月斫下的一道疤痕。

他们生前几乎没有奢望，只想填饱肚子和养儿育女。他们活着的每一刻，都把自己绑在命运的十字架上，让阳光之火炙烤他们的血肉，让厉风之剑剐削他们的躯体，用沥下的殷殷之血喂养大地。

可是，庄稼的每一片叶子，都飘扬着他们的旗帜！

远古神话有抟土造人之说，我们的祖先女娲。他们不但用黄土延续香火，也用黄土滋养我们的灵魂。

捧读黄土就是捧读祖先。黄土，是祖先生命的寄托，是祖先灵魂向下扎根，生命向上托起庄稼的底座！

我祭奠黄土！

二

清明节，我祭奠父亲！

父亲是祖先的接力，是祖先留给世界的一张名片。

父亲就是一坨黄土，从他降临这个世界，苦难的刀斧每天都砍伐他的肌肤，饥饿的犁铧每天都垦耕他的骨血，他以黄土的宽厚和隐忍承受着苦难和饥饿。只要他的胸膛还有血，他就会滋生出蓬勃的庄稼，养育后人。

父亲一生劳碌，从小就做短工，拉长工。他一生对黄土地付出得太多，回报却极少。这就是他的哲学，只要沾上黄土，心里就踏实。年复一年，日复一日，他都在黄土地里重复他的哲学命题。

父亲去世的前几天，多次用拐杖频繁地戳着地面。我后来才明白，他是在诘问黄土地，抑或是在感恩黄土地。也许，他是在寻找他心灵的归宿。

清明节，当我去父亲的坟墓焚香裂纸的时候，田畴上的麦苗箭镞一样挺拔。我从麦苗拔节的声音里，听到了父亲劳作，骨骼弯曲的声音。

望着父亲的坟茔，父亲拱起的黄土，不是他生命的句号，而是他用黄土，昭示他生命的黄色基因，昭示他生命和黄土契合的过程！

我祭奠黄土！

三

清明节，我祭奠母亲！

对于母亲，我没有丝毫印象。如果知道三岁时的那个夜晚，是和母亲永诀，我童稚的眼睛一定会摄下母亲的慈容，永远封存在我记忆的扉页。

我血管里没有流淌对母亲的记忆，却汹涌着对母亲的思念！

母亲的坟墓已夷为平地，我不能准确知道母亲栖身的位置。每次焚纸祭奠，我都在那块田地里寻找草木旺盛的地方，寻找鲜花缤纷的地方。因为，母亲的灵魂是蓬勃的，是芬芳的！

每当走进那块土地，我都会捧起一把发干的黄土。黄土亲切的温度，是母亲拥抱我的温暖。

母亲死于一次意外，准确地说，母亲是被贫穷扼杀的。

我常常看见，母亲扶着贫瘠的田埂，像扶着生命的阶梯。她在寻觅一根撑过命运苦海的长篙，哪怕是一枚发皱的野菜的枯茎。

埋葬母亲的土地，青了又黄，黄了又青。这生命的每一次返青，都是母亲给我成长的叮咛；这生命的每一次泛黄，都是母亲对我殷切的希冀。

我祭奠黄土！

四

从家乡土地的褶皱里，我读出了黄土的博大；从古城墙的缝隙里，我读出了黄土的坚韧；从沟壑土堐的峭壁上，我读出了黄土的挺拔。

黄土是我的祖先和我已故亲人安息的地方，是他们灵魂扎根的土壤。

我祭奠黄土！

2020年4月3日

又想起了父亲

又是一年父亲节,又想起了父亲。

想起他胡子拉碴的脸,想起他拄着拐杖颤巍巍的步履,想起他半夜撕裂喉咙的咳嗽……

父亲的影子异常真切,如同他活着般真切。白天晚上,只要闭上眼睛,脑海里就有他的影子。可是睁开眼睛寻找他,眼前却只有漆漆夜色。

为什么只有闭上眼睛才能看到父亲?这就是天人相隔吗?

父亲喂养了我的人生,想起父亲,是在反刍他的养料。父亲的养育之恩,值得我一生反刍。

想起父亲,我一次又一次抚摸悬挂在墙上的木犁。木犁上有泥土的味道,有父亲汗水的味道。父亲用它犁开了一道岁月带血的口子,种进了他的汗水,种进了他的希冀,甚至种进了他的生命。

那一年夏天,刚收割完麦子,弯镰累得直不起腰杆,父亲套着牛去夏种。那是一头第一次犁地的牛犊,走走停停,还不时走偏。父亲卸下牛犊身上的套绳,背在自己肩上,奋力向前拽着。

我看见了父亲背上一条深深的犁沟……

木犁犁过的土地，盛开过鲜艳的花，那是黄土地举起父亲殷红的血，为贫乏的日子染色！

墙上的木犁，极像父亲的弓背，背过朝朝暮暮的风雨，背过进进出出的日月，也背过我，对接村庄之外的目光。

想起父亲，我一次又一次抚摸父亲坐过的藤椅。藤椅的扶手磨得铿亮，像父亲永不停息地劳作打磨过的人生。

父亲是我记忆中起得最早、睡得最晚的人。由于劳累，父亲晚年行动不便，几乎瘫坐在藤椅上，就像夕阳落进了山坳。

那个年代，生产队像一架老掉牙的水车，抽不出多少水却从不停歇。父亲是这架老水车的一滴水，经年累月地随着水车的小轮旋转。

父亲白天在生产队干活，晚上还要为一亩多自留地忙碌。一天夜晚，父亲和叔父趁着月色，给自留地拉了十多架子车土粪，一直干到公鸡啼晓。自留地一堆堆土粪，像一座座隆起的小山，这是中国农民在贫瘠的土地上砸进的一枚枚缝补饥饿的钉子。

父亲晚年坐进藤椅，坐成了一尊雕像，坐成了一尊佛。他每天都在藤椅上打坐，为曾经的贫穷和苦难超度。

想起父亲，我一次又一次抚摸父亲抽过的旱烟锅。烟锅头上的黄铜已经斑驳，像父亲沧桑的脸。烟锅里如柴的老旱烟，像父亲脸上杂乱的纹理。父亲抽烟，是为了烧旺生命，是为生活请出佛光。

父亲患有肺气肿，却嗜烟如命，咳嗽起来，揪得院子里的树摇晃不已。父亲的咳嗽，像拉动烧火的风箱，声音的高低与长短，扇出对苦难最痛苦、最悠长的叹息！

父亲叼着烟杆，吧嗒吧嗒地抽烟，极像一架老挂钟，奏出生命最顽强的进行曲。这架老挂钟，直到现在，在我的生命里从没有停摆。

又想起了父亲，一直到永远，我都会想起他……

今天是父亲节，谨以此文，献给我辞世多年的父亲，也献给天下像我父亲一样远行的父亲，愿他们在天堂一切安好！

2022 年 6 月 19 日

家乡的记忆

　　记忆，会随着人的年龄衰老。如镌字于石，风剥雨蚀，岁月砥砺，会使赫然彰著的文字变得斑驳，甚至杳然。而我对家乡的记忆，却经久无法消弭。家乡，就像我的胎记，融入我的身体，我的生命。

　　我的家乡佛留村，关中平原上极普通的村庄。因一个佛字，便演绎出许多传说。

　　相传玄奘取经西行，曾在此宿留，故取村名佛留。我们村的土地，踏过秦始皇的舆辇，走过丝绸之路的驼队。

　　据传，村中有一庙，汉哀帝御笔题"佛留寺庙"。隋唐时期，庙称佛爷寺，唐高宗、武则天曾在此参佛礼禅，高宗李治还亲笔写过"佛留圣地"的御匾。

　　这些传说的真伪，我未曾考究。我记忆的奁匣，那些胼手胝足的劳作、箪食瓢饮的生活，像一张张泛黄的照片，记录着家乡的岁月，家乡的时光。

　　家乡的记忆是五颜六色的，是五味杂陈的。

　　我五六岁的时候，空洞的日子是用杂粮和野菜填充的。就连掠过肚皮的风，都吹奏着饥饿的颤音。

一天，年近七旬的祖母，带着我去挖野菜，同去的有邻居五婆、六婆。五婆的女儿金花，长我两岁，相随同行。

我们来到村子西边，距村子半里地的麦田。这里的土地拱起，人称"西岭"。西岭下边，麦苗和杂草凌乱匍匐，是一条人们常说的"狼道"。

人类的觅食，也是极无畏的！几个年迈的小脚女人，带着两个少不更事的孩子，为了果腹的野菜，身涉险地。

天，蓝得空洞，蓝得虚无。麦垄田畴上的麦苗，绿得蓬勃，绿得葳蕤，一片片葱茏的绿，浩瀚地向天穹铺展。

我和金花在麦田里摘野花，捉蝴蝶。像两只不羁的小舟，在无边的麦浪里游弋。

这时，两只狼在我们不远处，由南往北踽踽踱行。一只狼似乎无视我们的存在，独行北去。另一只狼，向我们逼近。

我在这群人中，年龄最小。狡猾的狼径直向我走来，站在我身边，它的头快蹭到我腰间的衣服。我清晰地看到狼的眼睛、嘴巴，以及褐色的钢针一样的毛发。我不知是惊呆了，还是具有漠视凶残的天性？木然地戳在那里，一动不动。

祖母抡起草笼，奋力驱赶狼。

不知这位狼先生是惊悚于我的漠视，还是祖母的驱赶，它离开我，向金花走去。

金花大概知道狼是吞噬生命的恶兽，撒腿就跑。狼，在后面不紧不慢地追赶。

这时，相距不远的西兰公路上，一个骑自行车的壮汉，扔下自行车，呐喊着飞奔过来。

狼很镇定，不紧不慢地离去了。

我们村子方向，也响起了呐喊声。十几个乡亲，拿着镢头，扛着铁锹，风风火火地赶来了，一个个像赴阵搏杀的勇士。

直到现在，我记忆中的狼，并不凶残，和我牵过的羊一样温顺。而那个骑自行车的壮汉，我的父老乡亲，一直温暖着我。

在我生命的旅程中，每当我遇到困难和凶险，我身后，总有一群拿着镢头，扛着铁锹人的影子，支撑着我的脊梁。

我经常把目光举过头顶，寻找家乡。我会看见，风拂着炊烟，直冲云端。炊烟下那一扇扇窗户，像一只只瞳孔，这就是家乡的眼睛，也是我生命的脐带，每天都为我输送营养。时间喂养着家乡，家乡越来越丰腴了。而我的记忆，却越来越瘦，瘦得像一根针，经常会刺痛我的心脏。

2018 年 1 月 28 日

清明节，燃一盏心灯

人生的路上，亲人相伴；人生的拐角，亲人离去。没有依依挥别，没有款款回眸。亲人，走得撕心裂肺，走得肝肠寸断。

亲人走了，一座大山轰然倒塌！一方土地遽然倾斜！

悠悠白云，凫游苍天，目可追而不可留。缕缕清风，牵衣拂袖，手可抚而不可掬。

慈容在心，梦中相伴。

善言在耳，时时萦怀。

祭奠，是永久的缅怀，是清明节的焚香裂纸。

三月，一曲春魂，悠长地守望，涌动漫野的嫩绿柔红。深深的情怀，流淌水一般的思念。桃花带雨，弹响滴血的旋律；梨花凝露，眨动悲凄的泪眸。

清明节，谁不燃一盏心灯？

三月，莺啼蝶飞，红花渐瘦，春光转老。燕子剪落的丝丝雨滴，砸落满地花瓣。

三月，柳嫩成烟，疏疏淡淡，斜燕裁剪出盎然的图画。春雨初霁，柳色新雨后，翠意撩人。一丝丝新柳，像亲人招手，情牵万缕，袅袅不绝。

清明节，谁不燃一盏心灯？

三月，寂寥的旷野，举目望云。天高鸟飞，婉转低回。阳光给风镀上热度，推开老屋的门扉，荒草萋萋，新草匝地。

落叶满地，枝上新芽绽绿，层次分明的年轮，敲出心中岁月的回音。

清明节，谁不燃一盏心灯？

亲人离去的那一天，揪心的葬礼那一天，最崇高的奠仪，心中刻写的碑文；是用灵魂，一遍一遍触摸亲人留在体内的温度；是用灵魂，一遍一遍阅读亲人刻在骨头上的文字。

亲人，是曾经为你寻找火种的人。清明节，燃一盏心灯，让灵魂穿过火焰，炙烤灵魂里的水分，用泪水揩擦骨缝里的锈迹。

清明节，捧一把黄土，烧几页纸，垂下头颅，和亲人的灵魂对话。你能听到嫩草拔节，桃花打开的声音。让你的生命，再接受一次绿色的捶打和芬芳的叮咛！

清明节，燃一盏心灯，让天堂的亲人不再孤冷！

2019 年 4 月 3 日

七夕，念你如昔

　　七月的夜，蛙鸣蝉吟，把夏天的声音拉成了一根细细的纤绳。花蕊凝香，盈盈笑语，热情的风，弹拨着爱的琴弦。

　　七月七，岁月里生长的传说，正和一段温情的记忆邂逅。远处朦胧的山峦，好像涌来的一层层情意缠绵的浪峰。星星和星星对望，眸子里是闪过的温情。点亮了一个燥热的夜空。

　　站在世俗的红尘里，时间弹奏着阳光，卓立在千年风雨里的传说，依然葱茏。牛郎织女，踏着喜鹊羽毛编织的天桥，相拥在浩瀚的银河之上，苍茫的天宇之间。

　　执手凝目，衣袂当风，滔滔河水，流淌着爱的缠绵；熠熠星辰，燃烧着爱的光华！

　　用365天的期许，换来了一夕相逢，岁岁有今朝，年年共今夕，此生何求，此生何憾？

　　爱的炽热已经融化了七月。七月流火，七月，煮一壶凄美的情话，与天地间的真情挚意对酌。

　　问世间情为何物？有朝晖曦月，耳鬓厮磨的长相厮守；有晨思暮想，劳燕分飞的彼此牵挂；有春花秋月，一念在胸的心灵契约；有凄风苦雨，矢志不渝地望断天涯。

清风、流萤、红蕊。热风吹肥田垄，夜月映满花径；

流水、蛙鸣、绿叶。细雨淋瘦愁肠，华灯透影轩窗。

今夜的风雨里，我无意寻觅两颗星辰牵手相拥，我的红尘，是丽日下的翠绿芳草，是月辉下的粼粼波光。

七夕与我无关，今夜与我无关。

我拥有千年等一回的执着，也有五百年修成正果的梵心。我已经在五月，那个薰衣草烂漫的初夏，勾兑好我心灵的底色。

七月，这一堆炉火，正好浇铸我灵魂的模型。我不是偶尔撞击进夏天的蝉鸣，跌落进蓬勃的葳蕤。我是飞翔高空的鸟，寻觅一枝浸透阳光的暖枝。而这暖枝，是早在我心壤里破土的嫩芽，栉风沐雨，摇曳生姿，和我的灵犀对接，成了我灵魂最美的风景。

七夕，你在或不在，都在我的文字里。我的诗行，已经种下你的名字。在诗的意境里，我们用文字的目光对望。

今夜，我会摘下一颗最亮的星星，做我们的三生石；我会借来王母的金簪，把它铸成一枚钉子，把时间钉在七夕；我会用牛郎的犁铧，锻一柄长勺，把银河里的水舀干，让一颗心抵达另一颗心，再无阻隔！

2018 年 8 月 16 日

寒衣节，点燃一堆纸火

时已深秋，北方的草木日渐枯萎凋零了。但是，一丛丛思念却疯长出来。

寒衣节到了，这是一个思念燃烧的日子！

城市的路口，农村的旷野，一堆堆纸火，悲怆着炽烈的火焰。这是生命对生命慰藉的火，这是灵魂对灵魂叩问的火！

"自古逢秋悲寂寥"。在这悲凉的秋，凄冷的秋，往事随着落叶萧萧而下。

晨曦初露，那个荷犁牵牛，为我耕耘生活的人，已经作古。挂在老屋墙壁上的木犁，依然折叠着他弯曲的脊梁。犁铧上的锈迹，浸渗着他殷殷的血……

月照东窗，那架油灯下的纺车，为我织衣御寒的人，已仙逝归西。屋角盘膝而坐的纺车，依然支撑着她孱弱的肋骨。纺锤上的丝丝缕缕，缠绕成她生命的年轮……

那些在我生命里站立成高山的人，訇然倒塌，长眠地下。我该怎么追思他们，缅怀他们？寒衣节，唯有穿越一堆纸火，在火光中细数他们生命的过往，感知他们的温情。

我要把这堆纸火，燃烧成我灵魂的蝴蝶，捕捉先人们灵魂的芬芳，采撷先人们灵魂的甘饴！

　　今天，风寒草冷。凄清落寞的田畴，枯落的残叶匍匐地上，摊开一张张饱经风霜布满褶皱的脸。坟茔上的枯草染上一层薄霜，摇曳成风烛残年老人一簇簇白发。

　　我跪在坟前，把一堆纸火点燃，不仅给先人焚烧寒衣，我要用一堆火，给我灵魂烙上他们勤劳善良的底色！

2019 年 10 月 28 日

清明节随感

一

清明节上坟祭祖，是一种仪式，一种习俗，一种传承。

上坟的路上，有说笑取乐的，有追逐嬉戏的，少了祭祀的庄重与肃穆，少了悼念的悲痛与哀伤。

但在祖先的坟茔前，双膝跪地，折叠身子，头颅一次又一次抵近黄土。只有这时，灵魂才又一次贴近祖先，才能让灵魂漂染从祖先身体里拱出的翠绿。

二

坟头压纸，一张洁白无瑕的纸，是后人递交一年的人生考卷。

当把一页纸郑重地压向坟头的时候，坟头上嫩草的笔尖就开始批阅后辈的人生。

三

磕头因对象、场所而意义不同。

清明节给祖先磕头，身体一俯一仰。俯首，是向下汲取营养，是从祖先的经历中汲取福泽，浇灌灵魂。仰身，是生长，是拔节，是竖起无愧祖先的挺拔。

磕头，一俯一仰。是祖先举起的旗帜在飘扬，是祖先检阅自己的旗帜。

给祖先磕头，以膝盖为支点，灵魂有重量，身体才会前倾。

四

灵魂就像候鸟，每年都有一次回归。

人性也是嫩草，总会有破土而出的机会。清明节，是一个民族灵魂的出口。

五

清明节，有人千里归乡，有人身在异地也要在路边焚香裂纸遥祭祖先。与外国人的宗教信仰不同，中国人寻求心灵归属的伦理责任是一团熊熊燃烧的火焰。

一堆堆火，在清明节燃烧，下燎黄土，上炙苍天。跪在地上的祀者，俯仰之间，是让祖先的灵魂对接日月，也是让自己在祖先面前仰不愧天，俯不愧地。

2022 年 4 月 3 日

窗外的麻雀

一天，我正在办公室伏案书写，突然，"喳喳喳"的鸟鸣破窗而入。探目窗外，空调外机上一只麻雀正在引颈高歌。

麻雀的叫声划开了冬天的空旷与宁静，声音里透着淡淡的怯意，像在寒风中小心翼翼地打探温情。

我的办公室在二楼，办公桌在窗户一侧。举目之间，凌空兀出的空调外机便会赫然入目。因为司空见惯，我已忽视了它的存在。此时，外机上的麻雀敛翼独立，却成了我视野里最亮丽的风景。

这只麻雀不在斜逸的纤枝上鸣奏，也不在高悬的屋檐下高歌。空调外机顶端宽仅盈尺，对体形娇小的麻雀，却是坦荡宽广的舞台，是天才表演家炫技的巴黎歌剧院。

透过窗玻璃，外面冬天的阳光如少女柔软的纤指，舒舒的，酥酥的，抚摸着被寒风撕去叶子，颤巍巍的树枝。落了叶的树木，枝干稀疏，像一把把朝天竖起的梳子，梳理着过往的朔风。

冬天是一个蛰伏的季节，那些长青树木，看似苍黛碧绿，也不过裹紧一袭绿色长袍，在寒风中蜷缩。

麻雀却没有畏缩，空调外机上的这只麻雀，目无旁骛。一会儿单足独立，从容而舞，形舒意广；一会儿来往穿梭，恣意跳跃，腾挪跌宕；一会儿翅翼翕张，欲翔欲飞，目纵心驰。它没有看见我，却好像为我举办专场表演，把所有的演技发挥得淋漓尽致。

好鸟枝头亦朋友。这只麻雀近在咫尺，我不忍心惊扰它，几乎屏息敛声地享受这自然界的馈赠。

这只麻雀羽毛棕黄色，间有黑色纵纹。体形很小，如拳头一般。嘴巴黑而短，发出的叫声清脆，但少有余音，算不上悠扬。它绿豆大的眼睛黑而莹亮，炯炯有光，机警地转动着。它伸展开的翅膀像镶着黑边的褐色折扇，又像一面小旗子在风中招展。

这只麻雀，站在空调外机上，透着翘首而望的轩昂，环视左右的淡定与自若。此时，这一隅之地就是整个世界，它一定觉得自己就是傲视鸟界的王者。

同样，麻雀也觉得它的叫声就是天籁。至于黄鹂、百灵，你有你的婉转，我有我的平和；你有你的甜润，我有我的粗犷；你有你的嘹亮，我有我的清脆。如果世界上只有一种声音，哪怕它美妙绝伦，这种声音也会单调无比。

自然界，黄鹂，百灵鸟的鸣叫少之又少，可谓大音希声。常常给人们带来天外之音的倒是无处不在的麻雀。

望着窗外的麻雀，我想到每一个族类，每一个人和物，都有自己生存的空间，都有炫耀自己的资本和权利。

这些年，已经很少见到成群结队的麻雀了。记得小时候，乡村的麻雀随处可见。特别是黄昏，当夕阳挂上晚归的牛角，橘红的晚霞像村妇机杼上千万条彩线。密密麻麻的麻雀像织布的梭子，在彩线间穿梭。麻雀在村子上空盘旋、鸣叫，时而盘旋成一个黑色的陀螺，时而散开成满天繁星。"叽叽喳喳"的叫声忽高忽低，忽远忽近，如乡村暮色中的交响。

乡村的黄昏，是炊烟蘸着鸟鸣写的一首诗。

有一次，我捉了一只麻雀，用细绳系住它的一只脚，把绳子另一端拴在院子的一棵楸树上。我用一个小碟子，盛上饭渣喂它，它却一直不肯吃。父亲看见了，对我说，麻雀是养不活的，它只属于天空，放了它吧。

那时候，我就知道了麻雀是性格倔强的飞鸟。

一会儿，空调外机上的麻雀双翅一振，飞上了旁边的一棵红叶李树。红叶李已经叶凋枝空，疏朗的枝干像竖起瘦骨嶙峋的手指。麻雀双足紧握一根斜枝，像握着秋千的纤绳。只见它奋力一荡，鸣叫着，响箭一样射向天空。

麻雀的世界是天空！

发表于2023年2月2日《西安日报》

踏雪而来，围炉煮茶

昨天早上，浸泡在冬天的雨里。雨，也浸泡着老城墙旁的街巷，浸泡着写满秋天跋语的落叶。

一把把颜色各异的伞撑起的天空，云凫雾绕，昏暗的四周，被一条条雨线切割着。而切割后的昏暗，倏忽间又弥合成一幅黑幔。

我想，这样的天气，最适合聚友围炉，酌茶小饮了。

早饭后，收到了一条微信，是文友邹冰发来的。他驱车来乾，已驶出高速公路了。

邹冰，西安某杂志主编，作品常见诸《人民日报》《人民文学》等报刊，是一个文心葱茏的作家。他与我多以文字相交，今日冒雨踏雪而来，一股暖意顿时回荡在我心间。

邹冰已先我而至了。此时，雨已变身为雪了，仿唐街上，斜风织雪，高树凋叶。雪花或如蝶舞，或如絮飘。空中斜的、直的、舞的、落的雪花，一朵朵白色的琼花，一道道斜挂的银线，一派银世界，玉乾坤。

远远地，我看见邹冰两鬓染雪，当风卓立。他身材略胖而不失挺拔，目悬眼镜而极目远眺。他灰色的衣服，明晰地衬托着翻飞的雪。雪绕着他，罩着他，倚着他。他像雪中一尊雕像，迎风傲雪，极像一位披发长吟的诗人，又像一个倚剑伫立的武者。

握手寒暄，周围的雪被我们友情的相晤融化了。

我邀他驱车乾陵，踏雪赏景。看睡美人沐雨出浴的媚态，雪笼银妆，一袭白衫的俏丽；观无字碑飞雪著字，无头宾王引颈啜雪……

邹冰含笑婉拒，说，逢此2020年的第一场雪，你我围炉而坐，煮诗烹文，岂不快哉？

恰好仿唐街有一茶坊，名曰"七彩云南"，我们便相携而往。

七彩云南厅置木雕，壁悬字画，清音曼妙，茶香诱人。步入大厅，一股暖意袭身，春意融融。真是室外寒雪劲舞，北国风光。室内春风拂面，如入江南之域。

我们在二楼小屋落座，茶艺师翩然而至，问我们饮什么茶。邹冰脱口而应，绿茶。我知道他写文著述，胸藏锦绣，笔尖喷涌绿色的波涛。绿，已是他生命的蓬勃。

一把玻璃茶壶置于茶案，几枚风干的茶叶悬于壶中。涉水的绿叶沉浮冬水，翻滚着春天的明媚。

壶里有春秋，静寂的，沉淀成岁月的底色；悬浮的，搅动着日月的光华。壶里有文章，蛰身壶底的，是意蕴悠长的伏笔，浮于水面的，是裸露的章节。

我们捧杯在手，在冬雪飘飞中，品咂春天的味道。我们谈美国大选，谈海舰拦截导弹，更多地谈文学，谈新媒体。

我们一边品茗，一边品读语言。语言，是口著言撰的百科全书；一章一节，在空灵的气流中铺陈如卷；抑扬顿挫时，字字掷地有声，砸出了铅字无法拓印的字痕；低声细语时，轻慢舒缓，摊开了一张娟娟丝帛。

探首窗外，雪花灿烂。仿唐街的雕梁画栋，在风雪中让人顿生穿越之感。雪花，忽而幻化成唐朝美女云鬓折翠簪红的花朵。在这座虚拟的唐街里，多少女子纤手扬雪，一街流香。

临别时，邹冰一身风雪，如飞鸿一掠，又碾雪归去。

人生，有时简单得如一次访友，从长安来，又归长安去。丈量一段雨雪的长度，踱步一段岁月的风云，任风声萦耳，飞雪袭襟……

人生，又有几人能风雪无阻，相对酌饮？

2020年11月23日

风从九嵕来

昨日午后,礼泉几位文友来访。

开门迎讶,吕伟栋一袭白大衣,率先而至。他清风撩襟,衣袂如风,宛如白鹤翩翩,尽显诗人的浪漫与旷达。

白孝平、方岩、张勇依次而来。或皂衣,或灰装,大都新衣楚楚,神采奕奕。

我沏茶以待。茶水虽淡,情却醇厚。一品一呷间,捧云雾一盏,聊百味人生。且故友相逢于新岁伊始,感叹岁月如茶,匆匆一载,只留下一缕淡淡的余香。

谈笑品茗间,我瞥见后院的屋檐,冰挂枝枝逸出,敲打着冬天的絮语。可陋室已春风拂面,暖意融融。谁用半城温馨,绽开了一抹春色?环望几位文友,眸光里长出青葱,分明是用九嵕山煨过的暖,携来的温煦暖风。

茶叙之间,日渐西斜。我们乘车北上,游览了乾陵游客中心。

站在空旷的游客中心广场,暮色苍茫,乾陵、五峰山、九嵕山影影绰绰。悄无声息的山峦,不舍晨昏,不辞冬夏,在岁月的流转中兀自屹立，兀自巍然。冬天，用满山旖旎晕染四野；秋天，抖落一身浮华与时光共老。山，才是真正的文学大家，它用树木的巨笔，摹云状雨，描山绘水。引千丈诗情直抵云汉，写万卷华章遍铺莽塬。它矜持，内敛，用博大和高度笑睥草芥。

礼泉来的几位作家，文采飞扬而不张扬。他们像九嵕山一样，在一域之隅默默地挺拔自己。

此时，值甲辰年之初，我们对着暮风远山，对着唐朝遗冢，一眼千年，喟叹时光易逝。我们对着崇山峻岭，对着飞云流岚，思接万仞，胸中陡增无限豪情。

夜色弥漫，我们移车乾州全席饭店，围桌小饮。

我带了一瓶剑南春，虽算不上好酒，因一个春字，这窖藏了的季节，却应了朋友雅聚，春风拂面之意。

华灯熠熠，我们临窗而坐。窗外的仿唐街，是一个虚拟的大唐。岁月不居，大唐盛世却在觥筹之间流光溢彩。我们把文字，把诗斟满酒杯，举向夜色，举向正月十六的一轮圆月。

华灯烁烁，我们围桌对饮。窗外月华如诗，我们举起酒杯，举起五峰山，举起九嵕山，一半敬自己，一半敬文学。为了这漫山遍野的诗情，为了这漫山遍野的春色，干杯！

其实，风从九嵕来，并非今日始。

腊月二十九日，张勇和花海诗社王雁如社长，在年末岁尾就曾挟风来乾。他们馈赠的礼泉烙面，一直绽放着我过年期间的味蕾。那挂在筷子顶端的瀑布，带着礼泉人的炙热和柔情，使我一直回味乡音，反刍童年。

还有那满满的一箱普罗旺斯西红柿，炫红炫红的，像从礼泉土地里拱出的地火，更像礼泉诗人心池里迸射出的一粒粒炽热的诗。

还有癸卯之夏、之秋，挟九嵕之风的诗人、作家野蒿、高嫚利、董爱等人，与我们登五峰之巅，踏乾陵巉岩，吟石成诗，抚风为文，把旖旎的诗文和清越的歌吟拴系在山峦，给一草一木带来了无尽的韵律与欢愉。

风从九嵕来，乾陵，五峰山也常呼风相赠。三座大山，在微风轻拂中如披发行吟的诗人，赫然成一幅浪漫多姿的风景。

2024 年 2 月 13 日

办好有温度的文学艺术平台

——为《大秦文萃》创刊五周年而作

时已季秋，菊黄枫红，《大秦文萃》迎来了五岁华诞。

岁月微凉，一场潇潇烟雨，淋湿了深深浅浅的时光痕迹。草黛露白，蒹葭苍苍的北方，所有的过往都在泛黄的叶笺上清晰。

五年前的今天，旨在弹奏时代强音，展示秦人风采，铺陈山水画轴的《大秦文萃》文学艺术网络平台，在三秦大地盛装亮相。

五年，那些键盘敲出的流韵，被和风弹出了歌曲般的旋律，柔软成生命中最悦耳的天籁。五年，那些文字打磨的岁月，被光阴烙上了诗行般的印迹，温暖了生命中最美的风景。

五年，我们不忘初心。坚持用有温度的文字熨烫岁月的褶皱，温暖敞开衣襟的灵魂。

信息时代，网络平台探手可罗。而全国公开发行的文学报刊仅200多家，主编和编辑都是业内名家，投稿与刊用之比约千分之五。网络平台鱼龙混杂，良莠不齐，有人说一些网络文章是"文化杀手"，其忧患之心昭然。我们不敢自诩我们平台的文章都是操翰成章，锦心绣腹，但是我们尽力拒绝低俗，尽量让每一个字符对得起仓颉造字的本心。

五年，我们肩负责任，坚持给雨后的暖枝镀上彩霓，给花圃的群卉披上霞衣。

文学艺术，是审美意象的外化。平台的责任就是用优秀作品温暖灵魂。

网络平台，阅读量很重要，但阅读量不足以衡量文章优劣。写文章是一个精神愉悦的过程，文思泉涌，佳句偶得，作者的灵魂便有了飘然物外的快感，至于有多少人读，便在其次了。

当然，我们更欢迎读者云集的好文章，也通过纸刊，百家号推介优秀作品。

时光如流，五年匆匆！

值《大秦文萃》创刊五周年之际，谨致敬意，感谢陪伴平台一路风雨的作者和读者！

放眼三秦，放眼天下，我们的平台不是最好的，但是我们有最能炙烤文字的编辑，他们用赤热之心为文字淬火，让每一篇文章都能烙出印痕！

我们有最能取出燧火的作者，他们的笔就是燧石，敲击生活，敲击山水，为灵魂祭出一堆堆野火！

我们有最能折射火光的读者，他们的目光就是火炬，让每一篇文章都燃烧起奔放的火焰！

《大秦文萃》将努力做一个有温度的文学艺术平台！

愿《大秦文萃》是一把文化的火种，越烧越旺！

2022年10月18日

蓝田三题

一、辋川

踏进辋川,我屏气敛息,怕惊扰了那来自旷远的诗吟;我轻移慢行,怕碰碎了那依岩附峦的诗句;我驻足凝目,怕错失了诗人飘逸而来的身影。

辋川的山,层峦叠嶂,连绵起伏。层层叠叠,从眼前,从身旁推出来,挤过去,像一页页扑面翻动的石质诗集。

诗集里刻满了含烟滴翠的纤草,缀满了如火如焰的芳花,镶满了骇状殊形的奇石。这些草、花、石编排的诗句,有的茵翠零星,有的霓虹满布。正如一部诗集,有时寥寥数语,有时满纸珠玑。

辋川的水,依山而流,缘溪而下。或在青山翠谷间缓如玉带,或在巉崖危石间疾如飞瀑。水漱山涧,湍击石岩,訇然作声。舒缓时如丝如竹,袅袅娜娜;迅疾时似鼓似钟,铿铿锵锵。

辋川的水,有的汹涌,有的细柔。正如诗人的诗,慷慨激昂时,能看见诗人登峰临顶,衣袂当风,仰天长啸;舒缓时,能看见诗人倚石而坐，抚花弄草，闭目浅吟。

辋川遍地是诗。山是站立的诗，水是流淌的诗，草木是葳蕤的诗，石头是凝固的诗。

辋川是一本诗集。不管你翻开诗集的扉页，还是阅读诗集的跋语，诗人都会含笑着从诗集中走出，点石为诗，指山为诗。

在辋川，置身诗的山水，你也会变成诗。你的喉管会涌出诗，灵魂会染上诗。

二、蓝田猿人遗址

蓝田猿人遗址在一片山坡上。

山峰陡立，峥嵘险峻。傍晚的山峦苍黑似铁，肃穆、凝重。

雾霭泛起，乳白的纱在山间缠绕。站在山脚下，凝神仰望，但见峰峦起伏深邃，重叠环绕。漫山的绿树红叶，织就了仲秋的彩锦。

拾级而上，不远处，掩映在绿树翠竹间的蓝田猿人遗址石碑，赫然入目。

蓝田猿人遗址，是一个偌大的会场。

看！那猿人遗址近乎垂直的掘土层，就是悬挂的会标；那掘土层下边缓缓的山坡，就是会场的主席台；那缓坡前面的十万大山，千顷沃野，就是观众席。

110多万年以前，这里举行了一次盛大的交接仪式——人猿揖别。

这一次交接，便有了人类，便有了我们祖先的祖先。

人类应该感谢这一次交接，铭记这一次交接。有了这个交接，我们目视前方，直立而行；有了这个交接，我们从石头里取出了火，煮炊而食。

在遗址下面的缓坡上，我伫立远望。山色朦胧，平畴漠漠。远处的山峰，或高或矮，或躬或立，极像一幅猿人从爬到躬、到站的进化图。一望无垠的山川河流间，多少人从茹毛饮血到刀耕火种，才有了今天的良田沃土，机械耕耘？这漫长的路途上，又有多少人遗骸荒野？

一只蝴蝶翩然飞舞，栖息在刻有"蓝田猿人遗址"的石碑上。蝴蝶，一定是在蓝田这朵人猿揖别的灿烂花朵上，采撷历史的芬芳！

沿着台阶下山，我们向猿人辞行，向历史辞行。我突然觉得，我们身后背着一座山，背着猿人对现代人寄托！

三、荞麦花海

车至荞麦地时，已日隐西山。天际间的一抹霞光，如一缕流火，在云霭间烧开了一条缝隙。

不远处，起起伏伏的山坡上，大片的荞麦花，被田间小径上熙熙攘攘的人流切割开，成了一块、一圈层层叠叠的图画。

荞麦花漫至低滩，涌上山坡，挤上高岭。斑斓着、烂漫着，经天纬地，灿若云锦。

荞麦花色彩各异，有白的、粉的、红的，五彩缤纷，在暮色中依然夺人魂魄。白的如雪铺平野，粉的如霞落山坡，红的如火烧高岭。

荞麦花形态有别，白色的低矮，一株一束，匍匐匝地；粉色的丛生，一团一簇，蓬蓬勃勃；红色的高挺，一枝一棵，亭亭玉立。

沿着山坡行走，如在荞麦花涌荡的波涛中行舟。细细碎碎、密密匝匝的荞麦花朵万头攒动，澎湃起一片波澜壮阔的海洋。

坡顶上的荞麦花以红色居多。红艳艳的花朵挤着、推着、涌着，向村庄，向山峦，向天际奔流。红色的浪花拍打着游人的脚踝，甚至拍打着游人的胸膛，让人胸生豁达和放旷。

荞麦花不远处，重峦叠嶂。暮色中的山，轮廓愈加清晰，愈加富有层次，像一排排剪贴画，像镶嵌荞麦花的画框。

在群山镶嵌的画图里，一望无垠的荞麦花，在暮色中更加静谧，更加梦幻。游人晃动闪光的手机，灯火揉动着花海的涟漪，映照出流光溢彩的夜空。

坐上大巴车，脑海里还闪动着一枝枝荞麦花。荞麦花不大，不奇，不艳，因产量低微而退出了沃土良田。但在秦岭山麓，挤成堆，抱成团，摇曳出了让游客纷至沓来的风采。

我想起了沙滩，树林，大海湖泊，甚至鸟群。它们和荞麦花一样，由一粒、一棵、一滴、一枝聚拢，汇集，便成了风景。

发表于 2023 年 10 月 23 日《陕西文化艺术报》

河滩会组章

序章——文明层积的农耕化石

一株临水而居的芦苇,染着岁月的洁白,如一支高举的笔毫,蘸着漆水河的流韵,书写《诗经·大雅》的词阙;又如一杆挥动的旄节,传来了四千年前一粒种子的章节。

漆水河静静的河湾里,河滩地台塬环拱,田畴漠漠。一垄垄庄稼,生长的声音沿着藤蔓攀爬。叶子上,盈满笑声的露珠,在阳光下跳跃。伸直腰杆的庄稼,扛起秸秆上又一季丰稔。

站在漆水河河滩的土地上,仿佛能听到脚下四千年的黄土里,后稷的骨节在泥土深处拔节——那是农耕文明最初的脉搏。

这片土地上,当后稷埋下第一粒种子,庄稼就鸣响着母性的、胎教般的声音。这声音像芦笛,像长箫,响彻河滩,飞向旷远。

河滩会,四千多年前的集市,便在这片土地上萌芽。从沮水、漆水两岸跋涉而来的先民,带着打磨的石镰,捧着新割的黍麦,牵着驯养的牛羊,披着毛茸茸的兽皮,互相交换,笑意盈盈。古老的智慧，让农耕的根脉，不断向泥土深处延伸。至今，河滩的土地里，仍能触摸到那些粗粝而又温热的记忆。

如今的武功县河滩，是历史摊开的一页书卷。一年一度的河滩会，都在书写农耕文明的新篇章。

盛况——人流物流的辐辏云集

武功河滩会，是土地的狂欢。每年农历十一月，麦苗就会在晨曦中举起晶莹的露珠，让四千年的时光在叶子上睁开回望的眼眸，举起黄土地上的农耕图腾。

此时，漆水河河滩上，商贾云集，人流如潮。古老的河滩被商贩的吆喝声唤醒岁月的记忆，一场跨越时空的集会，黄土与勤劳凝结的仪式盛大开幕。

河滩会藏着土地的密码。漆水河的泥沙曾托起五谷的茎叶，如今托起几万人的步履。盛会期间，展区如棋盘铺展，覆盖了整个东河滩。农具的森林、百货的长廊、美食的星河，四千年前以物易物的交换，今日化作琳琅满目的交响。河滩会是舞台，亦是史书，每一件商品都记录着农耕文明的呼吸。

关中汉子健步趔趄，寻觅自己心仪的新式农具；城里来的姑娘花枝招展，举着手机往来穿梭，在人潮中打捞精彩的剪影；老翁老妪精神矍铄，拄着拐杖敲击着秦腔的鼓点；小孩子在人群中追逐嬉戏，手中糖人的甜味已渗入心窝。

甘肃、宁夏、内蒙古、青海、山西、河南等地的客商汇集于此，各种浓郁着地方口音的叫卖声如潮汐涨落，演奏着一幕幕流动的清明上河图的乐章。

农具——千年不衰的农耕记忆

社稷之始,源于五谷;五谷之丰,得于农具。河滩会的农具市场,一字排列,仿佛中国农耕工具的展示长廊。

镢头、铁锨,或依栏斜立,或匍匐在地,用亲近泥土的姿态向这片河滩地致敬。

簸箕、筛子,一方一圆。这些河滩会延续千年的农耕智慧,一簸一筛,簸出和筛下了多少时光?而生活的真味,依然在古老的河滩扎根。

担笼,有大有小。最小的双手可握,已经演变成竹篾编织的艺术品。

还有木案板、风箱等品类繁多的生活用具。随着现代农业的发展,一些简单的农具已失去了昔日的光环,但它依然跳动着农耕文明最本真的脉搏。

站在这些农具面前,我突然想到,我们应该感谢河滩会,感谢承办河滩会的武功县人。因为这个盛会,很多濒临消弭的农耕符号得以保存,几近湮轶的农耕记忆得以复活。

农具长廊的最西端,停放在空旷土地上不同类型的拖拉机格外惹眼。这也许是河滩会承办人的匠心独运,从传统农具到现代农业,昭示着农耕方式的巨大嬗变。

行走在农具市场,我用手指轻轻抚摸着一件件农具。它们有的粗砺,有的细腻,却都浸润着四千多年来光阴的温柔。

美食,锅碗瓢盆里的岁月沉香。

武功县漆水河岸,最早缭绕过烹煮五谷的炊烟。今天,河滩会美食蒸腾的人间烟火，再次为无数人味蕾上的记忆加热。

沿杨临路走向河滩会，路两边的摊位上，白的锅盔，黄的麻花、油糕堆金垒银，散发着淡淡的麦香和油香味。它们和夹杂其间五颜六色的水果，宛如河滩会伸出色彩斑斓的长袖，迎迓着从四面八方涌来的人流。

走进河滩会的美食展区，南北荟萃的地方小吃，让人目不暇接，颊齿生香。

新疆的烤羊肉串，北京的烤鸭，山东的烤鱿鱼，各自都蕴含着独特的地域文化与情感，在烟火中交织着时光的暖意。

天津的狗不理包子，陕西的肉夹馍，上海的小笼包子，这些承载着地域特色的小吃，共同述说着只有咬开包衣，才能品尝生活的真味。

河滩会最寻常最动人的食品，当属各种各样的面条。油泼面、拉面、刀削面、担担面、饸饹面、旗花面、臊子面……这些面条店，或擀或揎，或削或切，各展技艺，尽显风采。面条摊位的桌子上，空地上，年长的，年轻的，站着的，蹲着的，捧一碗在手，味蕾上绽放的惬意溢满了脸颊。

我看到蹲在地上吃面条的，多是些年过七旬的老人。也许，蹲在河滩地上，挑在筷子上的面条，就像一根根钓索，能钓出第一粒麦种的味道。

当人们徜徉在香气四溢的美食区，品尝其中的美食时，一定会饮水思源，感恩武功河滩这块土地，感恩从这里传播出去的播种与收获。

百货——市井长歌里的交响乐章

河滩会商品种类繁多,灿若星辰。它们是生活的缩影,承载着人们的情感,演奏着一曲曲动人的乐章。

百货区的布料皮革,衣帽鞋袜,色彩绚丽,织云绣锦。一条条、一件件衣物,挂着的,如天空飘浮的彩云;摆放的,像漆水河奔流的波浪,为河滩会增添了一抹抹绚丽的色彩。

锅碗瓢盆,成堆成摞,排列整齐,好像整装待发的列兵。这里的每一只碗,每一口锅,每一个瓢盆都拓印了河滩会阳光的底色。它们将走向四面八方,收纳四季的丰盈,盛放岁月的温馨。

干果、蜜饯、糖果,如耀眼的星星,闪烁着五彩的光芒。小孩子揽星入怀或摘星在手,把河滩会的甜蜜,向四围洇开。

文化——黄土深处的精神图腾

河滩这块土地的第一粒种子,开启了华夏的丰饶,也种下了文化的根脉。河滩会上秦腔、歌舞、马戏……依然蓬勃着古老文明的印记,传唱着农耕文化的回响。

陕西戏曲研究院与长城歌舞大剧院,一西一东,遥相呼应。站在后稷广场上,仿佛听见四千年穿云裂石的农耕之音与高亢激昂的秦腔交融,汇成一声声现代农业的奋进之歌。

歌舞演出的歌声悠扬婉转,犹如漆水河的涓涓流水,洗涤着农闲时节游览河滩会人的心灵。

马戏团的空中飞人、杂技、魔术等表演如梦如幻,将惊险、奇幻、欢乐融为一体,每一个瞬间都充满了无限可能,似乎为武功这块土地的奇迹做着注脚。

字画摊位上，书画家运笔在手，一字一画，一木一石，在宣纸上晕染，如后稷摊开的这块沃野，书写着千古风华。

手机直播，无人机航拍，时代的发展为河滩会注入了新的文化元素。木犁的耕耘与无人机的螺旋桨同享一片天空，以物易物的手印与二维码在同一地方交叠。

漆水河滩的每一粒沙，都闪烁着农耕文化的光彩。

跋语——农耕文明的血脉延续

暮色渐浓，我们驱车离去。辞别河滩会，一碗旗花面的温度，依然在体内沸腾；一声秦腔的豪迈，甚至游人涌动的声浪，依然在耳旁萦回。回眸河滩会，灯火点点，和天幕上的繁星交相辉映，构成了熠熠生辉的图画，述说着无尽的故事。

漆水河，在星火下波光粼粼。它是中华民族的一根血脉，每一次河滩会，都会给血脉注入新的血液。

中华民族的农耕血脉里，正是有后稷插下的第一耧，武功县便成了农耕文明的起点。武功河滩会，正是有武功县人的坚守，才不断放大农耕文化的符号，传唱着农耕文明的旋律。

相约黎明

5月23日黎明，东方天际的彤云渐浓渐艳，太阳用它的底色，铺垫走向天际的路径。晨曦开始蔓延，每一缕光，都透出穿透暗夜的遒劲与自信。

太阳徐徐升起，五月的天际，又捧出一轮旭日。今天，饱满的阳光多了一缕色彩。

还有一群人，为了践行讲话思想，为了文学，在壬寅虎年的第一缕清风里，就和这个黎明相约了。

乾县文化旅游局和《大秦文萃》联合举办的主题征文，今天召开表彰大会。

《大秦文萃》编辑部工作人员，不是会议最耀眼的星辰，却是捧出星辰的天空，是星辰的底座；不是最炫目的花朵，却是举起花朵的劲枝，是花朵恣肆怒放的衬托。

为了星辰闪烁，为了花朵绽放，他们迎着晨曦，从四面八方，赴一次黎明之约。

屈骥明教授，一周前做了白内障手术。眼球的余疼还不时蜇出泪水。但他眼睛里，却闪着星辰的光。顺着这道光，他怕误了时间，前一天傍晚抱病抵乾。

和他同时而至的是西安文化公司经理祝宇，一个比虎年的虎还虎气赳赳的小伙。他撇下公司的冗务，说走就走，给西安到乾县的公路涂上了他锃亮的虎色。

咸阳民俗摄影协会副主席李瑞辉，在会期临近的前几天，把会议的细节像用镜头拍摄了一遍。然后摊开每一张底片条分缕析，让每一个细节都缜密无疏。

黎明是从傍晚开始的。对于李建锋和付国强来说，其实更早。这一夜，他们能睡多久，天上的星辰知道。凌晨一点多，付国强还打电话询问会场喝水事宜。两点多，李建锋还在几张红笺上抄写获奖者名单。他是用手中的赭红，给会议上的星辰镀色。

能享受五月浅夏的曙色，还要感谢杨朝阳。他的电话铃声比我和李瑞辉、付国强、李建锋、赵静约定的时间早了近一个小时。此时，他已来到会场了。

杨朝阳和张希艳、张翠贤、马芳婷都是手举薪火的编辑，他们常常用键盘敲击黑夜，用热情炙烤文字……

张希艳是从咸阳来的，五点多就联系拼座，她携来咸阳古渡的清风叫醒了乾县靖庄路上的鸟鸣。

从咸阳来的还有梁雪，她没有轻移珊珊玉步，而是一车绝尘。但她六点就联系三位朗诵者，香车驭风载她们来乾并款待早餐。

王高产是下年会议的主角，早上却是跑龙套的。来县上后顾不上吃饭，风急火燎地驱车乾陵博物馆，接来了礼仪小姐。

仁雪红人如其名，虽朱颜粉面，却是一位年轻的奶奶，照看孙子的重任责无旁贷。她扔下宝贝孙子，早早就和杨朝阳司起会议报到之职。

李俊凯踏诗而来。早晨的曙光点燃了他的勃然诗兴，他一手拈诗，一手挽妻，浪漫的诗人起身太早无车可坐，步行几里路，腹中的几粒诗竟哽在喉间。

与他几乎同至的董慧、王薇、丁丛明，亦是步履匆匆。她们整理证书，搬奖品，目光搜寻着需要分担的工作。

听说有朗诵节目，马芳婷主动请缨，从一中遴选了四名学生，并连日督促辅导他们。下午的座谈会上稚子之音的朗诵，珠圆玉润，为座谈会增添了无限生机。

一中教师倪涛、闻梦舟，是《大秦文萃》的主要悍将，为了会议需要却做了替补队员。这正是他们的职业素养，甘当人梯，愿为烛炬。

同样为高中教师的，还有蕙心兰质的马从容、康庆庆。

马从容第一天就到了会场，她平时素心如雪，恬静从容，这时却牵挂会场布置，素心若焚。康庆庆不在工作人员之列，主动要求参加会议筹备。

高华抱恙多日，能参加会议已属可贵，还对会议诸事挂怀不已，多次要求承担事务。

"卷幕参差燕，常衔浊水泥。为黏珠履迹，未等画梁齐。"这首诗写给杨燕恰如其分。梁栋没有完全着色之时，燕子忙着垒珍珠般的巢。会议前，杨燕把一把把椅子，以地坪上的横竖线为参照，摆放得分毫不差。燕子梳风织雨，杨燕用她的翅翼，织了一个井然有序的会场。

远在马鞍山市的张勤教授，西安的作家邹冰，不能身临会址，却情萦意牵。切切之心，寄于微信。

黎明，5月23日的黎明，红日东升，红霞染云。这是《大秦义萃》人用执着于文学的热血，点燃的火红的早晨。

2022年5月26日

荷风吟诗，山岚流文

清晨，一辆大巴车沐一身晨曦，沿杨临路向秦岭呼啸而去。

车内或纵声高歌，或低语浅唱。歌声、笑声盈顶溢窗，揉进车外淡红的晨晖，镀在道路两旁的玉米缨上。

《大秦文萃》编辑部与乾县非物质文化遗产研究会文学采风团20多人向着千亩荷塘，向着红河谷一路高歌。

这是一个移动的文学沙龙，一个行走的欢乐舞台。来自西安、乾县、礼泉、武功、杨凌的《大秦文萃》作者谈笑风生。语言是流动的文字，写满窗棂，写满关中平原广袤无垠的田野，写满沿途葳蕤的树木，葱茏的庄稼。

荷风送香，车子驰入眉县河堤路，一股湿润，清凉的花香透窗而入。探目窗外，渭河蜿蜒绵亘，涌波击浪。渭河边大片大片的荷花涌动着青葱的绿，摇曳着灿烂的红，点缀着晶莹的白，闪烁着耀眼的黄……五颜六色的荷塘从远处漫过来，涌过来。一条荷花的河流汹涌澎湃，一波一波地和渭水并肩奔流。

步入荷塘，水映荷影，荷摇水动。一池一池的荷花像少女迷人的眸子，眨动着灼人魂魄的丽色。宽大的荷叶像一把把蒲扇，在微风中扇出一缕缕凉风；硕大的荷花像绿色天幕上耀眼的星斗，点亮了渭河岸边的明媚；一枝枝菡萏像一个个蘸满丹红的彩笔，为人间七月着色染彩。

千亩荷塘万首诗。"彼泽之陂，有蒲与荷。"这百里画廊就是半部《诗经》。"接天莲叶无穷碧，映日荷花别样红。"这渭河荷塘就是六月西湖。

载一车荷风，车子向秦岭行驶。

今日立秋，中午的阳光依然锋利。千万根金针一样的阳光挟着火苗，挟着炽热，射向大地。

田野里戴着草帽、光着膀子的农民有的锄草，有的施肥。他们的身体和灵魂洒满阳光，并把饱蓄阳光的种子摆渡给城里人，让他们在空调房里沐浴光明。

车窗放大着他们的身影，放大着他们的灵魂，把他们的身体拉动成美丽的剪影，拉动成窗外骄阳下最动人的风景。

红河谷到了，一座座山峰赫然入目。

山举着树木，举着芳草，把一道绿色的画屏镶嵌进蓝天白云。

红河谷是画屏的门扉，推门而入就是绿色的展厅，奇石、秀水、流瀑、飞红的博物馆。

缆车是登山之王，沿一根纤绳向上攀登。敏捷的羚羊，凶猛的山豹也没有它迅捷强悍。人类文明是大自然的省略号，缆车把一段陡峭的山路硬生生隐于无形。

山路成阶，且铺了木板，登山是沿着木头攀爬。铺了木头的山崖，又让人回到了远古时代，缘木而上。

山顶风光无限，其实，山顶只是诱惑。人们并不知道山顶的风光比一块岩石，比一棵大树悦目多少，只是奔着诱惑舍命攀爬。

绵长的山路就是木制的梯子，登山者用双脚举起自己，一级一级，拼命把自己举向诱惑。

神仙岭上并没有神仙。两个卖饮品和葫芦摆件的年轻人，弥勒佛般坐着，一瓶水十元钱。

一个年逾六旬的清洁工，像少林寺的扫地僧。他身板硬朗，举步生风，在几十里山路间上下颠簸。他执帚在手，衣袂当风，瘦骨清风地站在山顶，活脱脱一个扫尽人间污浊的神仙。

下山，比登山轻松了许多。人体的重量又交给了双腿，每一步下行都砸击下肢的肌肉和关节。

我突然想到，登山，最辛苦的是身体下端的腿和双脚。高高在上的头颅按自己的思维，指挥着它上下奔波。眼睛看到的美景只分享给头颅，腿和脚只能体会疼痛和酸楚。善待腿和脚，人才能走得更远。

这次采风，赏了一池莲花，登了一座山峰。此后余生，愿我们在自己的心池，植一朵莲，让我们的人生亭亭净植，不蔓不枝，出淤泥而不染，濯清涟而不妖；愿在我们的路途，栽一座秦岭，向北，大漠孤烟，策马扬鞭！向南，小桥流水，烟雨蓑衣。

2022 年 8 月 8 日

东注泔村公园游记

　　沿南阳大道，越过泔河大桥一路向北。道旁苹果树、梨树如绿色的波涛，一层一层向身后奔涌。绿叶掩映间，一颗颗果实宛如点点繁星，在叶幕间熠熠闪烁。

　　经北注泔村东折而行，须臾，广袤的田野和茂密的树木间，东注泔村已历历在目。一座巨型迎宾碑屹立村口，如村庄伸出热情的长袖，喜迎八方来宾。

　　进入村庄，映入眼帘的是文化广场。广场筑有石护栏，显得庄重，古朴，诉说着这个村庄的古老与繁华。

　　广场的石牌坊立柱和石梁厚重，坚挺，像撑起了一道跨进新岁月的门户。石柱上丹书"一脉人文豪吟新岁月，满村春色喜绘好丹青"的对联，像东注泔村人纵云登天的梯子，把乡村振兴的豪情，引向碧霄。

　　顺石牌坊门望去，一块巨石，雄踞门内，形状如山似岳。这是一座公园落成纪念石，石上的行书"助力乡村振兴，功在当代后世"格外引人注目。其字为曾任周总理秘书、原武警指挥学院副院长纪东少将题写。

巨石背面如斧劈刀削，写满了文字。文字介绍了公园由本村企业家王曙光捐资2300万元，西安、宝鸡、河北等专业工程队建设，落款为东注泔村村民。这巍峨的大石，原来是屹立在村民心中的一座爱心垒筑的高山，一座彪炳村史的丰碑！

广场南面，宏伟壮观的戏楼拔地而起。它青砖碧瓦，飞檐翘角，在阳光下显得庄严肃穆，瑰丽多姿。戏楼高三层，前面是舞台，后面设会议室、阅览室、棋牌室、村史馆等。村民在这里聆听历史的足音，感受时代的律动，吸收文化的滋养。

站在文化广场，仿佛能听见琴瑟互鸣，歌声萦耳；仿佛能看见舞步袅娜，运动铿锵；仿佛能感受岁月缱绻，葳蕤生香。

广场东面有一棵高大的白杨树，冠覆数丈，枝干穿空。它叶舒云霓的沧桑与蓬勃，和戏楼的挺拔古朴遥相呼应，涂抹着东注泔村斑斓的天空。

与文化广场一路之隔的古杨公园，令人眼花缭乱，目不暇接。

长二十多米的巨型石照壁，依杨树而立。雕刻着"德、义、礼、智、信"浮雕图案和《古杨赋》文字，像一本展卷的石质巨书。白杨树，正如从历史的书页里萌生的象形文字，讲述着五百多年的岁月沧桑和时光荏苒。

树周围有汉白玉围栏，树前立有一对汉白玉华表，一尊巨型石香炉，衬托着古杨树的神圣与传奇。

白杨树植于明代，何人栽植已不可考。但五百年来，它与东注泔村人朝夕相伴，共度时光，已经成了他们的精神图腾。

树前有一小池，名曰润德池。池中玉女亭亭玉立，横吹竹箫。

"谁家仙女弄春箫，粉黛拖裙分外娇。"这玉女石雕，娉婷袅娜，与白杨树的纤枝柔叶相映成趣。

不得不惊叹设计师的匠心独运，白杨树、水池、玉女，同处一隅，尽显柔软之美。而与之比邻的广场，则不乏高大，宽阔之物，皆呈阳刚之气。

这一刚一柔，刚则如铁，无坚不摧；柔则似水，包容万物。刚柔相济，正是这古老的村庄历久弥坚的真谛。

公园门口，有一亭台，红柱黛瓦、雕梁画栋、重檐翘角。东西两边各有一座长廊，染金绘彩，古色古香。宛如两条时光隧道，让人一步一步走近古杨树，走进古杨树树荫遮蔽的历史。

公园，有廊亭点缀，便有了底蕴，有了灵气，有了生机。"何处是归程，长亭更短亭。"游园至此，择凳而坐，看润德池莲花座水如泻玉，听古杨树叶子摇荡历史的回音。真想抚琴浅唱，烹茶慢饮，享受这如诗如画的恬静与浪漫。静候时光，醇香岁月。

公园之美，在于自然。这里清晨夕暮、烟岚萦峦、水波漱石，一派自然风光。

公园东边的流水景观，水从石出，别有韵味。

引入水景的是十二生肖石雕。鼠、牛、虎、兔……依次排列，惟妙惟肖。这些石雕，有的威猛，有的温顺；有的粗犷，有的细腻；有的匍匐于地，有的振翼欲飞，各呈姿态。这些凝固的精灵，透逸着大自然的鬼斧神工与人力的巧夺天工，诉说着传统文化的千古风华。

顺着石雕东望，叠瀑泉一石三叠，形如堆云垒雾。水从石中溢出，涌流成瀑，一咏三叹，层层叠叠。水瀑如玉帘垂空，似银龙竞跃，声若滚雪，垒起了一座水的金字塔。

叠瀑泉东边，是一座巨型石壁，为九龙壁。九条虬龙腾云驾雾，凌空翱翔。居中的一条龙，喷珠吐玉，水泻如虹。九条龙有正龙、升龙、降龙，神态各异，似要破壁而出，直冲九霄。

九龙图案两侧，是一首《题九龙壁》诗，丹书为左右两联。左联为"驭风腾云翔九龙，携来飞虹贯长空"，右联为"不恋东海千尺浪，偏在壁上望五峰"。书法为原空军司令员王良旺书写。

龙，是中华民族的图腾和独特的精神标识。九龙壁，是注泔人，乾县人摘星揽月，豪气干云的精神写照。

从九龙壁两侧石门而入，便是金蟾吐水景观。四只蟾蜍，双目圆睁、身姿婉约、静卧石上。每只蟾蜍皆口吐清流，像无数颗珍珠在空中飞溅。金蟾是财富的象征，金蟾吐水，吐出满地珠玉，给这一方土地带来了繁荣，带来了富裕。

金蟾吐水东边，可见巨石垒筑的蜿蜒山峰。沿左侧的石洞下去，如行走在山的隧道。石出嶙峋，犬牙差互。这是一个用五百吨石块砌筑的叠山飞瀑，人行其间，轻抚石壁，如叩问十万大山，胸中豪气油然而生。

穿过石洞回望，一座山峦南北横亘，层峦叠嶂、山峰高耸、气势磅礴。山上古木新枝，生机勃勃。翠树摇曳于石上，绿韵垂挂于涧边，自有一番山林野趣。

山峦的巉岩间，缝隙里，一股股细流潺潺流淌，顺石而下。水过石洞，如丝缠绵，如缕飘逸，形成多个水帘洞。洞中水汽弥漫，水雾缭绕，仿佛人间仙境。

假山东去数尺，是一湾清澈的湖水，波平如镜，倒映着蓝天白云，倒映着五彩斑斓的墙绘，倒映着岸边的绿树和芳花纤草，这便是明镜湖。湖中荷叶青翠欲滴，粉红的荷花点缀其间，犹如亭亭玉立的少女，婀娜多姿。湖水中，荷叶间，红色的、黄色的、黑色的游鱼往来穿梭，编织出了一幅湖光山色的美丽画卷。

小湖东岸是东埝坝，坝上垂柳依依，随风摇荡。柳条如大自然的纤纤手指，迎习习惠风，揽东来紫气。坝面两侧，树有两块巨石，分别题刻"紫气东来""风景如画"。

是的，有企业家的爱心和情怀，有村民的决心和斗志，何愁紫气不来？有古树公园这一园丽景，有一村人的妙手裁剪，何愁没有美景如画？

回望古树公园，绚丽多姿，美不胜收。其中，石多、水多、树多、诗多、书画多，真是夺人眼目。

园中石雕千姿百态，巨者高达数米，宽约数丈；微者不足盈尺，小巧玲珑。百家姓石、题字石琳琅满目，遍布园内。卧石状如伏牛，立石形如立柱。石头满园，堪称石林。

园中流水有溪、有池、有潭、有瀑、有湖。这些水，有动有静。动时潺潺涓涓，或急如响鼓，或缓似丝竹；静时波澜不兴，水平如镜。

园中树木，遍布园内。法桐、国槐、皂荚树、紫薇花、月季数不胜数。乔木劲干穿空，浓荫蔽日。矮花馥郁芬芳，繁花匝地。特别是石榴园、柿子园，园中有亭，有石，有活动器材，游园观花，赏果，休憩，健身，乐在其中。

园中围栏，多题刻古诗。一步一景，一步一诗。诗蕴景意，景抒诗情。游园吟诗，文化的魅力如饮甘饴。

园中书画，举目皆是。画有激人奋进的党旗，有精神引领的社会主义核心价值观标语，有诲人孝敬的二十四孝图，有山水、有花鸟，令人仿佛置身画廊。书法作品，题于石上，多为名家题写，字字矫若惊龙，飘逸俊秀，给人灵魂的启迪和美的享受。

站立坝上，极目东望，巍峨的山脉绵延起伏，九嵕山流云缠绕，高耸云端。无边的旷野，绿色浩渺，葳蕤蓬勃。如一幅大气恢宏的丹青卷轴，铺陈天际。东注泔村古树公园，正如卷轴中最绚丽的图画，把乡村振兴的色彩向四周晕染。

发表于 2024 年《西北建设杂志（陕西百镇专刊）》。

国庆节短想

今天是祖国 70 华诞，此刻，我正乘机从咸阳飞往厦门。

当飞机腾空而起，飞翔云端，窗外苍绿的树，巍峨的楼，渐行渐远……

特殊的日子，给了我特殊的感觉，我已经翱翔祖国的万里长空。天际间的阳光穿过云隙，像一束束成捆的问候，向这个伟大的日子致意。

阳光在飞机舷窗上，摊上了一层薄薄的光晕，那明媚的色彩泅出淡淡的火红。窗口，突然像一面旗帜，在飞机上，在万里长空，猎猎飘扬。

从秦岭到武夷山，从渭水到东海，我看见，山的身板，今天特别挺直；我听见，水的吟唱，今天特别欢快。

居高临下，我仿佛听到了山水的声音。山水的声音，在每一棵茂盛的芊草里，在每一朵怒放的花蕊里，在每一滴飞溅的水沫里，在每一颗展开的谷粒里。听！听！山水的声音，从前方，从后方，澎湃着祖国的名字，势不可遏。

从窗口探目窗外，飞机凫在云端，好像扶摇的大鹏，悬浮不动。我知道，空中没有参照物，飞机的疾速竟然很难察觉！

是啊！祖国，有一个参照物，那就是十年前，二十年前，七十年前。祖国一路奋进，走过童年，走过少年，走出一身铮铮铁骨。

天空下的大地，飞架的桥梁，巍峨的楼宇，像一串串祖国前行坚实的脚印，镌刻着祖国一路走来的印痕，挺拔出一个民族无与伦比的辉煌！

祖国，每一个日子，都诗意飞扬，都欢歌流淌。我们的心窝里，缀满祖国注入的温暖；我们的双手上，捧着祖国神采的流韵。

祖国，今天，我把秦岭的目光镶嵌在武夷山的岩壁上，我把渭河的欢笑绽放在东海的眼眸里，我一路读到的，都是高山攘臂，长河舞袖，都是对祖国的赞美，对祖国的祈福！

2019 年 10 月 1 日

教师节，送你一枝丹桂

秋风萧萧，秋景焕然，又是桂花飘香的季节。

在秋蛩的呼唤中，在秋风的催促下，在秋露的滋润里，桂花，把一片片芳心捧了出来。密密麻麻的花朵，争先恐后地挤满了高低交错的枝叶，柔美着一个丰硕的季节。

桂花有质朴的美，有浓郁的香。在教师节来临之际，我想折一枝丹桂，送给这个节日最可爱的人——天下所有的老师！

教师节，送你一枝丹桂！

当晶莹的晨露眨动秋天的第一只眼睛，桂花树的枝丫间便迫不及待地酝酿着层层叠叠的花苞，给劲干虬枝缀满了粉嘟嘟的蓓蕾。

公园里，大路边，桂花树摇曳着身姿。在粉墙黛瓦的镂花岁月里，一颗颗散发青春光辉的心灵，为清凉的世界，送去了一份恬淡的馨香和喜悦。桂花的美，是不事雕饰，朴素典雅的美；是默默绽放，不艳不妖的美！她却把醇厚绵柔的浓香，传递给每一个角落。那种渗透到骨子里的味道，陶醉了整个秋天。

这不正是辛勤耕耘，默默奉献的老师吗？

他们炽热的心，像桂花般灿烂，在三尺讲台挥洒热血，心窝里噙满了浓烈的醇香，缓缓地漫溢给莘莘学子。

教师节，送你一枝丹桂！

秋风绵绵，早开的桂花在秋风中相继零落，那些花儿，把全部生命凝结成一缕馨香，完成了一生的使命，重新回归大地。飘洒的姿态如同流星划过天空，留下一道消散不去的香魂，随风飘向四面八方。

这不正是矢志不渝，丹心育人的老师吗？

人们用"春蚕到死丝方尽，蜡炬成灰泪始干"形容教师的鞠躬尽瘁，死而后已。他们比春蚕，比蜡炬更无私。他们是"化作春泥更护花"的桂花，用毕生的精力和不朽的灵魂，播香散芳！

教师节，送你一枝丹桂！

桂花树，有着坚韧不拔的性格。吴刚伐桂的故事，流传甚广。唐代《酉阳杂俎》中记载：月亮里有一座广寒宫，嫦娥仙子就住在宫中寂寞度日。宫里长着一棵高大的桂花树，"月中有丹桂，自古发天香"。就是这棵桂花树，高五百丈，生长很快，不砍宫里就容纳不下。于是，玉皇大帝便命触犯了天规的吴刚，天天去砍那棵桂花树。桂花树的愈合力和再生力都很强，随砍随生，总不能砍倒。从此，吴刚也就只好长期过着"金风玉露伴素月"的生活。千万年过去了，吴刚总是每日辛勤伐树不止，而那棵神奇的桂树却依然如故，生机勃勃。

桂花树，不正是坚韧顽强，不屈不挠的老师吗？

在平凡的教学生涯中，贫穷、寂寞的斧钺，每天都砍伐着他们。但是，他们砍而弥坚，多少铮铮铁骨撑起了华夏民族的脊梁！

教师节，送你一枝丹桂！

晋朝的诜应试时，自喻为"犹桂林之一枝，昆山之片玉。"《元曲选郑德辉（王粲登楼）二》中云："寒窗书剑十年苦，指望蟾宫折桂枝。"古人把金榜题名，考取功名称作"折桂"。而托举学生，使之腾飞月宫，蟾宫折桂的人就是老师。他们甘作人梯，用自己的肩膀，扛起中华民族的智慧！

教师节，送你一枝丹桂！

桂花有四德，守时，气度，聚力，无私。

炎夏甫去，桂花便孕育枝头。一俟金风吹拂，桂花便次第开花。任尔"秋阳力尚刚"，她已"尽无碍桂影婆娑"准时开放，如同一位践时守约的谦谦君子。

桂花既不哗众取宠，又不娇艳灼目，她隐于绿叶而暗香袭人；显于绿叶而灼灼其华。唯以气质和风范出世，以内涵与气度感人！

桂花花朵纤弱，但她们抱团而生，列阵而出。一朵朵小花组成一树的繁花似锦，织就一道绚丽夺目的风景。

桂花有花无实，香气随风而去，沁人心脾，从不待价而沽，只留清香满乾坤！

这不正是老师的精神和品质吗？他们无私地演绎着教书育人的命题，讴歌着一曲心中的理想之歌！

教师节，送你一枝丹桂！

秋天，是一个心事绽放的季节，千树万树鲜花怒放的姿态，像满天繁星般的桂花，开放在梦的出口，开放在人生的花季。

每一朵花，在秋阳和灯光的炙烤下，带着数千万老师思想的体温，把浓浓的清香，洒满人间。

教师节，送你一枝丹桂！老师！祝福您，老师！祝您桃李芬芳！祝您节日快乐！

2019 年 9 月 10 日

《过年》短章二则

一、故乡

大年三十，驱车回了趟老家。时逢午饭时分，一缕缕炊烟在空中萦绕，弥漫着浓浓的年味。

远远望去，故乡像一尊方形的酒杯，正在和岁月觥筹交错，和时光推杯换盏。故乡显得很阔绰，很豪气，把一年的陈酿一饮而尽。

也许故乡今年的酒，比往年浓烈。走进村子，我看见故乡的脸红彤彤的，红的灯笼，红的春联。坐在冬日的暖阳里，故乡显得不胜酒力。但她的腰板挺拔，挺拔得像贴在门旁的春联，像没有一丝风里的炊烟。

在村子，我看到了很多长年在外的人，回家过年。真是乡愁如酒，愈酿愈醇。从离家的那一刻，乡愁的酒就开始发酵。故乡的袅袅炊烟，故乡的篱笆矮墙，故乡的柴垛炕灶，故乡的鸡鸣犬吠，都是一坛陈酿的酵母，把故乡的酒越酿越醇。醇得清澈透明，酿得能燃烧灵魂。

故乡的昨天，已是驶出的绰绰帆影，故乡依旧是那株老槐树下的酒坛，她的味道，穿透了老城墙，穿透了游子的皮囊和骨头。

从离开故乡，故乡就举起酒杯，像踮起脚尖的母亲，每天都为你守望。守望晨露暮风，残阳晓月，斜雨飞雪。从年初一直守望到年三十。到"半盏屠苏犹未举，灯前小草写桃符"时。故乡就会举起酒杯，和你对酌。

二、上坟

大年三十的阳光，是橙黄色的。奔走了一年的太阳，慵懒地在天空散步，酝酿着下一个年度的黎明。

田野里的枯草，褪尽了叶子，光秃秃的枝干，坚硬如戟。把锋利的戈矛指向长天，仿佛屠戮严寒的勇士。

树木的枝干，弹拨着阳光的弦，枝干的绿色，准备勾勒叶子的图案。

我在田野里，给亡故的亲人上坟。焚烧的一堆堆纸火，红得发亮，红得发蓝。灰烬在风中，飞出黑色的蝴蝶。

在火焰前，我沉思着，明天就过年了，阴间会不会过年？真的有年，后人祭祀的纸钱，先辈们能来得及置办年货吗？这大年三十祭坟，也许是古人流传的自我反省的方式。这一年，你是善是恶，是白是黑，是贵是贱，面对祖先的坟茔，面对炽焰的灼烧，谁能不拷问自己的灵魂？

2018 年 2 月 20 日

跳出农门

几乎每一个农村出身的孩子，都想脱茧化蝶，跳出农门，寻找放飞自己的另一片天空。

难道农村的天空不蓝吗？

的确，农村的天空是湛蓝的。蓝得像奶奶用木荵荵染的蓝布，蓝得能拧出水来。农村还有喷红吐翠的田野，有烂漫的野花，有婉转的鸟鸣。

可是，这些都是文人雅士的逸情之乐。在农村人的视角和感悟里，十里花香抵不上一斤粮食，万里碧空正是"锄禾日当午"的酷热。

豫剧《朝阳沟》里有几句唱词："亲亲娘，祖奶奶，谁叫我要到这里来，上午担，下午抬，累得我腰疼脖子歪。"从一个侧面反映了农民的艰辛。

二十世纪七八十年代，三夏农忙，在火一样的太阳下光着膀子割麦，滚烫的汗滴能烫焦脚下的土地。冬天的午夜在麦田里浇地，刀子一样的寒风能割透棉袄。

长期生活在农村的孩子，耳濡目染，跳出农门便是他们最迫切的愿望！

跳出农门，比起欣赏田园风光，比起听蝉鸣鸟噪，才是诗和远方。他们需要生存，他们渴望更体面的人生。

田园风光不是农民的福利，那只是农民沥血淌汗过程中，大自然吝啬地赏赐。忙得焦头烂额的农民，是没有闲暇赏景悦致的。况且，"流莺长喜艳阳天"的美景，可能是农民"田野禾苗半枯焦"的忧郁；秋收时节"秋阴不散霜飞晚，留得枯荷听雨声"的浪漫，绝对没有"山田望稔秋收近，暑月乘凉早起宜"更能贴近农人的企盼。

很多诗人，把乡村吟诵成山水画廊。他们也许不知道，农村生活的本真，是日复一日，年复一年的犁耕锄耙、喂猪养羊、秋种夏收；是每天头顶苍天、脚踏厚土的栉风沐雨，是土里刨饭、肚子节食的粗茶淡饭。

在农村父母眼里，跳出农门，就成了城里人，成了国家的人。在他们看来，只要孩子不再种地，自己吃多少苦受多少罪都无所谓，有时甚至可以搭上自己的一条老命。

1977 年恢复高考，农村孩子跃出龙门多了一双翅膀。农民有多少人省吃俭用供孩子上学？有多少人白天打工，晚上干农活？盼着孩子金榜题名跃龙门。

有的农村孩子，在高三复读就长达八年。有些"八年抗战"后，终成正果，一举跃出农门。成了家长的骄傲，在城里有了自己的一片天空。

每逢高考，万人送考的场面波澜壮阔，这里还有多少农村人在引颈企盼，盼望自己的孩子从考场一飞冲天，跳出农门。

还有一种特殊的群体，就是20世纪80年代的中专生。

那时候，正是城乡二元体制的鼎盛时期，城镇户口和稳定的工作，成了当时幸福生活的代名词。

当时的社会分为两大阶层：农业户口和非农业户口。

农村孩子，只要考上中专，就转成了非农业户口，统一安排工作，这对很多农民家庭，是一个极大的诱惑。

大量优秀的农家子弟，在这种教育制度的驱动下，义无反顾地报考了中专，让自己跳出了农门。

这些中专生，在当时的学生中实属凤毛麟角，是当时的骄子。

我当时在初中任教，且担任毕业班课程，亲身见证了这一怪诞的历史过程。当时中专的录取率，要远低于现在的985院校。他们每一个人，都是当之无愧的"学霸"。硬是凭着他们的才智和跳出农门的一腔热血，挤上了中专的独木桥。

经过十年"文化大革命"，人才断裂。国家急需多出人才、快出人才，很多农村孩子，被环境和生活绑架了。

与其说这是历史的遗憾，不如说这是农村人，农家子弟的悲哀！

在贫穷落后的农村，十几岁的孩子，跳出农门，已经是光耀门庭了。父母的喜悦，在脸上灿烂了十几年。

用今天的目光审视，他们也许是时代的牺牲品。没有考上中专的学生，很多人上高中，考大学，成了社会的中流砥柱。

而在农村人眼里,这些"朝为田舍郎,暮登天子堂"的中专学生,已经圆了他们的梦想。跳出农门,能不能跃过龙门,庄稼人是不会奢求的。

时至今日,一个农民辛辛苦苦一年的收成,还比不上一个工薪人员一个月的工资。为此,"跳出农门"便是农村几代人朝思暮想的伊甸园。

我是农民的儿子,也是在农村长大的,深知农村的贫穷、农民的不易和从事农业的艰辛,深知农村人的生活环境和生存质量,我更能理解跳出农门的重要和迫切。我不是看不起农村,不是看不起农民,我本身就是一位农民,我希望农村人的生活不再廉价,农村人更加尊严,他们同样需要夏天降温,冬天取暖;同样需要退休,需要养老,需要城里人有而他们没有的一切!

记得读过一篇文章,《我花了十八年才和你坐在一起喝咖啡》,描述了一个没有上过高中的农家子弟跳出农门,到大都市打拼的艰辛历程。时间不是酒,无法提纯浓缩,有多少人,毕其一生,也跳不出农门?

诚然,从农村走出来的人都有很明显的特质,那就是特别能吃苦耐劳。从小割猪草、放羊、干农活是日常必修的课程,劳动历练了他们坚忍的性格和毅力,这是很多农村孩子走进城市特别优秀的基因。

有一种现象,很多跳出农门,来到城市的人,工作非常优秀,他们打败了与自己竞争的城里人。毋庸置疑,他们中的一些人,也终将被后来的农村人打败。农村是一个炼狱,从那里出来的人，练就了金刚不坏之身！

当然，跳出农门，是一种人生追求，是社会进步的原动力。我们还应该看到另一种追求，就是农村人的幸福指数，不应比城里人差！

2019 年 8 月 13 日

一位老兵

我们村有一位老兵，于去年去世了。

他参加过抗美援朝，他身上的弹痕是他烙在心里的记忆，是他永远的勋章。

他打过美国鬼子的事，从未向人提及。我只是从别人的言谈和他家门楣上"革命军属"的牌子里，看到了他冲锋陷阵的雄姿，看到了他不可侵犯的凛然！

我记得他，是因为他当过村长。他每天都起得很早，把挂在村口老槐树上的犁铧敲得很响，然后走街串巷，扯着嗓子喊，"开工了"那个声音在我耳畔回响了很多年。

我记得他，是因为他把村里的土豪废弃的荒地开垦了一大块，栽种了桃树。每年春天，那灿烂的桃花靓了半个村子。

我记得他，是他给村上从新疆买回了几匹马。有一匹棕红色的马，凶悍刚猛。他骑上马，被摔得鼻青脸肿。他上一次，摔一次，摔一次，上一次。最终，马被驯服了，他跛着腿走了，走得踉踉跄跄。

我记得他，是他晚年拄着拐杖，踱步在村子的阡陌沃野，他用最后的脚步，吻别滋养他的大地。一次，我在村道上偶然见到他，他眼里噙着泪花。寒暄之际，我甚是不解，这么刚强的老兵，竟然泪眼婆娑。后来我想，他是不舍土地，是一个战士，不忍离开战场。

他是一位老兵，他的精神是写在骨头里的；他是一位老兵，他的意志是流淌在血液里的。

他是一位老兵，他是一名战士，我看到的他，都是冲锋的身姿，都是战士的刚毅！

向这位老兵致敬！

2020 年 8 月 1 日

寄语高考学子

数载寒窗,今朝亮剑。今天,无数高考学子走进考场,走进青春的"战场"。

这是十二年前的约定,你们,再赴一次人生之约。当第一次把书包挎上稚嫩的肩膀,你们十二年来行囊里的每一页纸,都和今天签约。

"十年窗下无人问,一举成名天下知。"这里的一纸一笔,就是一骑一戈,沙场点兵,金戈铁马。

十二年,几千个丽日的镀色,几千个月华的漂洗。你们脸上多了少男少女的矜持与自豪,多了青春外溢的果敢与刚毅。十二年坚守,只为今日试锋芒。素笺走笔,注定仗剑天涯!

十二年求学,多少个黎明,你们发际的蓬勃染红一抹晨曦;多少个夜晚,你们眉梢的灯影挑落无数繁星;多少个雨晨,你们撑伞独行,掖一卷书,穿越长长的雨巷,任脚下的雨珠跃上花枝;多少个雪夜,你们比肩疾步,颀长的身影,撑起半窗星光。你们和雄鸡一起报晓,和夜莺一起唱晚。

筑梦,就要高举夯石。玫瑰花上的晶莹,也许就是汗滴。高考，是你们走过崎岖山路后，领略旖旎风光的峰巅。

高考的战鼓已经擂响，在这个战场上，你们都是勇士，你们用多年苦读的汗水磨砺笔尖，必将收获属于自己的丰硕。

此刻，答卷有优劣，人生的考卷却难分高低。乾坤未定，你我皆是黑马。考场，是你们的一次分蘖，分开的每一枝向着不同的方向舒枝展叶，拔节吐穗。每一枝，都有自己的姿态，都有自己的丰稔。

考场，是你们的一次检阅，受阅后你们将卸下征战十二年的戎衣，换装出征。

出征，将过关斩将；出征，将乘风破浪。经历了十二年的搏击风雨，寒窗苦读。这一去，绝不会空手而返；这一去，一定会凯歌高奏，载誉而归；这一去，生命会更精彩。

考场，是一次洗礼。就像雕琢璞玉，经历一刀一划的疼痛，石头会嬗变为风骨天成，温润碧透的美玉。

走向考场，你们将铺纸展卷，握笔挥毫，书写绚丽的风景，书写无悔的青春，书写精彩的人生。考卷会化作你们腾飞的双翼，考卷会化作你们远航的桨帆。

今日挥笔写春秋，明日长空揽明月。祝你们蟾宫折桂，金榜题名！祝你们鹏举九天，前程似锦！

2022 年 6 月 6 日

西安是一架古琴

　　古琴，又称瑶琴、玉琴、七弦琴，是中国传统拨弦乐器，有三千多年的历史。关于古琴的起源，传说很多，据古籍记载，伏羲、神农、黄帝、尧都制过琴。传到舜，他把古琴定为五弦。到了周文王，又增一弦，武王伐纣又增一弦为七弦。

　　周文王灭崇，武王伐纣后，在西安沣水两岸营建丰京、镐京，合称丰镐。丰镐是中国历史上第一座规模宏大、布局整齐的城市，是周礼的诞生地，也是古琴完善和成型的地方。

　　西安，既是古琴的发源地，这座城本身就是一架古琴。兵马俑、大小雁塔、城墙、钟鼓楼、书院门、碑林、历史博物馆七个历史名胜，是古琴的七根弦。而十三朝帝都的历史遗痕，是雕在古琴上的十三徽。每天，西安把几根悠长的弦，轻拢慢捻。若隐若现，悠扬典雅的旋律，划出一道道五彩斑斓的光束。把历史的深邃和现实的菁华，串成一道七彩的虹。

　　古琴，长不盈四尺，却胸纳天地，声贯山河。

　　古琴，弦不过数根，却音属八音，韵及九荒。

　　古琴，音域宽广，音色深沉，余音悠远。不但能折射出高山流水，明月清风，还叠映出秦砖汉瓦，大唐风韵。

古琴，传递着生生不息的跋涉和坚韧，传承自强不息的魂魄和精神。

西安，物华天宝，人杰地灵，十三朝古都历经一千多年，文化积淀灿如浩瀚星斗。西安，历代崇义尚礼、风情雅致、抚琴而歌、执琴而舞，悠远的琴音，已经把历史的声音镌刻进这座城市的血脉里。

西安，南接秦岭，北依渭水，山色旖旎，水光毓秀。文人雅士登山临水，凝眸七弦，歌峰立神峻，吟溪流碧潭，把湖光山色融化在西安岁月的温婉里。

西安这架古琴，充溢着王者之气。

这里的十三朝古都，七十四位帝王王杖龙袍，在这里指点江山。身在西安，身上就沾满了汉唐遗风，俗世的铠甲纷纷剥落，灵魂里就会丰茂出一个凛然的古代王者。

西安这架古琴，弹唱着吹角连营，金戈铁马。周朝文武二王，挥师伐纣，开西安建都之先河；秦王扫六合，一柄天子长剑，铸造帝业。秦朝建都咸阳，都城之大囊括西安；沛公刘邦，三尺青锋所指，天下归汉；唐朝威仪远播，永宁门还弥漫着万邦来朝的热烈。

西安曾经的威武之师，气吞万里如虎。西安这架古琴，涌动着诗意如潮，诗是西安的符号。

"天街小雨润如酥，草色遥看近却无。"韩愈给西安晕染春色。"迢迢青槐街，相去八九坊。"白居易给西安的夏撑一抹绿荫。"秋风吹渭水，落叶满长安。"贾岛给西安的秋撒叶成金。

"长安雪后似春归，积素凝华连曙辉。"岑参让西安的冬天春色撩人。

疫情下的西安，月色凄冷，或许有几分"诗人助兴常思玩，野客添愁不忍观"的空寂。但是，西安永远不会褪去诗意的芬芳。"长安一片月，万户捣衣声"的欢愉与闲适，像西安城垛上的月亮，逐渐圆润而明亮，正在辉映出西安的朗朗清廓。

历史沉淀下的西安，烙印着一个民族曾经辉煌的印记，弹唱着无数人不屈与奋进的琴音。

西安这架古琴，正值节拍中的起、承、转、合，蓄势待发。更为深沉古老，苍劲悠远，极具质感，像来自远古的声音，深藏韵味，浑厚不张扬。

催人奋进的历史琴音，必将在西安上空永远激荡。

2022 年 1 月发表于《三秦散文家》

国庆寄语

时光流逝的斑斓旖旎，定格在十月一日。

今天，是祖国 69 岁华诞。

今天，岁月辽阔，江山秀丽。蓝天飞霞，苍山含黛。

今天，飘扬着歌声与欢乐，充满了温暖与幸福。

今天，流动的河流，追忆峥嵘岁月；站立的高山，挺起民族脊梁；馥郁的鲜花，绚烂火红年华。

今天，红旗在升腾，意志在升腾，尊严在升腾！

祖国，伟岸的身躯，站在满地花瓣呼吸的深处，站在红旗轻挽流云的高空，展示着壮丽与神奇，博大与雄健。

我捧读祖国的风雨如磐，岁月峥嵘；我吟唱祖国的披荆斩棘，乘风破浪；我赞美祖国的花团锦簇，如诗如画！

祖国，多少个黎明，像霞光一样飞扬；多少个夜晚，像灯火一样流淌。我们的眸子挂满祖国往日风干的诗行；我们的双手捧起祖国飞翔的羽毛。我们与祖国同在！我们为祖国欢歌！

祖国，高山攘臂，长河舞袖。今天，我把目光探寻进轩辕祭天的遗迹，扶起一个沉睡的礼仪；我把步履踏过梁山宫的车痕，丈量一段盛世的繁华；我把手指伸向无字碑的隙缝，弹拨一段沉睡的辉煌；我把歌声挂上丝绸之路的驼铃，飘荡一声灿烂的绝响。不，我要变成一只飞翔的纸鹞，放飞祖国蓝天的高远；我要成长为一棵大树，衬托祖国旗帜的灿烂；我要流淌成一条河流，激溅起祖国盛世的欢愉。

在欢庆祖国华诞之际，《大秦文学》将迎来自己的周岁生日。《大秦文学》在一年的风雨里，站在世纪的长河上，像牧童的手指，始终不渝地遥指文学的永恒主题，字字珠玑，笔笔生花。或慷慨激昂，振奋人心；或婉约缠绵，摇人心旌。都美轮美奂，久而弥笃。

今天，在举国同庆的盛典里，《大秦文学》祝各位朋友国庆节快乐，福瑞安康！

2018 年 10 月 1 日

元旦寄语（一）

昨天，还像颀长的影子，匍匐在身后。今天，一段新的阳光，站立成迷人的风景，一个新的纪年已经开启。

阳光，镀金一般洒在枝头，那一根根树枝，像敲打阳光的手指，像翘首而立的音符，更像一把把挺举的剪刀，把一缕缕阳光剪开，为新年的诞生剪彩。

2018年，注定是洒满阳光的。我已经看见了，阳光，在秦岭、五峰山的褶皱里，在渭河、漠谷河的瞳孔里，在乾州每一寸土地蛰伏的呼吸里，染红了诗意的光阴。阳光正在磨砺成锃亮的刀刃，把一层层冰封的泥土剥开。孕育着新生的芽孢，像一只只小手，握紧春天的温煦。山坡上、旷野里、树梢上，到处飘舞着绿色的旗帜。这是绿色的列兵，是绿色的战阵，必将势不可遏地占领冬天，为新的一年铺出一片绿色的坦途。

云蒸霞蔚的天空，阳光像一片片轻拂云翳的羽毛，用柔软的温馨，梳理天空的热情。天空，是阳光勾兑的色彩，是阳光放逐的无垠的牧场。每一天的天空，都是一张写意画。昨天的一页揭去了，今天的更加悦目。当又一个新的天空闪烁的时候，谁还能阻挡我们飞向天空？

　　阳光，是太阳投射大地的光束，是云隙漏下的光环，是树影筛下的光斑。阳光，能点燃花的火焰，阳光，能驱散夜的黑暗。你站在阳光里，你就是鲜花，你就是光明，你就是春天。

　　2018年的阳光，义无反顾地来了，昂首阔步地来了，大摇大摆地来了！

　　也许，明天会有一场雪，那是阳光的使者。雪花，会沿着阳光的视线飘落，在阳光停留的地方，开出六瓣的花。它会为阳光铺一张漫天的素笺，让阳光恣意书写新岁的诗章。雪融化了，你会听到，遍地都是阳光的声音！

　　《大秦文学》和每一位读者，都是阳光的音符，都是阳光的翅膀。2018年，都会弹奏出悦耳的华章，都会翱翔在辽阔的天宇。

　　元旦的曙光，已经挂在你的窗棂，你的眉梢。《大秦文学》将在鲜艳的丹阳里，裁剪2018朵最灿烂的时光，为你镶一朵七彩的花，将借元旦的鞭炮，为你送上2018声祝福！

　　2018年，大秦文学的阳光，一定会打在你灿烂的脸上。

2018年元旦为《大秦文学》写的元旦寄语。

元旦寄语（二）

2019 年的日子，像一粒粒种子，已贮进岁月的仓廪。

褪去的时光，是日子生长的田畴。每一个日子，在沃土里破土，在沃土里拔节，在沃土里吐穗。时光的田野是明媚的，充盈着朝气，蓬勃着活力，向日子输送着激情和勇气，使每一个日子都肥硕，都丰稔。

春天，日子是绿色的。嫩草伸长自己，像无数只手拨弄流云，揪紧天空。

夏天，日子从一根麦芒里簇起。镰刀收割五月，也收割不紧不慢的日子。

秋天，迁徙的燕子，守不住梧桐落叶的老屋，守不住村庄上的一片天空。日子，却安适得像随风飘逸的纸鸢，翅翼张翕着日出日落。

冬天，雪把时光堆叠成苍白的记忆。每一瓣日子，都融化成一滴往事，在岁月的纸上洇开足印。

一日复一日，与日子偕走，一寸一寸光阴的蜗行中，日子并不塞滞。可当握别了时日，倥偬间，日子竟逝不可追。

日子，能张开春风的翅膀，也能舔舐骨髓里的伤口。

文学的日子，却永远是晴暖的天空。天空，收容阳光的花朵，也收容游走的风。文字，是心海里涌动的浪花，能荡漾人间真情的澎湃。

2019年的日子，大秦文学，在读者的西风口，种下了一块五彩的碑石。用十万亩的桃红，搭起瞭望世界的看台。

大秦文学，每一粒文字都伸出向暖的心枝，一直为你守望着，愿你如花盛开！

2020年，每一个日子都是新的。大秦文学将一日不舍地敲打心寺里的暮鼓晨钟，为你祈祷！愿大秦文学的作者，读者每天都是好日子！

2020年元旦为《大秦文学》写的元旦寄语。

元旦寄语（三）

2020年已悄然离去，甚至没听清楚她最后一声跫音！

是时间太瘦，还是指缝太宽？

过去的，是喜是忧，是成是败，是荣是辱，都纳入旧岁，也无法细数。就像昨夜，一年的最后时光，是目光从手机屏滑落，还是发际掠过一缕寒风？是盈握一支笔杆，还是合上一本书卷？似乎已在记忆中模糊，但能准确忆及的，怕是脱衣安寝了。

今天的第一件事，应该是2021年的第一件事，依然是穿衣。有人一身新装，有人旧衣如故。

一序新启，与旧岁的结束，时令依然是冬天，阳光依然少些暖色。

今天元旦，这个旦是一轮冬日。起床擦一把脸，看看这轮太阳有没有磅礴出新的生机？

也许，你擦脸的水盆里，水池里，水柱里，都会有你的影子。因为这水，你新的一年会风生水起！

2021年，下雪有水，下雨有水，晴日有露。每一滴里，都有打开的你，绽放的你。

2021年，还会流年似水，但流不走的，一定是你的精彩，你的卓越！

2021，你好！

2021年元旦为《西北大秦文学》写的元旦寄语。

元旦寄语（四）

2021年，已经和昨夜的最后一缕风一同老去；2022年，和今天的一抹晨曦翩然而至。

2021年，是一面蛟龙转鼓，有大气磅礴，也有婉约低回。每一次敲击，都是诉说，都是回音。时间正踩着历史的鼓点，和我们对望，向我们诉说心音。而鼓乐的昂扬与奋进，已拓印成我们2022年的底色。

2021年，是乾州豆腐脑，有酸甜苦辣，有人生百味。每天的日子都是一粒黄豆，在时间的石磨里碾压，萃取。把精华点兑得如脂如膏，调和得美味可口。这些黄豆的碧绿与生机，已经萌生成2022年的新芽。

2021年，是乾州锅盔。每一个圆饼都是日子，咬一口，就无法修复，日子在咀嚼中流逝，一天一天遁于无形。正是这圆，摊开了人生，铺开了过往，每一块都是足痕，都叠起人生的远旅。这些锅盔，已经装进我们的行囊，成了我们2022年可圈可点的每一天。

回眸岁月，乾县文化，中国文化一年的高塔，夯进了我们一把土，垒进了我们一块砖，融进了我们一滴汗。

2021年的跫音渐行渐远，2022年我们阔步走来！

2022年，是一架乾州挂面。我们乾县非遗研究会，将把每一天和面、搓条，高挂于丽日之下。我们将把每一天束成五彩的虹，让乾县非遗文化斑斓多姿！我们将把每一天束成邮戳，把非遗文化的瑰丽寄给我们的后辈，寄给历史，寄给未来！

为《乾州非遗文化》网刊2022年元旦所作。

元旦寄语（五）

日子，在键盘上滑过，文字的馨香依然萦纡。回眸，倒读一抹嫣红，读一阙春露秋雨，时光打湿的呢喃清脆如歌。

斑驳的岁月，有寒来时，浅草凝霜；有风过处，浅笑翩然。有时，独坐于柳堤湖畔，看烟柳摇翠，听丝竹濯心；有时奔走于旷野，任飞尘蔽目，凭长风乱发。

岁月更替，流年不复。

捧一掬过往，品一怀思索，梦一般的流年，谁能盈握？或许，只有文字，能留住时光。柔软的文字，能咬开一只茧，美丽成蝶；暖心的文字，能绽出一朵禅意的莲，参悟浮生；有光的文字，能擎出一把火，温暖寒冬。

《大秦文萃》，一直都在和您守候阳光，守候时光静好，守候和风在岁月的枝头摇曳。

我们守候人间烟火，感受灯火阑珊处，一盏灯藏着生活的琐碎与温暖。

我们守候春华秋实，体会田畴阡陌里，一粒种子拱出的耕耘与艰辛。

我们守候清风晓月，感悟如水时光中，一径花香静放的清浅与恬淡。

这一年，我们更多的是在文字里，拈出一朵朵花瓣，装点您沿途的风景。有时，我们也用文字，撑一把油纸伞，聆听一朵盛开的寂寞。抑或，用文字，点亮一只萤火，寻觅干涸在童年拐角的歌谣。

我们也采风。或坐于乾陵之巅，摘一朵石苔，淡描唐月的平仄；或行于漆水之湄，拈一茎苇草，打捞清湍里的流韵。

我们也征文，聚八方英才，荟四海俊达，以古树为犁杖，在一畦漠漠田垄里书写华章。

流年似水，站在时光的彼岸，与过往对望。我们以键盘濡墨，描摹作者采撷的风景，每一帧都是岁月的剪影。我们以平台为衾，收纳了 362 期锦绣辞章，每一篇都是限量版的珍玮。

因您妙笔，我遇良文；因您阅读，我逢知音。感谢每一位作者和读者！

暑去寒来，新岁启序。此去一年，应是良辰好景已设。2025年，愿芳春在您的扉页盛开，也在您的跋文里落款。

2025 年《大秦文萃》元旦献词

元旦献词

太阳升起了，又一个早晨如期而至。

新的一年从太阳的眸子里站立起来，鸟的鸣叫是岁月的序言，正在覆盖棉签书写的跋语。

打湿过的睫毛只有上扬，目光才能放逐远方。过去的一年，小小的棉签依然像一根拐杖，支撑着我们在疫情里踽踽。生活不仅是油盐酱醋茶，还有核酸。多少个黎明，手掌持一钵晨霜，把手机上的电子码虔诚地合进掌心，排着长队等待一次生命的检阅。

这一年，不管浓妆还是艳抹，都在口罩里返璞回真。远方并不是诗，倚窗而望鸟鸣衔来的远方，风透过窗棂晾晒过期的风景。诗就像蘑菇，没有叶绿素，不见阳光也能生长。

鲁迅先生说过："只要能培育一朵花，就不妨做做会朽的腐草。"这一年，有为花开而做腐草者。有人雨中为你执一把伞，有人暗夜为你擎一束光，有人寒冷中为你挡一股风。生命凉薄，有时候，一抹笑靥，能举起半城烟火；生命轻微，有时候，一粒布洛芬，能扶起滚烫的影子。用笔书写感动，比把文字撕裂贴在自己脸上更温暖人心；让心灵生长感恩，比用谎言填补空虚更风光无限。

文字是有温度的。只有用真诚的燧石打磨文字，文字才能温暖生命最美的风景；文字是有佛性的，只有虔诚叩拜文字，文字才能葱茏生命的禅意！

亲爱的读者，《大秦文萃》愿做冬天里的抱薪者，用文字炙烤寒冬，让您的生命春意盎然！

2023年已经来了。"三"，在老子的《道德经》里有"道生一，一生二，二生三，三生万物"之说。2023年，万物充盈，必定是一个丰裕之年。《淮南子》解释"二"是"阴阳"，三是"阴阳合和"。2023年阴阳合和了，一定疫去病消！

祝各位读者2023年健康！快乐！幸福！

2022年，《西北大秦文学》更名《大秦文萃》。此为2023年元旦献辞。

说年

时光如清风拂过，不经意间，岁月又镌刻了一圈年轮。

葱茏的记忆成了苍黛的青苔，走过的足迹，拓印着一天天的日子，晾晒着一截截阳光。无须回眸，我们的身影，每天都鸣响撞击大地的回音；无须翘首，我们的诗吟，每天都紧握蓝天的流云。

《大秦文萃》，每天都敲击出或浓或淡的文字。文字的翅膀，像阳光般洒满天空；文字的声音，像鸟鸣一样裁剪快乐。

这是一条文字的河流，可以濯洗心灵，可以任灵魂漂泊。这是一曲文字的旋律，或轻盈婉转，或浅唱低吟，或高亢激昂。这一粒粒文字和你的名字，种进了阳春三月，葳蕤在盛夏七月，丰腴在金秋十月。即使在寒冬腊月，我们和你的名字，都会拱出坚冰，长出一片翠绿！

纵然，我们还不臻美，但是为了心中的美好，为了不负韶华，我们愿用一颗禅心，善待每一个文字，善待每一位读者。

我们愿在这文字的绿漪里，植一池莲，静心，禅坐。我们将在这如禅的时光里，一手拈花，一手捧诗，在文字与光阴的交替里，盈握一抹恬淡的光阴。

今天，树木的枝丫如剪，剪断落满时光的碎屑，撒在旷野，撒在铺就的素笺上，写满岁月的箴言！

多少如诗的文字被时光摘走，也摘走多少个朝晖暮月。而今天，阳光已将昨日的鸟鸣擦去，诗歌依然在光阴的留白里行走。

旧岁的雨痕被光阴晒干，新年的诗意闪亮着灯笼般晶莹的眸眼。

鞭炮急促的炸响，是春天走近的声音；春联挺拔的身姿，是春天行走的队列。

《大秦文萃》键盘敲打的文字，崇山峻岭都变成坦途。她遥指的方向，石头都会长满芬芳。

《大秦文萃》的文字，是地层下的伏笔，是河流穿过千山万壑的故事，是森林树木枝叶贯穿蓝天沧海也无收尾的结局，是原野铺开宏大的素笺。

春天来了，《大秦文萃》的文字，已长成芽蕾，向您、向他（她）、向所有投来的目光，献出身体里长出的每一片新生的绿叶！

此岁今日，《大秦文萃》用文字点燃一串烟花，让您的灵魂瞬间绚烂多彩！让您的心情永远绚烂如花！

2019年2月18日

春节寄语

这一刻，阳光渐暖，春意渐浓。

这一刻，正好在暖阳下写出升腾与温度，在春意里写出新生与活力。

无须虚构，阳光的彩笔正落墨入纸。大地铺开的纸帛，冬天的伏笔已绽出新绿，蛰伏的隐喻正显露初红。

在那个雪藏的春，舒展的夏，殷实的秋，我们都用笔垦土凿壤。在我们的沿途种下春意，在我们的脚窝种下羽毛，在我们身后的影子里种下玫瑰和火。

这一刻，时序正在交接。接力棒是一悬冰挂，那是地心里伸出的佛指，遥指尘世的晶莹；接力棒是灯笼里的红烛，那是布幔里的心火，用生命把黑暗炙烤成光明。

春天来了，新生的春，嫩绿的春，蓬勃的春，靓丽的春……如同打开一幅卷轴，铺陈于眼际，高挂于天宇，漫亘于阔远……

而《大秦文学》之春，早已在您的一页纸上，盈出绿色；在您的一键敲击中，拔节吐蕊。

春天来了，《大秦文学》的作者是报春的归鸟，衔回的草色与暖语，是季节最美的色彩与歌唱。

新岁启航，《大秦文学》将携一袭东风，希望撞开读者虚掩的心门，让柳岸、烟雨、鸟鸣，融化您的眼眸，融化所有的季节！

春天里，一头牛拉动阳光、拉动希望、拉动成功、拉动幸福。肩胛上，是一望无际的雄浑，一望无际的壮阔。那是您，那是和您并肩的大秦文学，正阔步走来！

2021年2月12日

端午节的一粒诗

像剥粽叶一样，把五月层层剥开，在端午这一天，会剥出铺天盖地的诗。这一天，曾经有一位诗人，把自己像种子一样撒进了汨罗江。每年的这一天，诗歌就会像艾草般葳蕤，丰稔。

端午节的阳光，一层一层明净的，炙热的阳光，架起了诗歌的梯子。我不是诗，小心翼翼地顺着梯子攀缘，走进了礼泉县胡王村花海诗舍。

诗舍温情，热烈。每一个人，每一朵花，甚至桌面上的粽子、黄杏都是一粒粒滚烫的诗。

阎纲是诗，是一粒矍铄、硬朗，在文字里打磨得熠熠生辉的诗。

诗舍的主人王雁如也是诗。她端庄，丰秀，是一粒饱满的诗；她率性，热情，是一粒温馨的诗；她顽强，坚韧，是一粒执着的诗……

今天，她不仅是诗，更是装帧诗集的钉子。她把锋利一寸一寸地向地幔，向地核砸下去，装订出一部深邃，隽永的诗集。

诗集里，阎纲、董信义、凌晓晨、赵创立、李为、方岩、董爱、曹小雅、李俊凯、王高产、卢小会……以诗的矫健，诗的磅礴卓然而立。

诗集里还有陌生的诗，今天我第一次读他们，但他们诗意的热烈已烙进了我的灵魂。

端午节的阳光，像个大小伙一样，坦荡，赤诚，率真，把大把大把的暖，洒向花海诗舍的每一个角落。王雁如女士像一位花匠，她让荒芜丛生的土壤，长出了青葱的绿意，丰盈出诗的花海。

2023年端午节，应邀参加礼泉县花海诗社7周年庆典，作此文。

一路追光

4000 多年前，轩辕黄帝问道崆峒山，归途中曾在古乾县设坛祭天。这个曾经燃烧过中国礼祀文化香火的地方，秦孝公十二年，置好畤县。

今天，位于好畤村的祭天台和好畤县城已难觅踪迹。该村紧依 312 国道的陕西华通机电制造有限公司却声名鹊起，遐迩闻名。公司已荣获"国家级专精特新小巨人企业""国家级高新技术企业""省级企业技术中心"等数十项殊荣。

让我们沿着该公司办公大楼上"华通机电"四个大字折射的光芒，走进公司董事长王曙光的人生轨迹。

一

王曙光，1968 年出生于乾县东注泔村。该村北依五峰山，南傍泔河、东览昭陵、建陵、西望乾陵，秦始皇巡游的甘泉宫遗址距村仅一公里。这里旖旎的山水风光，让这一方人心生豁达，腹凝睿智；这里盘亘的帝王之气，让这里的人心有磅礴，胸藏坚韧。

这里高山如屏，深壑涌翠。王曙光的童年就在这里度过，他的人生在这里漂染了葱茏的底色。

东注泔村有一棵白杨树，植于明代。虬枝摩云，碧叶揽风。王曙光的童年，夏天在树下的涝池戏水，冬天在涝池里滑冰。白杨树葱茏的枝叶，为他的人生印上了绿色的蓬勃。

20世纪70年代，农村生产力落后，生活贫穷。王曙光上小学的时候，周末或假期，常常肩背草笼，手执镰刀，去地里挖野菜，下深沟砍柴禾。

初春，地处台塬的注泔乡，冬天迟迟不肯退去。寒风从山峁，从沟壑恣肆地吹过平畴，吹过村庄。当时，王曙光在注泔初中上一年级。一天下午，他和同学们去北杨牧村林场参加学校组织的植树造林活动。林场地处沟壑，深沟好像黄土地撕开的一条豁口，又陡又深。同学们一边劳动，一边在深壑土涧里放逐自己的童心。突然阴云骤起，一阵初春罕见的急雨倾泻而下。顷刻间，空中的雨、沟坎上的水瀑在沟中肆虐。王曙光和同学们踏着泥泞，沿着蜿蜒崎岖的陡坡向上攀爬。他身上的薄棉衣、衬衣被雨和泥水浇透了。其他同学回家，他挺着瘦小的身躯，去了时在注泔乡政府工作的叔父那里，并留宿了一夜。一路上，衣服上的湿气和寒冷渗入肌骨。第二天，衣服还没有完全干透，靠身上蒸腾的热气暖干了衣服。从此他落下了强直性骨膜炎的病根，经常两腿发肿，奇痒难忍。一直到初中，风湿病仍未好转，经常去礼泉的咸阳市第一人民医院看病。有时候一个疗程达一月之久，每天都要打针吃药。尽管如此，他丝毫没有放弃学业，经常利用晚上补习落下的课程。

那一年中考，他的成绩在阳洪学区名列前茅，达到了初中专预选分数线。那时候，中考高分就能参加初中专复试，上了初中专就有了工作，就能端上铁饭碗。参加复试的时候，王曙光因一个意外，在考政治时迟到了 30 分钟，虽然勉强参加了考试，因时间和情绪的影响，以几分之差与初中专失之交臂。

正像孟子说的："故天将降大任于斯人也，必先苦其心志，劳其筋骨，饿其体肤，空乏其身……"王曙光的少年时代，多次经历了疾病之厄。

王曙光上高中的时候，又患了溃疡性结肠炎。父亲带着他四处求医，西安、咸阳，中药、西药，三年高中生涯，他几乎天天都在求医问诊的路上，中草药就吃了五六百服。他身体日渐消瘦，经常头晕目眩，不得不中止了学业。

二

注泔村的老杨树，树干高大，直冲云霄。树枝像巨人的手臂，向外伸展。枝干上褐色的树皮皴裂，像龙钟老人身上纵横的血管。

王曙光回家后，见村里人常在农闲时节上山下沟挖药材，他也提着担笼，扛着镢头去挖药材。村里人因为他身单力薄，怕他吃不了这个苦，不让他参加。那一年，王曙光 18 岁。

王曙光经常站在老杨树下，望着坚挺苍劲的枝干，望着从浓密的树叶罅隙间筛下的阳光，陷入沉思，他要寻找人生的方向，寻找命运的出口。他看到村子有收中草药的商贩，想起了父亲带他在西安看病时曾去过一家药材公司，突然灵机一动，咱也可以收购药材啊！

王曙光来到西安那家药材公司，找到公司经理，说他有一批药材出售。经理问他什么药材？他说柴胡。经理问是狼柴还是耗柴？他从来没有听说过柴胡还有分类，随机应变地说两种都有。经理又问多少斤？他随口说1万斤。接着，他向经理介绍说，我是一个学生，来西安看望生病的老师，我们学校开展勤工俭学，每个学生都挖了10多斤药材，我们学校有1000多名学生，总共有1万多斤药材。

经理一听这么多的药材，喜出望外，高兴地说，你们是学生，就不分狼柴耗柴了，混装，每斤8元，有多少收多少。

王曙光辞别了药材公司经理，急忙乘车回家。当地柴胡收购价格每斤1元5角钱，这是多么大的利润啊！他开始了自己的第一次经商之旅，他跑遍了乾县所有的药材收购点，大约有2000斤柴胡，最终以每斤3元的价格达成了收购协议。

王曙光兴冲冲地回到家里，说了收购药材的事情，并想从家里得到他人生第一次做生意的本钱。令他意外的是，家里倾其所有，只有30元钱。他父亲是教师，每月有60元的薪金。但供姐弟三人上学，一大家子人的开销往往捉襟见肘，加之祖父身患重症，经常寻医求药，已经债台高筑了。

家里没有钱，只有借贷了。王曙光去了信用社，信用社经理是他的堂伯父。经理听王曙光说要贷8000块钱，吃惊地愣了半天才缓过神来。他惋惜而又严肃地说："别说你，就是你父亲来，用教师的职业担保，也只能贷400块钱。你来，100块钱都贷不了。"8000块钱虽然超出了当时信用社经理的业务职权，但他却对年轻的王曙光缜密的商业思维和胆识赞不绝口，逢人便说。

王曙光的第一次经商，因为没有足够的本金而功亏一篑。但他敏感的商业天赋已经崭露头角，他把握商机的果敢已经初露锋芒。

三

农村开阔了王曙光的视野，也强健了他的体魄。他心中求知的欲望并没有熄灭，农闲时经常手不释卷，他希望重新走进校园，重拾他的大学梦。知子莫如父，他在高中任教的父亲，深知他的聪睿，说他天生是读书的料，鼓励他继续求学。他高中的同窗好友也见识过他的天赋，动员他重新走进课堂，圆梦考场。

可是，天有不测风云，正当他踌躇满志地准备复读的时候，他的祖父因患胰腺癌去世了。

他的祖父在王氏家族中，是一个史诗级的人物，上了一年多私塾，却工于计算，打得一手好算盘。十六岁在礼泉刘文伯的商铺当伙计，十七岁辗转西安、甘肃、宁夏等地做粮食、油料、棉花生意。后升任店铺二掌柜，多次与兵匪斗智斗勇，在坊间颇具传奇色彩。就这样的商界奇才在谢世时，却因为看病给家里留下了1万多块钱的债务。

1万多块钱，对当时一个农村家庭，无疑是天文数字，它像大山一样压在王曙光父亲的肩上。

为父分忧，为家担责的使命，在血气方刚的王曙光胸膛激荡。他决心在家庭中担起男子汉的责任。

有了收购药材的经历，王曙光变得更加务实。他像一棵舒枝展叶的幼树，向广袤而深厚的黄土地扎根。他作务果树、种西瓜，要在浸润过祖辈血汗的土地里刨出金疙瘩。他把涝池沉淀多年的淤泥挖了一百多架子车，拉到苹果树地里做底肥。他在众人难以置信的猜疑中，把一公里之外的水引来灌溉苹果树，当年的苹果亩产突破1万斤，创造了注泔镇苹果产量的奇迹。

苹果、西瓜的丰收缓解了家庭的经济压力，但它并不是王曙光放飞灵魂的翅膀。他开始走向外面的世界，在马连一家纺织厂当机修工。

纺织厂因为扩建新厂，资金紧张买不到棉纱，濒临停产。初出茅庐的王曙光主动请缨，竟然为纺织厂赊回了一大批棉纱。他的社交能力让所有人刮目相看，并由此担任采购，后又成为杨汉乡新厂筹建的负责人。

正当他在纺织厂干得风生水起的时候，中国人寿保险公司在乾县招工，王曙光参加了考试，并以优异成绩被顺利录取。

刚进保险公司，他是办公室一名小职员，当时的保险公司，在每个乡设有办事员，由于人员不足，疏于管理，保费管理乱象丛生。公司给每个乡派了一名职员，蹲点整改。

王曙光蹲点的乡是最棘手的乡，代办员挪用保费，公司副经理、科长等人多次调查未果。王曙光历时两个月认真核查账目，实地走访，查清了代办两年挪用保费3万6千元的事实。

3万6千元，在当时是不菲的数目，浸润着多少农民的血汗，蕴含着多少家庭对生命和财产安全的希望。王曙光硬是用了三天时间，耐心地劝导代办员，让他上缴了保费。

王曙光一战成名，在保险公司名声大噪，领导层更是对他刮目相看，调他在保险科负责全县的家电保险业务。

四

一天，王曙光与一个同学偶然相遇，通过这个同学购得了四桶平价柴油，一桶用于家里责任田的收割打碾，剩下的三桶转让出售后竟获利600元。

600元，可能是王曙光经商赚的第一桶金。"鸡生蛋，蛋生鸡"。王曙光深谙财富裂变之道，当时正值电视剧《上海滩》热播，身穿黑呢大衣，颈系红围脖的许文强，风流倜傥，是不少年轻人追捧和效仿的偶像。王曙光敏锐地捕捉到这个商机，他用这600块钱买了一台织毛衣机子，在县城郭家巷租了一间房子，利用业余时间织围脖。时间虽然不长，但他的触角，已经从农业伸向手工业领域。

1989年，随着保险公司业务的拓展，开始在乡镇设立保险所。王曙光分配到阳洪所担任出纳，该所管辖阳洪、灵源、注泔、大杨四个乡。王曙光上任伊始，县公司分派的主要业务是麦场火灾保险，以乡为单位征收，每亩地1元钱。阳洪所新成立，业务开展滞后，王曙光与主任协商，一人独揽了四个乡的征收业务。

四个乡约20万亩小麦，应收20万元。当时的小麦收购价是5角6分钱，王曙光为乡领导献了一策，每亩地加收2斤公购粮，折抵保险费。当年，这个保险被县上纳入各乡的考核范围，乡上按王曙光的办法，省时省力，很快完成了保险征收任务。

在此期间，王曙光遇到了一个骑着自行车，走村串乡收国库券的人。国库券是一种政府国债，当时发行的有三年、五年、十年期的，主要以摊派的形式发售。未到期的国库券不能流通，经济并不宽裕的农村人往往以低价出售。因国库券的利息远远高于存款利息，有些金融机构和财力雄厚的个人却乐于收贮。这个收国库券的，以5角钱甚至更低的价格收购，6角3分钱出手。王曙光敏锐地从中看到了商机，他以7角钱的价格大量收购国库券，又以1元钱的价格向保险公司缴纳保险金，从中获利近10万元。

那天晚上，月悬中天。银色的月光透过窗户，映照在王曙光居所的小床上。床上堆着一沓一沓的钞票，在如水的月光里像一座座逸出波浪的小山。10万元，在当时是一笔巨额财富，守着这一笔巨款，等于守着一座金矿。王曙光望着床上的钞票，望着洒在钞票上的银晖，望着窗外一轮皎洁的圆月，又一次想到了财富裂变，他要用这10万元，开拓更大的市场。

当时的改革开放，已经带来了欣欣向荣的景象，商品流通异常活跃。特别是乾县的三眼桥化纤布市场，是西北地区最大的化纤布交易市场，拥有500多个摊位，经营者来自全国72家大型纺织印染企业和270多个县的客商。年吞吐量达三千多万米化纤织布和少量纯棉布，价值近亿元。

而当时的交通运输却与之很不匹配。乾县到外埠的交通工具仅有咸阳运输公司和乾县运输公司十几辆大巴车，尚无一辆私营运输车。乘车难，运输难，成为当时经济发展的瓶颈。王曙光像从月光里捕捉到天火一样捕捉到新的商机，他要做第一个吃螃蟹的人，要在乾县第一个搞私营运输，要为乾县的人流、物流撑一叶巨舟。

第二天,他便乘火车来到了汉中,在这个风光旖旎,被誉为"蜀中明珠"的城市,用八万八千元现金购回了一辆大巴车。

真是不入行不知其难。买了车,王曙光才明白,搞车辆运输并没有想象的那么容易。仅运营线路的审批就是一道难关,他想了很多办法,找了很多关系,跑了无数次西安、咸阳,问题一直没有得到解决。还有燃油,当时的燃油限量供应,不能满足车辆运营的需求。正当他一筹莫展,求告无门的时候,一天清晨,一辆桑塔纳小轿车驶进了阳洪乡保险所。原来是汉中车辆厂的李厂长,虽然和王曙光只有一面之交,但他看到了这个年轻人非凡的经商才能和干事创业的胆识,这次去北京开会,专程绕道询问王曙光大巴车的运营情况。王曙光很受感动,据实相告后,厂长便给他写了一张纸条,当他第二天拿着这张纸条去西安交通厅办理时,问题竟出乎意料地迎刃而解。

从此,每天薄明,一辆簇新、锃亮,车身熠熠闪光的大巴车载着朝阳,迎着日出驶往西安;每天夜晚,这辆大巴车又载着欢笑,披着月光驰往乾县。王曙光仍在保险公司上班,他每天晚上穿梭于三眼桥附近的旅社,登记去西安的客商和货物,每天早上三点钟又带着班车来这些旅社装货。车子直接开往西安轻工市场,七点钟到达,省去了客商的周转环节,生意异常火爆,每天利润在千元以上。

然而,天有不测风云。当他的运输生意如火如荼的时候,却遭遇了一场猝不及防的交通事故。这是他经商的一次滑铁卢,赔付了几万元后,他几乎又回到了创业前的原点。

失之东隅，收之桑榆。王曙光虽然经营大巴车经受了挫折，却在人生中收获了爱情。1991年，他和邻村的王金霞喜结连理。他们的爱情没有现代年轻人的"罗曼蒂克"，纯属父母之命，媒妁之言。他们的祖父都曾经是注泔油坊的掌柜，是生意上的同僚。他们的父亲一个是教师，一个是工人，两个家庭算得上门当户对。订婚的时候，王曙光14岁，对男女之情羞涩而矜持，更多的是懵懂。

订婚那天，一个睿智的少年提着草笼，在王金霞必经的路边挖草。他想先远远地看上一眼，如果不中意，就不回家了，免得难为情。王金霞正值豆蔻之年，一双迷人的大眼睛亮而有神，性格活泼，聪明伶俐，深得王曙光家里人的喜爱。从此，两个人情定终身。后来，王曙光在保险公司上班，王金霞在织袜厂上班，工作之余，虽然没有时尚青年的卿卿我我，也常有来往。有一年冬天，织袜厂给每人发了一件棉衣，王金霞特意挑了一件男式的送给了王曙光。岁月辗转成歌，时光流逝如花。两个人增进了了解，积累了感情，最终步入了婚姻的殿堂。从此，每当曙光染红天际，金色的朝霞便相随而生，曙光与金霞相映生辉，灿烂成早晨最美丽的风景。

王曙光的故居，一孔窑洞，两间简陋的厢房，灶房是在厢房和窑洞连接部分，用树枝柴草搭建的非常简易的棚子。院子极其狭窄，厢房与界墙之间，仅有两人并行的距离。他的婚房，就在一间简陋的厢房里。新婚之日，院子宾来客往，拥挤不堪。王曙光望着院子上面狭窄的天空，顿时感到了自己肩上沉甸甸的责任。

站在村外的旷野上，北面的五峰山重峦叠嶂，山峰一座挨着一座，一座挤着一座，如一排排巨浪逶迤东西；东面的九嵕山挺拔高耸，在一座座小山的簇拥中直插云霄。

王曙光突然觉得，人生就要像山峰一样，挺出自己的坚韧，秀出自己的高度。他决定另辟蹊径，做一些惠及群众的事情。后来，他创办过蜂窝煤厂，搞过长途运输。生产蜂窝煤和长途运输煤，是把他心中的光绽放出热，向别人传递温暖。而他自己却饱受寒冷之苦。

寒冷的冬季，无烟原煤煤块冻结，十分坚硬。生产无烟煤过程中，蜂窝煤机的撞针撞坏。他骑着摩托车，冒着零下十六度的寒冷，去县城购买撞针。返回后，蜂窝煤机的联轴器又扭坏了，他又骑着摩托车，去县城购买。一个晚上，他三次往返乾县县城。东注泔村距县城 20 多公里，往返三次达 120 多公里，且要翻越泔河沟。冷风呼啸，严寒刺骨。他的手、脚、膝盖被冻得针刺般的疼痛，甚至麻木得失去了知觉。

王曙光经营的长途运输车，是购买的一辆二手 144 带挂车，司机性格倔强，少言寡语。当时王曙光还在保险公司工作，一个星期天，他随载着化肥的车，运往甘肃正宁县，准备卸了化肥后，在彬县煤矿拉煤返回。时值深秋，前一天晚上，狂风大作，呼啸不止。出车的时候，他穿着白衬衫和一件对开襟马甲，外边套着西服。车一路翻沟越岭，行至彬县北极塬时，只听"扑哧"一声，刹车失灵。当时天气异常寒冷，过往的人穿着棉衣。他们在寒冷中停车检修，原来是气泵的一个垫片损坏了。找到故障原因后，经验丰富的司机用香烟盒做了一个纸垫子，车便勉强能够行驶了。翻过了陕西与甘肃交界沟深坡陡的罗川沟，货车行驶在一条石子路上，突然天降暴雪，棉絮般的雪团，密密麻麻，上下翻飞。王曙光心中默默祈祷，在这天气寒冷，前不着村、后不着店的地方，车千万不要再出故障呀！

可是，事非人愿。只听"崩"的一声，车的轮胎爆了。王曙光和司机只有下车换备胎，他们用套筒在肆虐的暴雪中卸轮胎，六个螺丝卸了五个，最后一个怎么也卸不下来。这时，落雪成水，湿透了他们的衣服，寒冷像刀子一样剔削着他们的肌肤。司机突然扔下套筒，犟劲蹿上头顶，对王曙光说："我是开车的，不是修车的，我也修不了车。"说完便坐上了驾驶室，打开暖风，抽着烟悠然自得。

雪，飘飘洒洒。原野白得发亮，白得狰狞。王曙光望着漫天飞舞的大雪，叹了一声，总不能待在这里忍饥受冻呀！他只好去找人修车。他走进附近的一个村庄，得知前边三公里处的小镇上有修车铺，便借了一辆自行车，去了小镇。

茫茫雪地上，两行自行车辙，忽而重叠，忽而分开，忽而印出自行车的轮廓。自行车辙一会儿像写在雪地上的行书，一会儿又像写在大地上的狂草，但一笔一画里，都透出执着，透出坚强。

修车师傅开着蹦蹦车，装了一个长把套管来到停车的地方。备胎换上了，修理费100元，而王曙光当时在保险公司的月工资只有50多元。

又一个冬天的一天，车去旬邑煤矿拉煤，预计晚上九点返回。那天下午突降大雪，王曙光站在西兰路上，从晚上九点等到十二点，衣服上落了一层厚厚的积雪，像路边的一座冰雕。夜晚的天空，雪花飘飘洒洒。王曙光望着天空的雪花，望着空旷的西兰公路，他急得坐卧不宁。第二天早上六点，他从跟车的老陈那里得知，车在清源煤矿最高的山口上出了故障。因缺机油，曲轴连杆抱死，司机一直在车上守着。

下了一夜大雪，路上的积雪深已盈尺，交通瘫痪。王曙光首先想到的是司机，他急忙找车、找修理工赶往旬邑。雪大路滑，去旬邑又要翻沟过岭，没有司机愿意冒险。他千寻万找，终于找到一个艺高人胆大的张姓司机，他新买了一台四轮驱动的大迪牌吉普车。平时去一趟旬邑600元车费，因下雪，车费需1200元。王曙光已顾不上讨价还价，便随三个修理工驱车旬邑。

路上冰封雪覆，车子左右打滑，异常难走。行至白店坡，坡道两边因路滑而出事故的车辆触目惊心，有的翻在路边，有的滚下沟底，有的架在悬崖上。道路堵塞，交警往来穿梭，疏导交通。他们一行8点出发，下午1点才行驶到彬县。彬县到旬邑，道路相对平缓，快到达清源煤矿的时候，远远便看见一辆大货车停在路上。王曙光急忙奔向自己的卡车，迅速打开车门，只见司机身上裹着一条棉被，已冻得浑身僵硬，听见王曙光呼叫，只是转动了一下眼珠子。

在零下22摄氏度的严寒里，王曙光叫人卸下了车上的煤，给煤块上浇上机油，点燃后让司机烤火取暖。修车师傅戴着手套修车的时候，王曙光手无意间碰触到了发动机，由于发动机温度极低，传导了手指上的热量，手指迅速结冰，并粘去了一块皮。

为了生产出优质蜂窝煤，王曙光对不同产地的无烟煤进行分析、比较，宁夏煤火焰高，发热值不高；山西煤火焰低，发热值高。他便把这两种煤混合使用，生产出的煤耐烧、燃值高，一时竟供不应求。

夫唱妇随，在王曙光和王金霞结婚之前，王金霞就辞去了县织袜厂的工作，和王曙光一起经营生意上的业务。这时候，王金霞负责销售蜂窝煤，她的面前排起了长龙，煤场竟出现了抢购的场面。他们的蜂窝煤誉满泔河以北，五峰山以南，东至礼泉，西至永寿的十里八乡，当年获利28万余元。

再后来，王曙光在东注泔村投资了一眼深井，解决了十几个自然村的人畜饮水及果树灌溉问题，并因此获得了"陕西省民办水利第一人"的称号。

五

1997年，王曙光步入了而立之年。立志，立身，立命，他将告别青春的懵懂与稚嫩，要像村口的白杨树一样挺拔，像不远处的五峰山一样挺立。

王曙光望着逶迤连绵的山峦，望着深井流淌的涓涓细流，认真盘点自己三十年走过的历程，认真思考人生的方向。他从绵延的山峦和不辍的水流中得到了启发，三十岁以前，他为生计，为家庭奔波。三十岁以后，他要干有延续性，有成长性的事业。他关注着国际及世界经济发展的趋势，看到当年中国工业产值占GDP的41.43%，且具强劲的发展势头。而工业占比较大的主要分布在沿海一带和东北老工业区，中西部比较薄弱。随着市场需求的扩张和国家政策的利好，中西部地区的工业，特别是制造业和民营企业，将会有井喷式发展。

同时，王曙光敏锐地看到一些传统的企业，劳动密集型的企业正处于转型期，地处乾县的西北人造板机厂、咸阳元件厂等企业已经有一部分职工下岗，其中的一些技术工人将为创办企业提供人才基础。

乾县是一个农业大县，但农业对经济的贡献份额有限。1988年，乾县创建了工业园区，以纺织工业为主。此时，工业园区的发展已初具规模，工业门类更加多样。

王曙光觉得个人发展农业的空间有限，商业又是以短期效应为主。他认为在乾县发展制造业，既得天时，又占地利，且具人和。他决定跻身制造业，从小做起，由小到大，为民族工业的发展拼搏一生。他坚信，只要坚守自己的一方城池，一定能在时光中盛开自己的芬芳。

辽阔的天宇上，一只雄鹰，穿云破雾，展翅飞翔。王曙光望着空中的雄鹰，为自己的想法激动不已。他环视不远处的莽莽山峰，仰望高远无垠的长空和翱翔的雄鹰，一向稳健持重的王曙光，发出了一声撕云裂帛般的长啸。

此时，投资了村上的深井，王曙光仅存的资金已经捉襟见肘了。但他从来就是一个爬坡过坎的人，即使面前山岭横亘，他也要踏为坦途。说干就干，他在乾县注册了乾县华通精工机械厂，意为走遍中华，一路畅通。缺少资金，就"借鸡下蛋"。他向亲戚朋友借了两万块钱，租了两间工棚，买了两台旧车床，招了两名员工，开始了自己的加工制造生涯，开始迎接制造业磅礴而出的漫天曙光。

如果说，王曙光以前栽苹果、种西瓜的艰辛是在泥泞地里跋涉，那么，后来做生意的艰辛就是越坎过岭，而干制造业的艰辛，则是翻越一座大山。当时，他资金有限，设备有限，技术有限，只能干一些零活、小活，干一些别人不愿意干的维修活，干一些别人瞧不上的利润小的活。

他和两个工人为了赶一件维修零件，经常顾不上吃饭，在工棚里吃馒头就咸菜充饥。为了干一件有难度的工件，半夜三更还在灯下画图，摸索。就这样辛辛苦苦、劳神费力地干了一年，竟然赔了6万多元，工人的工资都无法发放。

临近年关，一场大雪纷纷扬扬，覆盖着道路和田野。王曙光骑着自行车，在风雪中穿行。风急路滑，他多次连人带车摔倒。宁可自己不过年，也要给工人发工资啊！他扶起自行车，又行驶在风雪中。为了借钱，他翻沟过岭，跑了十几家亲戚朋友，终于借了2000元钱。大年三十，他给员工发了1800元的工资，用仅剩余的200元买了些年货，才骑着自行车回家。

过年期间，整个村子都沉浸在欢乐和热闹的氛围中，而他却常常眉头紧锁，冥思苦想。村子里爆竹的炸响，他会联想到工棚里机器的轰鸣；孩子们荡秋千的欢笑，他会想起两个员工干完一件活的喜悦。他实在无法融入这个其乐融融的春节，实在无法满腹愁绪还要对着亲戚邻人强装笑颜。踱步出门，他来到高大的白杨树下。白杨树褪去了叶子，枝干上裹满了积雪，但它坚硬而具有韧性，常常会弹去积雪，敲打着寒风，指向浩瀚的天空。他羡慕白杨树，羡慕它根植大地，努力向上生长；羡慕它笑迎寒风，巍然屹立。

正月初四，他决定辞家返厂。

王曙光的母亲，是一位集合了中国所有慈爱、善良母性优点的母亲。儿子回家后的情况，她看在眼里，愁在心里。王曙光临行的时候，她拿出了家里仅有的1000元存折，硬塞给王曙光说："我知道你生意不顺，啥事都有个过程，慢慢来。这些钱你先拿着用，当妈的怎么能叫娃受难呢？"王曙光百感交集，泪水喷涌而出。

春节后，王曙光迎来了他创办企业后的第一个春天。虽然乍暖还寒，但工棚外一枝向暖的春枝，已经向这个新诞生的企业摇曳春情，传递春讯。

年关未尽，县水泥厂需要检修设备，因正值春节而无人承接。县水泥厂副厂长张静给王曙光打了一个座机电话，王曙光满口应允，立即带人前往水泥厂检修，在裹满粉尘的减速机里，发现传动器出了问题。他们便拆下减速器回公司维修。这一单活，赚了5600块钱，这是他的企业赚的第一笔巨款，给这个举步维艰的企业燃起了希望。

这一年，乾县果汁厂启动建设，设备安装过程中有些零部件需要维修，王曙光的企业又分了一杯羹。11月份，果汁厂边调试机器，边运营生产，为了保障安装进度，王曙光答应随叫随到。一天夜里两点左右，果汁厂打来了电话，正在安装的榨汁机一个螺丝断裂，需要立即抢修。当时天降大雨，如倾似泼。王曙光急忙穿上雨衣，骑着一辆自行车，匆匆赶到工人武钢家里，和武钢一起前往果汁厂。返回工棚做好了螺丝后，天已破晓。安装好螺丝，榨汁机正常运行。他结账时，果汁厂按一个螺丝计算工量，付给他们两个人2元7角钱。

在创业最艰难的时候，一分钱都是钱啊。他们就是这样一分钱一分钱地挣，一块钱一块钱地攒。

同年，适逢农电网改造，华通精工机械厂承揽了电杆横担上抱箍的生产订单。这个活技术含量不高，把钢筋弯曲成U字形，并在两端做出螺纹即可。但厂里没有弯曲钢筋的设备，只能采用原始的办法。他们在车间支了一个火炉子，他和一个车工，一个铣工把车过螺纹的钢筋在火炉里烧红，抡着大锤，将钢筋中部砸扁砸弯，制成"U"字形的抱箍。这一单活虽然辛苦，却收入颇丰。

有了一点钱，王曙光便四面出击，开拓新的业务。他找到了西北橡胶研究所担任领导职务的一位乡党王小辉。碍于情面，这位乡党给了他少量的生产订单，当时的工人是王曙光的姑父，他不识图，拿着图纸依葫芦画瓢。交付时竟然闹出了笑话。人家质疑他生产的能力，询问他产品的精度和光洁度。他不知道这些工业术语的技术参数，按自己的理解回答，更是让人家忍俊不禁。后来，王曙光仍多次找过王小辉。王小辉热情接待，却对加工制造的事，只字不提。

这件事给王曙光烙下了铭心刻骨的记忆，他意识到要办好企业，就要变成内行，就要有专业的技术人才，就要确保产品质量。他开始学习车工、铣工的相关知识，开始搜罗人才。经过调查走访，他把乾县唯一的高级工程师、大修厂的王志友拉入麾下。

华通精工机械厂干制造业，面临着"四缺"，缺资金、缺技术、缺人才、缺订单。"四缺"就是四道坎，就是四座山。王曙光决心一坎一坎地跨越，一山一山地攀登。

一次，他去建行贷款，建行信贷部部长金德新向他推荐了一个叫王争论的人。王争论是峰阳乡人，和金德新是同学，在西安昆仑机械厂工作。因业务需要，也曾找过金德新贷款。

机缘巧合，第二天，王曙光在乾县东大街乾陵大酒店门口见到了一个人。根据金德新描述的相貌特征，他断定这个人就是王争论。便主动与之寒暄，并说："我不但认识你，咱们还有三层关系。一、咱们同为阳洪中学校友，你高我两级，高年级的同学不记得低年级的同学，低年级同学往往能记得高年级同学。二、咱们是半个乡党，你是峰阳人，我是注泔人，每周末放学回家，都同行一段路程。三、咱们都是干机械这一行的，你在西安昆仑厂工作，我现在在保险公司工作。我还有一个第二职业，就是办了一个机械厂。"

王曙光的一席话，唤起了王争论学生时代的记忆，唤起了他的乡情，一下子拉近了两个人的感情。王争论高兴地说："那咱们还是同学、同乡、同行。"王曙光趁机表达了让王争论照顾自己机械厂的意愿。当时还没有手机，王争论当场应允，并留了自己的传呼机号。

当时的电话多为座机，联系不方便。王争论留的传呼机号，王曙光呼多了怕别人烦，呼少了怕别人忘记。王争论很长时间没有联系。王曙光实在等不及了，去昆仑厂找王争论。在王争论办公室，王争论似有所悟，略有歉意地对王曙光说，自己刚把一批活给了临潼的一家机械厂，以后要是有活，我一定及时联系你。

王曙光又怕王争论忘记自己，就把自己刚买的手机号码写在一张纸片上，压在王争论办公桌的透明玻璃下。

后来，经过几次联系，王争论给王曙光介绍了南京理工大学重点实验室改造的机械加工项目。王争论曾经是南京理工大学校长李鸿志院士的学生，李鸿志兼任该校重点实验室主任，他便让王争论承接实验室的改造项目。

王争论和昆仑机械厂团队经过论证，认为该项目不挣钱，甚至还有赔钱的风险。王曙光当时的活很少，为了打开局面，赔钱他都愿意干。王曙光承接了该项目，改造了炮塔、降噪设备、发射平台、受弹系统。他的团队拧成一股绳，拼着一股劲，材料上精打细算，质量上精益求精，工作中加班加点。他们干得质量好，速度快，得到了李鸿志院士的认可和好评，也受到了昆仑厂研究所所长张万相的赞赏。

六

两间工棚、两个车床、两名员工，当时无法满足南京理工大学重点实验室改造项目的生产需求。华通精工制造厂开始了企业的第一次扩张，1999年，厂址迁往县农机修造厂。设备扩大到四台，增加了十几名员工。

南京理工大学重点实验室改造项目，尽显了王曙光初创团队肯吃苦、作风硬、质量优的职业风采。昆仑厂上下好评如潮，传为佳话。经此一役，他们不仅誉满昆仑厂，而且名声传到了咸阳偏转厂。王曙光在昆仑厂扎下了营盘，同时也走进了咸阳偏转厂，为偏转厂生产热熔胶枪、动态机。

动态机是调试偏转线圈精度的设备，因偏转厂急需，从日本进口延宕时日，贻误生产。于是，偏转厂向华通精工投去了信赖的目光。王曙光团队又一次披挂出征，对日本动态机进行了测绘、改造、提升，开发出了自己的动态机，且优于日本的产品。偏转厂为之欢呼，对他们报以中国工人对中国工人的尊敬和信赖。

偏转使用的热熔胶枪，是日本进口的。因为供货出现了空档期，偏转厂非常着急，想让王曙光尽快生产出热熔胶枪。王曙光领命后，请王小平做出了铸塑模具，在户县铸塑，在宝鸡铸铝，在自己工棚里装配。他们在户县租了一辆车，开往宝鸡铸铝，又回到工棚装配，循环往复。他们坐上车就睡觉，下了车就干活，三天三夜没回家，没上床，只在车上休息。第四天交付，没有影响偏转厂的生产。

绕线机是一个将线圈绕到不规则磁芯上的设备，产生的磁场，直接影响着电视图像的清晰度，要求精度非常高。世界上能生产绕线机的仅有英国、韩国和日本，所以日本对中国绕线机的售价非常昂贵，偏转厂想自己生产，多次试制，均未成功。

偏转厂要在山东威海扩建生产线，需要采购一批绕线机。敢啃硬骨头的王曙光看到了商机，也看到了挑战。他向偏转厂提出试制一台，以优劣和价格定取舍。

绕线机的生产，涉及机械传动、智能控制、气动装夹等多项技术。王曙光团队又一次启动了拼搏模式，他们在技术攻关的同时，去西工大、交大、理工大等高等院校请教多学科的专家、教授，并邀请咸阳机器制造学校杨勇教授亲临指导装夹工艺。3个月设计，半年试制生产，日、英两国引以为豪的绕线机，被名不见经传的中国民营企业攻克了。王曙光用自己的胆识和科技领域的拼搏填补了国内一项空白。

王曙光用国产品牌占据了偏转厂的市场，日本企业心有不甘，企图以价格战收复失地，绕线机价格一降再降，由原来的128万降到64万，再由64万一直降到50万元。王曙光始终以低于日本近一倍的价格供应绕线机，最后以28万元供应，最终打败了日企。在该领域站稳了脚跟。

这就是王曙光和他的员工，这就是中国工人。他们有着铁一般的脊梁，他们有着钢一样坚硬的灵魂！

在这样的中华民族面前，当年，不可一世的日本侵略者，践踏中华大地的时候，只能兵败将陨，缴械投降。同样，在王曙光这样的中国工人面前，日本制造也显得不堪一击，狼狈而逃。中国，多一个王曙光，多一个这样的企业，中国制造业何愁不雄踞世界之巅？

在生产绕线机期间，2000年，华通精工制造厂开始了第二次扩张，厂址迁至县电机厂，设备增加到十几台，员工增加到30多名。企业的技术能力和制造能力出现了质的飞跃。

从1999年开始，由朱总理亲自部署的打击走私行动势如雷霆，严厉打击了走私分子的嚣张气焰。当时的缉私艇上的武器以枪为主，但枪的射程有限，威力不够，急需改装射程较远，威力较大的火炮。昆仑机械厂承揽了这一业务，限时半年完成。时任该项目的主设计师杨志良想到了业内声誉渐起的王曙光，问他三个月能不能交付。王曙光深知此项目对国家反走私的重要性，斩钉截铁地说，我们一个月完成。接到任务后，他像一个指挥若定的将军，稳坐中军帐里，调动各路兵马，四面出击。他找到了周边地区制造业有实力的企业，把炮床、摇架、方向机等零部件的钢件分别分包给 408 厂的模具车间，把铝件分包给 5702 厂的 12 分厂、16 分厂等单位，华通精工制造厂负责机械组装。他把分包出去的零部件工期定在 25 天之内，包括工艺最复杂的前挂架。结果到了第 28 天，全部完成了组装任务。第 29 天，交付验收那一天，他在大修厂租了一个大厂房，因为大修厂厂房多，机床多，验收组验收时，就能看到企业的规模和实力。他特意把验收时间定在了一个星期天，错开了大修厂工人的上班时间。

火炮的制造，在昆仑机械厂引起了很大的震动，他们认为 6 个月无法完成的产品，王曙光的机械厂仅用了一月时间，交付了高质量的合格产品。王曙光名声大噪，在昆仑厂高高地树起了一个民营企业的标杆。

接着，昆仑厂便把飞机上空降车装的链式自动供弹炮、直升机空降车、23 毫米的火炮、202 所第一代 155 炮的供输弹机订单交给了他。每一个产品或零部件，他们都干出了高质量，干出了高时效。

匆匆数年，王曙光团队干的这些产品或零部件，技术含量高，生产难度大，有些已经达到了国内制造业的最高水平。一个技术欠缺，设备简陋的微小企业，竟然以少有的气魄和胆识，以罕见的顽强和拼搏，创造了一个个令用户折服的奇迹。

每一次接到订单，王曙光和工人师傅们围着图纸，一条线一条线地分析，一个圆一个圆地斟酌，一个点一个点地研究。有时急得搔首抓耳，有时争得面红耳赤。哪怕饥肠辘辘，哪怕雄鸡唱晓，不弄清一个难点，他们没有人离场。

他们的车床、铣床、刨床都是廉价的普通设备，昆仑厂副总工程师刘善庆看着他们的产品说："这些产品，没有五轴五联动设备是无法干出来的。"殊不知被王克俭用7500元的设备和2000元的辅具及工装完成了。单件产值3万元的零部件，别人用五轴加工中心干不出来，王克俭用一个圆管子，采用分步摇，在分度头下，垫出两个不同的角度，边摇万能分度头边精铣的方法，竟然只花了几百块钱的成本，就干出了价值几万元的产品。刘善庆说，用最简单的设备，干出最复杂的产品，这才是真正的水平，你们华通做到了，我们应该向你们学习。

生产991炮的时候，需要外协生产。王曙光和王志友雇了一辆蹦蹦三轮车，开往武功县5702工厂。经过常宁乡时道路崎岖不平，泥泞不堪，一尺多深的车辙里灌满了泥浆。王志友腿有残疾，当时已年近七旬。上坡的时候，一边是高坎，一边是深沟，蹦蹦三轮车在泥泞的道路上打滑、侧斜，十分危险。王曙光把王志友扶下蹦蹦三轮车，搀扶着他一步一步地走上了长坡。王曙光又跑下坡，汗流浃背地推着蹦蹦三轮车，向坡顶行进。

精致匠心，铸就不凡。就是这样一群人，他们偏居一隅，硬是用近乎原始的工具，用追求卓越的气魄，用钢铁般的意志，用自己的智慧，制造出了一件又一件高端的产品。他们的名字有王曙光，有王志友、有王克俭，有王勇……

不惰者，众善之师。他们不放弃、不懈怠，向着自己的目标一次一次地冲刺。哪怕跌倒，哪怕磕出血，他们仍一往无前。

在创业的过程中，要添置设备，要寻求订单，最大的障碍是缺资金。为了省钱，他和王金霞省吃俭用，恨不得把一分钱掰开用。当时，保险公司在县城文明巷有一个小院子，他们住的一间小房子既是宿舍，又是灶房。一只蜂窝煤炉子，燃烧着他们的人间烟火，蒸煮着他们简单平凡的生活。王金霞上街买东西，往往是一手抱着孩子，一手拎东西。有时拎回一斤面，有时拎回一根葱。别人都是一袋面，一捆葱地买，他们没钱啊！只能过精打细算的日子，即使有一点钱也要用在事业上。当有人问的时候，王金霞便会以孩子为借口，说我抱着孩子提不动。

为了筹资，王曙光尝尽了求人难的滋味。一次，他贷款10万元，无数个晚上，人家打麻将的时候，他在旁边给人家熬茶递烟，出去买夜宵。结果，他花了2000元钱，一分钱也没有贷到。

一次，他听说一个人能融到资金，便经常提着礼品去这个人的家里拜访。他不在的时候，王曙光就帮着给他家扫院、劈柴，一共去了64次。最后一次，他骑着自行车，经过县电影院时，人群熙熙攘攘，情侣牵手搂肩。王曙光突然心头涌起一阵酸楚，别人都在享受静好时光，自己却东奔西跑。一不留神，自行车轮子碾在了一根啃过的玉米芯上。车轮打滑，连人带车一下子摔倒在地，滑出了好几米远。他的裤子摔破了，手腕、胳膊肘、膝盖磨破了皮。他当时穿着一件白衬衣，衣袖上渗出了殷红的鲜血。

他推着自行车，一瘸一拐地来到那个人家里。那个人不在家，他的老伴看到王曙光衣衫不整的窘态，顿生恻隐之心，便问王曙光："你经常来找你叔有什么事情？"王曙光回答说："我有个企业，非常缺资金，听说我叔人缘广，能贷款，我想请我叔帮这个忙。"这个朴素的农村妇女，实在不忍心，便说："瓜娃，你叔不知骗了多少人，你再不要跑了，我看你这人好，才给你说实话呢。"

员工和其他人看到的王总，是一个和蔼可亲，乐观豁达的人。可谁又能知道他也有咬碎牙往肚子里咽，泪水盈满眼眶，甚至夺眶而出的日子。他和王金霞想到过放弃，想到过做一个小职员，过平常安稳的日子。可是一想到跟了他那么多年的员工，一想到艰辛的付出就是为了以后的铺垫，他们硬是咬着牙关坚持。用王金霞的话说，王曙光这个人聪明，善良，和蔼，包容，我认定了他这个人；他干事业务实，谨慎，勤奋，坚韧，我看好他的事业。

就是这些辛酸，这些坎坷，像一粒粒石子，垫高了王曙光攀往事业巅峰的路基。

坎坷是走向成功的基石。只要心里有光，就一定会感受到世界的光彩。在电机厂，华通精工迎来了新的转机，一年一大步，步步上台阶。设备从十几台增加到五十多台，员工从30多人增加到100多人。在这里，曾经接到了陕汽厂车厢的生产订单。由于电机厂租赁的厂房难以容纳大车厢的焊接，又在县板机厂租了一个大车间。20多名焊工、钳工专门生产车厢。

K29自卸车和3380自卸车的车厢，整体由华通精工设计、定型、制造。由于陕汽回款周期较长，给企业造成了很大的资金压力，只能放弃。在此期间，租赁的板机厂车间里，还有一些大型设备。2005年，国家经济腾飞，钢铁市场向好，钢铁企业的设备需求缺口较大。陕西当时最大的工业企业陕西压延设备厂，承接了钢厂轧钢机、板带榨汁机、酸洗机、镀锌机等设备的订货。压延厂需要外协加工生产。得到这一消息,王曙光立即前往压延厂,多方协调,邀请压延厂领导来华通精工考察。最终压延厂与华通精工签订了外协合同。华通精工又一次因生产质量过硬,赢得了压延厂高度好评,并且成为他们的重要供应商。

2006年腊月二十六,王曙光去压延厂交付产品时,见到了时任压延设备厂生产处处长王云峰。王云峰说:"我们的客户湖南连钢集团,投资50多亿元建一条生产线,安装时发现,从日本进口的设备,由于当时疏忽,少定购了一套零部件。该项目负责人彭初升急得泪溢眼眶,认为是自己的失职。要是重新订购零部件,最少需等待半年。彭初升哽咽着说,因为自己的失职,导致项目暂停,这损失太惨重了。"这时,王云峰正好看到了前来交货的王曙光,他认为华通精工有能力干好这批零部件。便问王曙光能不能赶制这批零部件。王曙光看了图纸后,肯定地回答,我们可以完成。王曙光接到订单后,立即回厂安排生产。去西安钢厂采购钢材时,因时近年关,市场已经放假停业。王曙光经多方联系,得知钢材经销商是江苏扬州人。便辗转扬州,通过长途班车将钢材运回车间,腊月二十九便马不停蹄地开始生产。30日晚上,当乾县县城万家团圆,沉浸在年夜饭的欢乐中时,王曙光陪着他的工友们,吃了一顿简单的年夜饭。他为工人熬茶递烟,说了几句发自肺腑的春节致辞。虽然身处简陋的车间,但是为了国家50多亿的钢材生产线能早日投产,他们度过了一个难忘的除夕之夜。

正在干活的时候,湖南连钢的彭初升打电话慰问王总,当彭初升听到电话里机器的轰鸣声，心里特别激动，再三向王总表示感谢。正月初六，这批漏定了的零部件，这批可能延期半年投产的生产线的零部件，终于赶制完成。王曙光带着工人开车送往湖南连钢，赶在正月初八正式上班，将零部件全部送达。使国家50多亿的投资项目如期调试。彭初升将此事汇报给主管项目的吴副总，吴副总亲自接见了王曙光，并在晚上组织了盛大的宴会招待王曙光。项目总师、技术总工、分厂厂长、设计师等均参与接待宴会。并表达了后期的合作意向。

压延厂获悉华通精工曾生产过取代日本进口的绕线机，当时压延厂正准备向日本订购，华通精工便以低于日本40%的价格与压延厂合作。此笔订单获利800万元，并且和压延厂建立了深厚的友谊。

华通精工还为连钢厂生产了取代进口的卷轴系统、轧机、轴承座、耐磨板等产品，得到了认可也交了朋友。

2007年正月十五，王曙光去连钢集团洽谈业务和客户用餐时，在场的领导得知当天是王总的生日，向他祝福说："我们湖南人，非常重视男人39岁的生日。四十不惑，人生将从此走向睿智，走向成熟。要摆酒席、待客人，热闹好几天。你今天在过生日之际，还专门来给我们解决技术难题，我们非常感动。"说着，便召集各技术总工、分厂领导、技术员等30多人，为王曙光庆祝生日。王总说："这是我今生最难忘的生日"。

四十不惑，这是王曙光人生的一次洗礼，也是他企业发展的一次洗礼。

这时候，工厂还承接了847厂轮船上火炮的变速箱、202所、

203所、20所、21所、447厂的制造项目。这些项目，涉及轮船、火炮、坦克等领域，很多零部件常常多达几千件，已经达到了批量生产。

随着产品的增多，技术含量的提升，王曙光又招聘了罗志义、王顶亮等技术人才，同时也为企业的进一步发展奠定了基础。

当时，王曙光提出了一个口号，一年一个新产品。他有一个口头禅，再难的产品都是人造出来的。

办厂时的两间工棚，实际上是一个废旧仓库，没有安装门窗；大修厂的厂房是几十年前的旧厂房，年久失修，屋顶上千疮百孔，窗户上没有玻璃。下大雨的时候，外边飘雨点，里面淌雨柱，地面上积水往往达一尺多深。王曙光做梦都想着有自己的厂房，有一个工人能够宽敞、明亮、舒心的生产环境。

"安得广厦千万间，大庇天下寒士俱欢颜。"是唐代诗人杜甫的忧民之情，是他理想主义的精神寄托。而王曙光，是实实在在的心怀企业，情系员工。

建厂迄今，已历十年。十年，王曙光一路追光，他在追逐中国工业之光，制造业之光。他要采撷一缕最绚丽的光芒，编制中国制造业灿烂的光环。

随着业务的稳定和拓展，结合当时国家发展形势，王曙光研判未来制造业将迎来前所未有的发展机遇。他信心倍增，豪气干云，决定大干一场。他要建自己的厂房，购买先进的设备，建设现代化的企业。

万丈高楼平地起。建厂需有地，为解决土地问题，王曙光找到了乾县著名企业家吴长义先生。时吴长义已将建纺织厂的50亩地购入名下，因不想扩大企业而有意出让。当时觊觎这块地的人很多，吴长义却想把它转让给实实在在干企业的人，在这些趋之若鹜的购地者中，他唯独看中了王曙光。这也许是两个企业家的惺惺相惜，他看到了王曙光办企业的诚心，看到了他企业的潜力。2007年12月28日，吴长义决定把土地卖给王曙光，而且是以赊账的形式出让。520万元的土地款，王曙光只付了200万，剩下的320万分期支付。

七

2008年1月1日清晨，一轮红日像一炉沸腾的钢水，喷涌而出，烧红了天际，烧红了云霓。红云漫天，五彩纷披，灿若锦绣。红云撑开的帷帐里，新的一天、新的纪元喷薄而出。

王曙光迎着旭日，站在新购的土地上，身上沐着日光，沐着霞辉，像一尊红玛瑙雕像。此时，他的胸膛在燃烧，血管在燃烧。他要在这块土地上铺上光，撒上光，用红彤彤的光，锻铸起中国制造业的一座新高地。

时值冬季，50亩地，衰草匝地，残叶飘飞。可是，在王曙光眼里，它是一方驰骋的疆场，是一片扬帆的碧波。

王曙光伫立在这块荒芜的土地上，展望着企业未来，思忖着工厂的建设。买了土地，他已经资金匮缺，建厂房、买设备，需要一笔巨额资金。登上了一座小山，而向险峰攀登，却步步有石，步步有坡，步步有坎，步步有难，步步有险。

石可以跨，坡可以爬，坎可以越。千难万险，王曙光也要把它夷为平地，踏为坦途。他开始四处借钱，多方贷款。他想，哪怕拆下自己身上的肋骨，也要搭建起一座崭新的厂房。

为了省钱，他自己量尺寸、画图纸、设计厂房；为了省钱，他们买回钢材，自己焊接，自己建钢构车间；为了省钱，他和工人同吃同住，搬砖、和水泥、推沙子、砌墙；为了省钱，他人尽其力，他的妻子王金霞，也一个人当几个人用。她担任公司会计，每天早上很早就上班，记账，开票，然后去银行排队汇款，去税务局报税。每天晚上复核，汇总，记账，忙得不可开交。

岁月留痕。历史应该记住，在轩辕黄帝曾经祭天的地方，一位心中有光的企业家，一群中国工人，硬是用自己的血汗，祭起了一座崭新的工厂。

王曙光的父亲，是一位高中语文教师。教书育人的职业，养成了他不苟言笑、谨小慎微的性格。王曙光办企业，他时时挂怀，默默关注，却从不过问。他身患重疾，一直在西安为王曙光带孩子，听说新厂建成，便一定要去看看。站在崭新的，拔地而起的办公楼前，这位父亲眼里噙着泪水说："终于把事干成了，不管干到啥程度，都要诚信、谦和、敬业，好好干。"

对企业来说，厂房只是外壳，内核才是关键。企业的内核就是设备，好的企业应该拥有现代化的、先进的设备。在大修厂、板机厂、电机厂使用的设备，都是原企业改制时的旧设备，相当一部分已经与新的厂房，新的产品极不匹配。

厂房建好后，急需购置大量的设备，而资金已经用在了建设厂房上。王曙光又遇到了资金瓶颈，没有钱购买设备。此时，恰逢西安举办机械设备会展。王曙光参加会展时，巧遇了一位身体魁梧、相貌英俊的男士。他是上海电气公司的傅备峰，在会展上推销公司设备。当王曙光说了有意购买却无现款支付的时候，傅备峰向王曙光介绍了融资租赁设备，通过银行提供贷款。王曙光大喜过望，随即邀请傅备峰去华通机电参观考察。傅备峰和同事参观了新建的厂房，详细了解了公司的产品种类、客户群、生产质量、员工的精神风貌和企业总裁的为人。对这个地处县级城市的企业，产生了浓厚的兴趣和极大的信任。他们认定这个企业将会有惊人的发展。随即决定向华通公司融资贷款租赁设备，但需交设备的首付款。

首付款和手续费近300万元，王曙光当时实在拿不出这些钱。他急得焦头烂额，经常一个人在新建的厂房里踱来踱去，苦思冥想。突然，他脑海里闪过了一个人的名字，这个人叫王崇光，是西安著名的设备经销商。王曙光找到了王崇光，经过一番交谈，两缕光碰撞、交融，汇成了一束耀眼的光芒。虽然是陌生人，因名字相近，王崇光对王曙光信赖有加，为王曙光提供了上海电气公司的首付款和手续费。王曙光便顺利融资1200万元，购置了价值1500万元的设备。在其后的三年里，王曙光偿还了1200万元的设备款，他成为陕西省融资租赁设备的第一人。

这些新购置的设备有：8米130大型镗床、8米龙门刨床、侧面铣、4米、5米龙门数控铣床、大数控车床、立式、卧式加工中心等。

自此，华通人从两间工棚到有了自己的厂房，从两台旧机床到有了自己高端的设备，华通精工机械厂华丽转身，更名为陕西华通机电制造有限公司。王曙光用了整整十年时间，完成了涅槃重生！

当时，公司边建设边生产，除了办公大楼和一个大厂房外，工厂路面还没有硬化。第一批搬进新公司的员工，站在宽敞的车间里，操作着得心应手的设备，抑制不住内心的喜悦与激动。他们不忍心脚上沾的沙土弄脏了车间崭新的地面，自发地从家里拿来了硬纸板铺在车间的走道和足之所及的地方。

早在2002年，有一个名叫车常青的焊工，曾经说过："华通将来是汽车一行行，楼房一排排。"当时有人问，你怎么知道？他说："凭王总的智慧，对事业的执着，对员工的关爱就能看出来。"

时隔六年，车常青的话竟一语成真。

有了自己的厂房，有了先进的设备，极大地鼓舞了员工的士气，也树立了企业的形象。就好像军队有了自己的地盘，有了重型武器。王曙光从此结束了散兵游勇式的游击生涯、开始攻城略地，开始大兵团作战。2010年，开始参与研制和批量化生产了847、202、203、212、213研究所的装备产品，从此，华通公司的制造业走进了国家专业研究所装备产品的研发与生产。

当时恰逢大运飞机的研制，公司承接了飞机的物理样机，展示了大运飞机的雏形。西飞公司三十六分厂厂长戴世华来公司考察，确定了大运飞机的多种零件在公司生产。公司承接了三十一、三十三、三十五、三十六、三十八等6个分厂的生产订单。到2014年年底，成为西飞公司的第一大生产供应商。大运飞机外协的3600多个零部件，公司独揽2200个，在西飞的11个供应商，产品占57%，产值达到6000多万。从此，华通公司的制造业走进了航空领域。

当飞机穿云破雾，在蓝天飞翔的时候，谁又能知道，这呼啸的声音，有华通公司机器的轰鸣。这飞翔的姿态，是华通人的身姿，这闪光的银色，有华通人镀上的色彩。

2013年12月，腊月二十六，王曙光接到昆仑厂金郁华的电话，说兵器工业东方集团（844厂）有一种发动机壳体，昆仑厂无法生产，想让华通公司承接这个业务。华通公司集中了所有的技术力量，攻克各种技术难关，结果试制了3件都没有成功，第4件所有的技术参数都符合要求，在打最后一眼孔的时候，把+2厘米误操作为-2厘米，结果又干废了。某型发动机壳体是由耐高温，耐高压的特殊钢材制造的，生产的精度、光洁度等技术要求非常严格。干了几件废品，甲方开始怀疑华通公司高端生产的能力。王曙光向该厂厂长耐心地解释了生产过程中出现误差的原因，并表示有能力干好这个产品。有了前几个壳体失败的教训，王曙光带领技术工人一个环节一个环节地分析，一个尺寸一个尺寸地测量，一个工艺一个工艺地对比，终于攻克了大型国有企业无法生产的技术难题，生产出了符合要求的某型发动机壳体。从此，华通公司走进了发动机壳体这一高端制造领域。

短短的几年时间，王曙光带领华通人努力追寻科技兴企之光，追寻高端制造之光。他们迎来了一个又一个崭新的黎明，迎来了一个又一个红日磅礴而出的早晨。他们不断向研发、设计、制造的更高领域攀登，产品广泛应用于航空、航天、船舶、电子等领域。

八

韶华易逝，静守流年。沿着一缕光追逐、奔跑，一定会让这缕光铺满前行的坦途。华通公司在王曙光的带领下，一路追光，一路向阳，步入了发展的快车道，让我们沿着他的足痕，细数他身后留下的一束束璀璨的光斑。

2004 年，批量生产某研究所的弹托。同年，被陕西省人民政府评为"省级守合同重信用企业"。

2005 年，生产擦炮机，开始研发移动靶车。同年，被咸阳市工商行政管理局、咸阳市私营企业协会评为"优秀私营企业"。

2007 年，位于西兰大街 8 号的公司办公大楼、新车间竣工。同年，被陕西省工商行政管理局、陕西省个体劳动者协会、陕西省私营企业协会评为"光彩之星"企业。

2009 年，为西飞公司飞机生产 1000 多种零部件。同年，荣获"陕西省中小企业创新研发中心"。

2010 年，生产巡航、着陆试验台和铁鸟试验台。同年，被中共咸阳市委、咸阳市人民政府评为"年度技术创新工作先进单位"。

2012 年，和南京理工大学合作，生产枪炮的零部件。同年，被陕西省民营企业协会、西安交通大学理学院确定为"研究生实践基地"，被陕西省工业和信息化厅评为"陕西省信息化与工业化融合示范企业"。

2013 年，生产某研究所 1130、130 舰炮和 425、155 供输弹机上万件。同年，被咸阳市委组织部、咸阳市人力资源和社会保障局、咸阳市工业和信息化委员会、咸阳市企业及企业家联合会、咸阳日报社评为"年度优秀企业"。

2014年，生产运20、H6K、JH7等飞机零部件5000余件。

2015年，为某研究所研究生产反推系列发动机、非金属辅助件及各类发动机壳体3万余件。同年，被陕西省工商联评为"陕西省工商联成立六十周年优秀会员"。

2016年，为北京新兴航空装备公司生产直升机收放绞车系统30余套。同年，被确定为"民营高科技企业工作委员会副秘书长单位"，被咸阳市劳动竞赛委员会评为"年度咸阳市劳动竞赛优胜单位"。

2017年，为内蒙古某机械厂生产某壳体60余套。同年，被陕西省总工会、陕西省人力资源和社会保障厅、陕西省科学技术厅、陕西省人民政府国有资产监督管理委员会评为"陕西省职工创新型优秀企业"。被陕西省总工会、陕西省人力资源和社会保障厅、陕西省科学技术厅、陕西省人民政府国有资产监督管理委员会颁发"陕西省职工优秀科技创新成果铜奖"。

2018年，为北方重工集团生产130舰炮、供输弹机上万件。同年，被陕西省人力资源和社会保障厅、陕西省总工会、陕西省企业家协会、陕西省企业联合会、陕西省工商业联合会评为"陕西省劳动关系和谐企业"、被陕西省青年创新创业大赛组委会评为"陕西省青年创新创业大赛商工组三等奖"。

2019年，公司研发生产了无人移动靶车，建成了某发动机壳体生产线。同年，被陕西省总工会评为"陕西省五一劳动奖"；被陕西省工业设计协会颁发"西部（中国）工业设计圆点奖"；

被陕西省科学技术厅、陕西省财政厅、国家税务总局陕西省税务局评为"高新技术企业"。

2020年，公司受命生产某型发动机壳体，全体员工参加了"大干100天，保质保量完成生产任务"签字仪式，按时完成了生产任务，被某研究院授予了"应急保障先锋"的锦旗。同年，被陕西省工业和信息化厅评为陕西省"专精特新"中小企业，公司焊接班被陕西省总工会评为"陕西省梦桃式班组"。

2021年，生产C919飞机强度试验平台。同年，被陕西省工业和信息化厅评为"陕西省隐形冠军"，公司特种焊接班被全国总工会评为"全国工人先锋号集体"。

2022年，公司研发生产的大载荷无人机起落架装备于TP500无人运输机，并试飞成功，被央视报道。同年，公司被陕西省企业技术创新促进会评为"陕西省企业技术创新促进会副理事长单位"，被陕西省工业和信息化厅评为"省级企业技术中心"，被工业和信息化部评为"国家级'专精特新'小巨人企业"，被陕西省高新技术企业认定管理工作领导小组办公室评为"高新技术企业"。

这一个个奖励，是王曙光一路追光的足迹，是华通公司在制造业领域绽放的光芒，是华通人用血与火锻铸的一座座丰碑。

九

华通公司在制造业领域绽放的光芒里，倾注了王曙光大量的智慧、心血和汗水。他像夸父一样，每天都不知疲倦，不畏艰险地追着太阳奔跑。

变则占先机，变则赢天下。在企业迅猛发展，快速扩张的时候，王曙光像一个舵手，为华通公司驶向辉煌的彼岸运筹帷幄。

2016年，他提出了"从一般制造向高端制造升级转型，从制造型企业向科技型企业升级转型"的发展思路。他要在高端制造和科技创新领域，书写公司发展的新篇章。

殷殷之情俱系华通，寸寸丹心皆为家国。为了公司的跨越式发展，王曙光奏响了三部曲，每一部曲都敲动心灵之鼓，令人斗志激昂。

第一部曲是购置先进的设备。设备是公司实力的体现，也是公司发展的重要标志。为了不断提升公司的高端制造能力，从2008年开始，王曙光通过银行融资、向亲戚朋友借资，甚至拿出自己买房子的钱购买设备。公司先后投资5.5亿元，购置了大型旋压机、电子束焊机、五轴加工中心、龙门数控加工中心等各类先进的设备500多台/套，使公司的制造能力位于西北地区民营企业同行业前列。

大型强力旋压机是航空航天领域大型薄壁或转体制造的核心设备。当时国内只有中小型的旋压机，为了企业的长远发展，王曙光把目光投向了国外。但是，大型旋压机是西方国家对中国禁运的设备，一些发达的设备制造国家，限制旋压机出口。王曙光想尽了一切办法，从乌克兰购买了旋压机零件，分批运回杭州，在杭州聘请专家组装。一些特殊用途的发动机壳体，需要具备耐强压，耐高热，重量轻的特点。2019年，公司投资5亿元，建成了全国第一家民营企业某型发动机壳体生产线，华通公司成为全国最大的民营企业某型发动机壳体生产线。同年，中国工程院制造研究室主任，制造业办公室首席专家屈贤明教授来公司调研，对公司的大型旋压机惊叹不已。他几乎走遍了国内所有的规模型制造企业，大型国有企业的旋压机也就几十吨，而华通公司的旋压机为100吨。屈贤明教授由衷地赞叹说，华通公司的设备和制造能力，在全国制造企业中处于领先水平。

2023年11月，中国科学院刘国治院士来公司考察，大为震惊，总结了三个没想到："没想到公司的设备这么先进，没想到公司的检测设备这么齐全，没想到公司的技术力量这么雄厚。"

第二部曲是引进、培养人才。得人才者得市场，王曙光深谙其理。他引进人才常怀"求贤若渴，爱才如命"的诚心；发现人才独具"瞻山识璞，临川知珠"的慧眼；培养人才更怀"春风风人，夏雨雨人"的温情。为公司造就了研发人才、技术人才、生产能手的三级人才梯队。

他制定了吸引高端人才，稳住关键人才，用好现有人才，储备未来人才的人才战略。早在建厂之初，他就广招贤士，对王志友、王克俭、王勇等在当地业内有一技之长的能工巧匠委以重任。随着企业科技含量的提升，他又把视角放大到全国制造业领域。

西安昆仑机械厂二分厂退休厂长金郁华、退休副总工程师雷普龙、陕西压延设备厂生产处原处长王云峰、某研究所总工程师祝新宇、陕西、山西等地的科技人才邵玉宇、李林、卫锦红、刘福林、刘鹏、仵俊、郭丹平、陈国正等在王曙光的盛情相邀下，纷纷加盟华通团队。这些人才，有在机械制造方面经验丰富的行家里手，有在通讯、电子、自动控制、图像传输等领域学有专长的专家、学者。他们是华通公司向科技进军的开路先锋，是支撑起华通公司科技殿堂的支柱。他们参与研发了国家高端制造的重点项目和预研项目，他们自主研发了多项填补国内空白的产品。

在引进人才的同时，王曙光十分重视公司技术人员和工人技能的培养，让他们成为行业精英，成为大国工匠。他多次组织员工赴北京、上海、广州、西安等地参加培训，请专家来企业讲座，自主培养的 100 多名技术工人，取得了几十项国家专利，多人在全国技术竞赛中获得大奖。初中毕业的殷江伟，原来是一名普通铣工，在公司的培养下，已经达到了高级数控机床编程人员，被评为乾县首届"劳动模范"。高中毕业的南鹏，从学徒做起，不断攻坚克难，完成了运 20 及多种发动机壳体复杂零部件、某反导系统供输弹机的研发生产，被评为"乾县最美人"。技校毕业的郭金虎，在华通公司工作 15 年，由学徒到技术部长，到现在的技术副总，参与了国家多种型号装备的研发制造，被评为"陕西省劳动模范"。公司的特殊焊接班，苦练焊接技术，熟练掌握了特殊环境和特殊材料的焊接技能，高标准完成了飞机试验平台、某发动机壳体的特殊焊接任务。2020 年被省工会命名为"梦桃式班组，"2021 年初又被全国总工会命名为"全国工人先锋号集体"。

1997 年创办企业之初，王曙光还是一名仅有高中学历的农村青年，他知道这个行业的艰巨性和复杂性。他知道雄鹰有一双坚硬的翅膀才能翱翔长空，自己只有刻苦钻研，认真学习该行业的专业知识，才能有所成就，才能不断前行。

2009 年到 2010 年，他在西安交通大学攻读工商管理博士

（DBA）学位。尽管工作繁忙，事务缠身。每周的周六、周日，他都去交大听课，风雨无阻，寒暑不避，没有落下一节课。西安交大、北京大学、清华大学何茂春等教授的讲座，让他如痴如醉，沉迷其中。学习结束后，他购买了《机械设计基础》《机械制造工艺学》《机械制造及其控制》等专业书籍，利用闲暇时间，汲取营养，丰富自己。他还利用合作研发、项目论证、学术交流等机会，向专家学习。

辛勤地在心灵里耕耘一方净土，就会在心境中丰茂出一片福田。王曙光用勤奋锻铸了自己的知识之剑，用勤奋练就了自己扶摇长天的翅膀，用勤奋树起了自己在制造业领域的标杆。近年来，他参加了"秦创原发展座谈会""科技工业基础情况调研座谈会"等国家、省、市专业性的会议，并以专家的身份做专题发言。同时，他还被聘任为渭南师范学院、咸阳职业技术学院客座教授。

2016 年，华通公司的"劳模创新工作室"被咸阳市总工会命名为"王曙光劳模创新工作室"，2017 年，被陕西省总工会命名为"陕西省示范性职工（劳模）创新工作室"。

2019 年，他被聘任为"国家水中弹道协同创新中心理事会副会长"，是该中心唯一的一位民营企业家。鉴于他在制造业领域的创新成就，2021 年 10 月，该中心在华通公司召开"水中弹道协同创新中心 2021 年第二次学术交流会暨水下装备系统专业委员会成立筹备会"，这是该中心唯一的一次在县级城市召开的会议。中国科学院李鸿志院士、南京理工大学路贵斌副校长、中国兵器科学研究院首席科学家栗保明、海军研究院、海军工程大学、西北工业大学、中国船舶集团 705 所、船舶重工集团 716 所等单位的 60 多名专家参加了会议。王曙光在大会上做了专题发言，介绍了自己和公司在科技创新方面取得的成就，赢得了与会专家的一致好评。

王曙光在科技创新领域成果丰硕，成绩突出。被咸阳市委市政府授予了"咸阳市拔尖人才""咸阳市领军人才""咸阳市突出贡献专家"称号。

第三部曲是科技创新。王曙光经常强调，科技研发能为企业赢得更多的市场份额，提高竞争优势，增强企业发展后劲。他矢志不渝地坚持科技创新，坚持新产品研发，坚持技术改革。

华通公司的发展史，也是一部科技创新的史书，是一幅科技创新的历史画卷。早在王曙光创办企业的第三年，1999 年，他就指导参与了绕线机、动态机的研发生产，一举突破了日本企业对该市场的垄断。

2000 年，国家引进了一款俄罗斯鱼雷爆炸装置，后因供货方违约，断供了该产品。213 研究所把该装置的关键部件鱼雷触发器想让华通生产，王曙光还是那句口头禅："它就是人造出来的么！"这个 M1.6 的丝，要弯成"U"型，还要绕线圈。他们硬是凭这些简陋的设备，凭着几个工人的报国情怀，攻克了关键技术，为国家节约了大量的装备进口成本。

敢为天下先，是科技创新的共同追求。2003 年，一位从事装备研究的老专家，找到了王曙光。他研究的一款筒体长 10 米的装备，走遍了全国的大型制造企业，因为没有 10 米的镗床而无法生产。王曙光望着老专家期待的目光，表示一定满足老专家的心愿。他带领 5 名技术工人，成立了课题组，奋力攻关。经过无数次的摸索和试验，把 10 米的车床改装为镗床，成功制造出了 10 米长的筒体，填补了国内制造业的空白。

古城西安，高校林立，人才荟萃。为了提升公司的科技实力，2005 年，王曙光在西安创办了公司的研发中心。中心有专家、博士研究生等科研人员 100 多名。涉及工业自动化、软件开发、系统集成、数据采集等领域。研发中心在自主研发多种类型装备的同时，长期与 40 多家高校、科研院所合作研发产品，参与了国家多种预研项目与重点项目的研发，获得专利和软件著作权 100 多项。2009 年该研发中心被评为"陕西省创新研发中心。"

坦克，是现代陆地作战的主要武器之一。二战期间的库尔斯克战役是最大规模的坦克战，反坦克武器和战术一直是军事研究的重要课题。部队训练打击的坦克，从固定的模拟目标发展到牵引靶车，训练的实战性不断加强。2005 年，王曙光敏锐地感悟到，利用退役的废旧坦克，改装成自动行驶的靶车，将会给部队的反坦克训练提供更加贴近实战的便利。他带领祝新宇等人向软件编程、信号传输、通讯技术等领域攻关。研发的无人驾驶遥控靶车，填补了国内空白，并获得了"西部（中国）工业设计圆点奖"。

2018 年 4 月，习近平总书记视察长江，提出了修复长江生态、绿色发展的理念。

三峡两岸，山峦连绵起伏，树木葱茏蓊郁，浩瀚的长江水奔泻千里，蔚为壮观，吸引着中外游客纷至沓来。

长江码头上，游船往来穿梭，浓烈的汽油味和噪音造成了很大污染。王曙光的战略眼光，瞄定了这一商机，他要还三峡一片青山绿水，要用岸上送电取代游船上的柴油机发电。他带领的团队，研制的自动控制电缆卷筒，成功解决了游船的岸电输送问题。现在，华通人的智慧，依然驱动着距离三峡大坝2.3公里的秭归港上的游船，在风景如画的江面上游弋。

为了拓展科技创新的深度和广度，王曙光与40多家科研院所、高校开展学术交流，联合研发产品。他带领团队和某研究所联合研发某型高功率装备达18年之久，和某集团联合研发的大口径产品长达15年，分别达到了世界和国内领先。

王曙光的科技创新，聚焦世界前沿，注视着人类最先进的科学技术。伺服控制系统应用于自动驾驶控制、飞机、飞船制导等，他的团队2020年开始进军该领域，2021和2022年分别研制出了2KW—18KW的伺服控制系统。该系统抗电磁干扰强、动态响应好、精度高，现应用于随动系统和伺服电机。

王曙光的科技创新，不仅运用于应用科学方面，还用于改进生产技术，改进工艺参数，提高生产效率。公司生产的某型壳体，其材料要求屈服强度高、延展性强，加工零部件精度高、难度大，制造工艺复杂。因此该发动机成了国内某型装备的重要瓶颈，王曙光看到这些情况，下决心攻克这一难关，他投资5亿元，添置了大量研发生产设备，建成了全国民营企业唯一某型发动机生产线。研发生产出了多种型号的某型发动机壳体。

在发动机壳体研发与生产中，热处理是提升材料性能的重要措施，国内热处理技术相对落后，导致材料各类性能指标与先进国家有一定的差距，制约着发动机的性能。王曙光带领团队从材料入手，赴北京钢研院、抚顺特钢、长城特钢等钢厂深度交流、采样分析、反复试验、取各家之长，对国内多家的热处理参数进行详细分析，并通过各种渠道在国外取得关键工艺参数，认真研讨分析。通过上千炉的热处理试验，最终找到了材料的临界点，使奥氏体向马氏体转化更加充分，确保无残余、无逆转奥氏体，使材料的抗拉强度由原来的 1760MPa 上升到现在的 2000MPa 以上。在这样的硬度下，断后延伸率达到了 10.0% 以上，使发动机的性能得到了较大的提高。在试验过程中，王曙光一直坚守现场，紧盯热处理温度变化，分析研究，临场指挥。经过数月的反复试验，总结出一套满足产品设计指标要求的工艺路线及参数。

发动机壳体材料的对接需要焊接，高质量的焊接，是发动机壳体生产的关键，为了提升焊接性能，王曙光带领焊接班前往西安交大、西工大、热工所交流学习，最终确定采用真空电子束焊焊接发动机壳体。他带领焊接班对焊接参数从定位焊电流、焊接电流、焊接速度、电子束合轴的调节，再到更换灯丝后参数的试验等均进行了上百件试环焊接，对焊接参数进行试验摸索。

为了减少焊接中的错边量，王曙光组织工人精心设计了焊接专用工装，确保焊接零件每个点的对接精度达到了 1‰ 毫米以下。为了使焊接余热不影响筒体变形，应用了内撑铜块导热，减少焊接时热输入导致的产品变形。对焊缝成型的产品 100% 进行 X 射线探伤，达到了 100% 合格。

十

一个心中有光的人，常常会给别人带来温暖。王曙光像普罗米修斯一样，让更多的人感受到了他火一样的温度。20世纪90年代，他在发展企业的同时，不忘回馈社会，报效桑梓。他投资68万元，为家乡打井，铺设管道，解决了5个自然村，7000多人的饮水和灌溉问题；投资10多万元，为3个自然村铺设道路；投资200多万元，为梁山镇三合村贫困户栽植苹果树500多亩；捐资10多万元，资助了近20名贫困大学生。

2019年12月，新冠疫情在武汉暴发，无数人遭受着病毒的折磨。王曙光心急如焚，他仿佛听到了晴川阁旁树上哀婉的鸟鸣，仿佛看到黄鹤楼缠绕的阴霾，他千方百计从上海采购了十万只口罩，通过红十字会捐赠给武汉疫区，后又捐款捐物达100万元。当疫情扩散，公司所在地疫情防控任务十分艰巨。王曙光显示了一个企业家的责任和担当，他多次为医护人员、交通干警、社区工作者捐款捐物，并在三伏天亲自带人慰问防控一线的工作人员。当他看到县级医疗单位医用救护车辆不足，边远地区的患者不能得到及时救治时，慷慨解囊，为乾县人民医院、乾县中医医院、乾县妇幼医院捐赠了价值100多万元的5台救护车辆，使乾县医疗的机动能力大幅提升。

公司附近有一所炳公学校，是由我国已故的著名外交家王炳南投资修建的。王曙光经常关心学校的教育事业，多次为学生捐赠学习用品、书籍，并出资资助贫困学生和学校基础设施建设，累计投资50多万元。

在脱贫攻坚、乡村振兴、环境整治、公益事业等多项工作中，王曙光捐款捐物达3000多万元。王曙光不仅对社会有着火热的情怀，对公司员工更是视如兄弟姐妹。在企业员工还不是很多的时候，谁家有了红白喜事，他就带着全体员工去帮忙。谁家有了困难，他第一时间赶到家里，尽可能地予以帮助。

夏天，他给员工买西瓜降温，冬天，他为员工生火炉取暖。直到现在，那些老员工回忆起这些往事，还禁不住情动于衷，念念不忘。企业大了，员工多了，但他只要听说谁家盖房子、娶媳妇、办丧事。他都会询问员工有没有困难，需要不需要帮助。有些员工，却怯于启齿。王曙光往往能从他的表情里读出他的困难，对他施以援手。

2005年农历腊月二十九，大雪纷纷扬扬地下着，一片片棉絮般的雪花在空中盘旋，落在公司的路面上、草坪上。公司已经放假了，因为大雪封路，班车停运，家在旬邑的技术员吕建文无法回家。一直到下午6点，吕建文望着空中密密麻麻的雪花，在屋檐下踱来踱去。这一幕恰好被王曙光看到，他知道吕建文回家心切，便对他说："我送你回家！"

王曙光开着桑塔纳-2000，载着吕建文驶向旬邑。淳化经照金到旬邑之间，沟壑纵横，山脉不绝。夜晚的山路上积雪覆盖，空寂无人。有时道路挂在山坡上，险峻崎岖；有时道路深入沟底，陡峭蜿蜒；有时道路依山傍沟，险象环生。王曙光开着车，在湿滑、狭窄、坑洼不平的山坡和沟壑间小心翼翼地行驶。两只明亮的车灯，在夜幕中凿开了一条光的隧道。

晚上11点，车子翻过了石门山。把吕建文送到家后，王曙光独自开车返回。山林里，沟壑中，不时传来狼、野猪的吼叫声，雪团像白色的蝴蝶扑打在车玻璃上。王曙光不时鸣着车笛，为自己壮胆。在车辆剧烈的颠簸和侧滑中，他双手紧握方向盘，掌心里沁出了汗水。直到深夜4点多钟，王曙光才回到了公司。

2021年，公司一名员工父亲身患重病，家庭无力承担昂贵的治疗费用。王曙光知道后，立即捐资2万元，并号召全体员工捐款，传递了企业大家庭的融融暖意。

大爱无疆，善德永存。大爱是光，给寒冷者带来温暖，大爱是雨，给干枯的秧苗带来润泽。王曙光心中有爱，心存善念，给无数人送去了温暖，送去了雨露。他高擎爱的火把，传递暖意融融的灵魂之光。

王曙光在创业的路上，经历过风雨，跋涉过泥泞。今天已经迈上了坦途，攀上了一座座辉煌的峰巅。

此时此刻，他常常想到他小时候的苦难，想到亲人的慈爱，想到邻居的关怀。他常常想起自己的故居，想起村口高大的白杨树，想起勤劳淳朴的左邻右舍。

2022年，他驱车回到了生他养他的东注泔村，站在故居门前，他推门的手，竟然在空中迟疑了片刻，真是应了"近乡情更怯"。

推门进去，院子布满了灰尘，屋檐上一片瓦坠落的碎片散落在地，墙角处一棵藤草沿着墙缝向上攀爬。一阵酸楚顿时涌上了王曙光的心头。他决定修葺老屋，在不改变结构的情况下，进行翻新装修。让老屋珍藏父母生活的痕迹，珍藏自己儿时的记忆。

2023年10月，在修葺老屋的时候，时逢秋收秋播，因降雨频繁，给农村的抢收和播种带来了不便，王曙光看在眼里，急在心里。他了解到村里因无大型机械常常贻误农时，便急群众之所急，想群众之所想，出资40多万元为注泔镇东注泔村捐赠了三台大型农机具，缓解了村民的秋播之忧。

当他看到村上广场年久失修，地面已多处塌陷，功能不全，广场一侧500多年的古杨树枝干干枯，树下杂草纵横时，他决定投资2300万元捐建古树公园，彻底改变注泔村的面貌。10月16日，由注泔镇政府主办的古树公园启动仪式隆重召开，县政协主席、县委常委、县委宣传部部长等县级领导和相关部门、各镇办负责人出席了会议。

项目启动后，王曙光多次去周边县区考察新农村建设，并亲自绘图，亲自设计，亲自购买高标准的建筑材料。为了营造出古杨公园高树与低树俯仰生姿，芳花与芊草相映生辉的独特景观，他和他多年从事林业工作的弟弟去周至采购景观大树。当时正值天雨过后，他们在几十亩大的林地里往来穿梭，寻找造型苍劲独特的古槐、皂角树，以便和村上的大杨树相匹配。泥泞沾湿了他们的鞋和裤腿，他们仍在林地里耐心寻找，他们选中了一棵老槐树时，林地老板却对他们说这棵树价钱高，并向他们推荐了另一棵高大挺拔的树木。王曙光考虑的不是价钱，而是营造公园的独特景观，他坚持要买那棵价钱高的老槐树。

夜幕降临，村庄灯火闪烁的时候，他们才驱车返回。途经武功县城时，一行4人在路边一个饭店里要了一只烧鸡，两盘旗花面。王曙光对服务员说，把烧鸡切开，我们4人吃半只就够了，另一半打包带走，家里还有几个村民，带回去让他们尝尝。

就是这样，王曙光经常在自己的生活上精打细算，心里却永远装着他的员工，他的乡亲们。他舍不得给自己花钱，为了公益事业，他却从不吝啬。

经过整整一年的紧张施工，王曙光投资建设的古树公园已经建成对外开放，公园由迎宾碑、广场、流水景观、明镜湖、石榴园、柿林、坝外林地、村卫生室、警务室、人大代表联系室等部分组成。广场内设三层戏楼，用于集会和大型演出，为群众提供了一个文化艺术的新载体。广场内有一座公园落成纪念石，石上的行书"助力乡村振兴，功在当代后世"格外引人注目，为曾任周总理秘书、原武警指挥学院副院长纪东少将题写。背面的文字介绍了公园由本村企业家王曙光捐资，西安、宝鸡、河北等专业工程队建设，落款为东注泔村村民。这巍峨的大巨，是屹立在村民心中的一座爱心垒筑的高山，一座彪炳村史的丰碑！

白杨树周围有汉白玉围栏，树前立有一对汉白玉华表，一尊巨型石香炉，衬托着古杨树的神圣与传奇。

聚福亭、双裕长廊飞檐翘角，染金绘彩，古色古香。不仅给人一种宁静、古朴的美感，更像一部多彩的历史长卷，描绘着这个村庄的古老与传奇。文化浮雕影壁长18米，高2.4米，宽0.5米。正面题刻《古杨赋》，德、义、礼、智、信浮雕图案，背面题刻《古杨公园简介》，像一页展开的石质书页，传统文化的魅力和白杨树五百年的过往跃然石上。

古杨树下原有一涝池，已毁弃多年。润德池建于涝池原址，池外钻孔设管，收集天然雨水，滋润树根。润德池既润参天古杨，又润村民厚德，故名"润德池"。池上吹箫引凤石雕，玉女亭亭玉立，横吹竹箫，孔雀翩翩飞舞，寓意东注泔村招贤引能，助力村庄腾飞。

石围栏外侧雕刻二十四节气，内侧对应二十四首古诗，是农耕文化的瑰宝，内涵丰富，意味隽永。

流水景观内站立着十二生肖石雕，石雕东边，叠瀑泉一石三叠，形如堆云垒雾。水从石中溢出，涌流成瀑，一咏三叹，层层叠叠。水瀑如玉帘垂空，似银龙竞跃，垒起了一座水的金字塔。它是东注泔村人勇攀高峰、自强不息的象征。

一座巨型的石壁是九龙壁。九条虬龙腾云驾雾，凌空翱翔。居中的一条龙，喷珠吐玉，水泻如虹。九龙图案两侧，是一首《题九龙壁》诗，丹书为左右两联，左联为"驭风腾云翔九龙，携来飞虹贯长空。"右联为"不恋东海千尺浪，偏在壁上望五峰。"书法为原空军司令员王良旺题写。

龙，是中华民族的图腾和独特的精神标识，预示着风调雨顺和国泰民安。

九龙壁下有九龙潭，潭两边各卧一巨型麒麟石雕，寓意着吉祥和幸福。九龙壁两侧各有一石孔门，左边为快乐门，右边为幸福门，从快乐门穿门而进，会给您带来一生的快乐；从幸福门踱步而出，幸福将伴您终生。

九龙壁背面，雕刻着巨幅迎客松图，正在迎四海宾朋，邀八方来客，它是东注泔村开放包容的象征。壁下石潭两侧各卧一石雕巨狮，威武庄重，护佑一方平安。

金蟾吐水景观，是公园流水景观中最具特色的景观之一，四只蟾蜍，双目圆睁，身姿婉约，静卧石上。每只蟾蜍皆口吐清流，像无数颗珍珠在空中飞溅。金蟾吐水，吐向四面八方，吐出的是滋润旱塬的清流，吐出的是源源不断的财富，吐出的是村民和游客无尽的快乐和希望。

金蟾吐水，吐出满地珠玉，给这一方土地带来了繁荣，带来了富裕，也会给游客带来好运，带来吉祥，带来财富。

从流水景观顺阶而下，穿过一段山洞，就到了高山平湖景观。石头垒筑的山峦南北横亘，层峦叠嶂，山峰高耸，气势磅礴。山上绿树摇曳，生机勃勃。

山峦由500多吨天然石料垒筑，造型奇特，巧夺天工，尽显自然之趣。山峦的巉岩间，缝隙里，一股股细流潺潺流淌，顺石而下。山下有潭，潭中水清石现；山中有洞，洞中水雾弥漫，犹如仙境。北侧入口形似神龟负山，取名"龟寿门"。年长者从中穿行，寓意身体康健，长命百岁。南侧出口形似驼队前行，取名"驼颖门"。少年从此而出，会增添胸中豪气，灵动且勇毅，寓意脱颖而出，出类拔萃。

假山东边的明镜湖波平如镜，倒映着蓝天白云，倒映着五彩斑斓的墙绘，倒映着岸边的绿树和芳花纤草。湖中荷叶青翠欲滴，粉红的荷花点缀其间，犹如亭亭玉立的少女，婀娜多姿。湖水中，荷叶间，红色的、黄色的、黑色的游鱼往来穿梭，编织出了一幅湖光山色的美丽画卷。

东埝坝上垂柳依依，随风摇荡。柳条如大自然的纤纤手指，迎习习惠风，揽东来紫气。坝面两侧，树有两块巨石，分别题刻"紫气东来""风景如画"。站立坝上，极目东望，巍峨的山脉绵延起伏，九嵕山流云缠绕，高耸云端。无边的旷野，绿色浩渺，葳蕤蓬勃。如一副大气恢宏的丹青卷轴，铺陈天际。

坝外林地栽植古槐和青松，是游客休闲、娱乐之地。三五好友，游园之余，在此席地而坐，上有绿荫蔽天，鸟鸣深树，下有荷风送香，蛐蛐浅唱，自然之趣横生。

东注泔村古树公园，如一幅巨型彩绘。只有大情怀的人，才有这样的大手笔，才能描绘出这样波澜壮阔的美丽画卷。

多年来，王曙光为社会公益事业捐物捐款累计达6500多万元。这是王曙光用自己的实际行动在践行他的入党誓词，用他朴素的情怀撑起一片爱的蓝天。

王曙光为国家、为社会做出了卓越的贡献，也为当地的就业、税收做出了不菲的成绩。2023年，公司上缴税款1.34亿元，位居乾县首位。他的贡献，他的成绩也赢得了各级政府的认可。他被推选为乾县第十四届政协常委、咸阳市第六届、七届、九届人大代表、咸阳市工商联副主席，荣获了中国优秀创新企业家、陕西省劳动模范、新中国成立70周年陕西最具影响力的劳动模范、陕西省优秀共产党员、陕西省优秀民营企业家等多项荣誉。他的事迹，被中央电视台、新华网、陕西电视台、陕西传媒网等多家媒体报道。

十一

每天，王曙光都以追光者的姿态，风雨兼程，奋力跋涉。一次次前行，一次次蜕变。每次行走，都洒落一地光彩。在他一路追光的步履里，能感受到他生命的张力，生命的光芒。今后的日子，他将迈开大步，向光而行，给中国制造业采撷一束七彩的阳光。

2024年10月

校场演兵，谁驭坦克驰

在现代武器家族中，有一款新型武器叫无人战车。无人战车是无人驾驶的移动作战平台，是未来战争不可或缺的军事力量。目前，在世界范围内，最先进的无人战车在通信技术方面还存在短板。很多发达国家都在无人战车领域竞相逐鹿。

位于陕西乾县工业园区陕西华通机电公司的一支研发团队，正在向无人战车的最高技术领域发起冲击。这个团队就是华通公司机电研发部，领头人名叫祝新宇。

祝新宇，汉中勉县人，北京理工大学毕业后曾在咸阳某国企工作。

勉县，北依秦岭，南垣巴山，山峦起伏，风光旖旎。这里的灵山秀水，浸染了祝新宇童年的聪敏睿智。而工作的咸阳，又拓印了他北方人的放旷坚毅。他工作的岗位，主要从事民品研发，他倾注了全部智慧和心血，2018年，他成为公司总工，国企正在为他铺就一条人生的坦途。

"得定军山则得汉中，得汉中则定天下"。他这只定军山飞出的雄鹰，渴望翱翔更广阔的天宇，渴望在更高端的研究领域施展才华。

机缘巧合，他在人生的探寻中与华通公司相遇。华通公司生产的某型装备世界领先，某型产品国内领先。祝新宇反复思索，这个偏居县城的民营企业，有着怎样敢为人先的气魄和胆识，又怎么取得了这么令人叹羡的成果？

乾县，是黄土高原上小城的标本。这座美丽富饶的千年古城，是镶嵌在黄土地上的一颗耀眼的明珠，悠悠四千多年的历史，给这里镌刻了无数古朴隽永的文化符号。

站在轩辕祭天香火的余烟里，丝绸之路悠长的驼队蹄印上，祝新宇在思考。他的灵魂与这座小城，与这里的一家民营企业进行了一次碰撞。这也许是一次为这座小城添彩的碰撞，一次改写中国移动靶车历史的碰撞。碰撞的火花幻化成了乾县古城街灯的霓虹，幻化成了移动靶车闪烁的灯影。

祝新宇毅然辞掉了国企的工作，在华通公司机电研发部担任总工。

就在这一年四月，习近平总书记视察长江，提出了修复长江生态、绿色发展的理念。

长江如练，千曲百转，棹击峰影，万呈碧波。

长江三峡以其秀丽的山水，险峻的峡谷，宏伟壮观的三峡大坝闻名世界。

西陵峡、巫峡和瞿塘峡连绵起伏的山峦，郁郁葱葱的树木，缠绕山顶的云雾，浩瀚奔泻的江水，吸引着中外游客纷至沓来。

长江码头上，千艘游船往来穿梭，浓烈的汽油味和噪音造成了很大污染。华通公司董事长王曙光，是一个富有远见卓识的企业家，他的战略眼光，瞄定了这一商机，他们要用岸上送电取代游船上的柴油机发电，而这一课题，责无旁贷地落在了祝新宇肩上。

岸电输送，运行成本低，节省人力，难点是长江水流落差大，10千伏的电缆随游船收放很难解决。祝新宇9月30日领命，12月份交验，他带领的团队，研制的自动控制电缆卷筒，成功解决了游船的岸电输送问题。现在，华通人的智慧，依然驱动着距离三峡大坝2.3公里的秭归港上的游船，在风景如画的江面上游弋。

祝新宇是一个永远前行的人，他无暇顾盼来路的风景，他要领略更高处的风光。

部队训练打击的装甲车、坦克等靶向目标，从固定的模拟靶车，发展到牵引靶车。为了实战需要，无人遥控靶车应运而生。已经退役了的坦克、装甲车，通过安装遥控装置，便可在远距离操控下，自由驱驰，成为部队训练的靶标。华通公司的研发制造，已经在这一领域崭露头角。公司从2017年进入该领域，2019年为某基地提供了无人靶车。

2019年，一项技术含量高的靶车与公司邂逅。他们与某基地签订了实装无人装甲靶车、高速无人轮式靶车订单，2020年年底交货。这两款靶车，在国内属于顶尖科研项目。

军工生产，订单就是军令。不能按期交付，将会被列入黑名单，三年内不能承接军方订货。

开弓没有回头箭。事关公司存亡，华通公司只能背水一战。离交付只剩下三个月时间，原合作的团队知难而退。此时，这两款靶车的研发几乎还是空白。

王曙光是一个指挥若定的将军，啃过无数次硬骨头。他勉励公司科研人员，科研的意义在于创造，人生的价值在于探索。

勉县长大的祝新宇，多次拜谒过定军山下的武侯墓。这时，他的脑海里又浮现出诸葛亮羽扇纶巾的坐像，浮现出诸葛亮制造的"木牛流马"。他要啃这个硬骨头，要制造出中国的"铁牛流马"。

祝新宇挺身而出，主动请缨，机械设计专业毕业的他，要向软件编程、信号传输、通信技术等高地攀登。

研发的道路是激流险滩，汉江边长大的祝新宇最喜欢搏水击浪。他带领祝枝勤、王鹏、郭西营、薛新贵、付德新、刘军伟等人立即投身研发制造的洪流中。

三个月，他们的工作安排里没有上下班之分，他们的日程表里没有昼夜之别。他们早上8点上班，中午12点匆匆吃一碗饭继续工作。一直到晚上11点才下班。职工食堂晚餐以馒头、稀饭为主。汉中人却不喜欢吃馒头，祝新宇就去公司附近食堂吃一碗面条。回到寝室，他又对着图纸凝神冥思。

和他们一样对这个项目倾注心血的还有一个人，他就是公司董事长王曙光。王总常陪他们熬夜，和他们讨论科技难点。华通公司办公大楼有两盏灯灭得最晚，有时甚至彻夜不息。一盏是王总办公室的，一盏是祝新宇研发团队的。正是这深夜灯火，为我国的无人靶车探寻曙光。

无人靶车通过智能无线传输系统远距离操作，时速达125千米，在无人驾驶状态下，航行不能摆动、不能偏离。其控制系统是技术核心，终于，这一技术被华通人攻克了，他们在一张白纸上，写出了中国民营企业的智慧。12月24日，祝新宇带领的研发小组一行7人驱车北上，在华阴某基地进行靶车调试。

站在靶场上，极目远眺，广阔逶迤的渭河滩地一片苍茫萧索。河堤上的野草随风劲舞；不远处的杨树林树叶凋落，树干倔强地耸立在寒风中；一丛丛枯黄的芦苇扭动身姿，发出沙沙的响声；渭河在蜿蜒曲折、高低起伏的沙滩里时隐时现，缓缓地流向远方。偶尔，一两只鸟儿从波光粼粼的河面上轻轻掠过，振翅鼓翼，在长空翱翔……

渭河滩上，风寒水冷。很多调试是室外作业，他们在这里调试了两周时间，有时工作到凌晨3点。寒风穿过棉衣直刺肌肤，一双双冻得僵硬的手指在电脑键盘上、在靶车冰冷的部件上敲击、摸索。无法想象的冷也在传输，直抵他们的心脏。

天道酬勤，天道酬智。到测试的前一天，各项性能达标。正当他们欣喜若狂的时候，一个新的问题出现了。靶车会在偶然的情况下死机。如果测试时出现这种情况，3个月的心血就白费了。科学没有侥幸，没有投机取巧。他们凌晨3点起床，一个程序一个程序地重复，一个环节一个环节地排查，早晨9点，终于找到了症结。到下午1点修改完了程序，他们兴奋地在空旷的基地上大声呼喊。为了确保万无一失，他们一口气测试了20次，每一次都达到设计要求，没有任何纰漏。

已是凌晨3点，祝新宇、祝枝勤、王鹏、郭西营、薛新贵、付德新、刘军伟站在渭河滩上，望着满天寒星，兴奋、激动的潮水在他们体内奔涌、激荡，继而冲出心堤，从他们的眼里夺眶而出。

12月28日，高速靶车在某基地验收评审，9个专家到场。无人靶车在基地跑道上，风驰电掣，时速125千米，达到国内最高水平。现场的专家从质疑到惊讶，从惊讶到惊喜。一个规模不大，偏居县城的民营企业，竟然成为高速无人靶车的领跑者！

高速靶车的研发成功，不但使华通公司在无人靶车领域跻身国内第一梯队，而且他们掌握的核心技术，将广泛适用于各类无人靶车的开发。8×8轮式遥控装甲靶车的研发，他们只用了很短的时间，该靶车在南京炮院评审时，11位专家测评，几十项测试均达到国内领先水平。

这就是华通人，这就是华通公司，他们凭着顽强、锲而不舍的精神，把遥控靶车的软件著作权和两项发明专利收入囊中。他们攻克了遥控靶车最核心的技术，给这一项技术烙上了华通公司鲜红的印章。

北方的冬天，千山失翠，万水凋零。华通公司院子里修剪成圆形的两排石楠树，却绿里泛红，生机勃发。它像伸出的两条彩袖，欢迎载誉归来的英雄，也像两排耀眼的勋章，戴在华通公司的胸前。

在我国无人平台发展领域，海上的无人军舰、空中的无人机发展迅猛。而陆上的无人战车，由于地形复杂，目前最先进的俄罗斯无人战车天王星9，在通讯技术上仍没有过关。祝新宇和他们的团队已经开始了无人战车的探索，他们坚毅和自信的瞳孔里，华通牌无人战车正呼啸而过……

2021年2月3日

芦苇情

一

陆陌村，一块厚重的土地，一块神奇的土地。

梨树，陆陌村的符号，一垄垄、一排排的梨树，环绕着村落人家，滋生着风土民情。梨树以坚韧而苍劲的方式，舒枝展叶，生花育果，千万颗葱茏的生命在这里朝云暮雨。

这个以汉代陆贾置田命名的村子，镌印着岁月过往的履痕，更张扬着时代律动的活力。

陆陌村有一个叫刘小峰的人，既像梨树一样，摇曳枝头的果实，灿黄的色泽、甘饴的醇香，彰示着丰硕；也像田畔、水岸一簇簇芦苇，以一种顽强的张力，恣意迁延、蓬勃生长。

让我们沿着葳蕤的芦苇，走进刘小峰的人生轨迹。

陆陌村南面是漠漠平原，北面是一湾沟壑，在这平原侵略沟壑，沟壑吞噬平原的地方，刘小峰身上既烙印了平原的厚重，又显露着沟壑的豁达。

但刘小峰的童年和少年，却充盈着极具浪漫的色彩。

1968年，刘小峰降生在陆陌村。

这时，农村还是人民公社时期，靠天吃饭的村民，无法完全解决温饱问题。一个青壮年劳力，每天的劳动工分，折合二角钱。一年下来，分红的几百斤粮食，折抵下来，几乎分不到现金。

刘小峰却是幸运的，他父亲是兴平县一家国营企业的工人，每月有四十元钱的工资。这相当于一个农村同龄人一年的收入。

刘小峰自然受到了父亲的恩泽，衣食无忧。父亲又不在身边，他可以肆无忌惮地放纵他的童真和天性。

童年的刘小峰，身材高挑，较其他小伙伴，多了一丝狡黠和慧性，自然成了娃娃头。他们上树掏鸟，下河摸鱼，白天摘邻居的青杏，晚上偷田间的西瓜。

刘小峰与众不同的是，他心灵手巧，手工制作的技艺，似有天授，极具慧根。八岁时，他做的弹弓，精巧别致，是一件美轮美奂的工艺品；他做的木头手枪，以假乱真。一群孩子，整天黏着他，跟在他屁股后面，想玩一玩他自制的玩具。

他十岁那一年，自制了一副弓弩，用竹子做成箭，搭上弓，可射十几丈远。

星期天，他和小伙伴去陆陌沟玩。

时逢盛夏，沟里河水流淌，击石有声。一丛丛芦苇，翠绿的枝秆，翠绿的叶子，努力向上挺举。一片片的芦苇，摇曳着绿色的波澜，漫无边际地向远方荡去。

刘小峰光着身子，藏在芦苇丛中．手持自制的弓弩，准备伏击"日本鬼子"。

嗖的一声，他的箭不偏不倚，射中了同村的一个小孩的光屁股，鲜血在嫩嘟嘟的屁股上洇成了一朵小花。

接下来便是那个小孩的啼哭，是那个小孩的父亲，带着小孩找刘小峰的母亲告状……

刘小峰的头、屁股和身体，尝到了十年以来刻骨铭心的疼痛。

刘小峰似乎受到了极大的委屈，他要逃离母亲的杖笞，寻找父爱。

他光着脚，挺着一整天没有进食空囔囔的肚子，只身向兴平县走去。

一个娇小的身躯，在午后的斜阳下跋涉着，三十公里的路程，他义无反顾。由于饥饿，由于路上的石子、瓦砾硌疼他的脚掌，他实在走不动了。

这时，一辆手扶拖拉机从身后驰来，他灵机一动，飞身趴在拖拉机的后厢。

拖拉机行驶了几公里，在一个路口朝西驰去。刘小峰猛然醒悟过来，他记得父亲用自行车驮他去兴平县，是向东走的，他急速跳下拖拉机。

拖拉机拖着一股浓烟，绝尘而去，驰入西边的晚霞。

刘小峰在漆黑的深夜，终于走进了兴平县城，走进了父亲的惊诧和爱抚中。

陆陌沟的芦苇，青了又黄，黄了又青。青的时候，蓬蓬勃勃，亭亭玉立，倩影婆娑；黄的时候，芦絮飘雪飞霜，像一个个站立河岸披发行吟的诗人。

芦苇，独守一方水域，筛风弄月，瘦瘦的筋骨把生命的光芒一次次挑亮，把岁月的空灵飘飞于沟壑之外的高度。

刘小峰就像这极具张力的芦苇一样，一天天长大了。

16岁那年，刘小峰在阳洪镇读初中二年级。这时，乾县城正在热播电影《少林寺》。卓立不羁的刘小峰，连续看了五遍，他被李连杰出神入化的武功折服，整天沉浸在白鹤展翅、蛟龙过海、金鸡独立等一招一式的模仿中。他已经完全置身于课本之外，仿佛自己是一个行游天下，青衣仗剑的侠客。

此刻的刘小峰，心里已经滋生了一个成为武林高手的梦想，他和一个名叫康应战的同学，密谋了一次少林寺之行。

去少林寺的火车票需要六元钱，还有其他费用，这对当时的刘小峰和他的同学来说，简直就是一个天文数字。他们调动全部的潜能和智慧，筹集去少林寺的盘缠。十几天时间，康应战只筹到了二角钱，这等于把一座拦路的大山，推到了刘小峰面前。刘小峰向同学借，向长辈讨，变着法子向母亲要，仍无法凑足数额。终于，他的聪明和顽皮成就了他的梦想，他从父亲那里拿了三十斤全国通用粮票，又把这些粮票兑换成现金，他们竟然凑到了三十元钱。

一个漆黑的夜晚，月亮隐匿在浓云背后，偷窥人间。刘小峰半夜从被窝里爬出来，在昏黄的油灯下，写了一张纸条："亲爱的爸爸妈妈，我要去学武功，暂借爸爸三十斤粮票，你们不要找我，十年以后，我会人模人样地回来。"

刘小峰把纸条压在厨房的一只碗下，他想，明天母亲做饭，一定会看到这张纸条。

趁着夜色，刘小峰和康应战，悄悄地走向了乾县汽车站，又转乘驶向郑州的列车。列车满载乘客，也载着刘小峰的梦想，呼啸而去……

当时，少林寺的门票二角钱，刘小峰和康应战拿着门票，就像攥着一团火热的希望，这不是一张普通的门票，是一张通往理想王国的通行证。

在少林寺里，他们寻找《少林寺》电影中的场景，寻找功夫绝伦的武僧。可是他们听到的是礼佛参禅的梵音，看到的是手持木鱼，身披袈裟的禅师，那些电影中飞檐走壁、叱咤风云的高僧竟然杳若黄鹤。

愈挫愈勇是刘小峰与生俱来的天性，由陕至豫，千里跋涉，不达目的他岂能罢休？他和康应战在少林寺里四处寻找，就是把少林寺翻个底朝天，他也要找到世外高手，找到武功超人。无意间，在一个隐秘的地方，发现了寺院的一个偏门，这里可以自由出入。他们心里一阵惊喜，明天来就不用买门票了。

连续几天，他们白天从偏门进出，在崇山峻岭，在茂林修竹，在塔林丛中，寻觅隐世高僧，寻觅一个少年灵魂深处迸发出的武术追求和梦想。

夜晚，他们住在廉价的客栈里，住在车站的屋檐下，无须计较环境的喧嚣和简陋，他们常常伴着星月，伴着梦想入眠。

一连好几天，他们没有找到电影场景中的练武场，没有找见拳脚生风、身捷如燕的武僧。他俩几乎问遍了见到的每一个僧人，得到的答案是削发为僧，才能在寺院习练武功。要么，就去山下的武术学校学习。年幼的刘小峰，一股倔强的劲头涌上脑际。他要出家，他要当和尚，他要练武功，一个响亮的天外之音在他耳畔呼喊。

还是他的好友康应战拦住了他，从此，人世间也许少了一位武术高僧，却多了一个率性青年。

刘小峰和康应战依依不舍地向山下走去，山下的一座池塘，茂密地丛生着一簇簇芦苇，苍翠的芦苇在一股春风的吹拂下，慢慢地匍匐下身子，又倔强地弹回原处，笔挺着，站立着。

刘小峰望着芦苇，自言自语道："这不是陆陌沟的芦苇吗，怎么跑到河南来了？"

芦苇扩张了他的血脉，唤醒了他坚强的禀赋。他和康应战去寻找山下的武校。在登封县城，如织的行人，川流不息。刘小峰望着一个个陌生的路人，想从他们脸上寻找武术的答案。

突然，一个四十多岁的壮年走到他们身边，拍了拍刘小峰的肩膀，说："小伙子，你们是不是想学武术，少林寺是不是不要你们？你们跟我走，前面那一座大山中有一个大林寺，和尚的武功比少林寺高多了，而且不收学费，你们在空闲时间，给寺里捡一点柴禾就行了。"这人边说边要拽着刘小峰走。

刘小峰虽然年少，但他从这个人的眼睛里，读出了欺骗，读出了狡诈。他快速地给康应战递了一个眼神，他们挣脱那人的手，飞快地向人群聚集的地方跑去。刘小峰边跑边说："师傅，派出所在哪里？"那个拽过刘小峰的人，听到刘小峰的喊声，知道这个小孩已经看出了他的把戏，便悄悄地溜走了。

刘小峰他们在少林寺盘桓数日，来时带的盘缠几乎用光了，身在异乡，举目无亲，他们的生活成了天大的问题。刘小峰突然想到他刚喊到的一句话,派出所在哪?他对康应战说:"走,到派出所去,那里有吃的,有住的,还没有坏人。"

来到登封县派出所,接待他们的是一位年轻的女民警,瓜子型的脸庞,圆圆的大眼睛,齐耳的短发。刘小峰他们童稚的心,还不懂得欣赏一个年轻女子的美丽。他急匆匆地向这个女民警说明来意,在刘小峰的软磨硬缠下,女民警收留了他们。

中午饭,是在派出所食堂吃的,刘小峰至今还记得那两个肉包子,是天下绝无仅有的美食。晚上,他们住在民警办公的三层楼里。这里虽然有饭吃,有地方住,但是他们的心,他们的梦想,却像一只纸鸢飞出窗外,飞向蓝天。

一天夜里,刘小峰久久不能入睡。突然,他听见楼下一阵嘈杂声,隐约传来一个熟悉的声音。他探首窗外,原来说话的是康应战的父亲,他又看见自己的父亲也在其中。他猛然醒悟过来,怪不得那个漂亮的女民警,问自己的家庭住址和家长姓名。哎,真是个讨厌的家伙!

两个父亲带着两个孩子,踏上了归途,两对父子在列车上,悄无声息地坐着,偶尔四目相对,也像蜻蜓的翅膀掠过水面,倏地滑开。火车的一声长鸣,把刘小峰的思绪拉远,拉到了陆陌村,拉到了陆陌沟的那一片芦苇丛中……

二

出乎刘小峰的意料,父亲并没有打他,那张阴云密布的脸,只甩出惊雷般的一声脆响:"先睡觉去!"

虽然,几乎一天一夜没有合眼,此刻的刘小峰,睡意全无,他趁父亲和母亲在屋里说话，悄悄溜出家门，走进陆陌沟。

陆陌沟的芦苇，热情地接纳了刘小峰。

蓝天白云下，绿得发亮的芦苇，苍翠葱郁，曼妙簇拥，它们在水中无拘无束，尽情摇曳着凝重的墨色，尽情展示着原始的、自在的野性。

刘小峰望着芦苇，芦苇仿佛也伸长脖颈，望着刘小峰。刘小峰心中暗暗想着，自己要是变成芦苇该多好。

夜，掉进一座枯井里，黑得深邃，黑得静寂。

刘小峰的父亲坐在一把木椅上，滔滔不绝地向刘小峰讲述道理，刘小峰目光始终没有移开父亲的两只手，他想这双手会在什么时刻以自由落体运动还是匀加速运动撞击他的身体。

父亲并没有动手，刘小峰朦朦胧胧记住了父亲的几句话"娃，做人不能太任性，不好好念书，陆陌村的土，够你娃吃一辈子。"

翌日，刘小峰走进了学校。

半年后，刘小峰又离开了学校。这一次，他比去少林寺更坚决，他宁愿去吃陆陌村的土，也不吃他吞进肠胃，无法消化的墨水。

辍学在家，父亲也知道儿子不是读书的料，就给家里买了一台车床，让刘小峰学车工，给西安一家企业加工零件。

刘小峰是读书的矮子，却是做车工的巨人。零部件加工，他一学就会，做了二十多年车工的父亲，十分惊诧儿子在这方面的天分。

父亲是工人，儿子在家挣钱，十八岁的刘小峰惹得"凤凰东南飞"。媒婆给他介绍了邻村的一个姑娘。

媒人天才地导演了一场相亲的轻喜剧。

一条田间小路上，两边生长着麦子、棉花，开着紫色花朵的苜蓿。色彩纷呈，流光溢彩，大地写意出一幅浪漫的画轴。

刘小峰骑着自行车，穿着白色短袖，像一朵白云飘过。一个和他年龄相仿的女子，穿一身蓝色衣服，在路边轻捻长辫，亭亭玉立。刘小峰斜目一瞥，白云在蓝色的湖面上飘然而过。

没有语言交流，没有目光对视，一次既罗曼蒂克又荒诞不经的相亲降下帷幕。

按当地习俗，订婚的礼金共两成，二百四十元钱，加上飞鸽牌自行车、蝴蝶牌手表。不需要征求刘小峰任何意见，家庭、旧俗给他订立了一张婚姻契约。

当时的刘小峰，对婚姻的理解还是空白，他只是按父亲和媒人的导演，完成了一次"表演秀"，清澈的心池没有泛起一丝涟漪。

又过了一年，父亲在单位办理了病退手续，刘小峰接班，成了乾县元件厂一名正式工人。

在计划经济时代，成了工人，就把手伸进国家的米篮子。刘小峰变成了吃商品粮的人。

商品粮是那个年代特有的名词，它象征着一种身份，一种荣光，他不再是农村户口，可以一辈子吃皇粮。

刘小峰身上，沐浴着羡慕的目光投射的光芒。

元件厂，在乾县县城南端，坐南向北，一条宽阔的马路，两旁挺拔高大的法桐，像威严的列阵，迎接着刘小峰。刘小峰走进了一个新的天地。

刘小峰分配在机加工车间。上班的第一天，师傅语重心长地讲解动作要领，意得志满地做示范动作。让刘小峰试着操作的时候，他娴熟的动作，精准的操作，让师傅瞠目结舌，这简直是一次机加工技艺表演。没有掌声，没有鲜花，整个车间机床的轰鸣成了悦耳的礼赞。

年底，刘小峰因技术精湛、勤奋努力而被评为先进个人。

元件厂的大礼堂里，刘小峰身佩红花，笔挺地坐着，等待他人生最神圣的一刻。

当扩音喇叭里响着刘小峰的名字时，他以军人般标准的站姿起立，向主席台走去。突然，他胸前的红花掉落了，当他准备弯腰的时候，一双白皙的，凝玉般纤细柔嫩的手，捡起红花，捧在他面前。刘小峰惊目一顾，一张比红花灿烂几万倍的少女的脸，浅浅的微笑让他的五脏六腑翻江倒海。如果说小时候在派出所看到的是美女，那眼前这个少女简直就是"美神"。

情窦初开的刘小峰，不知道怎么走上主席台，不知道怎么回到座位，那个少女的形象，在他眼里无限放大，大到让他坠入深潭。

那个少女名叫李秋霞，秋天鲜红的朝霞成了刘小峰生命中最美丽的风景。

可是，李秋霞却像一个冰美人，躲着他，不理他。刘小峰又一次愈挫愈勇，他要穷追不舍。

早晨，宿舍门口，刘小峰送给李秋霞第一张笑脸；饭堂里，刘小峰等着她出现，站在她后面排队，嗅她的气息。李秋霞是临时工，峰阳乡西黄村人。每逢周末，刘小峰等在大门口，用含情脉脉的目光送她一程。又一次，刘小峰用芦苇秆编了一个漂亮的、小巧玲珑的小花篮，花篮里装着从田埂上采来的姹紫嫣红的鲜花，送给李秋霞。

精诚所至，金石为开。李秋霞终于做了刘小峰爱情攻势下的俘虏。他们经常出双入对。电影院，厂区的林荫下，县城的路灯下，记录了他们不离不弃的身影。

爱情的温度升得飞快。刘小峰把李秋霞带回陆陌村，当父亲知道真相后，怒不可遏，铁青着脸，毫不留情地对李秋霞下了逐客令。

当李秋霞流着泪水，从陆陌村飘出一片泪霞的时候，刘小峰紧追而去。

在农村，订婚是婚姻的盟誓，男方毁约，就成了"陈世美"、负心汉，就会葬身在舆论的汪洋里。

父亲，开始酝酿对儿子自由婚姻的大"围剿"。第一次"围剿"，是父母亲苦口婆心的劝说。第二次"围剿"，是亲戚族人的诱导。第三次"围剿"，是一个星期天，父亲把刘小峰锁在一个房间里，不让他出去，不给他吃饭，逼着他和李秋霞分手。刘小峰在房间里困了一天，他的两个弟弟，刘宝峰、刘宝卫从村外的梨树上摘了梨子，偷偷从窗户递给他。晚上，当父母睡熟的时候，这兄弟俩又偷来了钥匙，放出了刘小峰。

刘小峰像一匹脱缰的野马，趁着月光，向峰阳乡西黄村奔去。

刘小峰也开始了捍卫自由婚姻的反"围剿"，这三次反"围剿"都以他对爱情的忠贞不渝而获胜。

接下来的第四次围剿，刘小峰的父亲找到元件厂，找到李秋霞，劝说她："我儿子是正式工，是商品粮户口，你是临时工，不要再纠缠我儿子了。"

李秋霞也放不下浪漫的爱情，但迫于刘小峰父亲的施压，她请假一个月，回了峰阳乡西黄村。

见不到李秋霞，刘小峰魂不守舍，像一头愤怒的狮子，每到周末，他就迫不及待地骑上自行车，去寻找那一片红色的朝霞。

第五次"围剿"更迅猛，更壮烈。刘小峰的父亲和刘小峰的舅舅刘政权，去元件厂找刘小峰。刘政权是乾县粮油厂的老职工，在乾县城很有人脉。他们进了刘小峰宿舍，把宿舍的门反锁起来，舅舅对刘小峰说："你不同意家里给你订的媳妇，也行。舅给你找一个商品粮户口的女人，你看你爸，是个一头沉，工厂和农村两头扯，多辛苦啊！"

机敏的刘小峰已经看出，今天，父亲和舅舅来者不善，如果再不妥协，非受皮肉之苦不可。他扫了一眼房间，目光停留在屋门旁边的热水瓶上。他灵机一动，拿起舅舅正喝水的茶杯，一边倒水，一边偷偷地把屋门敲得咚咚直响。

刘小峰故意问道："谁呀?"一边说，一边快速地打开房门，飞奔而出。

父亲早已看穿了儿子的心计，在刘小峰夺门而出的瞬间，父亲也紧追而至，伸手用力抓他，一只大手从刘小峰的肩膀上滑了下去。

刘小峰在前面拼命地跑，父亲在后面拼命地追，四十多岁的父亲，身强力壮，穷追不舍。父亲追至身后，刘小峰看着无路可逃，情急之下，他看见一堵矮墙，便飞身而上，越墙而去。父亲从地上捡起半块砖头，朝刘小峰逃跑的方向边扔边喊："砸死你这狗东西。"

最厉害的一次，父亲在村里找了几个硬茬，围堵刘小峰，逼他就范。刘小峰针锋相对，也叫上他的伙伴邱根柱、康应战。两军对垒，毫不示弱，差点酿出了一起群殴事件。

法国思想家帕斯卡尔在他的《思想录》里说："人只不过是一根苇草，是自然界最脆弱的东西。"刘小峰在轮番的围剿面前，选择了逃逸。

他和李秋霞逃进了陆陌沟。时已初秋、秋风萧萧，芦苇摇曳着，一片一片的绿，青翠欲滴、随风荡漾，撞击出青葱的、曼妙的，轻轻浅浅的脆响。

刘小峰和李秋霞相拥着，站在河岸，他们唱着风的歌，他们不问归路。

芦苇荡成了他们浪漫的天堂，成了他们逃离世俗目光的港湾。他们相依相偎，坐在匍匐的芦苇上，望着蓝天白云间，两只自由飞翔的鸟，把心中的惆怅，写上蓝天。

晚上，四野寂寂，陆陌沟有一条岔沟，名叫狼洼沟，不时传来一声声凄厉的狼嚎。

刘小峰和李秋霞紧紧地依偎着，度过了胆战心惊又十分浪漫的夜晚。

生米做成了熟饭，任何嘲讽、反对、围剿都显得苍白无力，徒劳无功。父亲也无计可施，默许了儿子坚贞的爱情和婚姻。

接下来，便是退婚、提亲和商议结婚。

倔强的父亲，在商议彩礼时，只搁下一句话："二百块钱，不要拉倒！"

婚礼定在六月初八，按当地习俗，迎亲车须在天亮之前赶到女方家，迎娶新娘。有一种说法，出嫁的女子，"天一亮，不下炕；下了炕，就上当"。

刘小峰的舅舅，借了一辆吉普车作彩车。凌晨三点，迎亲车从陆陌村出发，前往峰阳乡西黄村，车上坐着司机和刘小峰。

漆黑的夜晚，车灯劈开一条光的巷道，驶向刘小峰幸福的黎明。

车行到陆陌沟的时候，刘小峰感觉他坐着的一侧有些倾斜，便对司机说："不对，快下去看看。"下去一看，原来是车右侧的前轮胎爆胎了，好在车后有一个备胎，他们用了半个多小时，急忙把备胎换上。陆陌沟芦苇丛中，一声声蛙鸣，催着他们又乘车向前驶去。

车行约十几公里，来到了一个叫北注泔的村子，车子又爆胎了。这时，东方的天际已露出了一抹嫣红。车上再无备胎可换，刘小峰搔头挠耳，司机束手无策。当时，只有五公里开外的南坊镇有补轮胎的，刘小峰急忙去北注泔村，找有手扶拖拉机的人家，想让人家拉他去南坊镇补胎。

当他的努力无果后，便滚着爆胎的轮胎，朝南坊镇滚去。

十华里的路程，他一路小跑。这时，天已大亮了，路边茵茵的草木，捧出晶莹的露珠，枝头早起的鸟儿，都为他加油助威。

终于，他气喘吁吁地跑到南坊镇，补了轮胎，雇了一辆手扶拖拉机，返回彩车的地方。

这时，太阳高挂在东方的天宇，十点多了，吃宴席的大巴车已经来了。在惊诧的寒暄之后，刘小峰坐着大巴车，来到了峰阳镇西黄村。村口围满了吃宴席的人，张望着，议论着。李秋霞的父亲背着双手，在村口焦急地踱来踱去，嘴里不停地念叨着："骗子，骗子。"

看到跳下大巴车的刘小峰，他欣喜若狂。

终于，大巴车载着李秋霞，载着娘家人，向着朝阳高挂的方向，一路高歌，飞驰而去……

三

婚后的刘小峰，和妻子李秋霞如饮甘啜饴，沉浸在幸福的爱河里。

刘小峰早晨云蒸霞蔚，黄昏赭染流霞，晚上枕着霞光入寐，他的人生，充满了流光溢彩的霞光。

刘小峰和李秋霞依然在元件厂做工，不同的是，李秋霞是临时工，随着户口政策放宽，刘小峰花六百元钱，从甘肃给妻子买了商品粮户口指标，李秋霞完成了职业上的华丽转身，也成了吃"皇粮"的正式工。

婚后第二年，刘小峰二十五岁。随着改革开放的不断深入，小型国营企业每况愈下，从工资越来越少，到不能按时发放，甚至几个月发不了工资。

为了养家糊口，刘小峰卖过犁、卖过菜。他起早贪黑、走街串巷。他像一个陀螺，每天都为生计旋转。

柴、米、油、盐不是爱情的佐料，而是生活的五味杂陈。刘小峰夫妇必须为工资不济的日子精打细算。

又一次愈挫愈勇，刘小峰不想吃陆陌村的土，他要为自己蹚出一条人生的坦途。

刘小峰在陆陌村办了一个石头加工厂，不能加工零件，就加工石头。山一样的汉子，能啃得了钢铁，更能咬得动石头。他雇了一名工人，自己拉石头，开机器。凌晨三点，他开着四轮拖拉机，从陆陌村出发，去五峰山拉石头。严寒的冬天，五峰山凛冽的风，给刘小峰的口罩上结了一层冰。炎热的夏天，陆陌沟的热浪，让他沉浸在汗水的海洋里。

后来，元件厂彻底停产，刘小峰得到一万元，李秋霞两千元，和曾经让人羡慕的商品粮告别了。

刘小峰起早贪黑，每个月算下来，也就能挣两千多块钱。这对不甘平庸的刘小锋，无异于浪费青春。他在寻找，他要飞跃。

有时，途经陆陌沟，刘小峰会停下来，站在河岸，望着芦苇出神。芦苇生长在河岸和水湄之间，坚韧如竹，齐刷刷地指向天宇。

一位亲戚向刘小峰介绍了一份深圳的工作。陆陌村，再也安放不下刘小峰搏动的心，外面的世界，不失时机地给他打开了一扇窗。

1997年7月1日，香港回归，举国同庆。刘小峰选择了一个万众瞩目的日子，踏上了深圳之行。他揣着借来的一千四百元机票钱，背着黄背包，背包里只装了母亲千针万线纳的老布鞋。

这是刘小峰第二次出远门，这一次与少林寺之行迥然不同，他庄严地向陆陌村辞行，向一湾浩瀚的芦苇辞行。

当刘小峰坐上飞机，临窗眺望陆陌沟，已是云遮雾障。他的心，已经翱翔在一汪蓝色的海域。

踏进深圳，刘小峰感受到一种气息，一种青春的朝气与灵魂的悸动。年轻的深圳似乎和年轻的刘小峰有着一种心有灵犀的默契，他被深圳年轻的风采陶醉，为自己的年轻自豪。他走进了一幅画、一首诗、一个梦、一片春意盎然的芦苇丛。

深圳，有一家法国汤姆逊股份有限公司，生产DVD激光头，刘小峰做了该公司的设备维修工。

有元件厂的技术铺垫，有乾县人吃苦耐劳的韧劲支撑，有袁纯全、历孟、张汉洪等主管和同事的帮助、支持，刘小峰干得风生水起。两年时间，他升任公司机械加工部部长。

李秋霞是刘小峰去深圳的第二个月去深圳的。

刘小峰已经是蓝领了，每天下班和周末，他带着李秋霞去大鹏湾海域，去西丽湖水库。深圳的花前月下，海边湖畔，多了一对情深义重的伴侣。

也许是陆陌沟情结，也许是他胸中拓印过海的底片。刘小峰最爱看海，他走进海、领悟海。他喜欢海的烟波无垠，巨浪悠悠；他喜欢潮水汹涌，波掀浪逐；他喜欢层层叠叠的水的峰峦；他喜欢海水与蓝天交融的辽远。他常常踱步海滩，让日影或月光，把他的影子拉长，拉到浩渺的海里。

海，能无限地放大目光，放大胸怀。刘小峰在公司干了几年，虽然收益不菲，但他的目光和胸怀，已经放逐在更高远的天域。

二〇〇三年，刘小峰自己买了一台铣床，做代加工业务。白天，他在汤姆逊上班；晚上，自己加工产品，常常通宵达旦，夜以继日。

产品加工虽然辛苦，却收益丰厚，刘小峰不断扩大规模，不断拓宽合作空间。

终于，他辞去汤姆逊的工作，另起炉灶，自己办公司。

深圳市宝安新区大浪街道上，赫然挂上了"深圳丽达自动化设备有限公司"的牌子。一个乾县人的公司牌子。

挂牌当天的午后，宴罢人去，刘小峰一个人来到西丽湖水库。他坐在丛丛芦苇面前，捡起一粒小石子，向水面掷去，看那一圈圈涟漪向远方荡去……

刘小峰眼里，只有芦苇的绿。深圳的灯红酒绿，他视而不见。一次，大街上一个衣着时髦的摩登女郎，拍了拍刘小峰的肩，娇声嗔气地说："帅锅，跳舞去。"刘小峰望着她猩红的嘴唇，冷冷地问："你有芦苇吗？"在那女郎不解的惊诧中，刘小峰扬长而去。

刘小峰是宽厚的人，懂情义的人，知感恩的人，他把自己的两个弟弟叫到公司，给他们股份，让他们做董事。

三兄弟的公司越做越大，长期和富士康公司合作手机生产流水线，生产半自动跌落治具，测试治具。就是在2008年金融危机肆虐的时候，富士康和好多企业终止了合作关系，却和刘小峰的丽达公司携手至今。

现在的丽达公司，总公司在深圳。分公司遍布贵阳、烟台、郑州等大城市，全部实现了自动化流水线作业，每个分公司都有自主研发的能力。

刘小峰是一根芦苇，自然、朴实、顽强、极具生命的张力。

四

刘小峰人在深圳，却时刻关注着乾县，关注着陆陌沟。二〇一三年，他无意间在陕西农村网上看到了一篇报道，《乾县泔河槽白灰场，垃圾场严重污染》。

刘小峰坐不住了，那里是他儿时的乐园，是他爱情的港湾，是他心灵的净土和精神的归宿。

他回到了陆陌村，当他看到满目疮痍、垃圾遍野、杂草丛生的陆陌沟时，就像看到自己的亲人被凌辱，一股悲怆涌上心头。

刘小峰的脑海，不断翻涌着儿时的记忆，陆陌沟清澈的泉流，奔腾的河水，青翠的芦苇……

他做了一个决然的决定，治理陆陌沟，还她一片青山绿水！

父亲的反对，妻子的絮叨，邻居的嘲讽，他全然不顾。他一头扑进陆陌沟，把近两千亩地全部承包下来，治山治水，治沟治坎的帷幕被他拉开了。

他的弟弟刘宝峰回来了，刘保卫回来了，他们唯兄长刘小峰马首是瞻，一边轮流经营公司，一边治理荒沟。

在大自然的车间作业，远没有在工厂的车间轻松。四年来，他们围堤筑坝，栽树育林。其中的艰辛和酸甜苦辣，只有陆陌沟的深壑高岭知道，只有陆陌沟的朝露暮月知道。

沟岸上的荒滩，坚砺如铁，他们用钢钎凿开，栽上村苗。

用于灌溉的溢流坝，夏季洪水袭来，堤毁坝溃，他们重新修筑。

河岸的土壤，沙化、碱化严重，树栽得多，活得少，他们移沙换土，重新栽树。

早晨，迎着朝霞，傍晚，披着月光，他们在陆陌沟抒发一腔豪情，氤氲一地诗情画意。

三年来，刘小峰兄弟倾情山水，倾情陆陌沟。

这一回，刘小峰兄弟做了一个很大的梦，一个绿色的梦，一个芦苇里长出诗的梦。

现在的陆陌沟，一座座山峦，都是激越的弹奏，一汪汪水流，都是清丽的浅唱，一棵棵树木，都是绿色的音符。

走进陆陌沟，你的心灵会受到一次绿色的捶打，会受到一次清流的洗涤。

这里的树是绿的，水是绿的，大片的芦苇是绿的，山崖沟坎是绿的。

绿得浩瀚，绿得溟蒙，绿得酣畅，绿得昂扬。

流淌的是绿，凝固的是绿，山是绿的雕像，树是绿的旗帜，水是绿的琴弦。

刘小峰高举双手，向世人擎起了一块绿色的翡翠。

2017 年 12 月

本文获"秦人趣事"征文一等奖。

烈火柔情——记乾县救火英雄祝宇

从使用火开始，人类便告别了茹毛饮血的时代。

火，给人类带来了福祉，也带来过灾难。

古代传说中的祝融，给人间带来了火种，被称为火神。他的儿子共工，却被称为水神。水与火相生相克，古人五行平衡的智慧，使人与自然和谐共生，也铸进了这个民族的基因。

有史料记载，共工墓就在乾县阳峪镇的祝家堡村。

祝家堡村，南望乾陵，北依泔河。眼前云雾萦绕，远处山峦叠翠，绿树成荫，芳草纤花。树下黄发垂髫怡然自乐，树上黄莺鸣蝉歌声悠远。

出生于祝家堡村的祝宇，孩提时候，在村东的田畴里挖过野草。芨芨草、芙子蔓鲜嫩的绿，浸润过他稚嫩的双手，也漂洗了他的灵魂。在村北的泔河里砍过柴火，地筋子，矮棵树坚硬的枝干，刺划过他的衣裤，也支撑了生命的坚挺。他的骨血里从小就融入了村庄的历史古韵和现代风华，就钳印了村民一脉相承的果敢坚毅和勤劳质朴。

2014年，20岁的祝宇应征入伍。临行那天，村民敲锣打鼓为他送行。一抹朝晖涂抹在他的脸上、新军装上。他像一个红红的火娃娃，全身燃烧着蓬勃的朝气和生命的圣火。

在武警四川省消防总队自贡支队，祝宇成了一名消防队员。

地貌以低山丘陵为特点的自贡市，蜿蜒的沱江川流不息。祝宇像一只从黄土高原飞来的雏鹰，在丘壑江水之上盘旋。

祝宇这只鹰，翅翼翕张，飞上屋顶高楼，掠过村庄田野。哪里有火情，哪里就有他飞翔的身姿。

他从一只鹰，成长为浴火的凤凰。

在家乡，祝宇对地域文化情有独钟。他像一个樵夫，在五峰山下，漠谷河畔葱郁茂密的文化丛林里斫薪伐木。在自贡，祝宇又被那里灵山秀水浸染的巴蜀文化吸引。他像一个艄公，在岷江、沱江荡舟游弋。他在一盆巴山蜀水，万卷天府之国的神奇里体味到"南方六七月，出入异中原"的新奇。

2019年退伍后，由于他自身的文化积累，和战友一起创办了一家文化传媒公司。

2020年春节，祝宇挟一身南国烟雨，回到了冰封雪覆的家乡乾县。由于文化的敏感，他接触到了家乡的文化社团——乾县非物质文化遗产研究会，并出任研究会副秘书长。

非遗文化，是地域文化历史丛林中留下的火种，是奔腾的岁月长河积淀的历史遗贝。乾县这块热土铸就了乾县人的生物基因，乾县非遗文化是生长在这块热土上的文化基因。祝宇融乾县人的生物基因与文化基因于一身。他要在一个更大的文化背景里寻找自己的人生坐标，他把目光投向了古城西安。

2021年，祝宇在西安创办了陕西时代晶新文化传播有限公司。2022年又在长安引镇创办了长安·悦田园农庄。

祝宇这只雄鹰，在军营，在文化的苍穹里磨砺的翅膀更加坚硬，他要展翅飞翔……

2022年8月10日夜，古城西安灯火阑珊，五光十色，装扮着古城的绚丽与多姿。南二环上灯火如虹，飞驰的车辆划过一道道灯影。

祝宇驱车行驶在南二环上，他紧握方向盘，在绰绰的灯影里目视前方。突然，他看到一辆小车侧翻在地，车内一串火苗伴着浓烟正在燃烧。

祝宇心头一震，当过消防兵的他，火情就是命令，他想到了司机的生命安危，消防兵的职业本能在他的胸膛燃烧起一堆火焰。他紧急停下自己的车辆，取出车后备厢的灭火器，奋不顾身地朝侧翻车辆奔去。

祝宇拿着灭火器，准备灭火，突然发现司机在火焰中挣扎并拍打天窗，一条鲜活的生命命悬一线。

救人要紧，祝宇的脑海闪过一道命令。他返身从自己的车内取出螺丝杆，用螺丝杆奋力砸开燃烧车辆的天窗。着火的汽车像一个火球，炙烤着他；浓浓的黑烟像弥天的大雾，熏蒸着他。他被火焰映得通红，被烟熏得泪眼模糊。他想到的只是救人。

燃油车着火随时可能爆炸，血与火，生与死考验着一个退伍老兵。

祝宇没有退缩，他奋力砸碎天窗，和同事把被困在车内的司机拖出车外。祝宇抱起司机，奋力行走，把司机放置在安全位置。并拨打120、119报警，为防止爆炸给过路车辆造成危害，祝宇用自己的车拦截其他车辆，并和同事一起疏导交通。这时119和120也已赶到，火被扑灭了，伤者也送到了医院。

浓烟在祝宇脸上留下了一道道印痕。他抹了一把脸上的汗水和灰渍，他的脸，顿时变成了泛着亮光的红铜。

西安南二环灯光闪烁，祝宇驾着车默默驶去。

今天，祝宇又在他的公司和长安·悦田园农庄忙碌，面对纷至沓来的记者，他淡淡地说："这是一个退役军人应该做的。"

2022年8月12日

太极张建德

一

"易有太极,是生两仪。"太极,包含着阴阳,包含着自然之法,是中国古老的哲学。

太极拳取名太极,意即变幻莫测,大至无极。

影视剧中的张三丰、杨露禅,太极功夫神鬼难测,已是太极拳的化身。

乾县,有一位中等身材,健硕硬朗的老人,身着皂衣,眉如卧蚕,双目炯炯。他的太极拳一招一式如行云流水,挥臂若鹤翼拨云,移脚似虎步登山,吴式太极拳已练得出神入化。他现为中国武术家协会会员、陕西省武术协会委员、陕西省红拳文化研究会理事、乾县分会名誉会长、乾县武术协会顾问、中国武术六段、中华民间传统武术(红拳)七段、太极拳八段。

二

他名叫张建德，乾县安庄西村人，今年73岁。

1948年，张建德出生在漠西乡安庄西村一个书香之家。其父张三益早在1926年就参加了共产党，随王炳南从事革命活动，他文韬武略名播三秦。论武，他功夫超群，身怀绝技，枪法之精准，誉为传奇；论文，他学富五车，贯通中西，1926年乾县特支委农民运动时，他担任"农民夜校"教员。他曾与乾县籍爱国名将刘文伯交厚。刘文伯曾任陕西省政府委员，后辞官回乡，与范紫东创办戏剧学社晓钟社。其间，刘文伯曾赠送给张三益几百本书籍。

幼年的张建德，就在这种书卷馥郁的环境里成长。家里丰富的藏书，浸染了他温文儒雅的书卷气；谈笑有鸿儒的家庭环境，烙印了他礼貌谦和的品德。

漠西龙岩寺小学的晨读晚课，他孜孜不倦；学校的树下房前，他手不释卷。张建德是一个品学兼优的学生，他用勤奋和知识梳理他稚嫩的羽毛。

然而，1959年到1962年的三年困难时期，是凿在中华大地上抹不去的伤痕，几乎每一个人都是一块饥饿的伤疤。读五年级的张建德，不得不和同龄孩子一样，辍学回家。他整天拎着担笼，在荒芜的田野里挖野菜，他小铲子撬出的每一株嫩绿，都是一家人活下去的生机。

三

13岁那年，也是他辍学的下半年，张建德开始给生产队放羊。

安庄西村毗邻漠谷河，漠谷河是羊的天堂。

那时的漠谷河，流水潺潺，经年不息，浅处不盈一尺，深处仅可没膝。夹岸的桃树、杏树，春天花香溢岸，夏天硕果满枝。

漠谷河是一条神奇的河，相传，老子、庄子曾在这里参禅悟道。

张建德在这里放了两年羊，漠谷河素洁明净的流水，漂染了他人生的底色；漠谷河上空旷远辽阔的天幕，拓展了他人生的豁达。他在这里看云浮九霄，鸟骛长天，心中英雄侠士的情愫像沟坎上的春草一样滋长。

15岁那年，张建德复学了。但他漠谷河滋生的豪情依然蓬勃，依然葳蕤！

在10岁以前，张建德体弱多病，经常用药物调理。父亲经常鼓励他学习武术，强身健体。16岁那年，张建德拜侯世昌为师，学习红拳。

红拳是一个流传千年的拳种，陕西是红拳的发源地之一。自古长安"文武盛地"，红拳就诞生在这片厚重的黄土地上。据说陕西境内不少拳术流派，大都是在"关中红拳"的基础上演变的。

侯世昌是一位还俗的道长，极有武德，他传授了张建德扎实的红拳基本功。张建德在他的言传身授下，十大盘功日渐精进，少年之躯站若松挺，动有风随。

嗣后，他又随钱承德学习邢家拳。

中国武术门派众多，内容博杂，每一派都是一棵巨木，参天卓立，枝劲叶繁。张建德要像樵夫一样，在武术之林斫伐硕木，垒起自己的武术之塔。

四

张建德的习武之路，始于少年，那时他白天读书，晚上练拳。在他人生的路上，岳飞、文天祥那些历史上文治武功集于一身的英雄，绰约成他生命中伟岸的风景。

然而，他梦想的天空并不是自由翱翔的蓝天。初中毕业后，适逢"文化大革命"，他不得不辍学回家。学文不成，专心习武。他为自己锚定了人生的航道，遍访名师，以武立身。他一边在村上劳动，一边寻访武林高手。他曾随华山派郭道长习练华山拳呼吸之法；后又得乾县武术名家王天德、宋彦杰、杨金虎、秦景海及泾阳县蔡定辉、户县郭虎臣、山东耿和尚诸名师指导授艺；26岁拜咸阳钱承德为师学习三合亭子、八义刀、小金枪、散手等；期间随兴平刘存合、西安傅天保习鞭杆、大枪等术。他对各武术流派杂取博进，熔于一炉，武学修养日渐精进。

早上，他4点钟起床，跑步去乾陵，在两个帝王长眠的峰峦间，一招一式，认真练习所学的各种套路。

乾陵上松柏劲杆当风，长枝逸出，仿佛要为他揽一缕晨曦；石马道上翁仲伫立，翼马敛翅，仿佛静观他精湛的拳术。

晚上，在打麦场上，他借着月光，时而挥臂击拳，风随拳生；时而伏地扫腿，尘追腿起；时而腾空飞身，星随身动。

当空的皓月遍洒银辉，为大地铺了一张宣纸。张建德在纸上以身作笔，一笔一划，刚劲飘逸，挥写一个硕大的"武"字。

"拳打千遍，身法自然"，"练拳不练功，到老一场空"。功，指的是基本功，是力量、速度和柔性。练武功，靠的是下功夫。张建德深谙练拳的要诀，为了练好拳，他下了一番大功夫。

为了练臂力，他在长矛枪上挑了一个袋子，里边装着玉米粒，单手平举。袋子里每星期增加一颗玉米粒。一直到一只手挑起60多斤的长枪，持续30分钟，仍气定神闲，稳若磐石。

为了练力量，他用井底的红泥加上头发和盐，做成泥墩子，一月加一两泥，一直到200斤，双手上下挺举，每次非100下不止。

为了练腿功，他在两条腿上各绑了4斤重的沙袋，除了晚上睡觉，袋不离腿，一直练了3年。

为了练拳头，他挥拳击树。他在寒寨村做木工活时，晚上去打麦场练功。麦场旁有50多棵泡桐树，被他拳头击得皮裂肤绽，露出白花花的树身。

五

张建德武功的积累，在他的劳动和生活中脱颖而出。一把在武术的砥石上打磨的长剑，锋刃灼灼。

一架子车谷草，重1200斤，他一个人从乾县拉到西安。戴着沙袋的双腿，穿过风的羁绊，把坚韧与毅力写满路途。

去崔木山砍柴，一次拉着上千斤的木柴，越沟过坎。他用双脚，把力量凿进山峁。

在秦川机械厂盖楼房，他把140斤重的铁杠子夹在臂弯，在四层楼房的脚手架上，如履平地。

张建德练红拳，一练就是30年。在半个甲子的岁月里，武学的熔炉，锻铸了他钢铁般的身躯。他19岁就打通了任督二脉，且气能逆行。他师傅惊喜地说："逆行的成仙，顺行的成佛。"可见他武功的境界，早已非凡脱俗了。

六

张建德习武，旨在强身。他从不与人争强斗勇，他一生几乎没有和别人打过架。

这也许就是"大武不武"。真正的武学大家，没有人会炫耀武功。一座山峦，看上去险峻陡峭，可山峦的峰巅，反倒平坦无奇。而那些会几下三脚猫的莽夫，往往恃武傲物，以为自己可以包打天下，到处显摆。

武术的"武"字由"止""戈"二字组成。真正的武者，是以武止戈，以武息武。张建德有时也用武，那只是对歹徒，对恶人。那是一种豪侠之武，大德之武。

有一年，他和堂弟去王乐镇集市枭小麦。集市上有几个练家子，专干些欺行霸市的勾当，他们见张建德二人是初来乍到，便想捋些油水。张建德的堂弟仗着堂兄在，毫不示弱。那几个练家子混迹集市，还没人说过不字，一时恼羞成怒，一个个捋袖揎拳，准备耍横。张建德见状，一句话没说，只是伸出右臂，把秤的提纽套在手臂上，秤钩吊住装小麦的袋子。右臂轻轻一抬，130斤的袋子离地而起，他平举手臂，慢慢地走近堂弟，把手搭在堂弟肩上，麻袋稳稳地悬在空中。他神情自若，脸上溢着笑说："都别吵了，先称一下这有几斤几两？"那几个练家子惊得五官挪位，吓得魂魄出窍，一下子作鸟兽散。

36岁时，张建德去河南驻马店做布匹生意。当时驻马店丝绸厂生产一种线绨被面，它是用丝为经，用棉线为纬织成，质地较一般绸子粗厚。这个现代人看不上眼的被面，在80年代却是抢手货。

当时驻马店的社会治安还不是太好，坊间曾流传着"火车好坐，驻马店难过"的俗语。相传偷遍17省、36趟火车，轰动一时的东北"贼王"黄瘸子就曾在此行窃。

张建德拎着钱包，坐在驻马店市区的公交车上。钱包里有两万块钱，全是五块、十块的，这都是向亲戚朋友借的。张建德定息凝神，双手搂着钱包，这可是一家人的命啊！

车在一个站口停下了，突然上来四个彪形大汉，让车上的乘客全部下车。车下面还有五个五大三粗的家伙，有的像黑旋风李逵，满脸髯须；有的像花和尚鲁智深，光头秃脑；有的像活阎王阮小七，脸生赘肉。看相貌，都不是良善之辈，他们守着车门，下来一个人，搜一个人的身，乘客身上的钱和值钱的东西，都被抢掠殆尽。

张建德见状，急忙往前挤，再不出手，受害人就越多。他下了车，刚站稳身子，三个歹徒向他围拢过来。他左手拎着钱包，右臂一挥，一个右捌手直击一歹徒面门，歹徒应声倒地。

接着抬起左肘，向一歹徒击出，刹那间，这个歹徒捂着胸部，躺在地上哭爹喊娘。其余三个歹徒还没有看清张建德如何出招，两个同伴已倒地不起。他们知道碰上了高人，便一齐掏出刀子，凶神恶煞般地扑了过来。张建德冷冷一笑，身体稍一右倾，飞起左腿，继而身体左倾，飞起右腿。只听"嘭、嘭"两声，两个歹徒已被踢飞三丈之外。另一歹徒见了，哪敢近身，扔下刀子，仓皇逃窜。

车上的四个歹徒早看傻了眼，急忙打开车窗，越窗而逃。车上车下的乘客和围观的人，这才反应过来，对着张建德使劲鼓掌。

七

"天下武功，唯快不破"。张建德的武功，已快得出奇，快得匪夷所思。他追求的境界，是出手不见手。他穷其一生，都在探究武学的精髓。

他练了 30 年外家拳，练就了钢铁之身。伸出手指，那是十根钢钎，握紧双拳，那是两把铁锤。但他对太极拳仰慕已久，一直想拜名师学艺。

1994 年，他终于得偿所愿，拜西安郑福记为师，学习吴式太极拳。

郑福记是陕西武术界大师级人物。现已 82 岁高龄。他自幼习武，13 岁拜陕西少林派一代宗师荆济川先生门下，苦学 10 年。60 年代初又拜文功远先生研习吴式太极拳，文先生见他勤奋好学，又指引他拜誉满上海的丁德三精研太极拳。

张建德得名师授艺，对太极拳爱得如痴如癫，潜心研习，一日不辍。他既尚武，又极尊师，他的卧室至今供有郑福记、文功远等人的照片，且每日叩拜。与他交谈，每当提及自己的师傅，他浓眉就会舒展，绽放。那种对师傅由衷的仰慕和尊敬，在眉间灿烂成花朵。

张建德练的太极拳，虚实相济，动静有致，收放自若。时而如游龙摆尾，绵延不绝；时而如大鹏展翅，势遏行云；时而如猛虎啸林，威震八方。他的太极拳，以意行气，以气运身，始终一气贯通，酣畅淋漓至极。

他以拳悟道，以拳修道，认为太极是道，天地为一大太极，人身为一小太极。习练太极的一招一式，都法乎自然，状其形而动于心，心神一念，心形一体，便是在悟道。久而久之，习拳者汲日月精华，得万物灵气，身心皆有所得，便有了道的境界。

有了几十年外家拳的根基和参悟，他的太极拳身心合一，招招到位，加之精修深研，十多年后，已在业内名声远播了。

上海体育学院教授、全国武术"十大名教授"之一的邱丕相，河北沧州武术名家郭铁良，中国武术界这两个响当当的人物，分别于2006年、2010年慕名来乾县，与张建德研讨习练太极拳心得。

追求太极的真谛是一种心境。太极是用身体思考的武学，一阴一阳，一开一合，一收一放，一虚一实，一动一静，都顺自然之势，适身心之态。久而习之，便会撷天地之精华，裨益身心。

毕其一生习拳练武的张建德，既领悟了太极，更领悟了太极强身健体的玄妙。

　　大艺不藏，大惠不私。张建德把平生所学用于服务社会，用于弘扬中华传统武术。1975年至1979年，他先后4次担任咸阳地区武术运动会裁判和执行裁判长；20多年担任省内外多地武术馆、武术学校教学指导工作；长期致力于中老年太极拳教学工作，义务培训学员1000多人次。他的业绩传略载入《当代中华武坛精英名录》《当代中国传统武术名人名家辞典》等书。

　　因张建德的武学修为，向他拜师学艺者趋之若鹜。但他授徒极为严谨，定下了"不忠不孝者不传，不仁不义者不传，争勇斗狠者不传，奸诈歹毒者不传……"十条戒律。

　　授徒，是他武术生命的延伸，他决不允许某一环的朽蚀，毁掉他武术生命的链条。

　　提起自己的门生，他喜形于色，如数家珍般地说出一连串名字：

　　孙宝民、高永科、王毅、李波、吴保军、刘永鹏、张威、习战峰、魏建民、罗云斌、李建峰、李新产、赵三纲……

　　其中，更有他的子孙。特别是他的长子张养辉，成立了"乾州吴式太极拳研习会"，并取得了骄人的成绩。研习会在第二届全国太极拳宝鸡邀请赛中获得了二等奖，在中国——旬邑2016太极拳邀请赛中获得一等奖，在咸阳——礼泉2019年全民健身太极拳大赛中获得二等奖。张养辉、习战峰、张威、刘丽君、孙孝乐等人分别获得了太极拳市级以上邀请赛、网络大赛一等奖，刘桂荣、史艳玲、李新产、赵三纲、咀金丹等人分别获得二、三等奖。

  练拳如人生，一套太极心灵和动作的默契，一动一静的参悟，是在练拳过程中去完成人生的修行，体会人生的大道。

  在太极修行的这条路上，有一条通往人生最深远处的大路。在这条路上，张建德衣袂飘然，卓立成路标似的风景！

2021 年 1 月 13 日

乾县麝业冠天下

一

五峰山，地处乾县北陲，山势巍峨，绵延横亘。山上草丰林密，树木葳蕤。

五峰山，生长草木，也生长传奇。凤凰坑、石炕的传说流传甚久，至今不衰。

李荣辉与五峰山的一次邂逅，又在书写一段林麝养殖业的现代传奇……

李荣辉，渭南人。14 岁那年，正值人生花季，因家境不裕，他父亲为了养家糊口，买了一台蜂窝煤机，并自蹬三轮车销售。李荣辉为了分担父亲的辛劳，也蹬着三轮车走村串乡。

这一蹬，竟然让父亲瞠目结舌。儿子小小年纪，蜂窝煤卖得又多又快，比自己有过之而无不及。父亲由衷地惊叹："这小家伙天生是个做生意的料！"

也许，这些蜂窝煤，为锻铸李荣辉的成长添火加薪。"小马学行嫌路窄，雏鹰展翅恨天低"。他的人生轨迹已经瞄向了比卖蜂窝煤更广阔的道路。

16 岁，李荣辉翅翼未丰。他要展翅南飞，他要俯瞰江南小桥流水的悠远，荷叶田田的静谧，他要在碧水蓝天之间展翅高飞。

这一年，他南下杭州，一边打工，一边丰满自己的羽毛。

他栽电杆，干临时工。他勤奋、能吃苦，像一棵小树，离开了知识的沃土，他只有向瓦砾、荒芜之地的深部扎根。

经过打工的磨砺和积累，他开始创业。2010 年，他创办了自己的电脑公司。

雄鹰有了矫健的双翼，就能不受羁缚地翱翔天际。就能顽强地，坚韧地在浩瀚的天地间，在风谲云诡间翕张翅膀，扶摇直上。

在杭州拼搏 22 年，38 岁的李荣辉有了自己的建筑工程公司，投资运营了两个垃圾处理厂。钱塘江炫目的江景灯光秀，于今年 9 月份召开的杭州亚运会七个会馆中，两个会馆的灯光秀都是他的建筑公司承建的。

雄鹰飞得再高，影子始终在地上。李荣辉少年离家，但乡音未改，乡情未减。他的目光常常注视着家乡，注视着陕西。

由于过早地承载生活，李荣辉一直体弱多病。一次饭局上，有人向他推荐了一味中药——片仔癀。这个具有 500 年历史，极富传奇色彩的中成药，竟然让李荣辉变得身强体壮。

虽然少年失学，李荣辉骨子里却有一股探求新知，锲而不舍的韧劲。他对片仔癀祛邪安正，增强免疫力的功效产生了极大的兴趣，开始着了迷似的研究片仔癀。

片仔癀的主要成分是麝香。李荣辉把目光投向了麝香，投向了麝。他去四川、山西考察，更多地去了陕西宝鸡的凤县。

二

麝香，是著名的中药材和香料，被广泛应用于药物、香水、化妆品、食品和烟草，稀有且珍贵。

中国古代，麝香的价值极高，被誉为"香中之王"。常常被作为国礼，赠送给外国元首，亦是为皇帝制作糖果的香料。

《神农本草经》载麝香为"上药"："麝香，味辛温，生川谷，主辟恶气，杀鬼精物，温疟蛊毒痫痓，去三虫，久服除邪，不梦寤魇寐。"

麝香药效神奇，对人体的中枢神经系统、呼吸系统和循环系统均有显著影响。可开窍醒神、活血通经、消肿止痛，对昏迷、癫痫、心绞痛、难产等多种病症均有显著疗效。很多著名的中成药，如安宫牛黄丸、大活络丹、六神丸、云南白药、香桂丸等，都含有麝香。

西药也常用麝香作强心剂、兴奋剂之类的急救药。

中国使用麝香的历史悠久，是麝香的原产地和主产地，质量与产量一直居世界首位，麝香产量占世界总产量的70%以上。主要产于西藏、四川、云南、新疆、青海、甘肃、陕西、安徽等地。

麝香，是雄性麝腹部腺体中的分泌物。我国的麝有林麝、马麝、原麝、黑麝和喜马拉雅麝等5种，以林麝产的麝香为上品。

李荣辉经过深入的研究发现，由于自然生态遭到破坏和野生猎杀，近几年来，林麝的种群数量已经迅速减少，被列为濒危动物。

在中国，麝已经被纳入《中华人民共和国野生动物保护法》保护范围，列为一级保护动物。

麝已经非常稀缺，中国目前人工养殖林麝为4.5万头，年产麝香约180公斤，而国内制造中药年需求量约3000公斤。

林麝堪称国宝级动物，但林麝却很难人工养殖，因为林麝繁殖能力相对较弱，且其习性极为敏感，需要适宜的环境，需要大量的注意力和资源投入。特别是规模化养殖，成功的先例凤毛麟角。

李荣辉看到了巨大的商机，他认为林麝没有规模化养殖的原因是缺少科学的养殖手段，缺少对林麝生活习性、规律的系统性研究。

第一个吃螃蟹的人，不仅需要勇气，还需要研究螃蟹怎么吃。

李荣辉要做林麝养殖行业第一个吃螃蟹的人。

三

荣在杭州，辉起五峰。

李荣辉关注着陕西的林麝养殖，关注着相关的土地信息。

2022年，一个偶然机会，他的手机弹出了五峰山下峰阳水泥厂拍卖的消息。

林麝最适宜海拔1200到1500米，植被丰富的环境。五峰山平均海拔1350米，主峰海拔1467米，面积约36平方公里。表层黄土覆盖，植被为苔草兼生的灌木丛。而峰阳水泥厂，无疑在海拔 1200 至 1300 米范围内，山上繁茂的植被，是林麝养殖取之不竭的天然料场。

是偶然的邂逅，还是必然的如期而至？冥冥之中，这座与秦岭遥遥相望，层峦叠嶂的山脉，耸立成了李荣辉的人生坐标。

目前，全世界最大的林麝人工养殖数量为 300 头。李荣辉计划在乾县圈舍养殖 3000 头，散养 2000 头。

一座屹立世界之巅的林麝养殖山峰，将比肩五峰山，在乾县大地巍然屹立！

2022 年，李荣辉通过司法拍卖获得了原峰阳水泥厂土地使用权，并成立了陕西锦瑞德实业有限责任公司，同年 11 月，取得了陕西省林业局颁发的林麝特种饲养许可证书。

站立的高度，决定看到的风景。李荣辉用超前的思维，超前地规划高标准建设林麝养殖场。他请了日本一家公司设计，2022 年 11 月开工改造建设，2023 年 3 月竣工，历时 5 个月。建筑面积 7000 平方米的职工宿舍、办公楼、动物医院和数据中心，建筑面积 39000 平方米的圈舍，在蓝天丽日之下，在五峰山之阳绰约着绚丽的风姿。

步入锦瑞德养殖中心，便步入了园林，步入了画廊。院内高树矮小俯仰生姿，芳花纤草相映成趣。草木华滋，好鸟时鸣，无一处不涌动着蓬勃，无一地不灿烂着春色。

在这里，没有人不被它的环境折服，没有人不被它的芳草、高树、鲜果吸引。

这里处处皆芳草，寸寸无黄土。道路之侧是草坪，林麝圈内是草地，麝行圈内，如履山林。修剪整齐的草地是碧绿的，绿得炫目，绿得迷蒙，绿得含烟，绿得滴翠。3700平方米的草坪，连缀成一块块无瑕的绿色翡翠。

这里的树，见空插绿，有地皆林，一圈一棵树，一路两行木。随处可见的树木密密麻麻，层层叠叠，似绿涛起伏，如群峰叠翠。移栽的大树，树龄均逾百年，树干沧桑，新枝勃发；新植的3760棵幼树，漂染初绿，摇曳新翠，挺立出轩昂，透逸着生机。

草和树，呈自然之态，显自然之姿，为林麝营造了天然的生存环境。

四

千红万紫安排著，只待新雷第一声。

2023年元月，大地冰封。但五峰山上的树木已经传递春的讯息，伸出一杆杆向春的暖枝。锦瑞德养殖中心开始向圈舍投放林麝，当时的林麝价格为3万元一头。由于国内麝苗稀缺，锦瑞德的大规模采购，使相对平静的林麝市场风起云涌，麝苗价格飙升至5万元一头。截至5月底，锦瑞德养殖中心已陆续养殖256头，订购麝苗2000余头。

锦瑞德养殖中心引入了全新的养殖理念，采用高科技养殖手段，在全国乃至全世界，堪称标杆。

养殖中心一麝一舍，共建有3000多个圈舍。这些圈舍按嵩山、泰山、华山、衡山、恒山等区域分类养殖。寓意林麝栖居山岳，身在自然。

养殖中心污水处理系统采用日本设备和技术，循环利用，处理后的水灌溉花草树木。25年内，场内无一滴粪便、污水排出场区。

养殖中心建有数据中心，对林麝进行信息化、数据化管理。

一头林麝生病、体温升高就会感应到数据信息，数据中心就会报警，并把病麝信息传递给动物医院，迅速找到病麝，对症施治。

据调查，国内公林麝和母林麝比率为1∶12。比例失衡，近亲繁殖现象严重，林麝品质下降。利用数据中心的大数据分析，能够准确掌握3000头林麝的单产麝香量。优选出产量高，麝香品质好的公林麝，进行人工授精、胚胎移植，干预生公生母，避免近亲繁殖，优化林麝品质。

同时，通过数据中心，可以优选出林麝的最佳饲料配比。依托五峰山的天然饲料，分析林麝产麝香前两个月的营养需求，掌握林麝产香多，品质优的最佳营养配方。

锦瑞德养殖中心已经和浙江大学、浙江中医医院、广东中山大学、中山医学院合作，开展林麝基因工程研究，和西北农林科技大学、杨凌职业技术学院合作，培养养殖技术人才。

有一个关于宝藏的传说，打开宝藏需要一把金钥匙。找到金钥匙需历尽千辛万苦，经九死一生的风险。目前，还没有人大规模养殖林麝，就是还没有找到打开养殖林麝这个宝藏的金钥匙。

也许，李荣辉找到了。这把镀着科技金光的钥匙，被他握在手中，擎过头顶。

五

"九层之台，起于累土。"

2022年11月始，陕西锦瑞德实业有限责任公司累计投资近2亿元，完成了养殖中心的基础设施建设和第一批林麝入圈饲养。

目前，已有3头母麝产仔，且都是双胞胎。6只幼麝，诞生于五峰山下。它的履历上，将赫然书写，出生地：乾县。

预计今年10月，位于乾县峰阳镇锦瑞德养殖中心的林麝存栏量将达到3000头，可年产麝香约50公斤，麝苗约800头，成为全国，也是全世界最大的林麝养殖基地。投产后，年可实现净利润8000万元，利税过千万元，安排就业200余人。同时，带动周边群众农作物饲料种植千余亩。

锦瑞德林麝养殖，成为乾县又一重要的养殖产业，受到了各级政府和林业部门的关注和支持。乾县县委书记闫兴斌、县长段志华、县林业局、峰阳镇党委政府领导，多次来养殖中心调研指导，帮助企业排忧解难。

陕西省林业局副局长范民康、咸阳市委副书记贾珉亮、中国电信陕西省分公司党组书记上官亚非、陕西省野生动物研究所吴晓民、陕西省野生动物保护处处长钟凌、咸阳市林业局局长赵强社、凤县副县长赵少宁、杭州市林业局、临安区林业局相关领导，先后来公司调研，对该养殖中心的林麝养殖给予了肯定和好评。

五峰山，卓然挺立，草木郁郁葱葱，山花簇簇缕缕。五座山峰在袅袅云雾中若隐若现，见证着脚下每天都在发生的奇迹！

2023年7月12日

荒沟沟变成花果山

漠谷河，乾县的母亲河，流淌着岁月，流淌着不老的风，流淌着乾县人汹涌澎湃的豪情。

乾陵脚下的邀驾宫，距漠谷河不盈二里。这里不再是唐代帝王、王侯将相解辔拴马，舍辇步行祭祀乾陵的地方。

沿邀驾宫西行，漠谷河横亘南北，蜿蜒曲折。这一段，叫三郎沟。

漠谷河荆棘茅草，深沟土涧，已经少了昔日波掀浪逐，幽林芳草的繁华。

而三郎沟却别有洞天。沿平坦的柏油路而行，夹道苍松掩映，郁郁青青。两岸桃树、苹果树枝繁叶茂，当风卓立。虽时已深秋，土坎沟畔的衰草已不再繁茂，阳光下黄绿相间的叶子，仅存一丝弥留的韶光。而桃树、苹果树叶片绿里透红，捧举着一抹抹暖色。叶脉间，依然燃烧着旺盛的蓬勃。

三郎沟，是秋天的一幅丹青。

让我们走近那个胸有山水，挥笔描摹幽谷芬芳的人。

时间追溯到2006年，时逢国有企业改制，位于三郎沟的县水泥厂，股权转让给了屈远峰。

屈远峰，乾县灵源人，从事过工程建设和房地产开发。不熟知他的人，很难把他和一个精明的商人联系起来。他敦厚的外表，像三郎沟的土崖一样朴实；他时常挂在嘴边的微笑，像漠谷沟的一池清流。

水泥，是建筑材料中最基本的元素。多年从事工程建设的屈远峰，深知水泥对工程建设的重要性。他决心让乾县水泥厂，建设广厦千万间。

然而，天有不测风云。

2008年，美国爆发的金融危机，海啸般地席卷全球。中国经济在2009、2010年被波及。当时有一句话概括了这次金融危机的影响，"美国轻伤，欧洲重伤，中国内伤"。加之漠谷沟水泥厂因规模偏小，环保等原因，不得不在2010年关停。

水泥厂烟囱的余烬，给这个水泥厂戳上了一个圆圆的封印。缭绕过青烟的烟筒，像一个巨大的彩笔，将浓墨重彩地改写三郎沟的历史。

三郎沟，依然草长莺飞，依然云卷云舒。每天，一抹朝霞漫成山间小路；傍晚，一缕清风扶起稀薄的黄昏。

关停了水泥厂的山郎沟，成了一条荒沟，荆棘遍野，杂草深锁。山坡上的荒草，放纵地恣肆着它的葳蕤。扶摇而上，满地攀爬的野草，宣泄着洪荒年代的野性。

多少次，屈远峰反剪双手，踱步沉思；多少次，屈远峰驻足土坎，望沟兴叹！

在水泥厂运营的时候，屈远峰给沟底栽种了一大片白皮松。

此时，这片苍翠的松树，仿佛一池碧波，在屈远峰心湖里荡起一圈涟漪。

对！栽树。这么大的三郎沟，不是可以种植，养殖吗？屈远峰的眼前，仿佛已经硕果满枝，鸡鸭成群了。

静寂的三郎沟突然沸腾了，两台装载机日夜轰鸣，移土造田。屈远峰要把三郎沟的荒坡，研磨成一张宣纸，挥洒出花繁果艳的大写意。

果树结果需要几年的周期，三郎沟的运转需要不断造血。哪怕杀鸡取卵，有卵，才能孵化出新生的胚胎。

对，养鸡。鸡生蛋，蛋生鸡。这个古老的哲学命题，包含着一个至简的真理，养鸡就会生蛋。

三郎沟有的是土地，天高任鸟飞，地阔也可凭鸡跑啊！屈远峰开始散养鸡，三郎沟丰茂的草地，成了鸡的伊甸园。

散养鸡，有鸡蛋品质优良的优势，但难以形成集约化规模。屈远峰养鸡，可不是"老婆数鸡蛋"，要干，就干大的，干出规模。他成立了"乾县远丰养殖公司"，养鸡场越办越大，不断向规模化、标准化、自动化迈进。

现在，他的两个标准化养鸡场，从四川成都引进了小巨人恒温设备，从日本引进了鸡蛋喷码机，从国外引进种鸡，共养鸡10万只，日产鸡蛋9万只。这样的规模，在咸阳地区，屈指可数。

如果不亲历养鸡场，你是无法想象它先进化和规范化管理的程度。

驱车进入养鸡场，要经过一个消毒池。车轮上沾染的细菌和有毒物质，经过这个消毒池，就会被消杀殆尽。

说是养鸡场，你只能在监控屏上看到鸡。它们的世界，外人莫入！就是内部人，也不能进入。喂养、收蛋，全部自动化。鸡在一个绝对安静，绝对无菌的环境里生活、产蛋。

这个世界里只有鸡。

1500平方米的鸡舍，装有流水控温设施。夏无酷热，冬无严寒，鸡舍四季如春。

收鸡蛋的场面，颇为壮观。相距鸡舍百米的工作房，足有一个足球场大。拉鸡蛋的车辆，出入自如，络绎不绝。收鸡蛋一般在下午3点到6点，一米多宽的传送带，是鸡下蛋的产床。鸡蛋密密麻麻，通过传送带源源不断地输送出来，再通过自动分拣机装进鸡蛋盘里。

这个场面，使人联想到从鸡窝里掏蛋的情景。一天9万颗鸡蛋，需要多少人捡啊？

远丰养殖公司生产的鸡蛋，饲料达标，水质达标。远丰牌鸡蛋，销往西安华润万家、人人乐等多家大超市。大超市对鸡蛋的质量要求很严格，经常随机进行质量检测。远丰牌鸡蛋，赢得了信誉和口碑，在西安市场站稳了脚跟。

屈远峰以诚信立身，在朋友圈是出了名的。他与人交往从不争多论少；干工程从不偷工减料。养鸡，他同样以诚信待之。他把鸡蛋的品质视为企业之本，饲料里从不掺假，从不添加任何激素。远丰牌鸡蛋，是名副其实的放心食品。

有一次，一个推销商找到屈远峰，向他推销一种可以让蛋黄变得更黄的添加剂。屈远峰听了，淡然一笑："这种鸡蛋，你儿子吃吗？"他接着说："养鸡，讲的是良心，自己儿子不能吃的，一个也不能让消费者吃。"正是这种顾客至上，视顾客如家人的经营理念，让他的企业越走越远，越办越大。

养鸡，屈远峰在荒沟里捡拾起遗落的雁鸣；栽树，他则是要给三郎沟铺上云锦与落霞。

栽种果树是屈远峰另一盘大棋。

2010年，他用两台装载机，整整干了一年时间，对荒沟荒坡进行开荒改造。硬是把1000亩荒坡变成了梯田。2015年开始栽种果树，共栽植苹果树500多亩，桃树300多亩，李子树100多亩，还有100多亩的绿化树。

养鸡和栽树，在三郎沟，形成了良性循环。鸡粪做果树肥料，果实色艳味甜。

今年，这些果树喜获丰收，共产苹果、桃子各30万斤，李子5万多斤，昔日的荒沟沟，真正变成了花果山。

据史载，漠谷河从前流水潺潺，碧波荡漾。昔日的漠谷河，芳草林荫，水击石响。今天的三郎沟虽然没有流潭飞瀑，却也花果满谷，生机盎然。

春天，三郎沟苹果树、桃树、李子树红的、粉的、白的花朵，争奇斗艳，竞相绽放，醉人的芬芳溢满了沟壑；夏天，红艳艳的桃子缀满枝头，从沟底延伸而上的艳红，和天空的彤云对接；秋天，鲜红的苹果，小灯笼似的挂满山沟，点亮了漫山遍野靓丽的秋色。

三郎沟，果香十里，鸡鸣幽谷，世外之地的幽静与繁华，弥漫着夺人魂魄的魅力。

2020年11月

笔濡砚穿，书法大成

三十多年前，我还在任教，偶尔去县城，便在饭店或一些公共场所，看到墙壁上的书法作品，署名海珊。书法多为草书，飘逸遒劲。我虽不谙此道，却对字里透出的磅礴之气，心生仰慕。

后来，朋友送了我一幅海珊的作品，是草书四条屏，内容是苏轼的《赤壁怀古》。我便悬于客厅，痴爱不已。

那幅字，出门观之，便能心生豪气，多了些做事的胆识；进屋视之，也能胸中释然，有心静神怡之趣。但也有朋友以为我与海珊交厚，托我向他求字。岂不知我心仪先生字，未谋先生面，尚不知海珊为何许人也。

那时尚青春年少，因为热爱文学，胸腔里涌淌的血里会生出几句诗来，常也见诸报刊。舞文之余，便也弄墨，大概是文学与书法本出同源，故与书画圈子有了往来。

那时写书法的人，没有现在这样熙攘，多是些笃志和有些慧根的人。我交往的有王省吾，徐文鹏等人，从他们那里，知道了海珊就是王大成。

在一次文化活动中，有幸与王大成先生相识，竟也投缘，便多了交往。有时带朋友去求字，王先生从不推诿，展纸泼墨，笔走龙蛇，万千气象瞬间便从纸上葱茏出来。

时有一经商的朋友，见了王大成的字，爱得魂魄出窍，意醉神迷。得了一幅墨宝后，被南方一客商获悉。南方客商更是视如珍宝，多次专程向王大成索字。王大成的字，在南方一域，竟声名鹊起。

再后来，我调县委工作，与王大成竟成了比邻。每有闲暇，便欣赏先生写字，每一次欣赏，心灵都会漂染一次浓绿。

前几年，王大成去了西安，在书院门一边售字，一边研习书法。古城西安的厚重之气，浸染了他的笔，他的书法，更臻于苍劲的气势和厚重的底蕴。

王大成一生都在写字，都在探究书法之妙，才成就了他书法的大成。

王大成的书法，以隶、草见长。他的隶书，既有汉碑的元素，也有汉简的成分，还有篆书的味道。无疑，他把汉碑、汉简、大篆、小篆，独具匠心地融合在一起，形成了自己的独特的风格。

王大成的草书，聚一生之力，集百家之萃，独有大成。

他写草书，疾如脱兔疾奔，鹰击长空，一气呵成，不蔓不枝；逸如群鹤戏水，凤舞九天，动中有静，闲适自若。他的字，势如山涧飞瀑，奔泻不遏；意如江流千折，连绵不绝。他的草书，给人美感，柔若美人婀娜，刚若岩立千仞。

王大成笔法的运用，运墨的浓淡，已经炉火纯青。这得益于他坚实的书法功底，得益于他几十年研习不辍的书法追求与梦想。

　　甫过古稀之年的王大成，身健笔劲。时光的印痕，在他的脸上，书写着岁月的书法。他炭火似的眼睛，闪烁着艺术的光芒。他的笔，如犁，在素笺的沃土里耕耘着绚丽的春天；如桨，在宣纸的波浪里激荡着浩瀚的汪洋。

　　王大成用一生，在一方池砚里，笔濡石穿，写出了他书法艺术独特魅力。

　　有字如斯，岂不大成？

2019 年 5 月 28 日

丹青妙手，画海宏涛

与亓宏涛先生相识，缘于一只鸡。

那是三年前，每与朋友相聚，常会谈及一些文字书画。亓宏涛的名字，便萦耳不绝。一次，有人携一幅丹青，展卷于案，一只矫健的雄鸡，白羽红冠，昂首卓立。那鸡轩昂得如一位谦谦君子，威猛得像一介铮铮武夫。其逼真之形，灵动之势，似要破纸而出。

观画览卷之际，一声破晓长啼，直击耳鼓。恍惚间，我竟不知是在花前观鸡，还是在纸上赏画？细看题款，乃亓宏涛之作。

我看过不少画作，亓宏涛的画，让我惊叹不已，他笔下的鸡，形神兼备，尤其是神态，几可乱真。用笔的线条和色彩，既有中国传统画之古朴厚重，兼有现代画风之灵动飘逸。

从古及今，书画究其实质，是抒发情怀，表现境界的。宏涛的画，法古而出新，自成天趣，既能深承前人，又不泥旧法，是古质今章、旧体新制，俱融一家；是气贯笔渗、形修神悟，独树一帜。仔细赏他的画，沁润处如吟如诵，滂沱处似瀑似虹。这种荡人心旌的艺术造诣，完全是一种文化修养所致。

377

时隔不久，我与宏涛先生竟有一晤。他身材颀长，清瘦而健硕，眉宇间盈溢的书卷气，竟像韫玉般炽晕着光华。

相识之后，与宏涛便多了些交往，言来语去，竟像故交旧友，貌合而神契。

我曾去过他的画室，一案一椅，空旷简朴，了无俗物。这倒像他，心宇辽阔，却只置一支画笔。他作画，少俗念，无旁骛，在浩瀚的画海里，执笔作楫，撑一腔豪情，万千柔念，竟能荡起千堆巨浪，万丈宏涛。

亓宏涛的笔端，绽出了灼灼其华。

相交日多，观他的画也渐多。他的画以花鸟见长，尤擅画鸡。每次展卷，必墨香袭面，异彩灼目。令人意纵神驰。他画的花，盛开或含苞，一朵就是一团火焰，一枝就是无数律动的心，花枝上，总有一隙暖暖的阳光。他画的鸟，让人能感受到清脆的鸟啼啄醒黎明。

亓宏涛画的鸡，堪称一绝。他对鸡赋予人格化的渲染，能让人读出画外之音。凡公鸡，多立于石上，一岩兀出，已是孤峻俨然。加上鸡雄踞其上，傲首向日，让人平添胸中豪气。

他画鸡，既师承大贤，更自出心悟。他常卯夜既起，观鸡司晨；炎日独立，察鸡啼日。多少次，他驱车五峰山鸡场，观鸡态，听鸡鸣。他胸藏万鸡，只为画一只鸡神形兼备。

亓宏涛先生，近年来以画名蜚声，声震遐迩了。他的画，荣获了多项大奖，且被国家机关和博物馆收藏。一颗画坛的新星，已渐烁其华。

中国画自古分南北两派，南派画以精微细腻见著，水墨趣味益然。北派画雄浑峻拔，阔远放旷。宏涛对南北派画风兼收并蓄，他对黄宾虹、傅抱石、齐白石、吴昌硕等国画大师的画领悟颇深。他既用纤细的笔触描摹花鸟的韵致；又用纵横的豪情大渲大染，表现画的意境。他把自然美在他艺术的熔炉里冶炼，锻筑起自己的艺术峰巅。

宏涛用他纯情率真的画笔，用他贮画于心的专注，无数次携我走进他绘画的艺术王国。

一次，我和他应邀去泾渭湿地采风。时值盛夏，热不可耐。他却对湖里的荷花倾情不已，远观近抚，爱意切切。我见他观赏荷花，一会儿俯视其花，一会儿侧观其茎，一会儿远看其形，神情专致，如痴如癫。他向我谈及对张大千五色荷花的艺术感受，感叹不已："张大千的荷花是对美与生命的渴望和歌唱。看到他对绘画艺术的忘我追求，我不禁对他肃然起敬！"

在浩瀚的水畔，在亭亭的荷花前，我看到宏涛跟大师对话，看到了两个艺术的灵魂碰撞。

站在廊桥上，回望烟波浩渺的泾渭湖水，我脑际浮现出了一片波澜壮阔的大海。亓宏涛正在大海里弄潮击舟，他的画笔，正搅起一波艺术洪涛！

2020年1月5日

李成书法终有所成

乾县，是一个诞生书画家的地方。

乾县城隍爷是褚遂良，他可是唐代著名的书法家。魏徵曾说他"下笔遒劲，甚得王逸少体。"

难怪乾县书画家人才辈出！

乾县书画的繁荣，和乾县文化积淀的深厚密不可分。余秋雨先生曾认为，中国的普洱茶、昆曲、书法，是中国的"文化美学"。乾县书画是乾县文化的厚积薄发。

在乾县，某人书法获奖了，某人成为某书协会员，似乎成了司空见惯的事。

前不久，看到一幅行书书法，字体遒劲有力，飘逸洒脱，题款为李成。不禁十分惊诧，此李成非彼李成？

后经询问，李成者，真是让我惊诧之李成。

他是乾县广场管理处主任，在我的印象中，他魁梧健硕，应属舞枪弄棒之辈。没想到竟能运腕挥毫，笔走龙蛇，写出老辣苍劲，古风俨然，兼有文人雅士逸韵绵长之风的书法作品，真是让人刮目相看。

由字识人，后来才知道，李成先生从小痴迷书法，上学时毛笔字就写得有模有样，甚得同学钦羡。近十几年更是研习欧阳询、王羲之、孙过庭等人的书法，笔耕不辍，渐得其旨，终有所成。

李成写字，多在工作之余，茶余饭后，持之以恒，竟能积跬步而成远旅，写出自己曼妙的风景。他的书法，清雅逸远，健劲洒脱，观之如秀峰孤耸，挺拔俊逸；如瀑流飞潭，势遏行云；如水秀云霓，遒劲挺适。

观李成的字，似有大江东去，奔流不息之状；亦有群峰迭起，绵延横亘之态；更有云度碧霄，波澜起伏之意。

被誉为书坛"金陵四老"之一的胡小石先生，生前曾做过一个十分形象生动的比喻，说书法的线条要如闹钟里的发条，具有韧劲和弹性，而不是像汤锅里煮的面条，软塌塌地提不起来。李成的字，力求遒劲，这就像他的人一样，字的点、画、横、折，都是关中汉子的血气方刚，都是黄土高原的厚重深邃。

东晋卫夫人在《笔阵图》里说："横如千里阵云，点如高山坠石，竖如万岁枯藤。"行书书法，没有力拔山河的气势，就少了书法的韵味。李成，在书法的学习中，努力探寻下笔千钧的笔力。

"书者，心画也"。李成的字，就是率性而为，把书法视为自己的兴趣和追求，视为灵魂的愉悦与寄托。他很少功利心，展卷挥毫，就情娴意适，心情就像熨斗熨过一样熨帖，灵魂就像羽毛一样高骛随性。他追求自然、崇尚本真，钟情于心性表达和情感表达。一幅作品，皆呈自然于斯，呈自己的性情于斯，让人觉得亲切。

人间四月，花开锦绣。它孕育的果实，才是花朵生命的真谛。李成书法已有所成，期待他硕果累累的季节！

2020 年 4 月 18 日

满架蔷薇一院香

——写在王高产短篇小说集《因风吹过蔷薇》付梓之际

五月浅夏，岁月盈香，又是一季蔷薇花开……

蔷薇花，不喧，不闹。街道两旁一段矮墙低舍，清风小院一架竹木藩篱，就能安放它的纤枝芳花。它寂静恬淡，浅媚娇羞，却盈握一个灿烂季节，绽放一地斑斓芳华。它没有牡丹花的雍容华贵，没有睡莲般娇柔弄姿，但它骨骼里生长的顽强，枝叶间弥漫的美艳，像一面猎猎大纛，飘扬着属于自己的风采。

五月蔷薇，一朵花就是一坛醇香浓烈的陈酿，一朵花就是一声红尘之外的禅语。当它浅笑而生，繁花满枝，一朵花的安雅与温良，就是在舒展它对生命的极致热爱。

就在这个蔷薇盛开的花季，一朵浓郁着艺术生命的蔷薇花悄然绽放了。这，就是王高产的短篇小说集《因风吹过蔷薇》。

王高产是一位辛勤的花工，他在文学的花圃里耕耘多年，终于用他对文学的挚爱，对生活的感悟，对人性的理解，对文字的雕琢，栽种出了一架蔷薇花瀑。

《因风吹过蔷薇》是王高产对春天的馈赠，对文学的馈赠，也是对自己灵魂的馈赠！

王高产曾经是我在灵源初中任教时的学生，那时他就极具文学慧根。他的作文本里经常会逸出文学的嫩芽，虽然纤细，虽然稚嫩，但那种呼啸而出的新锐，盎然勃发的生机，已经摇曳出文学的新绿。

那时候他就对文学如痴如癫，虽然只是初中学生，他的灵魂已经皈依文学了。他读初中二年级的时候，一个偶然的机会，萌生了参加文学函授班的想法。因无钱报名，他竟以辍学退还学费来解决。好在后来在老师的帮助下，既复了学又参加了函授学习。自此，他心中埋藏的文学种子，无法压抑地破土而出，且一天天茂盛起来。

我离开教育行业后，和王高产大约二十年没有交往，再次相遇，是读他的小说。2017年10月，《大秦文学》（现更名《大秦文萃》）网刊问世。短短一月多时间内，王高产发表了《老许》《良方》《我的日鬼捣棒槌》《小芳》等多篇短篇小说。这些小说，取材于乡间俗事，人物有理发匠，粉刷工，昔日的同学等。说的是身边事，写的是身边人。但小说表现的艺术性已经让我刮目相看了。

正像有的文学评论家说的，小说的叙事可进一步细分为故事空间、情感空间和哲思空间。王高产的小说，已经在构建自己的三个空间，文字的琴键弹拨出的旋律已多有和谐悦耳之音。

四年多来，王高产发表了数量不菲的短篇小说。小说的情节更加跌宕，人物更有特色，情感更具张力。《父亲的存折》《因风吹过蔷薇》等，就是其中的典型之作。

小说作为一种虚构的叙事性文体，尤其短篇小说，在有限的篇幅里，故事的讲述涉及冲突、危机、结局。还要有"深度的变化，要反映出联系和联系的中断"，"符合生活的逻辑又契合艺术的真实"。同时，小说还应该"让读者能够一掬感动之泪、产生心灵的共鸣"。

美国著名比较文学学者韦斯坦因说过，小说是写给读者大众看的，读者大众是一种"意义动物"。

王高产小说里落寞，凄清的《干婆》，曾荣立三等功却鲜为人知的《五爷》，都揭示了人物复杂而细腻的心境，读之如品香茗，意蕴悠长。

王高产的小说，谈不上十分高雅。但每一篇都是一朵蔷薇花，耐看，静谧，以自己独有的方式，舒展着生命的极致与灿烂。我相信他的小说会给读者带来蔷薇花一样的感受，在淡雅，馥郁的花瓣中不负春光。

王高产喜爱文学，喜爱他的小说，他在为生计奔波之余，把全部精力都倾注在小说创作上。他用他几十年的激情、热血，装扮了一个蔷薇花一样温婉，质朴无华的纯情少女。这是他的情人，正着一袭粉色裙衣，向读者巧笑嫣然。

    绿树荫浓夏日长，

    楼台倒影入池塘。

    水晶帘动微风起，

    满架蔷薇一院香。

行文至此，想到了这一首唐诗。在《因风吹过蔷薇》花香扑面之际，愿王高产在文学的花园耕耘不辍，让自己小说的蔷薇花更浓，更艳，更加意蕴流香，绽放打动人心的美丽。

今年的蔷薇花已繁花满架，因风吹过蔷薇的花期，一定会和赏花人缔下一种绮丽情结。此后每年蔷薇花开，王高产一定不会辜负读者内心的邀约！

此文是为王高产小说集《因风吹过蔷薇》写的序，作于2022年5月。

岁月的馈赠

——读董鹏生文集《鹏笔生辉》

与董鹏生相识，缘于文字。2018年，他给《大秦文萃》投一文稿，题为《生命之树——柿树》。

文中的柿子树，傲然挺立，虬枝戟天。在深壑土涧，在屋后田埂，或迎风卓立，或舒枝揽雪，顽强，刚劲之态溢于笔端；柿子树繁枝盈天，绿荫匝地。在漠漠田畴，在茫茫天宇，或盎然绿意，或摇曳丹红，妖娆，妩媚之状跃然纸上。

文章由树及人，赞美了生命的顽强与坚韧。柿子树，如一页页展卷的木简，能读出乐观、积极的生活态度，能读出生命的禅意。

后来，他又相继发表了《我的民办老师》《老家的客套话》《梦醒时刻》《爱吃老家的凉拌肉》《马家坡》《浇汤面》等作品。这些文字，多以他的老家乾县为背景，有儿时的记忆，有回乡见闻。其思乡之苦，爱乡之切，跃然笔端。那种对故乡魂牵梦绕的思念和牵挂，如同熠熠夺目的火花，在字里行间燃烧。而最让我感动的,是文字间洋溢着对为温饱而奔波的乡邻的悲悯。

我翻阅了董鹏生的作者介绍,几行文字赫然在目:"研究员高工,曾任中航工业飞机公司民机部部长、西安民机公司党委书记。"原来他学业有成,进入仕途做官,且身居要职。

我对他肃然钦佩,敬意陡生。"宁恋本乡一捻土,莫爱他乡万两金。"董鹏生身上,血液里家乡的水依然汹涌,骨骼上阳峪岭的姿态依然挺拔。故乡的田野,故乡的炊烟,故乡的俗言俚语,在他心底植根,且长成大树,摇曳着自己的风景,也摇曳着家乡岁月的沉淀。他把这些沉淀,用自己朴素的情感发酵,酿出了一篇篇文字,与阳峪岭对酌,与湔河对酌,与家乡人对酌。

董鹏生的文字里,丰茂着家乡人的坚挺,流淌着庄稼人的汗水,回响着一方山水的呼啸。这里边,有他浓厚的乡音,有他浓烈的乡愁,更有他对家乡美好的期许。

读他的文章,我想到了古代文人,想到了那些胸有社稷,心系黎民的文化人。想到了范仲淹"居庙堂之高则忧其民,处江湖之远则忧其君"。想到了陆游"遗民泪尽胡尘里,南望王师又一年"。想到了屈原"长太息以掩涕兮,哀民生之多艰"。正是董鹏生有忧国忧民的情怀,有对人生百态的感悟和对社会世相的洞察,才有了他意境深邃的文字。

"文章合为时而著"。董鹏生的散文,多为一事一议,小中见大,字里含情,文中寓理。血浓于水的乡愁,魂牵梦萦的情感,见微知著的哲思在文中随处可见。

董鹏生是从农村走出去的,在工业和城市的氛围中,他对世界的认知不断重塑。从小耳濡目染的乡村图景,高层次,多维度知识架构对社会的审视，使他对城乡二元结构的深层次矛盾有自己独特的思考。他首先是对乡村返璞归真的回眸，如同一个从城市走来的旅者，用自己的视角去探寻，去捕捉。但他的认知绝不可能像摄影师一样，只是时光的捕捉者，将岁月的印记定格成一幅幅画面。他更多的是对家乡那些物象哲学意义上的探究，对家乡那些生命群体命运文化意义上的思考。

当然，他还有对社会多元化的思考，像《有理取"闹"》《杀生与美食》《说真话》《看人下菜》等。这也是他用从家乡带来的原始的纯真，以及深厚的学养积淀思考的结果。正是这种探究和思考，才使他的文章有了感人至深的乡愁，有了触动灵魂张力。

日积月累，积微成著。董鹏生的《鹏笔生辉》文集是他多年来心血的凝结，是他穿透时光对世事的洞悉，是他经历的岁月对文化的馈赠，是他对哺育他的家乡的馈赠。

岁月缱绻，一切美好的和美好的期许都会葳蕤生香。我们阅读董鹏生散发着墨香的文字，并享受他文字里传递的光芒。也许，《鹏笔生辉》只是伏笔，更精彩的章节会装订另一个春天。

此文是为董鹏生文集《鹏笔生辉》写的序，作于 2024 年 11 月。

乾陵赋

巍巍梁山，汤汤漠水，天枢在乾，地德含章。高丘翘逸于平畴，兀峰秀出于深壑。巨石厚积，三峰鼎峙。掬漠水以飨终南，携龟城以邀长安。顶覆苍柏，问九嵕大唐几旬？林栖鹰隼，咨五峰凤鸟安在？

梁山者，山岳之灵秀也。主峰耸天，挺气势阳刚；乳峰摩云，姿妩媚阴柔。状如美人长卧，皓体呈露，丰肌凝翠。娇天下众山，媚侧畔行旅。

夫春探柳梢，群芳劲发；夏憩林荫，槐绽银葩；秋摇丹柿，巚飞绮霞；冬覆峦嶂，柏城玉妆。巍巍梁山，芳菲璀璨，翘楚天地，揽尽水土精华；呼啸星云，阅尽青史风烟。自古先圣游化之地，灵仙迁居之所。昔轩辕东去，望秀岩而祀天；宣父南迁，逾岩峣以载基。秦皇驭辇，武帝获麟。浩浩五千载韶华，远圣嘉圭，既成福衢。高宗归葬，则天同眠，青山埋龙冕，苍石锁凤冠。万柏森森，掩春秋于苍黛；一像凛凛，烁两帝之圣灵。

述圣纪，勒石镌字，七曜焕金；无字碑，素面沐风，千古谁谙？冢上荒草不识字，陵巅青松却读风。一陵双帝，唐周两朝，叹风烟已凋，壶觞谁祭？

司马神道，如玉带遥系秦岭，似碧龙南饮渭水。近眈平芜，远眺泽国。俯草叠蔚，仰树蔽翳。侍俑肃立，引颈犹聆帝语；石马俯身，敛蹄不忘驯骢。

至若华表擎天，翼马摄云，鸵鸟壁立，武俑执剑。蕃臣王宾，无头拱手侍君；雄踞猛狮，探首寻望唐月。伴松涛卷波，遐木飞叶，黛草铺锦，乱花飞红。实乃山携瑰丽，襟藏珍瓘。

昔乾陵之上，楼阁林立，廊桥缦回。绣闼雕甍，异彩焕日。四门迎宾，石雕俨俨列阵；八方廊遐，城垣囷囷成围。烟斜雾横，木秀林密。居一域以安寝，何啻瑶池琼宫；凌万顷而忻然，当属人间仙界。

扬州兵变，豫州狼烟，红袖挥退雄兵；酷吏政治，明察善断，红颜亦冲怒发。号取则天，治世以法为天；易名为曌，堪比日月行空；碑无一字，襟怀旷古无双。

裙钗称帝，史见武皇一人；蛾眉安邦，千秋无与伦比。政启开元，治宏贞观，纤手可熙国祚；挥师安西，剑指契丹，脂粉亦定雄谟。旷世英才，偏向科场取仕；无二女主，敢向戍边屯田。

乾陵巨冢，蚌含珠藏。颙望其山，披霞沐光。浩浩天下，瞻奇览异，讵能逸出其右；寻珪觅璋，四海鲜有同俦。

今金瓯桡旄，九牧日丽，泱泱中华，鸿筹正举，千帆竞发，中国好梦正圆。乾陵御冢，物奇意新，景象日殊。四海宾朋，稽古寻幽，赏瑰揽玮，能不逸兴遄飞乎？

此文在全国《乾陵赋》征文中获特等奖，现悬挂于乾陵游客中心大厅。

灵源镇赋

钟灵之源，元亨福地。镇因宝刹得名，人以淳厚而彰。北舞泹河如练，南举台塬似丘。地接醴泉，风送甘饴可饮；河连北塬，地载稼穑丰稔。

华夏九派，一脉流注。河里范村，仰韶遗迹，造化元功，祖德远祚。残陶如卷，赫然在册：水波浪烟，渔歌韶音，坐看鱼肥鸥飞；石斧沃土，粟籽芳园，卧听陶鼎炊熟。

樊家古塔，肇于明代。卓立摩天，撷白云以韬胸，揉丽日以毓灵。塔刹卧月，清晖可濯凡心；翼角垂星，慧目能辨百态。青砖高垒，梵音盈龛，沐云浴日，高天赤霞。仰塔之巍峨，如翚斯飞。揖手凝目，祈吉祥于桑梓，昌盛于乾州。

北国孟冬，衰草匝地。然麦苗如簇，盎然戟天。环目灵源，叶凋而枝劲，草匐而泻金。若非商贾之肆，丝路岂能穿境？不是教化之乡，玄奘焉能宿留？陨星坠天，村留紫石；鞑靼德隆，誉为答王；吕胡虽小，亦能称州。尧王西营，雁展双翼，古乃屯兵之地。乾州边陲，迎东来紫气；关中门户，扼西进罡风。

更有范翁紫东，文坛巨擘。剧作充栋，名追莎翁。大儒故里，一茎朔风吼秦腔，四时虬枝击弦板。艺苑奇葩，历久弥新。勾栏氍毹，宫商角徵，犹见辨亲滴血；城邑会馆，乡野高台，可观翰墨佳缘。老剧新曲，载誉华夏。

东西之域，天地丽色；南北之壤，铺霞万象。嘉尔一隅，全镇殊观。春柳拂堤，秋果摇丹。漠漠水田鹭飞，荫荫树水莺啭。依栏羊肥，棚内菜翠，奇花盈郭，三季红醉千家；修草满径，林杪云霓，蝶影谷壮，四季歌喧万顷。

今日灵源，村村桃源，户户欢歌。驰怀遣兴，引鸿飘逸晴云，阔步小康，敲鼓响彻碧霄。乡村振兴，宏图大展，指日可期矣！

2021 年 12 月 6 日

薛录镇赋

古今名镇，或以物阜，或以景秀，或以人彰。赫赫薛录，兼萃其华。

东接礼泉，携惠风以济乾州；南望马嵬，揽流丽以姿梁山。远眺太白，近觑渭水。春掬岚烟浩渺；秋撷藻光璀璨。

汉唐古镇，唐授薛采。薛宅朔风，吹角犹破铁勒；梅坊疏影，摇旌云州大捷。更有薛仵，盘州，马相，犹见长戟寒弓。虎贲雄师，一骑直取高丽；白虎枭将，三箭即定天山。千秋易老，寒暑更迭，试问乾陵旧主，当年谁佑大唐？

城隍庙宇，青砖金顶，画栋雕梁。祥云囷囷霄汉；爨阳煌煌畴野。拓梁广局，陡接有势，当谓格调清奇。云海飞虹，五彩檐出，更称色彩斑斓。

镇司属地，一街纵横南北，锦衣玉食，杂列东西。悬空丝帛，宛如彩云坠天；星布珍馐，疑是王侯鼎食。奔走孩稚，扶策翁媪，挈提而至；云鬟弹肩，流翠溢红，娉婷而来。引车荷担者，伸颈声动街衢，肩筐携篮者，探首喜盈流眸。更有麻花油糕、卤肉炸鱼，海味与山珍齐具，小吃与野蔌并兼。锅中跃锦鲤，砧上卧凫鹜。烩炒煎蒸，香溢村庐之飨；烧烹爆炖，色迷鼎贵之厢。薛录古镇，满街流香。

田野村舍，蔚为大观。夭夭桃红，郁郁苗壮。春发燕翼剪绿，秋熟蛙鼓鸣金。村墟里巷，鸡犬相闻。麦香飘处，广场歌舞正劲；谷熟时节，树下锣鼓喧天。屋后檐前，英萼纵横。满架瓜豆凝馥，一庭芳草盈翠。福地桃源，满眼诗情。

盘州葫芦，紫气浮光；周南水库，碧波溢翠。人民公园，唐兵阵列，瓦当橱陈，稽古可觅芳躅。修林茂竹，蝉莺交啭，观景亦驰遐思。

废水再造，工农相融；盘龙绿洲，科技方兴。入厨村姑，纤手可驭铁龙；垦壤壮汉，攘臂敢援天火。蔬菜大棚，揽幽色于冬寒；规模牧养，囿逸畜于棚舍；乡村旅游，邀宾朋于畎亩。

四野坦旷，目接无极。万物罗繁，琳琅蔽荒。蜂蝶纷纷，满径佳客恋香；炊烟袅袅，小园疏影斜照。长街成荫，村道绽葩。万户之融融兮，欢语盈耳；千村之沸沸兮，歌韵绕梁。复兴之地，唯美之乡。居于斯，醉乎哉！

一方重镇，四时岁月峥嵘；人文渊薮，素来遐迩闻名。欣逢好梦，富民强镇。民丰仓廪，年年穰岁。时泰政通，古俗流而弥新；人勤地沃，民风润之如膏。时雨催新，豪气顿生。倩姿再造，逸态必成。展翼鲲鹏，古镇雄风。

2022 年 5 月 12 日

泾渭湿地赋

渭水南岸，湖环水绕，泾渭湿地，举世奇观。流光四映，泛碧空以浚遐，长波八溢，怀日月而翕张。遥望秦岭，纳秀岩之灵气；近接莽塬，蕴厚壤之雄浑。西倚西咸，浪涌大秦雄风；南接长安，木系汉唐流韵。

岭岫横翠，曲水流觞，轩榭间立，舟楫逐鳞。廊桥卧云横亘，碧树影摇婆娑。汉台鼙鼓，轻敲楚刘争雄；渭河雕塑，重现治水伟业。

纵观湿地，水天一色，波光潋滟。黄鹂鸣唱堤柳，白鹭翩飞青云。十里柔水，览胜景于怀抱；万顷碧波，摇缤纷于襟袂。拍堤细浪，鸣鼓瑟不绝于耳；逐舟渭流，舞丝帛充盈于眸。

泛舟湖上，清风沐面，顿觉洗凡涤俗，如莅仙境。昊天鸟翔，舟畔鱼游。芦苇织锦，荷花映日。水清而游鳞可数，意狎而水鸟可呼。霄汉空涵，似入浩瀚之境；云樯影绰，堪描烟水之画。汀芷日摇，雕孤影乱。倏忽太白乘舟，东坡横棹，物我偕忘，一曲轻歌，夺喉而出。

舍舟陟岸，湿翠沾衣，晴光染袂。凝睇四顾，岸柳参差，汀州迢递。土沃而浅渚花乱，草绿而高树骈俪。一桥飞架，名曰灞渭。抚画栋雕梁，倚朱楣丹柱，关中胜景，辞赋文章，铭石镌柱，蔚为大观。

凭栏极目，望林薮如烟岚，挹爽气于湖泊。疑为苏堤，惊似丽水。如此江山，试问范文正公，揽物之情，有无异乎？

美哉湿地！挟瑾瑜之胜景，开世纪之丰功；添华彩于九州，留壮志于泾渭。

壮哉湿地！集群贤以奋进，寄豪情以奔跃；写华章于今朝，播恩泽于万民。

2019 年 8 月 5 日

王乐镇聚饮小记

丙子晨，雪如絮如羽，翩然盈目。唯见远山负雪，近树裹素。而半空云与天接，雾萦其间。

须臾，雪霁。云如睡叟之目，半启半翕。启时一罅见日，绛皓染云。翕时如幔布天，蔽日遮目。

余展纸濡墨，以笔润心。

亭午，曦日隐去。电话铃响，乃刘科延余及国强、建党适王乐是也。

时逢周末，难得赋闲，便踟蹰不决。未几，电话又至，实难拂其意，遂往之。

建党驭车甚疾，道旁树影邅逦，麦田绿波如逐，人似虎奔，车影竞跃，俄至王乐。

缘街行，"刘科家电维修"赫然入目，遂启扉而入。家电置于厅、几者，杂然而陈。刘科抚器凝目，运腕悬刀，憨憨然几无旁顾。

槐自强于榻半卧，目睫未交，作慵慵思虑状。其忖诗文于心，不暇寐也。

南振英作弥勒状，端坐几上，仍有所思。

刘科延至酒家，一众遂往。围桌而坐，布馔具酒。纵情而畅饮，谈文而论诗。似李白"开琼筵以坐花，飞羽觞而醉月。"如东坡"饮酒乐甚，扣舷而歌。"

豪饮者，建党、刘科耳。一瓶即罄，一瓶复启，酒凉而面酣，人少而语喧。席间一人，刘科妻也，啜饮不逊须眉。丹唇微启，一樽乃尽，举座无不愕然。

饮罢，见古镇街寂人稀。实乃斗转星移，春迁秋徙，揽手已无唐宋惠风，举目难觅明清瓦榫。

嗟乎，惟半街屋舍，伏听风雅；一缕酒香，咏志喉舌。流连十月之约，期明日邂逅，金风玉露。

2020年12月1日

古杨赋

  巍巍古杨，居村一隅。枝繁叶茂，擎天摩云。望五峰之云岫，听九峻之松涛。高达十丈，粗约三围，悠悠哉历五百载韶华，老而弥坚；遥遥兮引几百里芳华，风骚独领。

  春染绿韵，夏舒繁枝，秋舞黄叶，冬裹素雪。巍巍兮岿然傲立，纤纤兮迎风飞扬。峥嵘轩峻，冲霄之势揽月；婀娜娉婷，拔地之雄摘斗。含烟咀雾，叶凝碧而青青；承露沐阳，脉怔柔而黝黝。絮飞千里，寄游子之壮志；叶落三秋，书沃野之丰腴。

  老态龙钟，闲看云卷云舒；劲干虬枝，静观花开花落。蜂蝶互舞、雀蝉交唱。非桂非兰，飞鸟恋其枝上；无芳无香，童叟乐怀其下。云蒸霞蔚，聚灵气百卉馥郁；燕舞莺歌，唱新歌万壑逐梦。风清月朗，土润石笑，山岭披霞凝露；厚土载福，灵泉流瑞，谷禾溢翠泛金。民心纯朴，常感春秋恩泽；众德淳厚，共襄振兴大业。

  呜呼，古杨屹立，历明清迄今，多朝数代。看战火狼烟，经岁月风云。忆旧岁，村庄多为窑舍，男女衣衫褴褛。啖野菜，啃树皮，无一餐果腹；逃兵丁，避匪患，岂一日安宁？炊烟无色，难暖寒山冷水；古杨有叶，且覆瘦土薄壤。

喜今朝，果粮兴，六畜旺。五谷丰稔，仓廪有余。田园旖旎，乡韵绸缪。对青山之隐隐，临绿水之漠漠。倚层林而列青嶂，越沟壑而为平畴。村落梯田，烟岚入画；麦田果圃，翠色盈眸。树下童稚逐欢，翁妪竞笑。晨起运动健身，月升载歌载舞。古杨摇叶，拊掌与乐。

值广场重启，公园新成。造型雄奇，华构宏邈，秀挹绵绵翠峰，丽撷涓涓汫河。园中六景，一处一秀色；十亩大观，一步一锦绣。戏楼古亭，雕门画廊，独树注汫新姿；奇嶙怪石，水岸瀑岩，巧叠山峦之蕴；浅流深潭，喷泉泻瀑，兼容万壑之势。奇葩异草，名木珍树，妙裁自然之态。兼荷池映日，石榴摇丹。实乃人间仙境，万千美景。

更碧池依树，泽水润根，百年古杨，能不英姿勃发乎？

斯是古杨，岁月流馨。威姿一脉锦绣，独领千年华章！

2023 年 5 月与王曙光合著

大秦文萃四岁集会记

岁在辛丑,时届暮秋。适大秦文萃四岁华诞,会于黉学门中学,共襄庆典。编委咸集,群贤毕至。

此校为乾阳书院旧址,古柏劲干若铸,笔立擎天;虬柯疏叶,黛色摩云。兼遐木涌翠,纤草铺锦。实乃古韵悠远,遗风萦木。

又闻书声盈耳,婉转若莺,朗润似玉。一咏一诵,如丝竹管弦之乐。

是日,秋雨新霁,丹阳炽天。碧宇澄明如洗,和风轻扬似纱。拾级陟楼,倚牖远观,极目昊天。秦岭雨后新出,远山半掩,群峰历历。更有翔雁,越岭北来。翅振翼张,掠高枝而南去。游目骋怀,心追秋鸿,思游万仞矣。

会议厅内,才俊满座,蕙荃一室。谋平台自强,声起宏涛。文期高产,更图萃贤。群葩乱卉,唯希艳弥珍;览红阅翠,惟幽莲芳婷。殷殷桃李,何枝不娟?君子朗声,蛾眉高歌。建树若峰,贤俊奏凯。昔溥天之下,莫非秦土;今率土之滨,莫非文萃。

会讫，展纸捉毫，笔走素笺。如舟耕微澜，篙横江波，锦鲤游而孤鹜飞。情动著文，兴酣弄墨，古今雅士，无不然也。

　　日隐月出，华灯皓旰。移步筵厅。馔肴杂然而陈，笾豆觥筹交错。执酒酬酢，援箸互敬。酒酣语热者，纵声而歌；微醺面赤者，挥拳演武。兼舞之，诵之。虽无鼓笙之器，却有怡情之乐。声掀屋宇，歌洗皓月。孤灯为文，群聚互歌，此乐谁及？

　　文人结社，萌于先秦，肇于盛唐。大历十才子，香山九老会。后世雾列星布，俊才辈出。《大秦文萃》，承贤习古，结天下贤达，名及遐迩。

　　四岁稚龄，尚期百秩。纳贤集惠，兼容百家。汲南水之灵秀，更之爽垲；撷北土之罡风，壮行启程。

　　肩我辈使命，荷文化重任，砥砺前行，必至远旅！

　　是为记。

2021 年 10 月 18 日

《大秦文学》周岁赋

丁酉之秋,漠谷涛舒,梁山晓溢,适十八日,天外莺啭传喜,东方日出绛紫。《大秦文学》,网刊宏启。屏展锦绣,网开绮春。歌盛世之伟业,绽文学之新葩。

诗惊太白,风送新韵之丹芳;文动相如,花蕴雅赋而惊魂。燕衔华章,穿绿帘之柳岸;鲤含新篇,凫绿漪之远波。

春濑烟煮,水澄棹开。暑阳斯被,槐荫蝉噪。桂影香逐痴蛙,丹果醉染流霞。更兼冬封缟素,青黄得嵌,苍翠失翁,唯文心不舍,佳作迭出。凡三百余日,鲜有遗篇。

《大秦文学》,一帜旄旒,独彰风华,栏目多而新锐,特色具而缤纷。誉满遐迩,诗文远播百城千村,实力翘楚,作者来自天南海北。

创作基地,簇红拥翠,嘉木秀兮含英,碧水荡兮泛漪,宝丰湖瀚,频现鸿儒之影;榆林影绰,屡闻高谈之音。一流秀水,洗春色而愈艳,夹岸叠峰,嚼日月而增辉。

三次征文,状景叙人,忧国悯庶,上益社会文化,下举一镇盛迹,应者云集,声名斐然。两期纸刊,颉颃大典,菁华不囿数篇，萃文岂止百章。文今虽驭网翼，铅纸犹故慰心。坊间间巷，竞阅揽瑰。

《大秦文学》，玄键函影，揽网寄情。居虽一隅，繁茂已达九牧；序仅一春，红蕊更缀满园。喜逢华诞，期襄盛举，感而赋之！

2018 年 10 月 18 日

元宵节赋

岁序更嬗，戊戌甫至。是月望日，节届元宵。秦岭渐润，景葱茏而正媚；渭水已柔，波潋滟而方煦。春发平野，有地皆秀，风挂高木，无枝不荣。

始值三阳唤春，秉阳熏风，百鸟振翼，啼谷鸣涧。恰逢吐故纳新，游云驻宁；巧值迎春接福，飞雨祥呈。举樽邀饮，对酌春律，豪情且寄流年。挽袖揽春，拾阶攀云，逸兴亦付韶华。

风和日丽，畅享正阳暖韵；气清景明，咸沐惠风拂面。豪情劲发，敲锣鼓而开新元；激情纵放，舞广袖而娱人生。明霜银树，红烛雕甍。秧歌曼舞，高跷衔行，尽彰新岁壮景，遍蕴黎元隆兴。

至若夜临月出，状如银盘，洁如玉璧。清辉耀于广泽。皎影浮云，倩躯拱星，玉轮移于星汉。蟾宫异皙，晖之于天。阁悬华灯，耀千户门庭。鹤发翁媪，倚扉笑观灯火。丽装稚子，执灯引火，飞萤流走街衢。灯火烛天，华夏尽涌暖流，光焕彩映，九州更染春色。

嘉华之年，囊多彩而煦愉，续元宵而善臻。新序美辰，借春机之勃然，愿中华隆兴，黎庶福祺，辞颂恭贺。

2018 年 3 月 1 日